Nirgends ist man so isoliert wie weit draußen auf einer Ölplattform mitten im Meer. Der Bohrarbeiter Wenzel ist aus kleinen Verhältnissen aufgebrochen in die große Welt, er hat Jahre auf den Wassern gearbeitet. Wohin kann er noch zurück? Als sein Freund Mátyás bei einem Unfall stirbt, begibt er sich widerwillig auf eine Reise, die ihn quer durch Europa führt. Wenzel reist nach Ungarn, bringt die Sachen seines Freundes zur Familie. Und er beginnt sich zu erinnern: an die Enge, an die Zechensiedlung seiner Kindheit, an Milena, die er vor Jahren zurückgelassen hat. Und jetzt? Soll er zurück auf eine Plattform? Vor der westafrikanischen Küste wirft er seine Arbeitskleider fort, bricht schließlich auf, mit einem alten Pick-up und einer Brieftaube, über die Alpen, von Italien in ein erloschenes Ruhrgebiet. Und je näher er seiner großen Liebe Milena kommt, desto offener scheint ihm, ob er noch ankommen wird.

Anja Kampmann, 1983 in Hamburg geboren, lebt in Leipzig. 2013 wurde sie mit dem MDR Literaturpreis und 2015 mit dem Wolfgang Weyrauch-Förderpreis beim Literarischen März in Darmstadt ausgezeichnet. »Wie hoch die Wasser steigen« ist ihr Debütroman für den sie 2018 unter anderem den Nora-Casseus-Preis erhielt, auf der Longlist des Deutschen Buchpreises stand, sowie für den Leipziger Buchpreis und den Aspekte-Literaturpreis nominiert war.

Anja
Kampmann

Wie hoch die Wasser steigen

Roman

btb

FSC
www.fsc.org
MIX
Papier aus verantwortungsvollen Quellen
FSC® C014496

Verlagsgruppe Random House FSC® N001967

1. Auflage
Genehmigte Taschenbuchausgabe März 2020

Umschlaggestaltung: semper smile, München
nach einem Entwurf von Peter-Andreas Hassiepen, München
unter Verwendung eines Motivs von
© plainpicture/Mato/Bortoli, aus der Kollektion Rauschen
Druck und Bindung: GGP Media GmbH, Pößneck
mr · Herstellung: sc
Printed in Germany
ISBN 978-3-442-71789-7

www.btb-verlag.de
www.facebook.com/btbverlag

There's a new continent at your doorstep, William.

Arthur Miller

Die Stürme dort draußen sind nicht für Menschen gemacht. Würde man aus großer Ferne herankommen, so wäre es lange Zeit dunkel, die Wellenberge schluckten den Regen, schluckten die Blitze, es würde riechen nach Metall und Salz, aber niemand ist da, der etwas riechen könnte. Ein Auge gibt es nicht. Nur die See türmte sich auf und auf. Es gäbe weder Süd noch Nord. Das Wasser schluckte selbst das Schreien des Sturms, das kein Ohr treffen würde. Ein Dunkel, Flächen die sich aufbauen, Wellen, die im völligen Dunkel brechen, und etwas weiter, weiter hinten, ist das ferne Licht nur ein Flackern, von Wellen geschluckt, ein Moment nur, ein Licht.

Cantarell

Sie waren den langen Linien auf dem Asphalt gefolgt, Mátyás ging voran, und der Wind der Rotorblätter presste ihnen die Kleidung an den Leib, als wäre da keine Müdigkeit und kein Zweifel, nur das Dröhnen der Maschine, und weit entfernt, hinter dem Landeplatz, sah er die weiße Spitze einer Mole, auf der die Wellen zerrissen und in ein großes, in der Ferne rauschendes Licht zerbrachen.

Die Wolken hatten sich am Morgen verdichtet, von den Färöern hielt ein Sturmtief über den Atlantik auf die marokkanische Küste zu, wo sich die Luft über Tage und Wochen erhitzt hatte, und sie lagen müde auf den langen Bänken im Heliport und hatten von all dem nichts gewusst, über dem Linoleum schimmerte das Licht der Cola-Automaten, und sie warteten lange auf den Helikopter.

Es war das erste Mal, dass er den Heliport von Sidi Ifni anders als in dem grauen Fünfuhrlicht sah, unter dem sie die letzten Male von hier aufgebrochen waren. Noch bevor es hell wurde, war die Wartehalle gefüllt mit Männern, die ihre Taschen vor sich her zu den Kontrollen schoben, der Geruch von Kaffee hing in der Luft und man sprach wenig, einige waren erst in der Nacht in Rabat gelandet und dann weiter nach Süden gefahren, und als sie eintrafen, war das Meer noch grau und weit und der Wind so stark, dass sie freiwillig in den kleinen Raum gingen, um zu rauchen, als wären sie schon an Deck in dem geschlossenen Container, wo Tisch und Bänke am Boden festgeschraubt waren.

Mátyás kniete neben Waclaw auf dem Boden und suchte noch etwas in seiner Tasche, als die erste Maschine endlich landete und immer mehr Männer durch die Glastür kamen, die sich lautlos öffnete und schloss, mit bläulich leuchtenden Rändern, wie von einer sehr präzisen Klinge.

Die Männer nahmen ihre Taschen auf die Schulter, einige trugen Sonnenbrillen, und ihre Schritte waren schwer und kalt im grellen Licht der Wartehalle. Waclaw kannte nur wenige von ihnen. Seit zwei Monaten waren die Bohrungen in Gang, tobte der Atlantik an ihnen vorbei auf den nordafrikanischen Kontinentalsockel zu, hatten sie Sandstein und Basalt durchbohrt, achtzig Meilen vor der Küste, für nichts als Schlamm und Steine. Das Öl würde, wenn überhaupt, sehr weit unten liegen, hatte man ihnen zu Beginn gesagt. Aber solange nicht wenigstens in einem *dieser Dreckslöcher* etwas gefunden wurde, blieb die Stimmung angespannt, die Abläufe schienen schwerfälliger, es war nicht wie in Mexiko, in der Bucht von Campeche, wo sie nur weitere Halme in die prall gefüllte Blase mit dem Öl stechen mussten, Cantarell, um sich für ein paar Jahre daran zu besaufen, wie Wespen an den letzten vergorenen Früchten des Herbstes.

Dies war nicht Mexiko, und die Männer waren müde und überreizt, wenn sie an Land kamen, ein Gepäckstück flog durch die Luft, eine Tasche, so groß wie ein Schweinswal oder ein ausgestopftes Wildschwein, *he Budapest*, im letzten Moment konnte Mátyás die Arme hochreißen, und die Tasche krachte vor ihm auf den Boden, seine Locken wippten nach, für einen Moment sahen sie sich an, *he Texas*, bevor der massige Fleischberg auf ihn zukam und ihn umarmte.

Ist ein verdammter Jammer da draußen, sagte Trevor, Segeln

willst du da jedenfalls nicht, die werden die Häfen sperren, wenn es so weitergeht.

Er kaute auf einem Stück Trockenfleisch, sein Englisch war holprig, als würde man eine Tonne Steine entladen.

Wie ist der Neue? fragte Mátyás, und Roy stellte sich dazu, auf einmal bildete sich ein Kreis aus denen, die ankamen, und denen, die abfuhren, und aus der Müdigkeit und dem Schweißgeruch und der Anspannung, die sie alle überkam, bevor es losging. Waclaw musste manchmal an die Starterboxen bei großen Rennen denken, das nervöse Zittern der Pferde, die von drei Betreuern angeführt wurden, während der Jockey nur gekrümmt obenauf saß, oder die Stahlstangen, hinter denen sich das Publikum in den Straßen verbarg, wenn die Stiere vorbeieilten, der Geruch von schwitzendem Vieh in der Luft.

Ist 'ne Pussy, rief Roy jetzt, oder habt ihr da draußen schon mal jemanden mit Schlips gesehen? In dreißig Jahren nicht. Sieht aus, als müsste er mal – er zog die Brauen hoch und schnalzte ein paar Mal mit den Fingern. Die Männer lachten, und einige klatschten dazu, Schultern wurden geklopft, aber Roy blieb ernst. Ich mein', was sollen wir mit dem, sagte er, wenn's drauf ankommt, will er uns dann was vorrechnen? Zuletzt hatte er leise gesprochen, und sein Blick war zu Waclaw gewandert. Die sind doch noch jung, sagte er, die wissen nicht, was das heißt.

Sie standen noch einen Moment zusammen, dann schlossen sich die Glastüren hinter denen, die eben noch gewartet hatten.

1. Kapitel
Westwind

Die See bei Nacht ist das Dunkelste, was einem begegnen kann. Hinter schweren Gewitterwolken war der Mond unsichtbar und der Horizont kaum zu unterscheiden von dem Schwarz, in dem die Wellenberge sich türmten, um wieder und wieder Atem zu holen, während der Wind, was an Gischt und Schaum zu holen war, über die Wellenkämme peitschte. Weit unten schwankte die Plattform an ihren langen Stahltampen, zerrte an den meterdicken Stiften, tief im Meeresgrund verankert, gab ihr helles Licht in einigem Umkreis an das wogende Braun.

Es war die achte Stunde der Schicht, auf dem schmalen Trittbrett stemmte er sich in den Gurt, hielt sich mit beiden Armen am Gestänge des Bohrturms. Die salzige Nässe umgab ihn wie ein umfassender schwerer Sog, und schon seit einer Weile wartete er auf ein Signal, das die Arbeit beenden würde. Längst hätte Pippo sie reingeholt, aber dem neuen Rig-Manager schien es egal, lieber hätte er sie absaufen lassen, als die Bohrungen zu unterbrechen. Waclaw konnte die Schläge der Wellen gegen die Inselbeine spüren, sie würden die Plattform evakuieren, dachte er, aber jetzt nicht mehr, jetzt hieß es abwarten, während der Regen fast waagerecht vor den Scheinwerfern entlangtrieb, da war das Zerren an den Schweißnähten, die See, die gegen die Plattform anpreschte wie eine verrückte Herde, die Wellen flohen vor dem Sturm, alles kam auf sie zu.

Weit unten am Drehtisch sah er die Männer, die etwas riefen, er sah, wie ihre Münder sich bewegten, aber das einzige Rufen war der Sturm, war die Gischt, war das vergebliche Flattern einer Möwe, ein paar Mal die hell aufblitzenden Unterseiten ihrer Flügel.

Fast eine halbe Stunde dauerte es, bis das Signal ertönte und die Arbeit abgebrochen wurde. Er hatte nur noch ausgehalten, sich gegen den schmalen Tritt gestemmt und gewartet. Die anderen Bohrarbeiter zogen sich zurück, jemand öffnete die schwere Tür zu den Kabinen, er sah den Lichtspalt, die Ersten gingen hinein. Da war nur die Kälte in allen Gliedern, und er setzte die Schritte einzeln und steif, seine Beine kannten die Abstände hinunter, jede einzelne nasse Sprosse. Längst war Wasser unter das Ölzeug gekrochen, und Waclaw war ausgekühlt und hielt sich noch weiter fest, als er auf dem Plattformboden zu stehen kam.

Im Inneren schien das Licht grell, die Wärme freundlich, sogar in dem kleinen Raum, wo sie ihre Stiefel auf die Gestelle gaben, die Overalls zum Trocknen aufhängten. Er war fast etwas vergnügt, nun zwischen den anderen ins Warme zu kommen. Es war ein neues Team, und nur einige, wie Albert, der unten am Drehtisch das Sagen hatte, kannte er seit langem. Der Sturm hatte seine Laune noch verschlechtert. Waclaw steckte seine Füße wortlos in die Badeschlappen und lief den engen Gang entlang zu ihrer Kabine. Das Licht brannte, aber das Bett von Mátyás war leer. Ihre Decken lagen auf dem unteren Bett, und für einen Moment dachte er, Mátyás wäre darunter, aber da war niemand. Die Kopfhörer hingen auf den Boden herab, der Walkman lag neben dem Kissen. Er drehte das Kabel um seine Hand. Mátyás? sagte er. Ohne eine Antwort abzuwarten, öffnete er die Tür zum Bad. Es war vier Uhr morgens. Er drehte das heiße Wasser auf.

Barfuß und noch ganz nass stand er vor ihren Pritschen. Zog sich beide Decken über, seine Haut war noch feucht, und der Sturm schien mit einem Mal weit entfernt. Er wartete. Die Wärme machte ihn müde, und seit dem Abend hatte er nichts gegessen. Auch das war neu, der Bohrmeister hatte sie für verschiedene Schichten eingeteilt.

Wie immer wirkte die Haut auf dem Gang dann seltsam blass, unter dem Aneinander der Neonröhren. Als er in die Messe trat, verstummten die Männer um den Tisch, die gleich vor der Theke saßen. Hinter den verklebten Plastikflaschen für die Saucen spürte er ihre Blicke, die seine Bewegungen abschatteten, als er sich umsah. Daneben, weiter am Rand, saß Francis, bleich und etwas abwesend. Ein kranker Seevogel, der das Gefieder plustert für ein paar letzte Tage. Er hielt sich aufrecht zu jedem Scherz des Kranführers, der wie ein fettes Schwein vom Nebentisch herüberbrüllte. Vor den Neuen spielte Shane sich auf, brachte die Floorhands in bellendem Ton dazu, mehr Chemikalien in die Spülung zu kippen, ihm Wasser zu bringen oder wieder und wieder das Deck abzuspritzen. Erst, wenn sie übermüdet und kraftlos neben ihm saßen und seine derben Witze ertrugen, bekam sein Blick einen abwesenden Ausdruck, der bei ihm Zufriedenheit bedeutete. Er konnte dann dasitzen, als wären seine Augen aus Glas. Aber mit dem Schwingen der Tür hatte sich sein Gesicht belebt, und Waclaw hörte ein lockendes, höhnisches Pfeifen. Ai Ai, äffte Shane, wen suchen wir denn. Seine Stimme klang dumpf und tief, wie von einem sehr fetten Mann, aber er war hager und trug eine Habichtsnase im Gesicht, mit der er, seit sie ihm vor zwei Jahren zum ersten Mal begegnet waren, jedem ihrer Schritte folgte. Seine Arme, alles an ihm war noch immer von einem schmierigen Film überzogen. Draußen an Deck trug er gelbe Arbeitshandschuhe, die seine Hände wie Krallen aussehen ließen. Es waren die üblichen Reden. Waclaw achtete nie darauf, wenn jemand ihnen hinterhersah.

Francis saß daneben, wortlos trank er zwei Gläser in ihrem Lärm. Es ärgerte Waclaw, dass Mátyás nicht da war. Er lud sich zwei Kellen aus dem Warmhaltetopf, stippte einen beinah durchsichtigen Toast hinein und aß. Auch hier war das Licht zu grell. Die Suppe zu braun, die Haut zu blass. Allmählich füllte sich die Messe. Nachdem die Arbeit abgebrochen war, kamen sie entweder zum Essen oder lagen in ihren Kabinen, um zu schlafen.

Auf dem Gang schien der Sturm dann fast lautlos, das Schwanken, als würde alles in einiger Ferne liegen. Aus dem Kinoraum hörte er Stimmen, dazu seine eigenen Schritte, die eiliger wurden, Türen mit Aluklinken und hellem Plastikbezug. Er ging über den langen Gang bis zur letzten Tür, der Raum war dunkel bis auf eine kleine elektrische Kerze im Eck, die gleichmäßig flackerte bei jedem Wetter. Sie hatten sich hier manchmal getroffen, ein paar Teppiche, die nach Mekka ausgerichtet waren, zum Beten kam fast nie jemand. Mátyás? Hätte es ihn gewundert, wenn er mit leisem Lachen an der Wand gelehnt hätte? Mit der kippenden Tür fiel ein Lichtstrahl ins Dunkel. Der Raum schwieg. Nur eine unwirkliche Stille über den Teppichen. Er ging zurück zu ihrer Kabine. Durch einen Türspalt sah er Andrej auf seiner Pritsche liegen, das Handy an der Schulter wie einen kleinen Vogel – darunter guckten nur der dicke Wanst hervor und die helle, abgetragene Hose. Das Lied, das er hörte, klang wie re-schuschikschurru, und er würde es die ganze Nacht lang wiederholen.

Der Geruch von Socken und verschwitzten Achselhemden, die dünnen Wände. Vielleicht halb fünf, nachts, noch knapp drei Stunden blieben ihm normalerweise im Eisengestänge des Bohrturms, und es wären die letzten Stunden Schlaf für Mátyás, bevor seine Schicht begann. Vielleicht war ihm übel geworden. Die Nacht war noch so finster, wie sie sein kann, kein Streifen Licht. Einmal hatte die Tür aufs Deck nicht richtig geschlossen und das Wasser lief bis vor ihre Kabinen. Das war lange, bevor er Mátyás kannte, bevor die Wochen hier draußen eine Temperatur bekommen hatten, etwas wie eine Farbe, die er wiedererkannte in der Art, wie ihre Sachen eine Unordnung bildeten, die ihm vertraut war.

Er stieg über ihre Taschen in sein Bett und streckte sich auf den Rücken. Er ließ die Lampe für ihn brennen und versuchte, die Augen zu schließen. Man konnte sich darauf verlassen, dass diese Plattform schwamm, dass sie hoch genug waren, zwölf Meter über dem Meeresspiegel, um nicht einfach überspült zu werden, aber auf was konnte man sich verlassen. Es war Stahl, was hier schwamm, die *Ocean Monarch* hatte über Jahre in der Nordsee gelegen, bevor man sie nach Süden schleppte, ein Halbschwimmer, ein Koloss, der in die Jahre gekommen war, über Waclaws Kopfende glänzte an der Wand der fettige Abdruck von anderen Arbeitern. Ungezählte Nächte, weit draußen. Mátyás analysierte das Bohrklein, er kannte sich aus mit den Splittern und Resten der Sedimentschichten, er wusste, welche Wälder vor Urzeiten auf dem Meeresgrund gewachsen waren. Nie hatte er jemanden so viel lachen sehen, eine fast kindliche Art, mit den Wochen auf See umzugehen. Vom ersten Tag an hatte sein Gesichtsausdruck

Waclaw an alte Spielkarten erinnert, ein Harlekin im gelben Gewand. Während der Ausbilder in den großen Hallen, in denen man sie fortbildete, sein amerikanisches R wie den Fuß einer Insel unter jeden Satz legte, ihnen von der fast unbegrenzten Freiheit auf den Weltmeeren und ihren Fördergebieten erzählte, blickte Mátyás nur unter seinen Locken hindurch in die Ferne und verkniff sich jedes Wort. Sein Vater war Ungar, irgendein Aufstand hatte seine Familie aus dem Herzen Budapests hinausgebracht aufs Land, wo er in einem Agrarbetrieb Schmied lernen sollte, Hufe, Dampf, junge Stuten und Augenweiß, endlose Fahrten über Land und der Geruch im Wagen seines Onkels, von dem ihm übel wurde.

Seit sechs Jahren teilten sie sich die Kabine, seit einem Jahr lag der Golf von Mexiko hinter ihnen. Was draußen tobte und sich als aufbrausende Nacht gebärdete, war nichts anderes als der Atlantik, der hier, nahe des Schelfrands, vor der marokkanischen Küste, wütend und offen schien. Er griff in seine Tasche und zog einen Pullover heraus, plötzlich war ihm kalt. Er dachte an Pippo, ihren alten Ölbohrmeister, den bösartige Malariaschübe immer wieder für Wochen ans Bett fesselten. Einige sagten, er würde bald nicht mehr ganz normal sein. Es waren die Plattformen in Küstennähe, das Nigerdelta und Moskitos, die von den sumpfigen Ufern herüberkamen, wenig Wind und die Hitze, und dass niemand dauerhaft die Tabletten aushielt, die eine Infektion verhindern konnten. Wie lang schon war Pippo hier draußen? Er wusste, Mátyás mochte ihn. Doch als sie zurück auf die Plattform kamen, war nur Anderson auf seinem Posten, stellte sich nicht einmal vor, und das Leuchten der paar Tage, die sie an der Küste verbracht hatten, war wie fortgeblasen.

Er musste etwas geträumt haben, beim Schrillen des Alarms erinnerte er nicht mehr als Fetzen, Bäume in einer Landschaft, ein paar Hügel. Es war der Wecker von Mátyás, dem noch ein paar Minuten zum Beginn seiner Schicht blieben. Das Licht war noch eingeschaltet, die Luft stickig und feucht, er hatte vergessen, die Tür zum Bad zu schließen.

Mátyás war nicht da. Wind drückte gegen die Kabinenwand, auf dem Gang war es ruhig. Sie würden die Arbeit noch ein paar Stunden aussetzen lassen. Er drehte sich auf die Seite und starrte die Sachen an, alles lag unverändert, auch sein Bündel mit dem Speckstein, das er stets bei sich trug, es lag, wo es immer lag.

Waclaw zog die Decke enger um sich und meinte die Augen nur kurz geschlossen zu haben, als etwas ihn hochschrecken ließ, dumpf, sehr fern, nicht das Poltern der Schritte auf dem Gang, etwas anderes als das durchdringende Signal, das die Arbeit fortsetzen sollte. Die Unruhe war unerwartet und stark, sie schien von der hellen Wand zu rühren, wo das plötzliche Tageslicht eine klare Linie zeichnete. Auch sein warmes Fleece hing noch im Schrank.

Er brachte ihm also den Pullover. Der Morgen war aufgeklart, schwere Wolken zogen wie in Eile über das frühe Blau, in der Ferne hielt sich ein silbriges Schimmern. Er trug das Fleece für Mátyás, und er trug es wie eine Bitte, während ihm das Laufen der Maschinen mit einem Mal unwirklich erschien. Here we are, sagte Petrov, als er um den hellblauen Tank kam, hinter dem sie das Bohrklein entnahmen.

Er sah die bekannten Schüsseln mit dem Schlick, den Steinen und schlammigen Erden, sah alles, was ihm bekannt war, die Schüttelsiebe, die Monitore und Schläuche, sah Petrov mit seinem gutmütigen Lächeln, aber er sah Mátyás nicht. Wo ist dein Freund heute morgen? Petrov nahm die Schutzbrille ab und sah ihn an. Genau so, wie Waclaw ihn ansah.

Er hatte warten wollen, bis Mátyás von selbst kommen würde, die Arbeiten seien nach der Nacht nur langsam angelaufen. Er musste Petrov nicht erinnern an das Dunkel der See. Sie suchten. Erst viel später fiel es ihm auf, während sie jeden Raum durchsuchten, das gesamte Deck, jeden Winkel und jeden Tritt hinunter zu den Bootsanlegestellen, den Fitnessraum, mehrmals die Messe und mehrmals auch ihre eigenen Kabinen, während Durchsagen gemacht wurden, der Bohrmeister ein standardisiertes Verhör mit den Arbeitern führte und der Himmel aufriss zu einem fast strahlenden Mittag, während nichts von dem Tag und keiner der Seevögel über dem Wasser wahr sein konnte, Funksprüche rausgingen, man ihm ein heißes Getränk brachte und er jedes Inselbein mit den Augen absuchte, die Wasseroberfläche mit ihrem wahnsinnigen Schimmern, während sie versuchten ihn reinzuzerren und schließlich zwischen den Tanks sitzen ließen und eine gleichmäßig runde Sonne ins Wasser sank, da merkte er, dass er in seiner Hand noch immer etwas umschlossen hielt, was erst am Abend und vor dem gleichmäßigen Horizont zu etwas wurde, was einmal das Fleece von Mátyás gewesen war.

An diesem Abend schien der Mond nur wenig zu sein, wie er da lag auf dem Schwanken der See. Waclaw in seinem Bett hatte die Stiefel noch an, aus dem Kopfkissen quollen ein paar Federn. Ein riesiges Wesen hatte alles, was gestern gewesen war, fortgerissen. Er stand in der Kabine und bereute es, seine Kopfhörer aufgewickelt zu haben. Darüber dachte er nach, dass er sie fortgenommen hatte, dass er nichts von alldem anhalten konnte, dass es nun Abend war, und der Sturm war vorüber und es war dunkel geworden, wie sonst auch. Auf dem Gang hörte er Schritte, die Männer schlenderten in ihren verschwitzten T-Shirts in die Messe, sie waren hungrig, das Essen roch, er konnte in der Kabine nicht bleiben. Er ging hinaus. Die See lag beinah ruhig. Ab und zu schickten sie jemanden, der kam und nach ihm sah, einmal kam Petrov und bot ihm Zigaretten an, und Waclaw sah ihm zu, wie er neben ihm wortlos rauchte.

Die kann dich hier den Job kosten, sagte Waclaw, und Petrov lachte leise und zog noch einmal und sah geradeaus auf die See.

Dich werden sie auch noch fragen, sagte er.

Sie werden niemanden schicken, um ihn zu suchen, nicht wahr?

Nein, sagte Petrov. Das werden sie sicher nicht.

Sie schwiegen eine Weile. Immer noch wurde Gas abgefackelt, im Scheinwerferlicht flog eine Möwe vorbei, manchmal kamen sie von den Tankern herüber.

Was wirst du jetzt tun? fragte Petrov. Wohin wirst du gehen?

Sie sahen hinunter auf das Wasser, während es dämmerte und auf der Dünung ein leichter Glanz mitschwamm.

Zurück, sagte Waclaw.

Wo ist das?

In seinen Augen meinte er ein Lächeln zu sehen.

Was ist mir dir? fragte Waclaw schließlich.

Frau und Kind, sagte Petrov. Verdammt noch mal. Sie denken, es ist gut verdientes Geld hier draußen. Das denken sie alle.

Das letzte Licht kam von weit her und fiel auf die grauen Stoppeln seines Kinns.

Tropfen fielen, hallten hinter ihnen auf dem leeren Tank, der Wind frischte auf, rieb sich an Gestängen und Trossen. Petrov zog sich die Kapuze über.

Ich kann dich hier jetzt nicht sitzen lassen, Wenzel. Komm mit rein.

Er legte einen Arm um Waclaw, es war ein Arm, der wusste, dass auch die nächsten Tage nach Regen schmecken würden, nach Regen und Wolken, ihrem Vorüberziehen. Er konnte nicht in die Kabine, er sagte Petrov *dobranoc* und ging in die Messe, hinter dem Tresen der dicke Lúkacs, der seine Kochhaube zwischen die Hände drückte, als er ihn sah, als ginge neben ihm ein Schatten. Und er hörte, wie sie leiser sprachen. Mikael und Ray und Steve, einer rückte einen Stuhl zurück.

Wenzel, willst du dich zu uns setzen?

Danke, ich bleib' nicht lange.

Aber dann sitzt er doch da, der lange Strich, vor einem Instant-Zitronentee, lauwarm in seinem Becher. Ihre nackten Unterarme kleben vor lauter Schweigen an der Tischplatte. Hat jemand diese T-Shirts gesehen? Knallrot und grün, Ray trägt einen ausgewaschenen Sweater mit Aufdruck aus einem Manga-Film. Eine Prinzessin und ein Schwert. Seinen Tisch trennt ein knapper Meter Abstand von ihrem. Er merkt, wie sie ihn ansehen, ihre Augen wandern verstohlen zu ihm herüber, als wäre er schuld daran, dass die Spielkarten nicht herausgeholt werden und sie sich nicht quer durch die Messe mit Lúkacs unterhalten können, der wie abwesend am Glas herumwischt, als wäre ihm erst heute der dünne Fettfilm aufgefallen, hinter dem die kalten Buletten schimmern.

Er wusste nicht, ob es derselbe Raum war. Er sagte Lúkacs, dass er ihm ein paar Eier braten solle, und aß dazu kalte Pellkartoffeln. Auf einmal hatte er Hunger. Er vermied es, mit der Gabel über den Teller zu kratzen. Es war nicht mehr ihre Messe, es war derselbe Raum. Irgendwann war ein neues Jahrzehnt angebrochen, und mit all der Kraft der verloschenen Feuerwerkskörper hatten sie hier gesessen, gespielt, Mátyás, jung genug, quirlig, nie zuvor hatte Waclaw eine Nacht an diesen Tischen verbracht, nie hatte er die plötzliche Ferne ringsum mehr geliebt.

Der Geruch von Kraut und Frittierfett hing in der Luft.

Die Tür ging auf, und Eugen steckte seinen Kopf herein.

Waclaw, man sucht dich, sie werden dir einen Super-Puma schicken, gleich morgen früh, kommt vom Festland rüber. Nur für dich. Ein Puma!

Er hörte, wie sich die Stimmen vermengten, und wusste, sie würden nun über Hubschrauber reden, Vor- und Nachteile der einzelnen Modelle abwägen, unter denen der Puma hervorstach. Er saß da und hörte zu, Lúkacs schaufelte irgendetwas in sich hinein, dann fiel sein Blick auf die gelbe Uhr über der Tür, XI, was heißt das, elf Uhr abends heißt das, er sah das Zifferblatt an und merkte, wie etwas in ihm hochstieg, er hörte ihre Stimmen noch, schaffte es bis auf den Gang und in die Kabine, neben die metallene Kloschüssel, in die er sich erbrach, und es war Nacht, einfach Nacht, und er saß da und sah seine Hände zittern, als wären sie von jemand anderem, wie diese Nacht, in die er nicht gehörte.

Alles, was folgte, schien überklar und dennoch verwackelt, Bilder, ausgefranst, an den Rändern nicht fassbar. Der großzügige Rig-Manager Anderson hatte ihn nach einer Stunde

Gespräch von den restlichen vier Tagen der Schicht befreit. Während er redete, dachte Waclaw an Vögel, die Regen imitieren, um Würmer aus dem Erdreich zu locken.

Er hatte nicht die Kraft, ihn zu fragen. Durch das Fenster von Andersons Büro sah Waclaw die Männer ihre Arbeit fortsetzen, sah den Drehtisch, die farbigen Arbeitsanzüge und Helme in grellem Weiß, das Wasser hatte sich beruhigt, lag da, flach, und es war niemand gekommen und hatte einen Kranz ins Wasser geworfen, eine Rede, irgendwas. In seinem Schädel gab es keinen Platz für einen Abschied ohne dunkle Wirtshäuser mit brauner Soße. Er dachte an die Stahlkochereien des Ruhrgebiets, Männer, von denen man ihm als Kind erzählt hatte, die mitten am Tag verschwanden, eine weißglühende Hitze nach Jahren zwischen Karneval und Doppelkorn, auf die elenden Kriegsjahre folgte das Schweigen der Eichenkonsolen, die Enge der Zechensiedlung, Biographien, die zu weniger als Asche wurden im kochenden Stahl der Hochöfen. Als Kind blieb ihm das Bild von Umkleidekabinen, von Straßenschuhen, die am Abend nicht mehr angezogen wurden. Er sah den Kirchenchor von *St. Cyriakus*, Witwen in schweren Kostümen, die sich in Reihe stellten. Ein Gemeindehaus voller Tortenböden, Früchte aus unendlichen Kleingärten, die schwarzen Schuhe glatt wie ausgewischte Teller. Kinder, die polnische und deutsche Lieder sangen, denen man die Kragen gesteift hatte. Die Wellen hatten sich gelegt. Nicht einmal die Farben stimmten: T-Shirts, bunte Helme, haarige Waden, ringsum lag hell die See.

Mehrmals fragte Anderson, ob er wünsche, nach Hause zu reisen. Mehrmals sagte er ihm, dass die Adresse, die das Unternehmen als Notfalladresse führe, schon lange nicht mehr existierte.

Anderson sagte, es wäre gut, wenn er bald an Land käme, und gab ohne Zögern die Meldung von dem Verlust an die Zentrale. Er hielt sich den Hörer ans Ohr. Er nannte Mátyás' Namen inmitten von Sätzen, die klangen wie eine Liste von Dingen, die man nicht mehr benötigt. Vielleicht verstand er nicht, was er sagte, vielleicht versuchte er, sachlich zu sein. An der Wand schimmerte das Foto einer unbekannten Crew, mit Blitzlicht aufgenommen, auf den roten Overalls leuchteten die Reflektorstreifen an Oberarmen und Beinen deutlicher als jedes Gesicht. Waclaw versuchte zu schätzen, wie alt Anderson war, bestimmt fünfzehn Jahre jünger als er selbst, vielleicht Mitte dreißig. Andersons kariertes Hemd rutschte etwas zurück und zeigte eine helle, fast speckige Hand. Alles an ihm war blass und unbehaart, und seine Stimme hatte die Energie von einem Stock, mit dem man in einem lauwarmen Tümpel herumrührt.

Er kannte nicht die Tränen, die Alexej vergoss, der hier draußen die Geburt und das kurze Leben seines Sohnes versäumte, er wusste nichts von den Sprachen, in denen jeder für sich träumte. Er sprach gleichmäßig, nickte ein paar Mal, dann legte er auf. Er griff nach einem Etui aus gelbem Leder, zog einen Füllhalter hervor, notierte ein paar Worte, dann sah er zu Waclaw, als hätte er etwas Wichtiges vollbracht.

Er würde alles tun, ihn nach den Wochen an Land auf eine andere Plattform versetzen zu lassen, sagte Anderson.

Das wäre doch eine Erleichterung für Sie?

Sein Lächeln.

Was ist mit ihm? sagte Waclaw.

Anderson sah ihn erstaunt an.

Mit ihm?

Er schüttelte langsam den Kopf und deutete dann auf die Seekarte an der Wand.

Herr Groszak. Sie wissen doch, was diese Schatten bedeuten?

Für einen Moment starrten beide auf das Tiefenrelief, auf dem die Probebohrungen und die Plattform markiert waren.

Ja, sagte er dann, wie geistesabwesend.

Entweder der Seegang hat ihn gegen einen der Stahlpontons gedrückt, und er ballte die Finger seiner rechten Hand kurz zur Faust, oder die Unterströmung unter Deck hat ihn fortgerissen.

Anderson sah hinaus. Auch sein Mund war weich, und er wich Waclaws Blick aus. Waclaw vermisste Pippo. Er fragte sich, was er jetzt getan hätte. Pippo hatte haarige Hände, und sie konnten zusammen rauchen, wenn es Probleme gab. Pippo kannte seine Leute. Wenn die anderen lauthals lachten, zog sich nur ein feines Lächeln über sein Gesicht, aber dann konnte seine Stimme hart werden wie der Kamm von einem Barsch, man konnte sich an ihm verletzen. Nie hätte er wie ein Welpe mit dieser Sekretärin telefoniert.

Anderson wies mit dem Kopf zur Tür.

Die Männer sagen mir Bescheid, wenn sie da draußen etwas Ungewöhnliches sehen.

Er kippte zurück in seinen Sessel.

Wir melden uns. Gegen drei kommt ihr Shuttle.

Und es war nur diese plötzliche Wut, die ihn dazu brachte aufzustehen. Da war die Wölbung der Stuhllehne, in die sich seine Daumen bohrten, und dass Anderson plötzlich schwieg, als er ihn so stehen sah, ja, erschrocken, aber eher in der Art, wie man vor Ungeziefer erschrickt oder vor einem unbekannten Geräusch, so, als könne er plötzlich auf ihn zuspringen. Er stand einfach da und sah ihn an.

Don't be stupid, sagte Anderson leise und biss sich auf die Lippen. Ich meine es ernst.

Auf dem Weg in die Kabine fühlte er sich plötzlich schwer, als hätte er seit Wochen nicht geschlafen. Er riss ihre Schränke auf und klaubte die Sachen zusammen, stopfte sie in die Taschen, dann trug er sie hinaus, beide Taschen, an Deck, in die plötzliche Seeluft.

Er stieg hinauf zum Helideck, die Bohrungen gingen weiter, sie pumpten mehr Spülung in die Tiefe, um den Druck aufrechtzuerhalten, der Puma war noch nicht da, er trug schwer am Gepäck. Nur Petrov begleitete ihn hinauf zum Landedeck, stand krumm wie eine Eiche, und sprach wenig.

Waclaw lehnte an einer Wand, sah die anderen weiterarbeiten, der Kran schwenkte um, der Wind war noch kalt, sein Gesicht fühlte sich heiß an, die Augen verquollen. Hinter sich hörte er Tritte auf der Treppe, sah Francis, noch ganz verdreckt in seinem Overall.

Wenzel, sagte er und holte Luft. Was haben sie gesagt, wo gehst du jetzt hin?

Francis zog seine Handschuhe aus und ließ sie wie zwei tote Fische neben sich fallen. Waclaw konnte sehen, wie sich der

Rand der Stiefel unter den Hosenbeinen abzeichnete. Alles schien ihm zu groß, die Kleidung, der Helm, Francis erinnerte an ein Tier, dessen Fell nass geworden war, das plötzlich nur noch erbärmlich und krank aussah.

Was machen die jetzt? fragte er. Was machen die jetzt mit – er stockte, als wagte er nicht weiterzusprechen.

Mit Mátyás, das ist immer noch sein Name, sagte Waclaw leise.

Es fühlte sich falsch an, diese Rolle zu spielen. Als er weiterredete, hörte er fast neugierig auf seine eigene Stimme, die ungewöhnlich fest klang.

Sie werden nichts tun.

Er konnte sehen, wie Francis seine Lippen zusammenpresste, seine Haut glänzte fettig, als hätte er sich seit Tagen nicht gewaschen. Erinnerst du dieses Boot vor ein paar Jahren? Vor Mehdia? Die waren schon fast an Land. Drei von denen haben sie nie gefunden. Und Taucher –

Waclaw winkte ab.

Kommst du wieder? fragte Francis eilig.

Er war nervös. Die Schicht würde gleich weitergehen und er musste zurück. Obwohl so viel Zeit vergangen war, hatte er noch immer das Gefühl, sich vor den anderen nichts leisten zu können.

Sicher. Waclaw klopfte ihm auf die Schulter. Sure.

Dann sah er ihn das Deck heruntersteigen und über die Brücke zum Drillfloor gehen. Es gab ihm einen Stich, ihn so zu erblicken, gleich schnell zwischen den anderen.

Der Puma kam nicht, bis es Abend geworden war.

Das ist nicht Mexiko.

Mehrmals schoss ihm dieser Satz durch den Kopf, aber er

konnte nichts damit anfangen. Dies war nicht Mexiko, und das Meer hatte sich beruhigt, aber Mátyás war nicht da.

Was an diesem Abend von der Plattform blieb, war das kleine Licht auf den Wassern, ein dunkler Horizont, der sich weitete. Er lehnte mit doppeltem Gehörschutz an der Scheibe, ein verschwitzter Überlebensanzug, der Motor, der über ihm vibrierte, er sah den hellen Flecken, die Gasfackeln und erleuchteten Aufbauten, die weit unten immer unschärfer wurden.

Und während er diesen hellen Flecken betrachtete, musste er an seinen Vater denken, an die Dachkammer und das ovale Fenster. Das Beben seiner staubzerfressenen Lunge, als Waclaw bei ihm saß, in seinen Augen eine Angst, die nicht passen wollte zu seiner Hand, die beruhigend über seinen Arm strich. Er bat Waclaw, ihm ein anderes Meer zu beschreiben, eines, das der Ostsee nicht gleichen würde, mit ihren schummrigen Kuttern und Kajüten. Er ließ sich von dem Sand erzählen, den die Saharawinde über das Wasser trugen, der ihnen an den Tagen zwischen den Zähnen knirschte, und Waclaw nannte ihm Küstenlinien, Dünen aus feinstem Sand, die direkt an das Meer grenzten. Sie sprachen von Reisen, die man unternehmen würde, an Orte, zu denen niemand ihnen folgen würde. *Iść tam, dokąd nikt nie idzie za tobą,* flüsterte sein Vater, und Waclaw nickte. *Gehen, wohin niemand dir folgt.* Er versuchte stark zu sein, wie er all die Zeit stark gewesen war, und dann saßen sie lange im Dämmerlicht der Kammer, die so klein war, dass er vom Bett aus die gegenüberliegende Wand mit der Hand berühren konnte. Einige Male fiel sein Vater in leichten Schlaf, dann öffnete er die Augen und nannte Waclaws Namen.

Der Helikopter schlingerte durch diesen Himmel, der Helikopter würde eine Küste finden und landen, wo ein Boot ihn mit in den nächtlichen Hafen von Tanger nehmen sollte.

Das geduckte Laufen unter den Rotorblättern, mit zwei Seesäcken. Sie lagen nebeneinander auf der Rückbank des Taxis, als sie in Richtung des Kutters aufbrachen. Ein leichter Regen lief in roten Schlieren durch den Staub auf der Windschutzscheibe. Sie fuhren. Niedrige Baracken mit Drahtzäunen, ab und zu sah er die vergitterten Fenster von Werkstätten, dahinter Hebebühnen in einem nächtlich kalten Licht, einige gut gesicherte Lagerhallen. Es war eines jener Industriegebiete in Küstennähe, die aussehen, als würden sie nur für Schrott und Autohandel gebraucht. Er war müde. Neben ihm der Fahrer kaute auf etwas herum, und er hörte das Geräusch der Scheibenwischer. Sie zogen Streifen über das Glas. Und da waren Tropfen, die aufleuchteten in diesen fremden Straßen, man wischte sie fort, und niemand bemerkte etwas davon. Es würden neue kommen.

2. Kapitel
Tanger

Das Meer roch salzig und ölig, der wenige Regen hatte die Gerüche noch verstärkt. Zwischen den Blechhütten lagen Motoren und Außenborder, hinter einem hohen Zaun hörte er das Winseln von zwei Hunden, die in der Nacht das Gelände bewachen sollten. Von hier aus würden sie in wenigen Stunden den Hafen von Tanger erreichen, Waclaw kannte die Strecke. Es war ein kleines Kajütboot und der Fahrer beachtete ihn nicht weiter. Da war sein Rücken wieder, und er versuchte, nicht daran zu denken. Die Schnallen seiner Tasche waren abgenutzt und stumpf.

Das Boot steuerte durch die Bucht in den gelblich erleuchteten Fischerhafen. Der Fahrer drosselte die Geschwindigkeit, und während sie mit einem leisen Tuckern an den anderen Booten vorbeizogen, sah Waclaw all die Fliegen, Motten und Falter, die als weiße Schatten um die Scheinwerfer im Hafen tanzten, ein durchsichtig helles Schwärmen, irritierend schön vor dem Dunkel der Nacht. Darin all das Flirrende vieler Jahre, die sich zu nichts verbanden, die ungeordnet auftauchten im begrenzenden Kegel Licht.

Es waren endlose Reihen von kleinen Fischerkähnen, die eng nebeneinander vertäut lagen. Der Fahrer ließ das Boot ausgleiten, bis es mit einem Ruck neben einem anderen zu liegen kam. Statt eine Leine zu werfen, hielt er sich mit beiden Armen an der gegenüberliegenden Bootswand fest und gab Waclaw einen Wink. Er beeilte sich, die beiden Seesäcke hinüberzuwuchten, um dann mit einem letzten langen Schritt selbst auf die andere Seite zu gelangen. Zwischen den Booten lag etwas Licht auf dem sonst öligschwarzen Wasser, Stimmen waren aus den Schatten unter den niedrigen Betongebäuden zu hören. Der Helm, der am Seesack hing, gab einen deutlich hohlen Klang, als er gegen die Bootswand schlug. Noch am Morgen hatte Waclaw alles nach dem großen *Thunder-Horse*-Aufkleber abgesucht, ein rotes Ross auf dem Plastik, aber er hatte Mátyás' Helm nirgends gefunden. Nur sein Stirnband, das noch etwas feucht war, das er eilig zu den anderen Sachen getan hatte. Kaum war er auf der anderen Seite, hörte er den Motor starten, der Schatten des Bootsmanns war zurückgeglitten hinter das Steuerrad, Waclaw sah, wie er sich vorsichtig durch die Schiffsreihen hinausmanövrierte, bald war das Boot nicht mehr zu hören.

Im Fischerhafen war noch alles wie zu Beginn, die Lichter ähnelten kleinen Funzeln, als wäre man hier weit entfernt von dem Zollbereich, in dem das Kläffen der Hunde für immer in der Luft zu hängen schien. Die Stimmung hatte sich verändert, seit sie das Zimmer vor ein paar Jahren gemietet hatten. Auf den Straßen verkauften Händler billige Kunststoffdecken, die sich die Leute um die Schultern legten wie auf alten Abbildungen die Hirten. Sie hatten den Jahreswechsel hier verbracht, zwischen zu vielen Gesichtern, die nicht wussten, was Neujahr für sie bedeutete. Zwischen ihnen hatten sie auf den Felsen gestanden, um das entfernte Leuchten der Feuerwerkskörper auf der anderen Seite der Meerenge zu sehen.

Der Steg schwankte, und er vermied es, zu den Seiten in die dunklen Schatten unter den Vordächern zu blicken, bis er das Hafengelände hinter sich hatte. Der leichte Geruch von Tabak stieg ihm in die Nase, bald erreichte er die Straße und lief zum Klang seiner eigenen Schritte den Hügel hinauf bis zur Stadtmauer. Hier begannen die Gassen, die sich so lange öffneten und verzweigten, dass es schien, als würde all das Gefeilsche und die Lautstärke der Händler bloß ablenken, den Vorhang geben für ein Bild, dessen Tiefe man nur gelegentlich ahnte.

Die Straßen waren noch belebt, fensterlose kleine Läden, vor denen Händler saßen. Eine Frau schälte Erbsen in einem verdreckten Lagerraum, neben ihr auf einer Kiste schlief ein Junge. Waclaw brauchte den Weg nicht zu suchen. Es war ein Zimmer, das sie in einem alten Kolonialbau gemietet hatten, am Rande der Altstadt von Tanger. Es war eine der wenigen Stationen, die sie gemeinsam hatten, eher zufällig bestimmt durch die Nähe zum Flughafen und zum Wasser, und es war ihre erste Bleibe nach Mexiko, nach Katrina und den Stürmen, und eine Weile hielten sich die Gerüchte, auch vor dieser Küste müsse man, wie vor Brasilien, nur durch die Salzkruste bohren und käme sofort an ein riesiges Ölreservoir. Nur etwas Gas hatte man an Land gefunden. Sie hatten das Zimmer trotzdem behalten. Ein Anlaufpunkt, an dem sie zurücklassen konnten, was in den Spinden keinen Platz fand, was nicht passen wollte zum hellen Glanz der Wasser, wo man sie mit den anderen zusammenzwängte, für zwei, für drei Wochen, immer aufs Neue.

Haven nannte Mátyás das Zimmer, nach einem Tanker, der vor der ligurischen Küste gesunken war, und tatsächlich schien es ein Ort, der gelegentlich von der Brandung erfasst wurde, wenn sie nach Wochen wiederkamen, um ein paar Sachen zu wechseln, und dann lange hinter den verschlossenen Fensterläden lagen, um zu schlafen. Es war noch immer warm. Aus dem Café tönten ein paar letzte Spieler beim Parchís, er sah ihre Umrisse im bläulichen Schein der Neonröhren. Waclaw hörte die Würfel hart auf die Glasplatten schlagen, sonst war es beinahe still. Er ließ beide Taschen fallen, nur das Scharnier knarrte laut, als er sich gegen die Tür stemmte. Er nahm die Stufen eilig, ohne das Licht einzuschalten.

Zu dem Zimmer gehörte ein Bad draußen am Flur. Als er dort vorbeikam, meinte er, hinter der geriffelten gelblichen Scheibe eine nackte Schulter zu sehen, jemand zog sich um, aber es konnte nicht Mátyás sein.

Er schloss die Zimmertür auf. Etwas Laternenlicht fiel von der Straße herein, zeigte das niedrige, vor der Fassade liegende Gitter. Auf jeder Seite des Raumes stand ein großer Schrank, beide waren geschlossen, zuletzt hatten sie noch etwas Zeit gehabt, um aufzuräumen. Die Matratze lehnte neben dem Fenster, er zerrte sie weit in die gegenüberliegende Ecke, legte sich nah an die Wand.

Dann, etwas später, lief leise Musik auf der Straße, war das Dunkel noch immer gleich, war er keiner mehr, der zum linken Schrank gehörte oder zum rechten, er stand auf, ging zum Fenster, dann hinaus, und blieb stehen an einer Stelle, an der die Gasse steil abfiel, lange, suchend. Es würden bald nur noch Schränke sein. Hoch über den gekalkten Fassaden sah er in den Sternen den Großen Wagen, der weit auf die Vorderachse gekippt war, und er dachte darüber nach, warum die Menschen ausgerechnet einen Wagen in diesen Sternen sehen wollten, und warum dieser Wagen leer war.

Er hatte lange wachgelegen, als er nach der kleinen Stehlampe neben der Matratze griff. Er setzte sich auf. Die beiden Seesäcke lagen vor dem Schrank. Er dachte an Petrov, der ihm die zweite Tasche gehalten hatte, die dunklen Tabakränder an seinen Zähnen, der Reißverschluss seines Overalls, der nie ganz schloss, das ergrauende Brusthaar darunter. Die Kälte auf der Haut, die ihnen beiden sagte, sie waren noch da, während der Puma um die Plattform herumflog, etwas tiefer als sonst, für ein paar Minuten war der Suchscheinwerfer über das Wasser geglitten, wie das unruhige Gekritzel von einem Kind. Nur der Lärm, und dass Petrov bei ihm stand, der Puma kam auf seinen Kufen zu stehen, sie beide brüllten etwas, pressten den Gehörschutz auf die Ohren.

Es war heiß. Er zog den zweiten Strumpf vom Fuß. Auf der Sohle war ein bräunlicher Abdruck aus ihrer Kabine zurückgeblieben. Staub und Schweiß.

Es war noch dunkel, als er die Tür zum Dach aufdrückte. Fern über der Bucht lag ein wattiger Nebel. Er war so müde und benommen, dass er die Augen kaum aufhalten konnte, er wollte nicht schlafen. Er wollte sich fern haben. Sich aussperren, wie man einen Hund aussperrt, der noch bettelt nach dem letzten Stückchen Fleisch. Das Dunkel des Zimmers war überdeutlich gewesen. Er spürte die Kühle der Luft, wo die Decke seine Arme und Knöchel nicht bedeckte, das Gestell des Drahtsessels drückte in seine Seiten. Ein paar Mal fiel ihm der Kopf auf die Brust.

Nur langsam klarte es auf, über ihm die eiligen Bäuche der Vögel, ihre hellen Linien, wenn sie sich abstießen von den steilen Mauern der portugiesischen Festung, über die Antennen und verschachtelten Dächer hinunterzogen zum Hafen. Das schmutzige Grauweiß der Klimaanlagen, die Kakteen in den Dachblumenkästen. Etwas Tau lag in kleinen Tropfen vor ihm auf dem gefliesten Tisch. Das Licht war noch nicht warm, die Luft in der Ferne weiß und neblig.

Es war beinah ein Ritual gewesen, jedes Mal wenn sie wiederkamen, trafen sie sich auf dem Dach, lagen lang ausgestreckt, hörten auf die gedämpften Geräusche der Straßen, Kinder in Sandalen und das Klappern von Handkarren, ohne irgendetwas unternehmen zu müssen. Sie hatten morgens hier gesessen, ohne viel zu reden, und gespürt, wie die Sonne auf der Haut allmählich wärmer wurde.

Jetzt schwankten die Palmen, und er wollte nichts damit zu tun haben. Er hörte Schritte auf den Stufen, jemand drückte die Tür von innen auf. Der Schatten folgte einem großen Korb, und er sah Darya, die sich die nasse Wäsche auf die Hüfte geklemmt hatte. Sie schleppte die Bettlaken hoch aufs Dach. Darya war klein und untersetzt, ihre dunklen Haare fielen aus dem Zopf, sodass man an einen kinnlangen Pagenschnitt denken konnte.

Sie trug das lange Hemd mit den Stickereien, das Waclaw schon kannte, Pailletten, die in der Sonne das Licht reflektierten. Sie lachte gern. Er konnte ihren Blick beinah spüren, der über ihn hinweg und dann weiter über das Dach glitt. Er schloss die Augen. Sie war die Schwester von Rasil und half, die Zimmer zu vermieten. Mit ihren zweiunddreißig war sie noch immer unverheiratet, und schon seit einer Weile schien sie auf ihre Rückkehr zu warten, stand sie nah bei Mátyás im Hof, wenn er auf einer der Bänke saß und rauchte. Sicher hatte sie den Schlüssel in der Nacht gehört.

Er konzentrierte sich auf das schilfartige Grün in der alten

Mauer, auf den Feigenbaum, der sich zwischen den Felsblöcken festkrallte. Darya setzte den Korb ab und sah unter den Leinen hindurch zu ihm. Er zog die Decke fester um sich und schloss die Augen. Von irgendwo drang der Geruch von Feuer zu ihm herauf, in einer kleinen Werkstatt entzündet. Unter der Decke begann er zu schwitzen. Er hielt die Augen geschlossen, als wäre er nur müde nach einer sehr langen Schicht, als wäre alles wie immer. Im Augenwinkel konnte er sehen, wie Darya sich streckte, um die Klammern festzustecken. Noch eine Weile konnte er das gleichmäßige Klimpern und Aneinanderschlagen ihrer Armreifen hören. Er lag da, als würde er nur dösen unter einer Sonne, die noch kaum hoch genug stand, um ihn zu wärmen.

Da war niemand. In den weiß getünchten Gassen stand die Luft, der Raum lag im Halbdämmer hinter geschlossenen Fensterläden, draußen hörte er Menschen auf ihren Motorrollern, er roch die Abgaswolken, ein bläulicher Qualm, er rührte sich nicht. Da war die Senke unter dem Rippenbogen, auf dem seine Hand lag. Es war kein Hunger. Der Wasserkanister neben ihm war beinahe leer, die Blätter des Deckenventilators strichen gleichmäßig durch diesen Tag, als wäre er bloß ein Gedanke; da war nichts, was Widerstand bot.

Sie hatten sich weinen sehen, sie hatten all diese Länder gesehen, aber gemessen daran, was blieb, um Abschied zu nehmen? Der kurze Moment vor der Stiefelkammer, Schichtwechsel, Mátyás stieg aus seinem Ölzeug, grau wie eine Spinne, die Nacht hatte ihre Schatten noch auf seinem Gesicht. Da waren all die anderen um sie herum, der Geruch der Trockenräume, das klamme Ölzeug, und Mátyás, in seiner verschwitzten langen Unterwäsche, die Haut noch warm von der Arbeit, und wo war das, die Eile, er musste hinaus, sie umarmten sich kurz, sein Anzug war feucht und muffig. *Es wird stärker,* sagte Mátyás, sie umarmten sich kurz, dann legte Waclaw ihm die Hand auf seine warme, verschwitzte Schulter, alles schien zu dampfen.

Es war Nachmittag, als er das Zimmer verließ. Er spürte die langen ausgetretenen Leinenschuhe und den Stoff der Hose auf seiner Haut. Die Stände: schwarze Oliven und Pistaziengebäck, neben ihm ein Mann, der die Orangen mit dem Daumen prüfte. Waclaw nahm Geld aus der Hosentasche und kaufte ein wie sonst auch, er trug die Tüten an langen Armen und spürte ihr Gewicht, als er ging. In der Nacht hatte er an den Unfall des Finnen denken müssen, an die *West Capricorn* und die Nächte mit Sharam, und er hatte sich gefragt, was Sharam getan hätte, wenn er dabei gewesen wäre, und er war sich vorgekommen wie ein Dieb, der sich in den langen, abgedunkelten Gängen seines eigenen Lebens verirrt. Die Tage mit Sharam hatten vor ihm gelegen wie ein empfindliches Gemälde, das kein Tageslicht verträgt. Er hatte sein altes Telefon aus dem Schrank genommen und daran gedacht, was einige inzwischen über Sharam sagten, der Perser, er sei nicht mehr als ein trauriger Alkoholiker, so als wäre alles, was vor zwölf Jahren geschehen war, da alles gerade erst begann, ohne Bedeutung. Er wusste nicht einmal, zu welchem Land Sharams Vorwahl gehörte.

Er setzte sich unter die hohen Palmen auf dem Grand Socco, ein Platz aus hellem Stein mit einem Brunnen und Palmen, ein Schwarm Vögel zog in wippendem Flug den Hügel hinauf, wo neben den Schmiedewerkstätten ein Flecken Grünes wuchs. Er ging im Schatten die schmale Straße entlang, Ziegen- und Büffelhörner in großen geflochtenen Körben, der dumpfe Geruch von glühendem Metall und Kohle, niedrige Mauern, dann das Grün, Mátyás auf dem Grün, die Arme im Nacken verschränkt, nicht anders als zuletzt, deutlicher als alles an diesem Tag lag er da, und er lief, Waclaw lief, den Mendoubia-Park entlang, zu den Rufen des Muezzins aus der nahen Moschee, er sah die Eile der Männer, die zum Gebet gingen, er lief, ließ all das hinter sich, das erdrote Minarett, Stände mit Tüchern, Taschen, die großen gummiartigen Bäume, die ausgeblichenen Strommasten aus Holz, alte Mercedes-Modelle mit langer Schnauze, die neben ihm langsamer fuhren, *Taxi*, ein paar Mal rief man ihm etwas zu, die Hand eines Händlers, die sich auf seinen Arm legte, er ging, ging weiter, trug, was er gekauft hatte, warf ein paar Bissen einem Streuner zu, dessen Fell von irgendeiner Räude zerfressen war.

Ohne es zu wollen, hatte er die Küste erreicht. Entfernt das schmutzige Grauweiß der Hotelburgen, am Strand spielten ein paar Jungen Fußball, ihre dünnen Körper jagten hin und her vor einem Tor aus zwei Latschen, immer wieder traten sie daneben, flog eine gehörige Portion Sand in die Luft, sie rieben sich die Augen, spielten weiter. Zu gehen. Der Umriss von einem Kamel am Strand hatte ihn vor langer Zeit einmal froh gemacht. Und vielleicht nur, weil er fort war, sah er Mátyás' Gesicht überdeutlich neben sich, die Locken rebellisch in alle Richtungen, nur die Augen müd, die leicht schiefen Zähne. Er hörte seine Stimme, aber anders, als wäre ein Stimmblatt eingerissen, der leichte Sonnenbrand auf seiner Stirn.

Im Dunkel des Kiosks saß derselbe Mann, der auch zuletzt dort gesessen hatte, seine großporige Haut zwischen Reihen von Tabak und Zeitungen. Waclaw legte ein paar Dirhams vor ihn hin und deutete auf eine der Gazetten. Auf dem Titelfoto salutierte ein Militär in khakifarbener Uniform, auf der Schirmmütze kreuzten sich zwei Schwerter. Der Verkäufer sah Waclaw an.

New president. Egypt.

Er legte seine große Hand über die Münzen.

You read Arabic? Only Arabic.

Er hielt die Zeitung ins Licht.

No English, sagte er noch mal. Er wartete. Waclaw konnte sehen, wie sich die Lippe des Mannes unter dem Schnauzbart vorschob.

Dann deutete der Verkäufer auf die gelben Schachteln, die Waclaw sonst für Mátyás gekauft hatte.

You want?

Waclaw zögerte.

One, sagte er dann leise und deutete auf die Sorte.

Er brauchte das Päckchen nicht mehr. Er steckte es mechanisch und wie gewohnt ein. Manchmal, früh, wenn es schon hell wurde, hatten sie hier gestanden. Sie waren auf dem Weg zurück, ohne einen einzigen Jeton, der ihnen geblieben wäre, und die Wellen waren ein Netz, das man auswarf, das kurz und vergeblich schimmerte.

Weiter im Westen, von der Stadtseite abgekehrt, führte die Straße in Richtung Rabat. Dort wuchsen unter den Felsen ein paar hohe Büsche, deren Blätter schon die ocker- und gelblichgrauen Farben des Sandes angenommen hatten. Nur vom Wasser her war die Stelle zu erreichen. Im Sommer vervielfachte sich das Licht hier zu einem Brennen, ein schmaler

Sandstreifen, und schon vor Jahren hatte Waclaw hinter den Büschen ein paar Augen entdeckt. Rasil hatte ihm später erzählt, dass die halbe Stadt davon wüsste, dass sie ein Hermaphrodit sei und seit Jahren hier draußen lebte, die Leute kamen mit Essen und etwas Geld, weil sie glaubten, dass es Glück bringe. Einmal, im Winter, hatte Waclaw sie an den Müllcontainern gesehen, nur ein paar Augen, die scheu waren, die Haut gegerbt von der Sonne. Später hatte er manchmal daran gedacht, wenn er mit Mátyás an den aufgeheizten Fels gedrängt saß, als könne das Licht, dieser Ansturm aus Licht, all die Wochen an Deck vertreiben. Eine Möwe segelte über der Stelle. Wahrscheinlich kannte sie die kleinen Geschenke, die die Leute brachten.

Ein komischer Geruch stieg ihm von den Felsen her entgegen, als er den Beutel mit seinen Einkäufen absetzte. Er versuchte nicht, im Schatten hinter dem Gestrüpp etwas zu erkennen. Er wusste nicht, ob es stimmte, was die Leute sagten, und es war ihm egal. Aber als er ging, hatte er das Gefühl, dass jemand ihm nachsah, und er lief langsam und in einer geraden Linie durch den Sand. Für einen Moment sah er sich selbst, den dünnen Strich, mit ausgebeulten Hosentaschen und leicht vorgeneigtem Schritt, der alles verriet, die Wirbel weit unten, die Drei, die Vier, er lief weiter. Als er sich schließlich umsah, konnte er nur die Büsche erkennen, vor denen er die Tüte abgesetzt hatte. Nur die Möwe in niedrigen Kreisen über dem Fels. Waclaw ging. Der schmale Sandstreifen endete, und er stieß wieder auf die Straße. Es war zu laut, um Sharam anzurufen. Am Rand der Straße war kaum genug Platz, er sah seinen eigenen Umriss im bunten Lack der Kleinwagen. Der Küstenfelsen war ein heller Kalkarenit, und er merkte, wie das Wort ihn schwanken machte. Ein salziger warmer Wind kam über das Meer.

Es war eine Erinnerung, dieses Gehen, mit Löchern durchschlagene Straßen, unbeleuchtete Höfe. Er kannte diesen Geruch von Pisse in den steinernen Winkeln der Straßen, verdreckte Häuserwände, Rinde, die sich von den Stämmen der Bäume herunterschälte. Hinter der nächsten Kurve ragte die weiße Kuppel der Radarstation wie ein ausgeblichener Fußball aus dem Grün, eine blasse Kappe, die man auf die Spitze von einem Turm gestülpt hatte, die Felsen und Bäume überragte und alles registrierte, was sich auf der Meerenge bewegte.

Er lief den Hang hinauf, bis die breite Straße am Stadion vorbeiführte, wo die verwilderten Gräber des muslimischen Friedhofs hinter einer langen weißen Mauer lagen. Vor dem Stadion stand eine Gruppe junger Männer, sie blickten in die Mitte von dem Kreis, den sie bildeten, und beachteten den dünnen Mann gar nicht, der eilig, vorgebeugt, dort entlanglief, als würde er gegen Wind angehen.

Am Abend wird er nicht mehr wissen, was er da wollte. Die Straße war leer, die ersten Villen kauerten hinter besprenkelten Rasenflächen, eine gesteppte Ziernaht, bevor das Land steil abfiel zum Meer. Zwischen den Villen waren schmale Wege in den Stein gehauen, an Regentagen wurden sie glitschig, aber jetzt konnte er gehen, das Blau öffnete sich weit auf den Atlantik, wo in großem Abstand einige Fischerboote lagen. Sie waren winzig, und sein Kopf pochte, Wolken waren aufgezogen, es wurde diesig. Über eine Mauer hinweg wehte der Geruch von frisch geschnittenem Gras.

Der Pfad endete, und er kletterte langsam die Felsen hinab,

ein paar Mal rutschte er und musste sich eng gegen den Stein pressen, um nicht das Gleichgewicht zu verlieren.

Waclaw schwitzte. Für die letzten Meter war ein größerer Sprung nötig, und der feuchte Sand gab kaum nach. Er ließ sich vornüberfallen und blieb so liegen, das Wasser kam nah, er spürte die Kälte an Händen und Unterarmen. Die Wellen klatschten laut gegen die Steine und verdoppelten sich hier. Etwas Müll tanzte auf dem Wasser.

Zu schreien. Liegen zu bleiben. Die Wirbel, die Drei, die Vier. Er sah Mátyás vor sich, die grundlose Erschöpfung, mit der sie, noch bevor die Schicht begonnen hatte, dick eingepackt in Regensachen am Strand gesessen hatten, Waclaw mit lang ausgestreckten Beinen, Mátyás' Kopf an seiner Schulter, und später dann, als er eingeschlafen war, auf seinem Oberschenkel, der Wind so stark, als wäre er bemüht, ihnen einen Ort zu geben, wehte den körnigen Sand über den Rand der Mulde, in der sie lagen. Er sah das Lecken der Wellen, endlose Muster aus Schaum, wenn sich das Wasser zurückzog. Und Mátyás schlief, schwer auf seinem Bein, schlief die Wochen aus, die er nun schon das dritte Mal dort oben verbracht hatte, Nordsee, diese Feuchtigkeit in den Klamotten und das unendliche Bedürfnis nach Schlaf um vier Uhr früh, wenn der Körper längst wusste, dass neun Stunden in dem eisigen Wind zu viel waren und die nächsten drei mit dem ersten einsetzenden Licht nur unendlich schwerer würden. Waclaw hatte die Zeit in einem kleinen Dorf an der Ostküste Englands verbracht, er hatte auf ihn gewartet, in einer Stadt, die nur aus raubeinigen Kerlen zu bestehen schien, gleiche, grau verputzte Häuser, und er war froh gewesen, ihn wieder bei sich zu haben, Mátyás, der Extraschichten schob, rastlos, und er brauchte Waclaw seine Erschöpfung nicht zu erklären, die ihn fast drei Tage wie ohnmächtig ins Kissen drückte. Wenn er wach wurde, waren sie essen gegangen oder hatten warmen verkochten Reis bestellt, den man dort als Thai-Essen ausgab, sie hatten darüber gelacht, und Waclaw hatte die Dosen mit *Baked Beans* nicht erwähnt, die ihn in den trüben zwei Wochen zuvor über Wasser gehalten hatten. Jeden Abend hatte er seinen Rücken verflucht und die Wirbel, von denen er nie sprach. Er sollte ruhen, würde ihm der Arzt sagen, den er nie fragte. Ohne Mátyás war er kaum aus dem Haus gegangen. Von der neuen Plattform *Troll* hatte Mátyás wenig erzählt, nur, dass es ein schäbiges Loch gewesen sei und der Typ, mit dem er sich das Zimmer teilte, ein trockener solider Familienvater. Sieben Fotos, sagte Mátyás, und keiner von ihnen lachte.

Von den Plattformen in der Nordsee erzählte man sich Übles, der Rost greife schneller um sich, als vier Mann dagegen ankämpfen konnten, und die ausgesaugten Felder hinterließen Hohlräume, instabile Gebiete, es konnte passieren, dass die Verschalungen in den Bohrlöchern wegbrachen, und keine Bohrspülung der Welt konnte dann die heißen Gase stoppen, die sich in den porösen Schichten neben den Steigrohren nach oben pressten. Noch einmal spürte er die Wärme ihrer Körper auf dem kalten verlassenen Sand. Nichts, kein Laden oder Café hatte geöffnet, sogar die Einheimischen hatten sich in die warmen Winkel ihrer Häuser verkrochen. Es gab nur sie beide, sein Arm auf Mátyás' Körper, und die Feuchtigkeit, die ihnen langsam in die Kleider gekrochen war. Sie hatten wenig geredet. Für eine Weile hatte er die Augen geschlossen und gefühlt, wie sich sein Arm auf Mátyás' Rippenbogen hob und senkte.

Hinter ihm türmte sich die Felswand zu einem Massiv aus

hellem gelblichem Stein. Er setzte sich auf. Die Luft war trübe und milchig, über allem lag der leichte Geruch von Seetang. *Northern Dancer.* Ein großer Frachter schob sich am Festland vorbei in Richtung Gibraltar. Am Anfang hatte er noch versucht, sich die Namen der Schiffe zu merken, als würden sie etwas Großes versprechen. *Neptun Voyager.* Waclaw war ein Stück gegangen, als am Ufer etwas Dunkles sichtbar wurde. Aus der Ferne sah es aus wie ein unförmig langer Sack. Es war gerade weit genug an Land getragen worden, um von den Wellen nicht mehr berührt zu werden. Ein Körper, seltsam verdreht und schwer.

Als er näher kam, sah er, dass die dunkle Haut aufgeplatzt war, sie spannte sich über dem Rumpf. Das Auge war bereits ausgehackt, die Rückenflosse hing träg zur Seite, nur das Maul bildete die bekannte Linie, eine Art Welle, die sich nachzeichnete in einer geschwungenen Reihe winziger, makellos weißer Zähne. Sie schienen noch immer zu lächeln.

Der Wind war warm. Er sah den Sand auf der Haut, die über dem Maul Risse bekommen hatte, Blasen hatten sich gebildet, der Kadaver lag auf der Seite. Das Meer spuckte aus, was es nicht mehr brauchte. Auf der Überfahrt hatten sie die Tümmler häufig gesehen, in kleinen Gruppen kamen sie an die Boote.

Er versuchte, langsam zu atmen, die Übelkeit zu unterdrücken. Da war ein Ziehen im Kiefer, und sein Magen krampfte, als wollte sich alles aus ihm herauspressen. In den Geruch der Salzluft mischte sich ein süßliches Summen. Er drehte sich ab. Kurz sah er ein Nachbild des Körpers vor sich, dann ging er ein Stück, lehnte sich in einigem Abstand an den Fels, der Stein war kühl, und Waclaw hörte die Wellen.

Eine Weile stand er da. Sogar die Felsen hinter ihm schienen diese Stelle zu betrachten. Er sah, wie das Wasser nach der Schwanzflosse griff, nach der unbewegten Schwere des Körpers.

Etwas drückte gegen sein Bein. Er kramte die Zigarettenschachtel hervor und warf sie in die See. Sie flog nicht weit. Schon in der Luft trieb der Wind sie zurück in seine Richtung. Er sah die bunten T-Shirts der Männer. Er sah, wie alles weiterlief, den Kran, das Aneinanderschlagen der Rohre. Er musste an Sharam denken. Wie die anderen reagiert hätten, wenn er dabei gewesen wäre. Oder jemand. Er stellte sich vor, wie irgendein Krisenmanager in diesem kleinen Dorf in Ungarn anrief, und dachte an Mátyás, der immer erst lange die Nachrichten von zu Hause abhören musste, bevor er zu Waclaw hoch aufs Dach kam. Plötzlich hatte er es eilig. Der Sandstreifen zwischen Wasser und Fels war hier so schmal, dass es keine andere Möglichkeit gab, als wieder hinaufzuklettern. Aber er rutschte ab, und die Seevögel sahen zu, drehten ihre großen leichten Kreise, während jeder Armzug einen Nagel tief in die Stelle zwischen seinen Wirbeln trieb. Er kam nicht hinauf. Seine Finger tasteten nach Vertiefungen im Fels, einmal rutschte er ab, watete knietief ins Wasser, um eine weniger steile Route zu versuchen. Die Sonne war fast untergegangen, als er das obere Plateau erreichte. Ein paar Scherben, der Stein war noch warm. Es war ein Stechen in der Lunge, und das Salzwasser brannte ihm auf der Haut.

Weit unter ihm lag der lächelnde Kadaver im Sand.

Die See war leiser geworden. Die Sonne sank hinter den Horizont, das letzte Licht, in dem er saß, war nur eine Annahme, ein Nachbild von etwas, das es schon längst nicht mehr gab.

Es klopfte an seiner Tür. Rasil, in seinem ewigen karierten Hemd. Er lugte durch die Tür in das dunkle Zimmer und fragte, ob er das Frühstück vorbereiten sollte.

Tomorrow? Two?

Sicher hatte Darya ihn geschickt, sicher galt die Frage nicht nur ihm. No. No breakfast.

Er sah wie abwesend hinaus.

You need anything?

Waclaw antwortete nicht.

Kurz darauf kam Rasil zurück.

For your hand.

Er reichte etwas Verbandszeug und eine kleine Flasche Desinfektionsmittel durch die Tür.

Help? fragte er.

No.

Rasil musste ihn auf der Straße gesehen haben, ein Strich mit aufgeschabten Händen unter den Orangenbäumen, und erst jetzt fielen ihm die roten Striemen auf, die alte Stoffhose war über dem Knie ganz aufgeschürft. Der Stein war rau gewesen.

Er erwachte in ihrem Zimmer. Mátyás stand da, in Leinenschuhen und Shorts, nur mit diesem albernen Hut auf dem Kopf. Er musste gewusst haben, dass er schön war.

3. Kapitel
Ahmad

Als er hereinkam, grüßte Ahmad überrascht, lächelte bis zu beiden Ohren und sah dann an ihm vorbei in Richtung Tür, als würde er noch jemanden erwarten. Als niemand kam, löffelte er weiter die gemahlenen Bohnen in den Metalltrichter. Hinter ihm stand ein Ensemble von fünf Bunsenbrennern auf einem Brett, das geschwärzt war von Kaffee und Hitze. In der Ecke hingen Fotos von ihm mit Menschen aus dem Film, Leute mit aufgeplusterten Frisuren, die sich für wenige Tage hierhin verirrten, für die der Hafen und die Wasserscheide, die die Kontinente trennte, etwas von der alten Exotik behalten hatten, die einmal westliche Intellektuelle und Filmemacher wie Fliegen in die Hotels gelockt hatte. Sie waren noch immer bereit zu übersehen, dass dieser Landstrich sich verändert hatte. Das Café besaß fünf hohe Bogenfenster, durch die man bis weit auf die Bucht hinausblickte, zu einer Seite glänzten Hotelburgen, der Sand davor wirkte schmutzig. Ein paar Jugendliche rauchten, Waclaw setzte sich an eins der Fenster, neben ihm trank ein Pärchen Minztee aus hohen Gläsern, während im hinteren Teil des Cafés, der am dunkelsten war, drei junge Kerle würfelten. Einer von ihnen sang die Melodie mit, die aus den Lautsprechern drang. Rauchschwaden hingen in der Luft, und Waclaw bestellte seinen Kaffee, ohne Ahmad in die Augen zu sehen.

Noch müde?

Ahmad lächelte breit, als er das hohe Glas mit der fast schwarzen Flüssigkeit vor ihn auf den Tisch stellte.

Der wird helfen.

Es geht. Man braucht eine Weile, du weißt ja.

An der Art, wie er ihn ansah, konnte Waclaw lesen, dass er fertiger aussah als sonst. Sie hatten hier oft gesessen, auf die begrünten Dachgärten geschaut, die zur Bucht hin in endlosen kleiner werdenden Kästchen abfielen, bis das Weiß der Plattenbauten hinter dem Sandstreifen zu flimmern begann, und sie waren langsam zurückgekehrt in den normalen Rhythmus der Tage, während sich die Stimmen mit der Musik vermengten und das Nachmittagslicht auf den Klappstühlen und zerkerbten Tischplatten lag.

Seit einiger Zeit gab es in den Ecken große Monitore, auf denen *BBC-Wildlife*-Filme liefen, sie hatten ihn immer gestört, aber jetzt war er dankbar für die Szenen vom Fressen und Anpirschen, Riesenschlangen in Wasserlöchern und ziehende Herden, die die flachen Rücken der Raubkatzen nicht bemerkten, geduckt in das flache Gras der Savanne.

Waclaw blieb noch dort sitzen, sah sich Totschütteln an, dann, wie Orcawale mit halb bewusstlosen Robben Schlagball spielten. Die Filme hatten kein Geräusch, aber er meinte deutlich, das Brechen der Knochen zu hören.

Er vermied es, Ahmad anzusehen, und legte die bandagierte Hand auf sein Bein unter den Tisch. Dann starrte er in den Rauch und trank den süßen schwarzen Kaffee.

Als er aufstand, schoss ihm ein unbekannter Druck gegen das Innere seiner Schläfenlappen, kurz sah er das Braun der Wellen vor sich, stützte sich auf die Tischplatte. Er legte Ahmad einen Schein auf den Tresen und hielt sich beim Aufstoßen der Tür an der Klinke fest. Ahmad rief ihm noch etwas hinterher, seine Stimme kippte wie bei einem enttäuschten Kind.

Er lief, und er merkte, wie durstig er war.

In dem Moment, als er eine Hand auf der Schulter spürte und das Gesicht sah, das sich mit den hohen Wangen vor ihn schob, gingen durch seinen dröhnenden Kopfschmerz zwei Impulse, einer hieß Flucht und drängte ihn, die schmalen Treppen hinunter in eine der Gassen zu rennen, wo die Weber ihre Fäden spannten, der andere war mindestens ebenso stark, hatte keinen Namen und glich dem Schlaf, in den Reisende nach großer Erschöpfung stürzen, ein kalter Wind, der durch ihn durchging. Beides zusammen ließ ihn einfach langsamer werden, bis er stand, als hätte er Höhenangst und bräuchte etwas zum Festhalten.

Gleich darauf schien alle Energie aus seinem Körper zu weichen, und er hörte Ahmads Stimme.

Ihr kommt doch morgen, oder?

Da waren Ahmads hohe Wangenknochen und die Geräuschlosigkeit der Treppe, auf der sie standen. Auf der gegenüberliegenden Mauer rankten Blumen, die in verwirrend hellen Farben blühten.

Wenzel, was ist?

Er wird nicht mehr kommen, sagte er.

Was ist los? Ahmad ließ nicht nach. Kommt ihr morgen?

Er spürte seinen Puls und ein leichtes Rauschen in den Ohren.

Work, Ahmad. Don't you know. Mátyás –

Er hob die Schultern, als wäre jedes weitere Wort sinnlos.

Er war sich nicht einmal sicher, ob er das *accident*, das wohl noch zu diesem Satz gehörte, wirklich aussprach oder nur dachte.

Er sah Ahmads hilflose Augen, spürte, wie er an ihn gezogen und sein ganzer Rumpf kurz zusammengepresst wurde, die Umarmung war stark, und er hörte leise seine Stimme am Ohr, die sagte: Komm morgen wieder, Wenzel.

Dann ließ Ahmad ihn langsam los und sah ihm nach, wie er mit unsicheren langen Schritten die Treppen hinabging, mit einer verbundenen Hand, die lose an seiner Hüfte hing. Waclaw spürte noch die Kraft seiner Arme an den Seiten, er ging wie benommen weiter. Gassen mit Lederwaren und gravierten Messingplatten, all der Tee, den niemand trinken würde. Märkte, mit all ihren verschwenderischen Farben, Gerüche, so intensiv, dass er vielleicht früher einmal gedacht hatte, sie könnten alles ersetzen. Sie lagen da wie graue einheitliche Boxen. Das Rasseln der Glasperlenketten in den Restaurants, die eine um die andere bewegt wurden. Er ging zwischen den gewebten Stoffen und den Gummisohlen der Touristen, und jeder Geruch von Kreuzkümmel, Anis und Urin in den schattigen Mauerecken war bald nichts anderes mehr als der Geruch einer neuen Fremdheit, die sich in ihm ausbreitete, als wäre er nichts als eine Ebene, voll von trockenem Gras.

Er wachte auf, als es schon dunkel war. Er lag auf der Matratze, zugedeckt nur mit dem aufgeknöpften Hemd, das er über seine Nieren gezogen hatte.

Die Lichter auf der Straße waren bunt, Menschengruppen schoben sich an den kleinen Läden vorbei, das Licht auf ihren Schultern, Fett und Dampf, der Geruch von Gewürzen in der Luft. Stimmen. Tische waren aufgestellt worden, zwischen den Tellern winzige Gläser Tee. Waclaw lief. Ein Mann stieß ihn an. Er drängte sich mit einem schweren Sack an ihm vorbei, in der Plane konnte er Gefieder erkennen, ein hellbrauner Flügel, auf den etwas Licht fiel.

Sie hatten versucht, es loszuwerden, den ganzen Dreck aus dem Körper zu bekommen, Dampfbäder, Sauna. Mátyás' Urintest war vor Schichtbeginn schon einmal positiv auf Amphetamine gewesen. Normalerweise hatten sie kleine Flaschen in der Tasche oder ließen sich Urin von jemand anderem geben, aber manchmal kamen die Tests unangekündigt. Vier Wochen hatten sie Mátyás an Land geschickt, eine verordnete Ruhe, die ihn unwirsch werden ließ, wie ein Tier in einem Käfig.

Sie waren in Madrid, Hotel *Gran Meliá*, eine ovale Lobby mit niedrigen Polstermöbeln und erleuchteten Lampenschirmen. Als würde man in ein Bild treten, das nicht weniger sein sollte als das eigene Leben. Das Erreichte. Sie mieteten einen Jeep. Sie hatten einen Vierradantrieb unter dem Hintern, als sie durch das Jerte-Tal jagten, Kirschblüten, eine Schönheit wie das weiße Gesicht einer Porzellanmaske. Die Felder waren auf Terrassen angelegt, alles kam Waclaw künstlich vor. Sie rasten, als wäre etwas hinter ihnen her. Als wäre es eine Rallye. Sie fuhren von der Straße herunter und eine Böschung bergan, bis sie nicht mehr weiterkamen. Dann konnten sie erschöpft auf den ausgewaschenen Steinen des Flusses liegen, Hänge mit Bäumen und Buschwerk zu den Seiten, ein ockerfarbener Sand. Sie konnten baden, wo das Wasser noch eiskalt war, sie konnten lachen. Waclaw erinnerte, wie Mátyás mit seinen paar Brocken Spanisch alles für sie bestellte. Als stünde ihm eine Welt offen. Etwas, wohin er allein unterwegs war.

In Tanger waren sie immer in dasselbe Businesshotel gegangen, die Bar sah aus wie in einem Neunziger-Jahre-Spionagefilm. *Avenue du front du mer.* An diesem Abend war er in dieselbe Richtung gelaufen, es war ein anderer, weißer hoher Klotz, es gab eine Dachterrasse mit verglastem Geländer, auf einem Keyboard wurden Töne erzeugt, die ihn an Barbra Streisand denken ließen.

Alles war zu süß.

Er trank Whiskey Sour und betrachtete die Kirsche im Glas, die überall auf der Welt dieselbe war. Der Kellner zögerte lange, bis er seinen Teller abräumte. Waclaw hatte das Essen nicht angerührt. Sonst war es anders, der Körper holte sich zurück, was man ihm angetan hatte, zu wenig Schlaf, das Zuviel der See, die Kabinen, in denen er niemals zur Ruhe kommen konnte, das grelle Mittagslicht wie Lanzen zwischen den Gardinen. Aber jetzt wollte auch der Körper nichts, als wäre da etwas anders, endgültiger, als würde da nichts mehr kommen. Er reihte die plastikfarbenen Kirschen auf einen Spieß. Dann fuhr er zurück.

Der Schlüssel krachte im Schloss. Wieder das Gefühl, Darya hätte Mátyás' Ankunft erwartet und nicht seine. Seit Tagen kaufte er die Kleider, die er auf dem Leib trug, an Straßenständen, billige, in Tüten eingeschweißte Hemden. Alles nur, weil er nicht Darya bitten wollte, für ihn zu waschen, alles nur, weil er die Stille um ihre klappernden Armreifen nicht ertrug.

Er hatte beschlossen, ein anderes Zimmer zu nehmen, und die Idee hatte ihn für eine Zeit elektrisiert. Im Strom der Straßen hatte er das Gefühl, er ginge wieder auf etwas zu, aufmerksam hatte er die Schilder gemustert, auf denen mit *Air-condition* oder *B&B* geworben wurde, er sah die Gäste an, die unauffällig aus den Türen traten. Und er war weitergegangen und hatte nach etwas gesucht, wo er mit seinen schweren Schuhen einkehren konnte, bis das Gefühl, mit dem er aufgebrochen war, sich löste.

Am Hafen die langen Reihen der Angler auf der Mole. Schließlich hatte er die Frachter erreicht, Arbeiter, die nach dem Löschen der Ladung auf den schweren Leinen schliefen, an Deck der Tanker oder an den Anlegestellen. Sie lagen im Dreck ihrer Overalls, im Aufeinander der Tage, sie lagen, wo nachts die Kater ihr Revier durchstreiften, wo die Möwen ihre dreckigweißen Runden drehten, wo Schiffe mit immer gleichen Schlingen und Knoten vertäut werden mussten, lose und erschöpft in einem flüchtigen Schatten, und was sie weckte, war nicht der Tag oder das ferne Kläffen der Zollhunde, sondern eine Unruhe, die weit unter dem Geruch der klammen Fischernetze lag. Oder es waren die Fischer selbst, die wieder das Holz abschmirgelten und übermalten und ihren Booten Namen gaben, die ebenso schnell wieder verblassten. Man konnte wach werden, man konnte die Unruhe spüren in den Häfen.

Auf dem Weg zurück lief Waclaw eine schmale Gasse den Hügel hinauf, streunende Katzen, hohe verschlossene Türen, und zwei Jungen, die ihm nachliefen und immer wieder versuchten, ihm die linke Hand zu reichen. Sie lachten. Er war einer von vielen. Er war zu müde, um zu reagieren, ging weiter, bis ein älterer Mann dazukam und sie verscheuchte. Kein Zimmer der Welt würde etwas ändern. Er konnte nicht bleiben.

4. Kapitel
Walfischknochen

Auf dem Platz, auf dem tagsüber Kinder spielten, war es dunkel, und im Windschatten der niedrigen Mauern schliefen jetzt Menschen. Er hörte Stimmen. Dahinter ragte der Wall, der die Westseite der Stadt umgrenzte, steil in die Höhe. Ein lautloses oranges Licht schimmerte dort oben friedlich und für sich allein.

In den Gummibäumen auf dem jüdischen Friedhof lärmten Vögel. Der Brunnen lag im Dunkeln, sie saßen hier nicht mehr. Über dem Grand Socco wurde es schon hell, als er das Telefon aus der Tasche nahm und einschaltete. Sharam, der Perser, über den sie lächelten, wenn er vom Golfkrieg erzählte, als hätte dort ihre Geschichte begonnen, *that's where you're from*, sagte er, oder *that's where we are from*, und niemand wollte ihn hören. Aber er hatte damals, als es anfing, eine Hand über ihnen, und allein, dass alle es wussten, bewahrte sie vor allerlei Scherereien. Er wusste nicht einmal, zu welchem Land diese Nummer gehörte, wie spät es bei ihm war, ob Morgen oder Nacht, Nacht wie hier.

Sharam meldete sich.

Seine Stimme klang tief wie damals.

Weißt du es schon? Waclaw hörte seine eigene Stimme als Echo in der Leitung.

Wer spricht da?

Ich bin es, Wenzel. Weißt du es schon?

Er hörte wieder sein Echo und dann ein schweres Atmen, als würde jemand sich im Bett aufsetzen.

Wenzel? Was ist los? Was soll ich wissen?

Sharams Englisch klang ungeübt, als hätte er es lange nicht gesprochen.

Don't you know that Mátyás – er wollte Luft holen, dann aber sprach er schnell weiter –, that Mátyás is gone?

Während Sharam irgendetwas sagte, hörte er noch immer dieses Echo, das sich so leicht sagen ließ, in einem einzigen Wort, *gone*.

Wenzel, Wenzel are you there? Them bastards! Wenzel?

Where are you?

Sharam war jetzt wach und Waclaw hörte ihn fluchen, wie er es immer getan hatte. Es erleichterte ihn nicht, er wusste nicht, was er gehofft hatte.

Sharam, sagte er, ich bin müde.

Und legte auf.

Noch als er sich auf die Matratze in die Ecke des Zimmers fallen ließ, fragte er sich, ob er jemals so dumm gewesen war, Sharam ihre Adresse in Tanger zu geben.

Das Signalfeuer am gegenüberliegenden Ufer der Bucht blinkte weiß und gleichmäßig. Durch die vorhanglosen Fenster sah er drei junge Mädchen ihre Haare schütteln und in rosa Pullovern miteinander fechten, wirbelnde Arme im Licht, die letzten Spiele vor dem Schlafengehen. Da waren Stimmen, die wie ein Rauschen waren, wenige Motoren, hinter allem die schimmernde Ferne der Bucht. Er war unruhig. Die Müdigkeit war wie ein Lack, der alles überzog. Sogar die Geräusche schienen gedämpfter. Er sah die beiden großen Taschen. Er hatte sie nicht mehr angefasst. Und er wollte auch den Schrank nicht öffnen, aber da war diese Wut, wenn er an Anderson dachte und an die Anrufe aus der Konzernzentrale, wo man nichts anderes sagen würde, als dass ihnen die Hände gebunden seien und man abwarten müsse, Eigenverschulden, sie würden sich etwas ausdenken und den finanziellen Schaden gering halten, als wäre das alles, worüber es sich zu sprechen lohnte. Aber auf dem Dorf würden sie ein paar Dinge von Mátyás haben wollen, nicht die teuren Schuhe, nicht die feinen Hemden, was konnte er mitbringen, in dieses Nest in Ungarn, von dem Mátyás so wenig gesprochen hatte. Einen Ball aus Rattan packte er ein, etwas Kleidung, eine Viehpeitsche aus Mexiko, Papiere, einen Kalender. Waclaw nahm alles mit, was er selbst zurück an Deck benötigen würde, zuletzt nahm er das Tier vom Fensterbrett. Dann schloss er eilig den Schrank.

Du lässt niemanden hier rein. Ich zahl' dafür, niemanden.

Es war noch früh, und seine Stimme klang härter, als er beabsichtigt hatte. Er war laut, aber Rasil lächelte nur, als hätte er nicht ganz verstanden.

Ich muss mich um etwas kümmern, sagte Waclaw, ich nehm' den Schlüssel mit.

Rasil nickte. Your hand, good?

Er hätte ihn gerne gepackt, für eine andere Reaktion als dieses Lächeln. Rasil hatte es immer abgestritten, aber ein paar Mal hatten sie den Raum verändert vorgefunden, wenn sie nach Wochen zurückkamen. Sie hatten sich darüber gestritten: Es ist doch nur ein Zimmer, hatte Mátyás gesagt, und nicht verstehen können, dass Waclaws Stimme in einer wie lodernden Enttäuschung kippte. Nein, das eben nicht. Vielleicht hatte sogar Shane mit seinen krallig gelben Arbeitshandschuhen weit vor ihnen begriffen, was dieses Zimmer für sie beide war.

Rasil hatte wieder begonnen, auf den kleinen Bildschirm zu starren, hinter ihm ein gelber Vorhang, der immer wieder einen Blick auf den Innenhof freigab, zwei weiße Plastikstühle.

Noch einmal ging er am *Café Baba* vorbei, diesmal ließ er sich nicht umarmen. Sag du es dem Mädchen. Er verabschiedete sich von Ahmad und lief hinaus aus dem Dämmerlicht und dem starken Geruch von geröstetem Kaffee. Und noch während er die Sachen den Hügel hinabtrug, hatte er in all dem grimmigen Geruch nach Fisch und in dem Kläffen der Grenzköter doch eine Ahnung, als könnte er auf ihn zufahren, mehr nicht, bloß eine Richtung halten, die bereits ganz verschwamm. Ihm blieb eine Stunde, bis die Fähre ging.

Es war ein paar Jahre her, in den Monaten, als die großen Spekulationsblasen um den Immobilienmarkt geplatzt waren, im Fernsehen sahen Menschen auf die wertlosen Auffahrten ihrer Häuser, und die *West Capricorn* lag eine knappe Flugstunde südlich von Houma, im Golf von Mexiko. Es war Sommer geworden. Mátyás war gerade neu an Deck und es gab diesen Vorfall mit dem Finnen. Es war eine der letzten Plattformen, auf denen die Rohre mit Ketten verschraubt wurden, der Finne bekam einen Arm dazwischen, alles ging so schnell.

Sie trafen sich nach der Schicht in der hinteren Ecke des Fitnessraums, es ging darum, irgendwie weiterzumachen, die Ölpreise waren stabil, aber überall an Land wurden Leute entlassen, und keiner von ihnen konnte es sich leisten, seinen Job zu verlieren. Offiziell hieß es, der Finne habe nicht genug getrunken und die Konzentration verloren, wie ein Wanderer beim Abstieg. Er war einfach weggeschleudert worden, und wie bei einem epileptischen Anfall war sein Kopf wieder und wieder gegen die Aufbauten geschlagen, seine Beine hatten sich neben dem Drehtisch verkeilt und sein Mund – nach einer kurzen Unterbrechung hatten sie weitergearbeitet, und erst am Abend folgten sie Sharam in den Fitnessraum.

Fünf junge Kerle, die Neuen noch unsicher nach dem Nachmittag. Sharam war der Älteste, und auch Waclaw war schon lange im Geschäft.

Der Finne war längst an Land gebracht worden, und sie saßen da und träufelten sich etwas Zitrone in den Mund, die einer von ihnen vor der Abfahrt mit Wodka gespritzt hatte.

Das Treffen hatte etwas Feierliches, der Raum war ein anderer, der Geruch von Schweiß hing noch in der Luft, sie saßen hinter den Laufbändern und Hanteln, und Sharam legte etwas Albernes in die Mitte, seinen Helm, und Philippe, der aus Madagaskar angeheuert hatte, legte sein Telefon daneben, das leuchtete, und wenn es ausging, drückten sie wieder eine Taste, und so war ein Helm und ein Leuchten und das Kreisen der Zitrone zwischen ihnen. Das Telefon konnte ein Lied abspielen, sie hörten es sicher drei Mal, bevor Sharam ansetzte zu reden. Seine Locken drückte er mit flachen Händen an den Kopf, aber die Enden kräuselten sich, und seine Schläfen waren blank vom Alter unter den Strähnen.

Als er ansetzte zu reden, war die Stimmung feierlich, wie auf einer Messe.

Das Land, für das wir hier sind, ist überzogen von Walfischknochen, Dunkelheit und Stille.

Er schaute zu Boden, als müsste er über einen Scherz lachen. Dann sah er auf. Jetzt blickte er ihnen direkt ins Gesicht.

Ihr seid hier, weil ein paar durchgedrehte Ingenieure die beste Bohrtechnik der Welt erfunden haben.

Er machte eine Pause und sah sich um. Philippe lächelte ihn an, ohne dass Sharam es zu bemerken schien.

Aber nicht für euch, setzte er seine Rede fort.

Sie hingen an seinen Lippen. Als würde sich alle Wärme des Decks hier zusammenziehen, ein heller Fleck, der einzige für die nächsten Seemeilen. Sie kannten die Geschichten, die ihm nachhingen. Iranische Schnellboote hatten seine Plattform beschossen, in Zeiten, als das Giftgas Saddam Husseins über die nördlichen Ebenen kroch und eine schlecht ausgebildete Armee von fünfhunderttausend Iranern zurückschreckte. Er hatte noch Anfang und Ende des Golfkriegs erlebt und gesehen, wie die kuwaitischen Ölfelder nacheinander in Flammen aufgingen, *Minagisch, Burkan*. Er wusste die Namen der Sprengmeister, die mit ihren Löschsprengungen den Flammen jeden Sauerstoff entzogen. Sharam war einer der letzten Echten, ein Driller, zu dem sie aufsahen, einer, der Sätze sagen durfte wie: Ihr seid nichts wert, und sie hielten die lange Pause aus, bevor er fortsetzte, wenn ihr nicht zusammensteht.

Er redete über die Ölfelder und über die Kriege. Wieso bohrt hier draußen unsere Firma und nicht eine andere? Sie hörten zu. Nur Philippe unterbrach ihn. Ich geh nicht zurück, sagte er. Auch wenn es härter wird.

Er sah etwas wie Wut in Philippes Augen aufleuchten.

Wo soll ich sonst hin – auf einen Fischtrawler, die Meere abernten? In die Minen von Itremo? Really?

Philippe zog sich die Kapuze übers Basecap und trank noch einen Schluck.

Sharam schüttelte langsam den Kopf.

Ich sage ja nur, dass *wir* hier draußen alles sind, was uns bleibt. Und diese Plattform hat eine eigene Geschichte, so wie wir, und wenn wir sie nicht kennen, dann haben sie uns am Arsch.

Francis lachte. Sie haben uns so oder so am Arsch, das ist der Deal.

Und was für ein Arsch. Philippe lachte auf und klimperte mit den Augen und begann zu tanzen, wobei er mächtig mit den Hüften wackelte. Von Sharam war noch ein paar Mal sein *no, seriously, seriously* zu hören, aber auch er schien zufrieden mit seinem Kautabak und den lang ausgestreckten Beinen vor sich, Badeschlappen, und dass sie an den Wänden lehnten, als wären sie auf der Fahrt irgendwohin, als wären sie auf einem Schiff oder auf einer Reise, die sie zusammen begannen, schließlich wurde die Nacht lang, und sie blieben, bis sie schlafen mussten für die nächste Schicht.

Am nächsten Morgen standen sie eine Viertelstunde vor Arbeitsbeginn neben dem Drehtisch, hatten die Helme unter den Armen und sahen nach Osten, wo um Viertel vor sieben schon all das Licht loderte.

Sie sprachen nie viel über diesen Tag, aber trafen sich fortan in der Ecke im Fitnessraum, hinter den Trimmdichrädern, Philippe nannte es eine *gated community*, und diese Treffen waren ein Nach-Hause-Kommen. Sie sahen neue Bilder von Ruß und brennendem Öl, Fackeln in schwärzester Nacht, und vielleicht war es nur der Enge ihrer Kabinen und der anhaltenden Erschöpfung geschuldet, dass sie im Mittelpunkt nur die gigantischen Flammen sahen, rußig und dunkelorange, sie pressten sich die Tabakballen unter die Oberlippen und lagen da, nur etwas Dreck, der ihnen in den Ohrmuscheln klebte.

Waclaw hatte sich so oft an diese Zusammenkünfte mit Sharam erinnert, bis sogar der Gedanke daran hohl und verbraucht schien, und selbst Mátyás hatte genervt die Augen verdreht, wann immer die Rede darauf kam. Wir sind kein verdammter Club, hatte Mátyás gesagt, mit einer Stimme, die brüchig klang und erschöpft. Drei Mal schafften sie es, alle zusammen zu arbeiten. Als Erster brach Philippe weg, dann der Bosnier aus Tuzla, schließlich war die Bohrung abgeschlossen, und sie mussten weiterziehen, und als sie das nächste Mal an Deck kamen, zwanzig Meilen weiter nördlich, war nur Sharam noch übrig. Francis trafen sie erst im Winter wieder, er war blass und ausgezehrt und hielt sich, so gut er konnte, in ihrer Nähe. Ein paar Mal versuchten sie noch, die Treffen an den Abenden zu wiederholen, aber es schien, als wären sie alle zu abgekämpft und müde. Der Sharam von heute hatte nichts von all dem. Seine Stimme hatte nach gar nichts geklungen.

Das Boot legte gegen elf Uhr ab. Auf den Steinstufen hinter der Passkontrolle hatte Waclaw auf die Neustadt gesehen, auf die weißen Hochhausriesen, von irgendwelchen Architekten aus Europa in den Siebzigern auf den glühend heißen Wüstenboden gesetzt. Gigantische Massen von Beton, die sich aufheizten, flatternde Wäsche und die Abwesenheit von Farbe. Ein Freund von ihm, Akhil, lebte dort mit seiner Familie, in einer der Etagen mit ihren engen Zimmern, endlose Küchen, wo der süße Saft der Früchte auf den Küchenboden tropfte.

Er sah den geschäftigen Bedienungen zu, die Kartoffelchips und Getränke an die Passagiere verkauften. Seinen Ausweis hatte man zweimal kontrolliert, ein drittes Mal an Deck. Die Fähre würde in weniger als zwei Stunden das spanische Festland erreichen. Und während vor dem Fenster die Küste ein ferner und heller Streifen wurde, dachte er an die Spuren der

Gletscher auf dem Meeresgrund, an die Kontinente, die sich aufeinander zubewegen mit der Geschwindigkeit, in der ein Fingernagel wächst. Er dachte an Greifvögel, die ihre Beute in tiefe Schluchten hinabfallen lassen, um sie dort zu erlegen, an Schlauchboote aus porösem Gummi. Irgendwo dort draußen hörte er das dumpfe Knallen, mit dem Darya die Feuchtigkeit aus der Wäsche geschlagen hatte. Nur in ihm war es ganz still.

5. Kapitel
Budapest

Das Hotel atmete die alte Strenge des vergangenen Jahrhunderts. Expresszüge aus Wien, man trinkt den Sekt aus Kristallschalen, die Reisekoffer haben schwere Schnallen und sind mit Samt ausgeschlagen. Die messingfarbenen Geländer. Man gibt sein Gepäck ab, lässt es nicht in die Ecke fallen, wie er es tat. Der Portier sah ihn fragend an, er zwang sich zu einem Lächeln. Dann warf er einen Blick zur Tür, als müsste da noch jemand kommen, aber es kam niemand.

Ein Einzelzimmer? Haben Sie reserviert? Wie sah er aus, abgeschliffen und verdreckt, mit Seesack reiste man nicht an solche Orte, die Kronleuchter gaben ein zu deutliches Licht. Zwei Nächte, sagte er, ohne zu wissen, wie er weiterkommen sollte, auf dieses Land, *ausgedünnt wie altes Fell, die Haare herausgerissen,* so hatte Mátyás es ihm beschrieben, dieses Land, Bócsa, das Dorf, ein Nest, aus dem es ihn immer nur fortzog. Waclaw reiste mit diesen Worten, als wären sie noch eine zusätzliche Sprache, anders als das hässliche Texasenglisch auf den Wassern, das wie ein Bellen klang, mit dem sie sich die anderen vom Leib hielten. Er nahm die gewundene Treppe und wusste, dass Mátyás das Geländer *golden* nennen würde, unter dem hohen Fenster die Donau, breit und sommerlich und träge. Er packte das Tier aus und setzte es ins Fenster, seit Jahren begleitete es ihn, *zsírkő,* sagte Mátyás dazu, Speckstein, *das ist aber auch das einzig Fette an dir*. Dieses Tier, mit seinem Löwenkopf und den Froschfüßen, mit denen es in keinem Land mehr jagen würde. Er hörte es fauchen.

Am Abend zuvor hatte er die große Raffinerie von Gibraltar leuchten sehen, die Lichter des Hafens auf den Scheiben der Autos, er saß auf dem Parkplatz und stocherte mit einer Gabel die letzten Bissen Thunfisch aus einer Dose, im Dunkeln bewegten sich die Kräne im Containerhafen, und er blieb und wartete, bis früh um fünf die Triebwerke der Boeing die Luft ansaugten und das Kerosin in die Brennkammern gespritzt wurde.

Von oben hatte er zwischen ein paar Hügeln die Donau gesehen, die sich in zig Windungen durchs Land fraß, darauf lag ein frühes Licht. Er hatte die Taschen durch die Straßen geschleppt und war über die Kettenbrücke gekommen und sah den linken Löwen der Brücke schielen. Er war sich nicht sicher, ob er hierhergehörte, in dieses Budapest, von dem Mátyás ihm erzählt hatte wie von einer schönen hustenden Frau.

Eine Flasche Mineralwasser stand auf der Kommode neben seinem Bett, er goss die gesamte Flasche in ein Bierglas, es war das erste Mal seit langem, dass er die Blasen zerplatzen hörte, so leise war es. Das Geräusch erinnerte ihn an das Zerklirren von winzigen Eispartikeln, Nächte auf *Ekofisk*, von denen Mátyás ihm erzählt hatte, in denen der Schnee fast waagerecht gegen die Flutlichtscheinwerfer getrieben wurde, lautlose, riesige Flotten. Er lag auf dem Bett, bis es stockdunkel geworden war.

Er ging ins Bad. Eine Weile stand er unschlüssig auf den warmen Fliesen. Dann drehte er den Wasserhahn auf, wickelte ein kleines Stück Seife aus dem Papier, hielt es unter das Wasser und strich damit unter seinem linken Arm entlang, bis die wenigen Achselhaare eingeschäumt waren, in dem großen Spiegel sah er die klaren Linien seiner Schlüsselbeine, über denen sich ein Streifen bronzen verfärbte Haut spannte, wieder und wieder verbrannt in unzähligen Sommern. Er sah seinen langen Hals und den geringen Ansatz seines Schultermuskels, die Länge seiner Arme, auf denen wenige Haare glänzten, seine flache Brust und das Rippenkorsett, er stützte sich unschlüssig auf das Becken, bevor er seinen Kopf in das Wasser tauchte. Der leise Geruch von Chlor drang ihm in die Nase.

Als er das Hotel verließ, war es Nacht. Die Erzsébet-Brücke war angeleuchtet, durch das Scheinwerferlicht kreisten Möwen und verschwanden schreiend im Dunkeln. Weit entfernt auf den Hügeln am Ufer lagen ebenfalls einige Gebäude, die Scheinwerfer sollten sie größer erscheinen lassen, aber die Nacht schluckte sie, wie Partikel von Staub auf einer Schulbühne.

Die Donau floss dunkel vorbei. Unter ihm, an den Betonfundamenten der Brücke, war das Wasser ein alter, träger Rausch. Die Strudel verschlangen sich und glitten dahin, Fäuste, die sich nicht schließen konnten, die lautlos weitergerissen wurden.

Am Morgen stand er am offenen Fenster. Unter dem *Gellért* fuhren die gelb erleuchteten Straßenbahnen das Ufer entlang, brachten die Ersten auf ihren Platz in Bäckereien und Kartenhäuschen, ließen noch ein wenig von der Bettwärme im schmalen Abstand zwischen Hals und Kragen. Es erleichterte ihn fast, die kleinen Frauen in ihren Wattejacken zu sehen, ihre kurzen Schritte, die alltäglichen Fahrten über diese Brücken. Der Tag ordnete sich entlang des Flusses, die Glocken schlugen, die Ampeln schalteten um. Er ließ das Fenster offen, um möglichst viel davon zu hören.

Als er dann durch Budapest lief, war das Jagen und Flattern in ihm nicht weniger geworden. Er nahm die kleinen Straßen parallel zum Fluss, Schaufensterpuppen sahen an ihm vorbei, und es kam ihm unwirklich vor, alles, die gesamten letzten Jahre. Als wäre er schon weit weg von all dem. Oder als verschränkte sich diese Zeit mit Mátyás irgendwo tief in ihm mit einem anderen Verschwinden, für das ihm seit Jahren keine Sprache geblieben war. Es war ein Pochen, dumpf und weit weg, als würde er an einer Staumauer lehnen und hörte auf der anderen Seite die heftige Bewegung von ein paar Steinen am Grund. Wie ein Hohlraum, der ihm nie aufgefallen war, zwischen all den neuen Orten. Er dachte daran, während er in der winzigen Werkstatt einer Budapester Maßschneiderei auf einem Hocker saß und dem Schneidermeister dabei zusah, wie er im Staffierstich durch das feine wollene Tuch ging.

Er wusste nicht mehr genau, warum er vor der Werkstatt stehengeblieben war. Nahe der Hauswände hatte er Schatten gesucht, kleine Rinnsale liefen aus Terrakottatöpfen über das Pflaster, und seit dem Morgen war er ziellos umhergelaufen. Er hatte in einem Café gesessen, an der Wand hing ein großes Bild, zwei Dreimaster in vollem Segel, ein tobendes Meer, aus dem sich ein gewaltiger Fangarm schlängelte, während weiter hinten schuppige Köpfe aus dem Wasser tauchten und in verschiedene Richtungen ihre Mäuler aufrissen. Im unteren Bildrand waren Kreaturen mit langen Schwänzen und Fangzähnen, oben links ein einzelner Leuchtturm in die Wolken gemalt.

Er kippte den kalten Kaffee herunter.

Die Hitze der Straßen war wie eine Wand.

Er hatte es nicht eilig, auf dieses Dorf zu kommen. In einer Gasse war er stehengeblieben. Es war, als hätte das, was er sah, seinen Schritt verlangsamt. Nicht mehr als ein Schaufenster, in dem eine einzige Anzugsjacke ausgestellt war, sie hing über einer hölzernen Puppe und hatte etwas so unerklärlich Ruhiges, dass er sie lange betrachtete. Er dachte an die bunten T-Shirts der Männer, das Leuchten der Arbeitskleidung. Die Hitze stand zwischen den Häusern, und die Bewegungen der Passanten spiegelten sich in der Scheibe, zogen auf dem Glas dahin, hinter dem ein undeutlich tiefer Raum lag.

Erst nach einer Weile bemerkte er weiter hinten in der Werkstatt, die ins Souterrain auslief, eine Bewegung. Es war das erste Mal, dass er Jány sah, ein Kissen mit Nadeln auf den Arm geklemmt. Er sah von seinen Stoffen auf und kam langsam zur Tür. Sein feines weißes Haar war zurückgekämmt, und auf der Stirn spiegelte sich das wenige Licht der Straße. *Jány. Úriszabó* stand in weißen Buchstaben auf der Schaufensterscheibe, von innen las es sich spiegelverkehrt.

Der Schneider brachte ihm ein Glas Wasser. In dem Raum war es still. Waclaw sah die dunklen Stoffe an, ein paar Mal nickte er. Fünf Tage würde er brauchen, sagte Jány, für Jacke, Hose und Weste.

Wollen Sie eine Weste?

Waclaw nickte. Bei Ihrer Größe – rechnen wir noch einen halben Meter dazu. Vier Laufmeter.

Waclaw wählte einen Neun-Unzen-Frescostoff in dunklem Blau, mit ochsenblutroten Streifen. Als er nach der Bestellung noch immer in dem Raum stand, deutete Jány auf den Hocker neben dem Fenster. Waclaw saß. In der Werkstatt roch es nach erhitzter Wolle und Rosshaar, und er hörte das Knistern von verdampfendem Wasser unter der Sohle des schweren Bügeleisens. Er sah Jánys leichte Hände unter dem hellen Licht der Tischlampe. Immer wieder nahm der Schneider Maß, taxierten seine Augen die Länge von Waclaws Armen, als würden sie, wenn er nicht achtgäbe, doch plötzlich unten aus dem Stoff herausragen. Angsttriebe. So nannte man es bei Pflanzen, wenn sie in der Dunkelheit Triebe bilden, die schnell wachsen, einem Licht entgegen, das es vielleicht in weiter Ferne geben wird. Es waren helle Triebe, dünn und anfällig für Krankheiten, und erst wenn genügend Licht vorhanden war, bildeten sich die Blätter nach. Waclaw war immer dünn geblieben. Auf den Kieswegen am Rand der Zeche, unter dem dunklen Rauch, der die Fensterbänke einfärbte. Auch nach all den Jahren auf See hatte sein Oberkörper nichts gemein mit den gerundeten Schultern der anderen. Immer wieder nahm der Schneider Maß, als könne er seinem Maßband nicht trauen. Waclaw blieb auf dem niedrigen Schemel aus Holz, als hätte er keinen anderen Platz auf der Welt.

Es ist ein sehr guter Stoff, sagte Jány. Wozu brauchen Sie den Anzug?

Waclaw sagte nichts. Er sah hinaus. Er sah das aufschäumende Braun in den Scheinwerfern, das Regenlicht über der See am nächsten Morgen, das Wasser, das weit unten lichtlos wurde.

Jány schob die Stoffreste auf einen Haufen, als überlegte er. Auf der Straße ging eine Frau vorbei, das Nachmittagslicht auf ihrem Filzhut, sie trug einen Strauß Blumen. Er sah, wie sie den Gehstock vorsichtig in die Vertiefungen des Kopfsteinpflasters setzte.

Es war ein Unfall, sagte Waclaw schließlich.

Er sagte Mátyás' Namen und sprach von einer See, so hell wie ein Stahlkocher.

Draußen hatte es geregnet, am Abend zeigte sich die Sonne in langen Strahlen, vor ihm auf einer Laterne landete eine Krähe, das leise Geräusch von Krallen auf dem Metall. Er war auf die Donauinsel gelaufen, eine gelb gestrichene Brücke, dahinter auf einer Bank lag ein Mann, sein Gesäß hing über den Rand der Parkbank, das Haar war lang und grau, und er hielt ein Radio gleich neben sein Ohr. Diese Sache mit der Musik, auch auf dem Wasser: Als wären sie immer schon ganz woanders, immer schon an Land, und würden die Unterbrechungen dieser Zeit nur träumen.

Jány war stolz auf sein Kammgarn. Waclaw erwartete ihn schon am Morgen vor der Werkstatt, er sah ihm zu, wie er sein Tweedsakko auf den Bügel hängte, die Brillengläser anhauchte und mit spitzen Fingern den Kaffeefilter vom Vortag entsorgte. Auf dem Schemel konnte Waclaw spüren, wie der Schmerz in seinem Rücken zunahm und verschwand, er sah die Plattform, die weit unten kleiner wurde.

Gegen Mittag schlugen die Messingglocken über der Ladentür heftig an, drei Männer in Mänteln mit Aktentaschen. Einer von ihnen war schon etwas älter, mit breitem Kiefer, großen und festen Ohren und von einer fast aggressiven Gesundheit. Er trug teure Schnallenschuhe, und er stand da, als könnte er mit einem Blick alles erfassen; Jány, den Mann auf dem Hocker, die ungefegten Ecken mit den Stoffresten, das Dämmerlicht, das abgegriffene Holz an der Ankleidepuppe. Er dehnte die Namen der Londoner Schneider aus der *Savile Row*, bei denen er gekauft hatte, genüsslich in die Länge.

Dann ließ er sich einige Jacken zeigen, und Jány holte auch seine besten Stoffe hervor, die schottischen. Am Ende schrieb er Preise auf einen karierten Block, kritzelte dann größere Zahlen hinterher. Die Zukunft war eine hohe, schmale Gestalt und konnte schnell vorbeieilen, Waclaw hörte Jány in einem leisen Ungarisch auf den Mann einreden. Seine Begleiter blätterten gelangweilt durch die Stoffmuster, Jány redete schneller, und Waclaw auf seinem Hocker sah zu Boden, weil er wusste, dass es nur wenige Schritte hinaus waren, und dass man sich nicht umzusehen brauchte, nach ihnen. Kurz darauf waren sie alle fort, nur die Glocken klangen noch nach.

Der Schneider ging zurück in seine Ecke, er nahm das Bügeleisen auf, dann setzte er es wieder ab. Er stützte sich mit beiden Händen auf den Bock. Seine dünnen Nasenflügel bebten. Auf einmal wirkte er winzig zwischen seinen Puppen. Ich möchte Sie bitten, jetzt zu gehen. Kommen Sie morgen wieder. Er blieb so stehen, bis Waclaw den Laden verlassen hatte. Das Licht auf der Straße war zu grell, um drinnen noch irgendetwas zu erkennen.

Am Abend im *Gellért* ging er barfuß die Stufen hinab in das Bad, das dem Hotel angeschlossen war. Mátyás hatte ihm erzählt von den bunten Kacheln und dem Dampf. Auf dem Weg zu den Becken, vor den hohen Spinden und in dem deutlichen Geruch von Chlor, blieb Waclaw stehen. Durch ein Fenster im Gang konnte er die Badegäste von unten sehen, das Paddeln weißer Beine in einem grünlichen Licht. Er musste an Seekühe denken. An einen Zoo. Er war nicht bereit für andere Körper. Er badete heiß auf seinem Zimmer, aber er konnte nicht schlafen. Er schob sich ein Kissen unter den Rücken, auch davon wurde es nicht besser.

6. Kapitel
Jetons

Der dünne Mann hatte sich seit fünf Tagen kaum von seinem Schemel bewegt, und er sprach kaum mehr, als er gefragt wurde. Er hatte gesehen, wie Jány heimlich in eine Serviette hustete, wie seine Finger gelegentlich zu zittern begannen. Er habe keine große Eile, hatte Waclaw gesagt.

Längst wusste er nicht mehr, was die einzelnen Teile bedeuteten. Und während er dem Schneider zusah, wie er die Wattierung, das Rosshaarplack, die Taschen und all die Nähte zusammenfügte, die Pikierstiche und Schichten von rechts auf links in ihren eigentlichen Zustand brachte, in dem all dies verborgen im Inneren der Jacke bleiben würde, fragte er sich, ob der Moment kommen werde, in dem jemand die Zeit, die einer gelebt hatte, herumdrehen würde, sodass all die einzelnen Geschichten schließlich ein Ganzes ergaben. Ob Milena ein Teil davon wäre, und Mátyás. Und ob nicht auch jemand, der fehlte, noch immer dazugehörte, wie eine Wattierung, die dort für immer ihren Platz behalten würde.

Sie waren mitten in einer Anprobe, das Reihgarn lief noch an den zukünftigen Nähten entlang, da sah Jány auf.

Seine Leute. Die Leute hier. Sie werden wahrscheinlich nicht glauben, dass es ein Unfall war. Sie werden das nicht hinnehmen. Jány stach in das Tuch, und während er redete, sah es aus, als ginge er durch seine eigene Landschaft, die gültig war, weil er es so bestimmte.

Was sie glauben, ändert nichts. Waclaws Stimme war rau.

Sie sollten es nur wissen.

Um mich vorzubereiten?

Jány hob die Schultern.

Ich weiß nicht. Die Leute hier reagieren etwas anders. Es ist zu viel passiert. Wieso meinen Sie, dass es ein Unfall war?

Jány sollte nähen, den Futterstoff mit seinen zwei Garnfarben, eine Billetttasche, tief genug, um den Schlüssel drin aufzubewahren. Ein Knopf aus Steinnuss. Mehr sollte er nicht.

Und Waclaw war unruhig, rastlos vor dem Glitzern der Uferpromenade. Alles, was er sah, war wie eine Frage, eiliges Wasser, die Pärchen, die Boote, was hatte Mátyás erzählt, was waren die Straßen, was waren sie anderes als seine Worte, was hieß es, wenn diese Worte blieben, halb sieben morgens, wenn sein Wecker ging, die Nacht hatte ihre Schatten noch auf seinem Gesicht, manchmal legte Mátyás sich für ein paar Minuten zu ihm, bevor sie rausmussten, er ging, die verquollenen Obdachlosen im U-Bahnschacht von Astoria, er fuhr auf die andere Seite, lief den Hügel hinauf, eine große Kirche, Horden von Touristen in billigen Capes, es hatte zu regnen begonnen, er lief, weiter, der Stadtpark, links die Donau, das Parlament, der Regen hing bleiern, schwer über der Ebene, er spürte, wie seine Schuhe durchweichten, das Laub hatte zu tropfen begonnen, dann Statuen, die miteinander zu ringen schienen, marmorweiß, glänzend, ein schwarzes Hakenkreuz auf die Stirn geschmiert, schon verwaschen im Regen, er ging, sein Hemd klebte auf seiner Haut, er war ausgekühlt, als er das *Gellért* erreichte.

Er duschte heiß, dann war es Nacht, und er war betrunken, der Alkohol war verloren, er half gegen nichts, Waclaw rief ein Taxi, fuhr das Ufer entlang, und auf der anderen Seite fuhren sie auch, er glitt noch einmal durch das Dunkel, von dem er nicht wusste, ob es ein Unfall war, er stieg aus dem Wagen, *Tropicana* blinkte das Schild an der Eingangstür.

Die Decke des Casinos war unerwartet niedrig. Dieses Spiel sollte sein wie ein Erbrechen, Trauer erbrechen, Liebe erbrechen, er wollte nicht gewinnen, er wollte, dass es stiller wurde, wollte sich verlieren, eine Frau lächelte ihn an, von den Wänden hingen vertrocknete Palmenzweige, alles atmete die Luft einer verzweifelten Reise in die Tropen, Körper, zu müde für die plötzliche Hitze, trieben im Licht, waren gestrandet im Netz der Automatenlichter und im Gebimmel der einarmigen Banditen und Walzen, im Licht einer Welt, die sich schnell fortdrehte. Sein Bett war leer, *woher wollen Sie wissen, dass es ein Unfall war*, Waclaw stand an der Bar und schluckte es herunter, Jány hatte nicht gesessen bei diesem großen Kind, das ihm den Sturm erklärte und die Tiefe, den Meeresgrund, wo die Zeiten und Partikel wie Schnee hinabrieselten. Der Saal hatte neun Tische. Der Croupier am vorderen Tisch trug ein Hemd, in dem seine Arme seltsam kurz aussahen, neben ihm verfolgte ein japanischer Geschäftsmann konzentriert das Spiel, vielleicht erkannte er für einen kurzen Moment das geheime Gesetz dieser Zahlen.

Waclaw legte die zwei schwarzen Jetons auf das Feld, der Kessel drehte sich, ein Schimmern wie von Perlmutt, kein Souvenir, nichts, was sich mitbringen ließ, ein Leben, das zurückblieb. Die Kugel suchte ihre Zahl, blieb liegen, niemand setzte auf Zahl, Zahl war Verschwendung.

Er sah Mátyás' angespanntes Gesicht, *komm schon, Sechs, komm schon.* Die Anspannung war körperlich, wenn es um viel ging. Was sie verspielten, rechtfertigte jede weitere Woche da draußen, ein Rhythmus aus Land und See, Teppichböden, die ihre Schritte schluckten. Er sah die Jetons an, die Kugel kam zum Liegen, es war ihm gleich.

Eins zu fünfunddreißig, der Herr.

Der Croupier schob mit einer eleganten Bewegung die Jetons zu ihm.

Für Sie, wiederholte er. Setzen Sie?

Waclaw sah auf seine Hände.

Alles, wofür sie aufgebrochen waren.

Der Herr? Dann muss ich Sie bitten, den Platz frei zu machen.

Wieder der Rechen, diesmal mit Nachdruck schob er die Jetons auf ihn zu. Er nahm sie. Nicht wahr, Waclaw, du nimmst sie und du gehst damit. Nimm sie, bring sie fort.

Er wollte sie nicht. Sie lagen vor ihm auf der Bar. Er trank. Mit einem Chip kaufte er noch einen Drink, klar und stark. Seine Augen tränten. Am Nebentisch verlor einer. Schnurrbart, abgetragener Anzug. Die unglücklichsten Augen dieser Nacht. Ein dünner Student, der aussah, als hätte er Liebeskummer, stand daneben und schob kleinere Beträge auf den Feldlinien hin und her. Es war noch zu früh für echte Spieler.

Auch der Gang zu den Toiletten war mit trockenen Palmenzweigen verziert. Für einen Moment sah er den Kirchplatz vor sich, *St. Cyriakus*, die schweren alten Frauen, singende Kinder, Palmsonntag. Er musste lächeln. Er war betrunken. Die Jetons drückten in der Hosentasche gegen sein Bein. Er würde sie setzen, er würde sie behalten, es war egal. Er legte sie in Kopfhöhe vor das schmale vergitterte Fenster. Der Raum war gekachelt, es stank nach Urin. Er hörte eine Stimme in seinem Rücken. Jemand stellte sich hinter ihn, griff nach seinem Gürtel, er spürte eine Hand, der Atem des Fremden roch nach leeren großen Wohnungen, er konnte sich nicht rühren.

Ich nehm' die. Und zieh deine Hose richtig hoch, Dákó.

Es war ein stechender Schmerz, er hörte ein paar Jetons über den Boden springen, eine Hand griff nach ihnen, zugleich stieß ihn jemand gegen die Wand, die kleine Gestalt vom Spieltisch, der leicht gelbliche Bart. Waclaws Hände fanden seinen Unterkiefer, und er rannte voran, rannte den Kleinen gegen die Wand, wo er mit dem Rücken gegen die bepissten Kacheln krachte und hinuntersank. Er wollte nachtreten, Waclaw, er trat ihm in die Nieren, traf die kurzen Rippen, der Mann krümmte sich, schützte seinen Kopf mit beiden Armen, er fiel auf die Seite.

Und Waclaw ging. Ohne sie aufzuheben, ohne zu sehen, ob er sie noch einsammelte, Scherben, Jetons. Ging hinaus, lief auf der langen, gelblich leuchtenden Promenade. Die Donau mit ihren leisen Versprechen, all die Lichter, die sie fast zärtlich berührten, etwas Licht auf einem großen kalten Körper.

Und er kannte dieses Zucken in seinem Augenlid. Er sah Jacek, der sich schlug und anlegte für das Gefühl seiner Ehre – sie arbeiteten einen Sommer zusammen, *Alto Adige*, die Obsternte in Tirol, es war die Zeit, bevor er auf dem Wasser begann, sie waren aufgebrochen aus dem kleinen Dorf in Polen, und wieso war ihm damals so schlecht, Waclaw, brachte er Jacek das Wasser noch wortkarger als sonst? Weil er darauf gelegen hatte und geschwitzt auf seiner Ehre, auf Helenas geblümtem Kleid in der stickigen Luft der Sommerlaube, wo sie sich an der Holzlehne der Sitzgruppe den Kopf anstieß, weil sie ihn wollte, weil sie ihn für einen Nachmittag und die Zeit wollte, in der die Kirschen reiften und er, ihr Jacek, unterwegs war, um wenigstens das nötigste Geld heranzukarren, deswegen kann er das Jochbein von seinem Freund Jacek nicht kühlen, mit Schnaps und gemeinsamen Scherzen, weil er seinem Blick nicht standhält, lässt er ihn benommen in der Baracke zurück, schuftet den ganzen Tag im Tal. Äpfel, dunkelrot, es ist ein Tag Arbeitsausfall, heiß muss es sein in der Hütte, er weiß es, sie liegen eng in der Nacht, durch die Fensterluken dünsten die Körper den Schweiß hinaus, Mücken im Tal, die winzigen Tage im Tal, das Kartenspiel auf dem schweren Holztisch, und die Gleichgültigkeit des Wirts, der schon zu viele wie ihn gesehen hat.

Am Morgen das geschwollene Jochbein zur Anprobe, das auf Berührung hin schmerzte. Jány musterte die Schramme an seinem Unterkiefer, während er um ihn herumging, die Stelle war leicht geschwollen.

Was ist passiert?

Sie haben die Suche jetzt eingestellt.

Waclaw zog die halbfertige Jacke über, eine Frauenstimme habe ihn angerufen, sagte er, acht Tage seien verstrichen, nun könne man bloß noch abwarten.

Er zog nervös an den Kanten des Revers, es fiel ihm schwer stillzustehen.

Vorsicht, sagte Jány und strich über die Naht.

Es ist nur so, sie haben nie nach ihm gesucht. Waclaws Stimme klang belegt. Und jetzt behaupten sie es, und es ist trotzdem ein Unterschied.

Jány hatte aufgehört, die Nadeln in den Stoff zu stechen.

Das tut mir leid, sagte er und schüttelte langsam den Kopf.

Ruhen Sie sich aus. Und kühlen Sie das.

Schließlich blieb ein Tag, um an den Raffungen der Arme zu arbeiten, an der Weste, den Knopflöchern. Dann konnte Wac-law spüren, wie der Anzug ihn aufrichtete.

Zwei Meter eines leicht gewebten Wollstoffs ließ er sich geben, um Mátyás' Sachen darin einzuschlagen. Reste eines Lebens, der Kokon eines Falters, der längst aufgebrochen war. Und wohin. Am Abend lag er auf dem Hotelbett, auf einer Karte suchte er das winzige Dorf bei Bócsa, in dem Mátyás aufgewachsen war. Vielleicht im Vorbeigehen, das ahnst du doch, siehst du dir selbst über die Schulter.

Er nahm den Sieben-Uhr-Zug, der ihn nach Südwesten brachte, Gräser, Felder, ein wenig Braun und kleine grau verputzte Gehöfte, der Mais war noch nicht geerntet, und die Sonne stand bereits hoch.

7. Kapitel
Bócsa

Der Horizont war hier so eben, dass man das Gefühl bekommen konnte, der Sand und alles an ihm laufe auf nichts als sich selber zu. Gelegentlich durchzog eine Stromleitung den Himmel, und selbst die Wolken schienen zu sagen, dass der Wind von weit her gekommen war. Die Abzweigung nach Bócsa war eine jener Kreuzungen, an der die endlos gerade Teerstraße, die 54, von zwei Sandwegen berührt wurde. Ein hell verputztes, blechgedecktes Bushäuschen, drei grüne Postkästen, nah an der Straße, und ohne weitere Hinweisschilder zwei Sandstraßen, die in das kahle Grasland führten. Nur sehr weit entfernt ahnte er etwas Grün.

Es war die Richtung, in die der Busfahrer wies, nicht ohne seinen Anzug und den schmutzigen Seesack argwöhnisch zu mustern. Der Bus roch, als wäre früher viel in ihm geraucht worden, durch zwei ovale Deckenfenster fiel das Licht fast senkrecht auf den Gang. Haltegriffe schlenkerten an langen Stangen, Sitzreihen aus Kunstleder, die Tür klappte zu beiden Seiten auf. Der Fahrer deutete wieder auf die dunkle Erhöhung in der Ferne, vielleicht Pappeln, vielleicht etwas Wasser.

Dann nur der Ruß auf dem Blech, dem er nachsah. Der Weg war staubig. Alles schien einzugehen unter diesem Licht. Er hielt zu auf diesen fernen Punkt, es sollte eine Strecke sein, die man alle Tage geht, nicht seine flache Hand, die wieder und wieder über seinen Oberschenkel strich, ein Feldweg, die verlängerte Linie einer brennenden Sonne. Schließlich wurden ein paar Pappeln sichtbar, ein kleiner Hof, Weidezäune. Und was sollte er sagen, denn erklären konnte er ihnen nichts.

Das Haus war grau verputzt, davor lag eine große hölzerne Veranda. Als er näher kam, spürte er den Schatten von ein paar Bäumen auf der Haut. Es war still. Das ganze Land war still. Irgendwann hörte er ein Radio, und ein Hund bellte und begann, in wilden Kreisen um ihn herumzurennen, als wollte er ihm in die Fersen kneifen, wie einem Schaf, das auf den langen Linien Deich zu weit abgefallen ist.

Dem Hund galt die ganze Aufmerksamkeit der Frau, die aus dem Haus gelaufen kam. Während sie in die schwarzweiße Wolle am Nacken griff und ihn fortzog, hatte er Mátyás' Stimme im Ohr, die ihm sagte und wieder sagte, wer sie war.

Er hatte nur dieses Bündel Stoff, das er in ihre Arme legte, und ihr Mund wurde schmal, als sie begriff, was es war. Er fühlte deutlich, dass er hier etwas sagen sollte, aber er wusste nicht, was. Er warf noch einen Blick auf den Hund, dann drehte er sich um, und ging.

Sie war die Frau mit dem kaputten Kugelschreiber, oder zumindest sah es so aus, die Buchstaben waren tief in das Papier gekerbt, und Mátyás ließ die Briefe oft über Wochen ungeöffnet vor dem Schrank liegen.

Sie rief ihm nach.

Haben die Sie geschickt?

Nein.

Dann kam sie ihm nach. Sie war kleiner als er, und er kannte den langen Zopf. Damals hatte er sie von weitem gesehen, und es war gegen die Abmachung, dass er noch stehengeblieben war, in dem kleinen Flughafenshop in Rom nahe der Ankunftgates. Sie hatte sich bei Mátyás eingehakt, und er hatte sie beide vorbeigehen sehen.

Wo wollen Sie jetzt hin?

Zurück.

Zu Fuß?

Sie sah ihn eine Weile an. Dann war ihre Stimme mit einem Mal so leise und sanft, dass es ihn wunderte.

Komm doch.

Sie deutete mit dem Kopf zum Haus.

Sie sprach ein gebrochenes Englisch. Nur das trockene Holz, ein Haus, als wäre es schon längst vergessen worden. Patrícia nahm ein abgewetztes Kissen von der Bank unter dem Fenster und legte es ihm auf einen Stuhl. Der leise Geruch von Holzlack hing in der Luft.

Sie brachte Wasser. Grillen zirpten.

Konnte sie den Schweißstriemen sehen auf seiner Stirn, den Abdruck des Helms? Die rostige Truhe, auf der sie in den Pausen zusammensaßen? Nur der Wind, und wie ihre Absätze gegen den Rost schlugen?

Sie hatte das Geländer gestrichen, sie hatte *irgendetwas* tun wollen. An den Tagen zuvor hatte Waclaw versucht, nicht an sie zu denken. Das Bild, das er von ihr hatte, war aufrecht gewesen, beinahe königlich. Aber nun saß vor ihm eine dünne erschöpfte Frau mit festem Händedruck und verrauchter Stimme, deren Schultern nach vorn gefallen waren. Ihr leicht gekräuseltes Haar war über den Ohren aus dem Zopf gerutscht, ein Rappe, dem das Silber ins Fell gestiegen war. Sie war die Halbschwester von Mátyás, zehn Jahre älter als er, in diesen Wiesen hatte sie auf ihn achtgegeben. Später am Abend, wenn sie weint, wird sie in einer Kindergeste die Fäuste auf ihre Augen pressen. Niemand wird es sehen. Sie rauchte. Dann lächelte sie gequält, es war das Lächeln einer Mutter.

Was habt ihr getan? Was habt ihr gemacht all die Zeit?

Dann sprach sie leiser, wie zu sich selbst.

Ist es das, was ihr mitzubringen habt, aus eurer neuen Welt? Nur so viel, und ohne Erklärungen?

Ihr Blick lag ruhig auf ihm, für einen Moment schien sie Mitleid zu haben mit diesem müden großen Mann, wie er da saß, in seinem Anzug. Doch dann trat eine Strenge in ihr Gesicht. Niemandem tu ich den Gefallen und bin ruhig.

In dieser Nacht schlief er in einer schmalen Kammer, die Mátyás' altem Zimmer gegenüberlag. Es war ein ausgebautes Stallgebäude mit Deckenbalken und einfach verglasten Fenstern. Zwischen den hellen Streben schien das Dunkel aus vielen Teilen zu bestehen, aber wo Mátyás gewesen war, gab es nur eine einzige pochende Dunkelheit. Es war still. Das Bett so kurz, dass er schräg liegen musste.

Es roch nach Holz, und er starrte an die Decke. Dabei fielen ihm Belanglosigkeiten ein, kleine Spiele, mit denen sie sich die Zeit vertrieben hatten. Stell dir vor, sagte Mátyás, an Land ist es Winter geworden, nichts blüht mehr. Und dann war da wieder die eigentümliche Wärme ihrer Kabine, die nur darin bestand, dass sie die Welt dort draußen, das Fehlen von jedem einzelnen Ast, durch eine Welt ersetzen konnten, von der sie sich erzählten. Dass sie zuhörten. Dass er auf Mátyás' Stimme hörte, wenn er redete.

Sie trafen sich vor sieben Jahren auf dem Gelände des Konzerns, bei dem sie lernten. Draußen ging ein warmer Wind über die Felder, und auf dem Gelände waren Hunderte von Menschen in Eile, dröhnten die Sirenen wie an Deck. Es waren Tage, die für die meisten von Euphorie geprägt waren, einer Erwartung, die man sonst nur an Dinge heftet, die das Leben in eine bedeutende Richtung lenken werden. Es waren junge Kerle, und sie *wollten* glauben, was ihnen der kurzbeinige Texaner erzählte, sie stellten eine Verbindung her zwischen der aufgespannten Weltkarte und seinen Sätzen, zwischen den Fördergebieten, den großen Ölfeldern *Libra Field, Jupiter, Kingfish* und ihren eigenen grenzenlosen Wegen. Sie alle waren Hauptfiguren in einer Geschichte, die noch nicht erzählt worden war, Helden, große Macher, eine Geschichte, die hier, irgendwo hier, begann. Für eine Weile würden sie gutes Geld verdienen, und keiner von ihnen konnte sich vorstellen, wie die Haut über dem Ellenbogen ledrig wurde und die Zeit daheim und jedes Zurück verblassten.

Waclaws Unfall lag damals noch nicht lange zurück, sein Arm, auch wenn er es nicht zugeben wollte, war noch immer etwas taub. Er musste diesen verfluchten Sicherheitslehrgang machen, zusammen mit den Anfängern, es war die einzige Auflage. Er hatte *verdammtes Glück* gehabt, das sagten sie ihm immer wieder.

Nun standen sie da, der Ausbilder näselte vor sich hin, vielleicht war er eitel genug zu glauben, die Männer würden *ihm* so verbissen zuhören, er wäre es, in der Mitte dieses Kreises, mit seinen Reden über kriechende Gase, Explosionen und Schwefelwasserstoffverbindungen, während doch alle nur auf *sich selbst* warteten, auf sich selbst, in dieser neuen Welt.

Er sei ein Korken, sagte Mátyás über den Ausbilder, und es war einer der ersten Sätze, die Waclaw von ihm hörte. Sie gingen von der Werkhalle zurück zu den Containern, alles war so angeordnet wie auf See, aber hier durfte man rauchen. Mátyás ging neben ihm an dem hohen Zaun entlang. Er war Waclaw am Nachmittag schon aufgefallen, die paar Handgriffe, die er noch nicht konnte, hatte er für ihn übernommen, vielleicht weil er wusste, dass Jemand-wie-er es schwer genug haben würde, dort draußen. Mátyás' Locken, die sich gleich wieder aufrichteten, wenn er den Helm absetzte, zwei Augen, die vielleicht die beiden hellsten Punkte in der gesamten Werkhalle waren. Aber jetzt hatte er zu reden begonnen.

Er ist ein Korken, sagte Mátyás noch mal, er schwimmt nicht, er treibt. Er rauchte, trat seine Zigarette aus. Das ist es doch, was alle hier wollen, oder nicht. Raus in die Welt, zumindest raus aus der alten. Sieh dir an, mit wem wir unterwegs sein werden. Aber stell dir vor, was dann möglich ist.

Da war dieser Ton in seiner Stimme, und Waclaw neben ihm stand still. Das *wir* hatte ihn überrascht wie eine Berührung, auf die er nicht vorbereitet war. Er wusste nicht, wie lange sie dort noch standen, aber es war, als würde jemand Löcher in eine Wand schlagen, von der er nicht einmal geahnt hatte, dass es sie gab. Hinter dem Zaun rauschten die Weizenfelder.

Unter dem Dämmerlicht der Dachschräge wusste er zunächst nicht, wo er war. Er sah die Deckenbalken vor sich, im ersten Morgengrau sah er eine langsame Sonne, die durch das Fenster stieg. Er hatte nicht alles von dem verstanden, was Patrícia am Abend erzählt hatte. Aber er solle bleiben, sie müsse ihn sprechen, nach der Arbeit. Er solle sich ruhig umsehen. Ungarn, südliches Land. Er hörte, wie der Motor eines Autos gestartet wurde.

Als er in der Haustür stand, war wieder alles unbekannt, war es bereits spät, und er folgte seinem Schatten, aufgerichtet und mit geraden Schulterpolstern durch den Staub, als wüsste er schon etwas anzufangen mit dem letzten Rest Wasser, blinkende Küste, das er nicht aus den Augen gelassen hatte, bis es ganz aus dem Fenster des Pumas verschwunden war.

Auf dem Hof eine große Fläche aus Sand, etwas versetzt zum Haus eine alte Scheune. Das Dach war mit Teerpappe abgedichtet, zwischen den Latten, die nur grob behauen waren, fielen Lichtstreifen hindurch. Waclaw stand lange in dem geöffneten Tor, es roch nach Heu und Stroh, und da war das Flirren von Staub, es war so leise, dass er sich räusperte. Eine Weile lehnte er an einem Heuballen und starrte vor sich hin. Flächen von Gras. Eine Silberpappel, die er so lange ansah, bis er verstand, dass sie ihn an einen anderen Baum denken ließ. Ein Ufer, der Geruch von verwesendem Fisch, Graffitis auf den Stromkästen, Bier aus Dosen, die Zeit kurz vor Mátyás.

Patrícia kam am Nachmittag wieder, sie war nervös, und er merkte, dass sie ihm etwas sagen wollte, sicher hatte sie lange darüber nachgedacht und schob es nun noch weiter vor sich her, indem sie ihn herumführte. Schließlich folgte Waclaw ihr ins Haus und in ein großes Zimmer, das von außen fast zugewachsen war. Die Fensterrahmen waren verblichen in der Sonne vieler Jahre, aber drinnen besaßen die Möbel schwere Kugelfüße, und ein großer gewebter Teppich lag quer zu den Wänden, wo unzählige Familienfotografien hingen. Als wären hier nicht der Staub und das Land, als ließe dieses Zimmer sich einrichten mit einem Leben, zu dem das Silberbesteck und auch die großen Damenhüte auf den Fotografien gehörten. Patrícia lebte zwischen diesen Dingen, sie dosierte das

Licht, das von draußen hereinfiel, mit schweren Vorhängen. Auf einem langen Tisch stand eine versilberte Schale, dahinter ein Klavier mit gelblich verfärbten Tasten.

Der dunkle Holzboden war penibel sauber gehalten, und Patrícia trug ein schweres Parfum, als ließen sich damit der Landgeruch, der Tabak und die Traurigkeit übertünchen, die in ihren Schultern steckte. Nur in der Ecke hing eine Ampelleuchte aus Marokko, ausgeschlagen mit rotem Glas. Der Händler hatte den Preis dafür in fünf Sprachen aufsagen können, und in jeder war er zu hoch. Mátyás war das egal.

Patrícia ließ ihm Zeit, alles anzusehen. Dann holte sie etwas aus dem Nebenzimmer, ging auf die Veranda, und als er herauskam, hielt sie ihm ein Telefon entgegen.

Coll, sagte sie. Coll.

Eine geöffnete Flasche Wein stand auf dem niedrigen runden Tisch.

Jeden Abend, wenn sie von der Arbeit im Krankenhaus aus Kecskemét zurückgekommen war, hatte sie eine andere Nummer gewählt, rief sie die Zentrale in Texas an und alle zuständigen Büros vor der westafrikanischen Küste. Sprach ihr gebrochenes Englisch, schrie und verstummte. Auch die Fischereibehörden alarmierte sie. Aber es war niemand da, an den sie irgendetwas hätte richten können. Es gab einen Brief, der an sie adressiert war, mit einem Briefkopf, für den niemand bürgte. Er sah Patrícia unter dem offenen Blau der Veranda, sie rief in die Muschel des Hörers, ihre Trauer war grell wie Stangen Metall, die aneinanderschlagen, während sich am anderen Ende die Stimme wohl längst zurückgezogen hatte, an einen Ort voller Floskeln und Versprechen, dahin, wo die Zeit ein niemals abreißendes Band war. Aber Patrícia lebte nicht an diesem Ort. Sie war hier, wo der Abend auf Wegen und Holz lag, die sie jeden Tag mit Mátyás gekannt hatte, seit *dieselben Lügen* ihre Mutter gezwungen hatten, Budapest zu verlassen und hinauszuziehen aufs Land.

Dass du das so gelten lassen kannst. Wer sagt, eine Suche sei ohne jeden Wert?

Sie wollte keine der Seekarten sehen.

Das ist Papier, sagte sie. Wir müssen weiterfragen, wo die anderen aufhören. – Dass du so ruhig sein kannst.

Um sie herum hatten die Schatten begonnen, sich von den Sträuchern zu entfernen, flockige Wolken, dazu das leichte Zittern der Pappeln. Einige Schwalben. Als hätte jemand diesen Teil der Welt mit einer Schere herausgeschnitten. Patrícia hatte sich gesetzt, sie sah Waclaw unentwegt an, als würde sie eine Reaktion erwarten. Er saß einfach da. Er trank nicht und er sprach nicht.

Was ist? sagte er schließlich.

Du bist schon fertig damit, nicht wahr?

Wieder sah sie ihn an. Er schien es nicht zu bemerken.

Er lehnte sich vor und spuckte unter dem Geländer hindurch auf das trockene Gras. Dann sah er nach vorn.

Was siehst du? fragte er und deutete unbestimmt vor sich.

Dann zeichnete er den fernen Rand des Grases mit der Hand. Er sah sie nicht an.

Siehst du die Linie? Er zeichnete sie noch mal.

Sie geht nicht weg. Sie bleibt wie ein verdammter schwarzer Strich. Das ist die See.

Ein Strich, der dich trennt.

Presst sich einfach ins Auge und geht nicht mehr weg.

Er trank das Glas, das sie ihm hingestellt hatte, auf einen Zug leer.

Sie sah auf seine Hand, und dann wieder nach vorn.

Sorry, sagte sie leise.

Er hörte ihren Akzent deutlich, sogar in nur einem Wort.

Enough. Genug jetzt, sagte er.

Im Aufstehen spürte er den Alkohol. Sein Rücken war empfindlich, und er konnte sehen, wie seine Füße unten an den langen Beinen aus der Hose herausstakten und seine Schritte führten wie von selbst.

8. Kapitel
Rotabyl

Sie brauchten all das nicht. Über sechs Jahre brauchten sie nichts von diesem Land, und sie brauchten auch die Frau mit dem schweren Zopf nicht.

Später am Abend klopfte Patrícia noch einmal an seine Tür und bat ihn hinunter. Sie saß in einem großen geflochtenen Sessel, der mit Schafsfell ausgelegt war, und sie redete viel, obwohl er nichts gefragt hatte. Mátyás hatte immer mit etwas Spott zurückgesehen. Das liegt hinter uns, wozu sind wir sonst hier? Nur Tragik, sagte Mátyás, brauchen wir das? Ab und zu schlug ein Saxophon zwischen Patrícias Sätze, und als die Platte zu Ende war, hörte er lange auf das wiederkehrende, dumpfe Geräusch der letzten Rille. Patrícia redete. Von ihrem Vater, den man in einem Bootshaus an der Save versteckt hatte, bevor die Sowjets ihn fanden und nach einem fadenscheinigen Prozess erhängten. Sterne, die man mit langen Seilen von den Rathäusern riss. Auf den Überwürfen der Sessel lag eine dünne Schicht Staub. Als hätte hier schon viel länger keiner mehr gewohnt.

Und während sie hastig weitersprach, dachte Waclaw an das Zimmer in Tanger. Was würde sie in ihrem Geist daraus machen, wenn er ihr davon erzählte? Ein Labyrinth, in dem sie sich so lange verirren würde, bis sich die Zeit verkehrte und in der Mitte Mátyás erschien? Und was, wenn es keine Mitte gab? Wenn sie nur wieder und wieder die Dinge in die Hand nehmen würde, Dinge, die keine Versprechen geben oder einlösen konnten, die nichts rückgängig machten, so wenig wie das Kossuth-Wappen, das sie immer wieder erwähnte, mit seinen Streifen für die Flüsse Donau, Theiß, Drau, Save, mit den Gebirgen Fatra, Matra, Tatra. So sagte sie es, wie ein Kind, und dabei wurde sie ruhiger. Dreizehn kurze Tage, sagte sie, in denen ihr Vater das Kossuth-Wappen gehoben hatte, während sie daheimsaß, zu klein, um zu verstehen, während ihre eigene Geschichte erst damit begann, dass er nicht wiederkehrte. Dass ihre Mutter Zigaretten kaufte am Kiosk von Csepel, und sie gingen Hand in Hand nach Haus, wo er fehlen würde und es ihnen verboten war zu weinen, wo eine Geschichte begann, in der Trauerkleidung verboten war und bald auch die Wohnung in Budapest geräumt wurde. Sein Gesicht wurde aus den Fotos herausretuschiert, als hätte es ihn nie gegeben, oder als hätte es nur einen anderen gegeben, dessen Geschichte noch zu erfinden war, von denselben Leuten, die ihm, als sie ihn in seinem Versteck fanden, drei Rippen mit schweren Rudern brachen. Aber was waren schon Rippen. Patrícia war jetzt betrunken, sie redete von Budapest, und er verstand nicht. Sie beide hatten weit weg von all dem gelebt. Und er wusste nicht, was sie von ihm wollte.

Sie sah ihn an, wie Frauen Männer ansehen, wenn sie zu lange allein auf einem Hof gelebt haben, und es war ihm unangenehm. Patrícia sah Mátyás nicht ähnlich, ein wenig fühlte es sich so an, als würde sie über einen anderen sprechen.

Sie hatten ein anderes Leben gehabt, dort draußen auf See.

Er stand auf. Aber dann hörte er etwas und drehte sich noch einmal um. Es war fast derselbe Klang, beinah so, wie Mátyás es gesagt hatte. Abend für Abend für Abend.

Jó ejszakát, sagte sie.

Er hielt sich an der Tür. Beinah war da Mátyás' Stimme.

Er sah zurück, ohne zu antworten.

Nur diese zwei Sätze: Gute Nacht. Und: Lass noch etwas warmes Wasser übrig.

In der Nacht ging er hinüber. Leuchtete mit einem Feuerzeug in Mátyás' Dunkelheit, bis sein Daumen rot und heiß war.

Am Morgen zog der Honda schon eine lange Wolke aus Staub hinter sich her, als er die Tür erreichte, und dann stand er barfuß in der frühen Sonne, unschlüssig. Alles, wo Mátyás aufgewachsen war, war verbunden mit einem überflutenden Licht, und dennoch hörte er ihn rennen. Er konnte seine Sohlen über den Kies davonrennen hören, immer und immer wieder.

Mit seinem Onkel war Mátyás über ein Land gefahren, das geordnet war in Futter- und Jahreszeiten, in dem die Vorwürfe nicht so schwer wogen, die Patrícia vor sich hertrug. Da war die Stille über dem Stroh, das sie verluden, die Splitter in den Armen, die sich bald entzündeten, die Hofhühner, das Brutzeln der Pfanne, das widerwillige Guten Morgen, ohne Platz für Traurigkeit, und wie Mátyás sich beeilte, alles herunterzuschlingen, die sowjetische Alupressgabel im Mund, und das Kompott, das Patrícia langsam über den unregelmäßigen Holztisch schob. Er könne in Frieden hier draußen leben, hatte sein Onkel zu ihm gesagt, hier gehöre er hin. Aber Mátyás konnte dieses Gehören nirgends in sich finden.

Gegen Mittag lehnte Waclaw an einem Strohballen in der Scheune. Er hatte nur die Weste übergezogen, es war hier etwas schattiger, und er wollte sich zumindest von Patrícia verabschieden. Auf seinen Knien hielt er ein Kinderbuch, das er aus Mátyás' Zimmer mitgenommen hatte, Saurier mit kurzen Ärmchen, Vulkane, die ihre rußigen Wolken in einen violetten Himmel spuckten. *Bringing fossils to life.* Er sah die Zeichnungen an, Sedimentschichten, Foraminiferen, kleinste Teilchen, unverständlich wie das Glück. Als bräuchte es zu all dem Schlamm und dem Lärm der Schüttelsiebe noch eine andere Geschichte, etwas, was zu ihnen und ihrer Zeit dort draußen gehörte. Das Märchen hinter dem Öl. Mátyás hatte sich sogar den Namen des Asteroiden gemerkt, der vor Millionen Jahren in die Bucht von Campeche geschlagen war, *Chicxulub*, sagte er, bemüht um die Aussprache, *stell dir das mal vor*. Waclaw blätterte langsam, und er sah die Bilder genau an. Echsen, Riesenhaie, urzeitliche Wälder, meterhohe Farne. Er wusste nicht, was ihn daran so rührte. Es war etwas anderes als die Tonnen von Chemikalien, die sie mit der Bohrspülung nach unten pumpten. Dann hörte er ein Geräusch. Unter dem Dach flogen Schwalben, und er wusste zuerst nicht, woher es kam. Im Heu bewegte sich etwas, und er hörte einen dumpfen Fall.

Kurz darauf kam ein Mädchen auf ihn zu, klopfte sich die Hände aus. Sie trug eine Jeans mit langen weißen Fransen, ihr ungeordnetes Haar ging bis kurz über die knöcherne Taille. Sie lächelte. Sie schien zu wissen, wer er war, und sagte ihren Namen so leise, dass er ihn nicht verstand. *Mátyás*, flüsterte sie, es klang wie eine Frage. Er hob die Schultern. Dann nickte er. Sie winkte, damit er ihr folgte. Sie ging schnell, er kam kaum hinterher. Sie lief den Sandweg entlang bis zu einem Weidezaun, den er nur aus der Ferne gesehen hatte. Dann zeigte sie durch die Holzbalken hindurch.

Es war ein gedehnter Streifen aus gelbem Gras, wo entfernt

ein paar Pferde dösten. Dasselbe Bild hatte sich bereits auf der Busfahrt endlos wiederholt.

Er stützte sich auf das Holz.

Wie nett, sagte er leise, thank you.

Was hatte er auch erwartet. Es gab hier nichts als Land und Viecher, und er dachte, dass es Mátyás nervös gemacht hätte. Zuletzt hatte er in den Wochen an Land so viel gespielt, dass die nächste Schicht nur umso härter wurde.

Das Mädchen sah durch den Zaun zu den Tieren. Es war Zeit zu gehen.

Waclaw drehte sich um.

Nem! rief das Mädchen.

Sie zeigte auf einen entfernteren Punkt. Etwas abseits von der Herde tänzelte ein einzelnes Pferd nervös zwischen den Fliegen.

Mátyás, flüsterte sie.

Als das Mädchen mit klapperndem Gepäckträger gefahren war, stieg er durch den Zaun und setzte sich auf einen Stein, unter einen der wenigen Bäume der Wiese. Es war eine Eiche, die Blätter waren schon gelb verfärbt von der Hitze. Er sah die Herde zur Tränke ziehen, in dem trockenen Sand sah er Spinnen laufen. Er stand erst auf, als er Patriciás Motor hörte.

Du bist noch da, sagte sie. Ihr Haar war streng nach hinten gekämmt, und sie tastete in ihrer Tasche nach Zigaretten. Waclaw stützte sich mit einer Hand an die Tür zu dem Schuppen, in den sie das Auto gefahren hatte.

Hast du das Mädchen geschickt? fragte er.

Das Mädchen? Sie versuchte zu lächeln.

Was ist mit dem Pferd? fragte er.

Sie sah ihn an. Dann sah es so aus, als würde sie lachen, und er war sich nicht sicher, ob sie über ihn lachte. Er wollte dort nicht stehen und warten, er hatte keine Geduld.

Das Pferd, sagte er noch mal.

Das weißt du nicht? fragte Patrícia. He didn't tell you?

Matyi, der große Pferdezüchter? Jahrelang haben wir kaum Geld für Milch, dann hat er welches, dann nimmt er seine Dollars und kauft ein Vollblut, das vollkommen verrückt ist. Nur sein Onkel, der alte Narr, sorgt dafür, dass keiner ihm was tut.

Sie sah ihn an. Das hat er dir nicht gesagt?

Waclaw schüttelte still den Kopf. Er sagte, er würde jetzt gehen und seine Sachen packen. Aber dann saß er lange und erschöpft auf dem Bett. Es roch nach Holz, und er dachte an die Anden. Mátyás hatte um diese Zeit aufbrechen wollen. Seine leicht schiefen Zähne, als er ihm davon erzählte. Er wollte reisen, sagte er, allein. Da war der Sand auf ihren Schienbeinen, sie saßen bei La Rochelle an der Küste, das Wasser war noch kalt. Mátyás, der über seine Reiseroute sprach, Felder an steilen Hängen, eine Eisenbahnlinie auf hohen Stelen, eine gediegene Fahrt mit Blick auf die eisigen Kappen des Nevado de Acay. Aber es war, als wäre das Höchste dieser Reise schon erreicht, in der Erschöpfung, mit der sie einander zuhörten, mit der einbrechenden Nacht, in der die entfernten Siedlungen wie Bojen auf dem Wasser schwammen. Mátyás, der ihn wortlos umarmte, bis Waclaw ihm über die Stirn strich, wie einem Kind. Da waren die Pausen, die er machte, nachdem er einen Gipfel, ein Tal, eine Stadt beschrieben hatte. Als würden die Sätze immer weit über das hinausreichen, was er erzählte, als würde hier die eigentliche Ferne beginnen.

Er war müde. Es war nicht sein Bett. Aus dem Fenster sah er entfernt einen Streifen Grün. Er ging nicht hinunter. Er machte kein Licht. Er lag im Dunkeln, und er spürte seinen Rücken.

Moonpool. Er war noch einmal durch die beiden Sicherheitstüren in den inneren Bereich der *Ocean Monarch* gegangen in dieser Nacht, an den Rand des *moonpools*, in den die Geräte hinabreichten: ein viereckiges großes Becken, die See in einigen Metern Tiefe, der Lärm der Maschinen und das Klingen der eisernen Gitter. Sie hatten die Geräte gesichert wegen des Sturms. Waclaw sah von weit oben hinein, die Wellen sogen an der Plattform, zogen sich zurück, um dann heftig und laut aufzustampfen, Blasen stiegen nach oben, ein leichtes Prickeln, dann überschlug sich das Wasser, spritzte hoch. Komm wieder, sagte er, als wäre es das ganze Meer vor ihm. Er hatte es geflüstert, leise zunächst, und dann immer wieder. Die Wellen brachen heftig gegen die künstliche Umgrenzung und bald kamen sie, Arbeiter, Gesichter unter Helmen, sie fassten ihn an den Armen, sie brachten ihn zurück, und im Kontrollraum war es auf dem flimmernden kleinen Bildschirm zu sehen, wie der große dünne Mann, der ohne seine Arbeitssachen, nur in einer Stoffhose und einem hellen Pullover dort hinausgegangen war, sich von ihnen abführen ließ, widerwillig, aber bald hielt er den Kopf gesenkt, als hätte er einen Kampf verloren und seinen ganzen Einsatz.

Er spürte die Arme der Männer, die ihn an den Seiten hielten, und hörte Stimmen, die seinen Namen sagten, und er musste an die Kameras denken, die dies alles aufzeichnen würden, und dass es wahr war, was dieser kleine Bildschirm zeigte, dass alles unscharf war, seine Welt, die zu den Seiten hin abriss.

Er verbrachte den Tag auf dem Stein. Er sah dieses Pferd an, das es nicht gegeben hatte. Rotabyl, was für ein seltsamer Name. In der Hitze zeigten sich die Adern unter dem dünnen Fell. Zu kleinen Geräuschen reckte es den Hals, schnorchelte durch die Luft, er versuchte nicht, es zu locken. Er saß reglos. Seine Arme brannten. Die Gulyáskrém brannte auch, in seinem Rachen. Er wusste, er würde diesen Staub nie wieder aus dem Anzug bekommen.

Und hier schnitt Patrícia das Brot für den Abend und sah ihn auf der Wiese, und wie er auf das Haus zukam, Waclaw mit verbrannten Armen und nur einer Weste über der Haut und die Hose fast grau, der Staub saß ihm in den Nasenlöchern. Er ging langsam. Er hatte nichts gewusst von diesem Pferd, das ihm vorkam wie ein Fabelwesen. Er ging zwei Stufen die Kellertreppen hinab, der kalte Stein, Geruch von Obst, das man lagert, in Flaschen und eingekocht, Früchte, die sich farblos und weich von innen gegen das Glas pressten, diese Süße, als wäre sie alles, was sich abschöpfen ließ von der Zeit. Es war kühl.

Er stand neben den Regalen in dem schattigen schmalen Gang, nirgends war weniger sichtbar, wer jetzt noch bei ihm war, er wollte weinen, vor Zorn, es gab nichts, wo er jetzt noch suchen konnte, das Lachen von Mátyás, das er erwidern konnte wie sein eigenes, er war ein Spiegel ohne Gegenüber, er war die Kellertreppe und das Kühle und Dunkle der Kellertreppe, und er ließ zu, dass Patrícia ihn hier fand, *es ist kein guter Ort, um Abschied zu nehmen*, sie legte ihm eine Decke über den Arm, und er ging mit ihr durch eine weite, staubige Landschaft. Es war dasselbe Gras, das Land dehnte sich zu den Seiten.

An die Decke waren dicke Quasten genäht, ein alter roter Vorhangstoff, den Patrícia ausbreitete. Da war das Geräusch von Schilfblättern, die in einem trockenen Wind gegeneinandergeschoben wurden. Ein kleiner Teich, vielleicht armtief. Er sah zu, wie sie scharfe Würste, Paprika und Brot auf die Decke legte. Sie tranken dünnen Wein, der nach Harz schmeckte. Ein kleiner Busch hielt die Sonne fern, aber die Hitze schien auch vom Boden aufzusteigen. Sie sprachen nicht über das Haus und den Keller. Lange Zeit verstrich, in der sie nicht wussten, was sagen oder was sich sagen ließ. Dann sah er, wie sie ihre Lippen zusammenpresste, ihr Gesicht verzerrte sich leicht, und sie strich sich mit dem Handrücken über die Augen und versuchte zu lächeln.

Dann zog sie mit dem Finger eine Linie durch den Sand.

Wir haben in unserer Familie einen Brauch, sagte sie, und ihre Stimme klang rau und etwas tiefer als sonst. So, als würde ihr die Luft wegbleiben oder nicht reichen für das ungewohnte Englisch in ihrem Mund.

Jemand malt dem Kind am Morgen mit Ruß einen dunklen Strich unter die Augen, wenn jemand stirbt. Der Brauch sagt, dass alle Tränen, die diese Linie durchbrechen, denjenigen erreichen, der fortgegangen ist. Ich habe Kohle genommen, ganz normale Kohle. Mátyás war acht und ich schon mit der Lehre fertig, als unsere Mutter starb. Und er hat viel geweint an diesem Tag und danach nie wieder. Es war Januar und noch kalt, sein Onkel hatte eine Hand auf dem Sarg, als wir durchs Dorf gingen, als müsse er achtgeben, dass der Karren sicher ans Ende der Straße gelangt. Am Abend schlief Mátyás ein, János' schwere Hand auf der Brust.

Sie lächelte kurz. János hat das von den Pferden, er kann jeden beruhigen. Patrícia strich mit dem Finger durch den

Sand. Mit demselben Finger zog sie vorsichtig eine Linie über seinen Knöchel. Sie sah ihn nicht an.

Hat er dir mal von Ostia erzählt? fragte sie dann.

Er nahm noch einen Schluck.

Ja, sagte er leise.

Und er konnte sehen, wie Mátyás sich die teure Uhr abstreifte und die neuen Lackschuhe auszog und ein anderer wurde, um seine Halbschwester vom Flughafen abzuholen. Waclaw hatte das Thema vermeiden wollen. Die ganze Maskerade, alles für diese fremde Frau. Er wollte gehen. Seine Haut juckte von dem Staub und dem Gras.

Die Sonne stand schon tief, der kleine Teich lag da wie flüssiges Metall, unbewegt. Langsam stand er auf.

Ob er morgen noch da sei, fragte sie.

Er antwortete nicht gleich.

Die könnten mich jederzeit anrufen, sagte er. Dann sind es noch drei Tage.

Patrícia richtete sich auf.

Du willst dahin zurück?

Sie zog an den Kordeln der Decke.

Komm morgen mit, sagte sie dann.

Die Küche war voller winziger Fliegen, als sie wieder hereintraten. Sie kreisten unter der Lampe und ersoffen in den Gläsern und Patrícia fluchte, als sie das Licht einschaltete. Átkozott! Goddammit! Sie warf die Flasche Essig fort. Dann öffnete sie den Kühlschrank und blieb im Lichtspalt stehen, und Waclaw konnte ihre nackten, knochigen Füße sehen, ihr Gesäß unter dem Stoff, etwas Staub klebte in ihren Kniekehlen.

Auf dem Weg zurück hatte sie von der Tiefsee geredet und

von den *Black Smokers*. Mátyás hatte ihr erzählt, dass man in Zukunft nach Gold suchen würde *dort unten*.

Noch nicht, hätte Mátyás gesagt, es sei noch zu teuer.

Dann war sie stehengeblieben.

Stimmt das? fragte sie. Ihre Hände in den Seiten, ihr Gesicht, schmal, ernst. Vielleicht hat er etwas gefunden. In einer dieser Gesteinsproben vielleicht –

Waclaw konnte die Schüttelsiebe hören. Inmitten der Weite sah er den Schlamm, und die Arbeiter in dem Schlamm, und den Winter und den Dampf an den Steigrohren. Mátyás, der wie bezaubert davorstand, das Rohöl war heiß in den Rohren, schließlich ihre Stimmen, die seltsam deutlich klangen, wenn sie in den Winternächten an Land kamen, an Kreuzungen standen, und für Momente nicht wussten, wohin.

Er wollte gehen, aber Patrícia hielt ihn am Arm.

Was ist? fragte sie. Ob er etwas wisse davon. Sie fragte nach *nuggets,* und er dachte an den Lehm, in dem er als Kind gegraben hatte, ein schmutziger Bach in den Wiesen, aber alles, was er gefunden hatte, waren Blutegel, sie glitten über seine Hand.

Nuggets? Was wollte diese Frau hören?

Er schüttelte den Kopf.

Wir haben dort unten nie *irgendetwas* gefunden, sagte er leise. Just mud. Nur Schlamm.

Aber jetzt war der schmale Lichtspalt aus dem Kühlfach das einzige Licht, und da, wo es aufhörte, war lange kein Ufer, sie waren auf einem Floß und die Welt hatte sie vergessen. Sie waren keine Goldsucher, sie hatten nichts gefunden dort draußen. Sie trieben auf einem sehr breiten Strom, aber anders als die Helden in den Abenteuerbüchern seiner Kindheit konnten sie fallen, und diejenigen, die fielen, kamen nicht zurück.

9. Kapitel
Die Wache

Er sah die schmutzigen Füße der Jungen in den Sandalen über sich, er kletterte hinter ihnen die Leitern hinauf, das Holz war ausgeblichen und verkotet, und sie trugen die schweren Säcke Mais zu den bunt bemalten Schlägen, türkis, gelb, die Farben leuchteten, hoch über den Dächern von Kairo. In den Straßen weit unten hupten die Autos, eine ewige Rushhour, auf den Dächern ringsum Staub und Müll, die ewigen Satellitenschüsseln. Und wie der Himmel aufriss, sie ließen die Tauben aus den Coops, und die Vögel zogen ihre großen leichten Runden, weit über den Dächern und dem Smog. Am Horizont die Halden, auch dort wohnten noch so viele. Waclaws Unfall war noch nicht lange her, er hatte die Schläge an einem Nachmittag entdeckt und kam seitdem immer wieder, er kaufte Futter für die Jungen, und sie fragten ihn nichts, und es war, als würde dort oben wieder etwas anderes gelten, und ein wenig fühlte er sich zu Haus, wenn er sah, wie sie sich das Gefieder ihrer Vögel an die Wangen pressten –

Patrícia hupte drei Mal, der Motor lief, sie schien es eilig zu haben. Er fragte nicht, wohin sie fuhren. Die Landschaft wiederholte sich, Häuser mit Schmiedezäunen, Hühner in den Gärten, einstöckige Bungalows. Dahinter klaffte die Ebene. Kairo war weit weg. Er überlegte, wann er zuletzt da gewesen war. Der Morgen, als die Jungen bei ihm klopften, der Hund, den sie mit einer Drahtschere befreiten, halb verhungert, die Rippen unter dem Fell. Am Abend das Kleid von Farangis, das nur die Knöchel frei ließ.

Sie hielt den Honda vor einem alten sandfarbenen Gebäude. Rendőrség. Die Wache. Als gebe es doch irgendwo ein Auge, das auf sie alle gerichtet war. Drinnen war es kühl, und sie saßen auf langen Bänken an der Wand. Eine Uhr tickte. Patrícia strich sich über die Arme. Sie warteten. Er sah das Frösteln auf ihrer Haut, sie presste die Beine eng gegeneinander. Das Linoleum, die Holzbank. Es roch nach Bohnerwachs. Staub wehte über den Fußboden im Warteraum, wenn sich die Türen öffneten. Nicht eine Sekunde hätte Mátyás freiwillig hier verbracht, das konnte er denken, aber nicht sagen, das Protestieren seiner Schläfen, die bläuliche Ader, die er so gut kannte. Nach einer Weile kam ein Beamter aus der Tür, er sah fleischfarben aus, klein und untersetzt, Patrícia sprang auf, sie sprach eilig, gestikulierte mit den Armen.

Ist es dringlich, übersetzte sie und drehte sich um zu Waclaw, als erwartete sie von ihm eine Antwort, ihre Augen feucht, Waclaw, ist es dringlich, als hätte er sich diese Frage nicht schon gestellt, eine ganze Woche lang, am Fenster bei dem kranken Herrn Jány, auf einem Hocker, der nachgeben wollte unter ihm.

Der Beamte ließ Blicke zwischen ihnen hin- und herwandern, und Patrícia erklärte es jedem einzelnen Knopf seiner Uniform. Mátyás Pásztor, sagte sie, immer wieder, bis der Beamte sie hereinbat, hinter die Tür, zu den marineblauen Uniformen, noch einmal drehte sie sich um, Waclaw, er saß aufrecht, die Hände auf den Knien, fast unmerklich das Schütteln seines Kopfes.

Er sah, wie sich die Tür hinter ihr schloss, Stimmen, hackende Mauern. Er musste an Jány denken. Seine Familie wird vermutlich nicht glauben, dass es ein Unfall war. Waclaw hatte damals nicht gewusst, was Jány damit meinte. Nur diese Stelle in sich betrachtet, die er auf dem Hocker entdeckt hatte, die groß und taub war, wie ein Glaskolben, der von innen beschlagen war. Er ging zum Treppenhaus, atmete die Schwere, die von den gebohnerten Stufen kam, altes braunes Holz, Geländer, die für niemanden gemacht zu sein schienen, als wären die Treppenstufen nur Stiegen aus Licht. Leise und staubig.

Und wie in einem Jahrmarktskabinett dehnten und zerrten sich die Wochen auf See zu etwas Riesenhaftem und gleich darauf zu etwas winzig Kleinem zusammen. Der Vogelforscher fiel ihm ein, seine türkisfarbenen Leggins, der Finne, dem es den Arm weggerissen hatte, der Bulgare, dem es den Rücken bei einer Verpuffung aus einer Gasfackel versengte, die Scherze der anderen, immer etwas zu laut, dann wieder die Tauben über Kairo. Es war wie eine optische Täuschung, in der er und Mátyás nicht vorkamen. Es gab nur etwas, was sich dehnte, eine Hand, die ihn tastend durch ein Dunkel führte, ohne irgendetwas zu greifen. Es war still. Entfernt hörte er das Rollen eines Bürostuhls, und etwas, ein Schrank oder eine Schublade, wurde geschlossen. Geschlossen, dachte er.

Als die Tür sich öffnete, sah er Patrícias heißes Gesicht, die Wangen rot wie von einem kleinen Mädchen nach dem Schnee. Was ist, sagte er matt. Und er schloss, als hätte er es schon immer getan, seine Arme um sie und führte sie hinaus und fuhr mit dem roten Honda gegen das Glasige ihrer Augen, gegen die Stille und die Eindeutigkeit der Wache, gegen das Endlose dieser Straßen, denen andere Straßen folgten, durch den Staub, zu dem beruhigenden Geräusch der Steine, die gegen den Karrenboden sprengten, plötzlich und stark.

Wen wollen sie anklagen, sagte sie. Da ist niemand.

Wo ist er gemeldet? Malta? Malta?

Aber was hatte sie erwartet von dem kleinen Kerl mit den Schweinsaugen? Er hielt an einem Restaurant, eine Hauptstraße, Kunstblumen auf dem Tisch, Komm iss, sagte Waclaw, sie sollte ihm den Gefallen tun und trinken, zwei Gläser, noch mal zwei.

Er war früh wach und sah den fremden Körper an. Die langen Striche in ihren Ohrläppchen. Sie hatten den Honda stehenlassen und waren zu Fuß durch die Nacht gegangen, und Patrícia hatte den Polizisten erst beschimpft und dann vergessen, und dann hatte sie sich vor Waclaw gestellt. Just mud, rief sie, für etwas Schlamm? Er hatte ihre Fäuste nicht festgehalten, und es tat kaum weh, als sie ihn traf, obwohl sie kräftig war. Dann spürte er ein Ziehen zwischen den Beinen, ihre Stimme überschlug sich, und er merkte, dass er sie wollte, nichts anderes, nur diesen kurzen harten Rhythmus, nicht ihre Haut oder ihren Geruch, nicht einmal, dass sie sich an seine Schulter presste, als sie liefen, auch dann noch, als sie den Hof erreichten. Ihr Körper war wie eine Kapsel, erst etwas hart, ihre Hände waren rau und ihre Knie trocken, aber als er zu ihr kam, war sie wie ein kleines Tier und presste sich an ihn, und auch ihre raue Stimme war verschwunden.

Sie blieb lange neben ihm liegen, es wurde schon hell, als sie endlich ging. Er hörte ihre Schritte auf den Stufen, dann lag er am offenen Fenster, von unten stieg der Rauch ihrer Zigaretten zu ihm herauf.

Dann lag er da und wartete auf das Geräusch des Motors, aber es blieb still. Es würde die Hölle von einem Tag werden. Die Sonne, obwohl sie gerade erst aufgegangen war, schien heiß über das Land.

Die ganze Ebene war wie ausgeräumt.

Er wartete bis Mittag. Er dachte an Sharam, und dass ihm die Geschichte mit dem Gold gut gefallen hätte. Dass sie alle irgendetwas von ihm wollten. Und dass Mátyás hier draußen nicht war. Bevor er ihn kannte, hatte er Tage am Ufer gesessen, die Kurische Nehrung, es war das Ende des Jahres, nur die Kiefern noch grün, ein Wind, der vorbeizog, und er wusste nicht, wohin. Mit einem Vogelforscher hatte er sich eine Blockhütte geteilt, die zu eng war für zwei Männer, die sich nicht verstanden. Während der Arbeit trug der Vogelforscher bevorzugt Hosen aus Nylonstoff, die eng seine Beine umschlossen; türkis und violett. Und während Waclaw in den gelbgelben Dünen herumstapfte, einen Horizont betrachtete, wo Bernstein und angespültes Phosphor dieselbe Farbe hatten, waren es Jahre, die vor ihm lagen, die an- und anbrandeten. Es waren die ersten Wochen nach Milena gewesen. Vor dem Beringen war er früh, wenn es hell wurde, durch die feinmaschigen Netze gegangen, es war der schwierigste Teil, die Vögel in einer raschen Bewegung zu fangen, ohne sie zu verletzen. Er konnte das. Er spürte das Rasen ihrer kleinen Herzen in seiner Hand, obwohl es ihm schwerfiel, weil der Arm nach dem Unfall noch immer etwas taub war.

Du bist ein anderer, hatte Milena zu ihm gesagt, das funkelnde Wasser am Wehr, gelblich die Nachmittagssonne. Wie sie neben ihm plötzlich die Beine an den Körper zog und anfing zu weinen. Wochen später bekam er ihren Brief. Die Gischt, die ihm nachgekommen war. Die ihn verfolgte, wie Eischnee, wie etwas Großes, Zerrissenes, dem er ähnlicher wurde.

Er faltete seine Sachen, wie er gelernt hatte, Sachen zu falten, schnell und präzise, als wären es Dinge, die zu jemand anderem gehörten. Er ließ den Seesack im Zimmer, und ging. Schon der Gedanke daran, dass Patrícia ihm nachsah, ließ ihn eiliger werden. Es waren Ortschaften, die durch eine einzige Straße verbunden waren, ein schwarzes Band, wenige Bäume, das Licht. Er hatte keinen Namen für diese Weite. Viel später sah er entfernt eine Tankstelle, zwei Transporter standen davor, die Markierungen auf dem Asphalt waren ausgeblichen in der Sonne.

Der Mann griff hinter sich, als Waclaw auf die billigen Schnäpse zeigte, er starrte ihn dabei an, als hätte er nichts auf dem Leib, als könne er direkt durch ihn hindurchsehen, auf die Rippen, die sich abzeichneten unter der Haut. Waclaw zahlte mit einem Schein, er verlangte kein Rückgeld. Wenig später erreichte er einen flachen Bach hinter einer schattigen Baumgruppe. In der Strömung sah er Fische stehen, die auf seine Bewegung hin verschwanden. Er ging an dem sandigen Ufer entlang und stieß die Flaschen Schnaps in den Grund. Das Wasser floss langsam, es würde nichts kühlen. Er stand einfach da. Niemand sah ihn, niemand brauchte ihn zu sehen, alles zog vorbei.

Die Grillen sangen nicht.

Und dieser trockene Boden, als hätten sie alles gegeben, was hatten sie gegeben, was verloren, wieso hatten sie sich weinen sehen, wieso die Erschöpfung, nachts, vor den erleuchteten Fenstern einer weiteren Hotelkette, wieso der Aschenbecher neben dem Bett, und wieso fragte Mátyás ihn fast ängstlich, was er redete im Schlaf, als würde da noch etwas anderes auf seinen Lippen liegen, die er mit Frauen und Männern teilte. Wieso dieses Vollblut mit seiner tänzelnden Eleganz, von dem er Waclaw nie etwas gesagt hatte? Sie hatten die Trainingsstrecken gesehen, die dampfenden Hälse der Tiere, ihr Keuchen, ihre Schatten früh, als kämen sie direkt aus der Nacht. Sie waren auf die großen Rennen gegangen, Ascot, Baden-Baden. Jetzt kam es ihm vor, als hätte er all die Zeit nur die Vorderseite eines Bildes gesehen.

Das Wasser war warm. Und der Fluss bewegte sich nicht, und die Sonne stand still. Als er ausgetrunken hatte, konnte er den Staub sehen, der sich zu Wolken aus seinen Kleidern auswusch, er konnte nackt dastehen, an sich heruntersehen, lang und blass, ein Wind ging durch die Bäume, in seinem Kopf ein leichter Schwindel.

Er wollte nicht an den Kohlenstaub denken, an die Zeche. Seine Mutter züchtete Kakteen auf dem Fensterbrett, Wüstenpflanzen, die stachelten, nadelten und blühten, während sein Vater unter Tage fuhr, in der Dunkelheit Erze abschlug, in seine Kniffte biss, zu dem leisen Wimmern der Lehrlinge, die nach den ersten Wochen langsam begriffen, wo sie gelandet waren. Man wohnte zu fünft, zu sechst in den Maßwohnungen mit den eingefärbten Fensterbrettern, zu dem Geschrei der Neugeborenen und den grünen Bohnen, die sie neben der Zeche selber zogen. Der Kohlenstaub war so überdeutlich wie der Flaum auf den Säuglingsköpfen. Irgendetwas sagte ihm, dass hier draußen nichts anderes war. Dieselbe Enge. Und er konnte Mátyás davonrennen hören, wieder und wieder.

Er stolperte durch das trockene Gras, seine Kleidung war nass. Er sah die Spieltische, auf denen sie diese Ebene von Bács-Kiskun sich hatten fortdrehen sehen, dieses Land und das Land der Zechen, und jedes Versprechen auf die stille, morgendliche Liebe mit einer Frau, deren Geruch ihm nach all der Zeit noch immer so vertraut war. Das flimmernde

Schwarzweiß, als entließe es sie, Mátyás schnupfte das Zeug, ein langes Bein mit einem Absatzschuh über seinem Schoß, und dies war der ganze Einsatz: Zwei Männer in Hemden, schummrige Lampen und insgeheim das Gefühl, es gebe nichts zu verlieren, nichts, was man ihnen wirklich nehmen konnte. Unverwundbar zu sein, während Mátyás sich wegdrehte und Yala küsste, ihre Zahnlücke für ein paar Nächte, dann waren sie wieder allein. Etwas Leben, das sie in ihre Spinde stopften, während Stürme mit Namen Ivan und Katrina im Golf von Mexiko zig Förderplattformen verwüsteten. Aber sie blieben, sie hielten noch aus. Erst Jahre später, nach dem Zwischenfall mit dem Fischer und der Explosion im Mississippi-Delta, reisten sie zurück. Auf einmal redeten alle über das Öl. Sie sahen die Flammen über dem *Macondo*-Ölfeld, dunkelorange wie die ewigen Feuertempel der Zoroastrier, schwarze Wolken, das Fauchen uralter Kräfte. Und dann Europa und die Stille von Europa, in der man nur auf eine Hochzeit blickte, weiße Schleier, Westminster Abbey, das englische Königshaus. Sie hatten Wochen gebraucht, um anzukommen, als wäre etwas an diesem alten Kontinent unwirklich für sie geworden.

Er kam erst im Dunkeln zurück ins Haus.

Er lehnte am Waschbecken und kühlte seinen Arm. In seinem Kopf pochte der letzte Rest von dem Rausch, und er war froh, dass er allein in der Küche war, das Wasser tat gut. Der Arm schien frisch aus einem Ofen zu kommen. Koks, dachte er. Frisch gebrannter Koks. Das Wasser darauf.

Dann hörte er Schritte hinter sich. Eine Weile stand sie da und sah ihm zu.

Du kannst bleiben, weißt du.

Er schwieg, er kühlte weiter. Das Wasser war laut im Waschbecken.

Patrícia ging an ihm vorbei auf die Terrasse, zu einer großen krakenähnlichen Pflanze. Er hörte, wie sie im Dunkeln daran schnitt und wie das Blatt brach. Sie kam wieder, aus dem Rand des Blattes trat Pflanzensaft, kleine durchsichtige Tropfen.

Nimm das, sagte sie.

Sie sah zu, wie er das Blatt über seinen Arm strich. Es war kühl und gut. Er stand noch immer mit dem Gesicht zur Wand.

Du kannst bleiben, wenn du willst.

Sie sagte es, als hätte er sie nicht gehört.

Erst mal. Ich mein', wohin wirst du sonst gehen?

Er schüttelte langsam den Kopf. Er strich mit dem Blatt über seinen Arm.

Du glühst, sagte sie wieder.

Er hörte, wie sie hinausging, wieder das Knacken der Pflanze.

Es gibt ein Haus, das gehört nicht nur mir, sagte er.

Vor ihm prasselte Wasser in das Becken. Seine eigene Stimme, die ihm mit einem Mal vertraut war, wie ein Speicher, aus dem man Korn schöpft, große Säcke Korn und Mais.

Es gab einen Ort, den gab es einmal.

In der Nähe gibt es ein Wehr und einen Fluss. Der Fluss heißt wie ein Vogel. Im Winter ist die Erde schwer, und wenn man über die Felder geht, pappt sie an den Sohlen. Alles ist nass, feucht und schwer. Am Ufer wachsen Brombeeren, und auf den Blättern liegt Reif. Und dahinter das Wasser ist so hell wie der verdammte Himmel. Wie ein Versprechen.

Und es gibt diese Vögel, die tauchen.

Und wenn sie tauchen, weißt du nie, wo sie raufkommen.

Vielleicht wissen sie es selbst nicht.

Du weißt es, oder? Alle wissen es doch.

Wenn sie raufkommen – der Himmel ist gleich, die Büsche sind gleich, aber der Fluss ist ein anderer –

Er spuckte sich in die Hand, er strich Spucke über seine verbrannte Stirn, dann strich er sein Haar nach hinten.

Sie starrte ihn an. I don't understand when you speak German.

Ich weiß, sagte er, ich weiß.

Seine Hose war feucht, er spürte die Kälte des Saums an den Knöcheln. Er nahm ihr das zweite Blatt aus der Hand. Sie hatte die Haut von ihm abgezogen. Im Innern war eine durchsichtig schimmernde Masse, wie der Glaskörper von einem Auge. Wie die Rinderaugen, die er einmal in der Schule in Wiórek gesehen hatte, wo er als Hausmeister gearbeitet hatte, aufgeschnitten. Augen vom Schlachthof, die Klarheit der Glaskörper, die ihn damals seltsam gerührt hatte.

Ich weiß, sagte er noch mal.

Er ließ das Blatt neben der Spüle liegen, dann ging er hinauf. Sie hörte seine Schritte auf den Stufen. Eine Weile stand sie im Dunkeln, dann drehte sie das Wasser ab.

10. Kapitel
Korallen

Im Dunkel des Zimmers hatte er seine Sachen auf das Bett gefaltet. Er saß unter dem Baum, lange bevor die Sonne aufgegangen war, im feuchten Dunst der Wiesen hörte er das gelegentliche Stampfen der Tiere. Er ging zu der dösenden Herde und er redete leise mit den Tieren und strich lange über den Hals von einem knochigen alten Schimmel.

Das Land war noch dunkel. Das Pferd stand da und hielt die Augen halb geschlossen, er legte die Hand auf den flachen Kopf, und von irgendwo wehte ihn ein Bild an, in dem nur die Knochen der Pferde vorkamen, in dem Bild war es Nacht und der Mond schien gleichgültig und hoch, kurz nach dem Krieg. Einer der Männer musste es ihm erzählt haben, damals im Birkeneck, Waclaw verdiente sein Taschengeld dort unten, stellte die Kegel wieder auf. Wenn sie tranken, verwischten die Zeiten, die langen Holzbohlen der Kegelbahn, die Männer schienen ihre Kugeln in ein anderes Dunkel zu werfen, sie sahen ihnen nach, am Ende krachten die Kegel, krachten Knochen, er sog das alles in sich auf, auch wenn sie sagten, er solle weghören, nix für dich, mein Jung, aber die Knochen wuchsen vor seinem inneren Auge, auf dem leeren weiten Ackerboden, wie Tiefseepflanzen in der Dunkelheit.

Er war in der Morgendämmerung zurückgegangen, die Gladbecker Straße hoch, um dann in die Aegidistraße abzubiegen, er war an dem neugebauten Bungalow vorbeigelaufen und hatte an die Nacht gedacht, aus der die Männer gekommen waren. Etwas hatte ihm gesagt, dass dort unten, auf *Prosper, Rheinbaben, Welheim*, nichts anderes auf sie wartete, in der Hitze, in der sie unter sechs Sohlen schufteten, in dem Staub, durch den die Salzer und die Kalker in Kolonnen kamen, als hätten sie Angst, dass dieses Dunkel sich aufbäumen würde, wie ein Ross aus Kohlenstaub, aus unendlichen Teilen, nicht zu greifen, wie ein leerer großer Acker. Vor ihm stand der Schimmel still, er konnte die Pferde riechen.

Er pumpte Wasser in die alte Wanne am Rand der Koppel, er sah, wie die Herde herankam, um zu saufen, wie das Wasser von ihren schweren Mäulern troff. Wie sie die Fliegen wegpeitschten, das Schweifhaar, lang wie das Lametta an den Weihnachtsabenden, irgendwelche Spelunken, und sie waren durstig auf die Geschichten der anderen, Mátyás, betrunken, ernst, *was siehst du da draußen,* Frachtarbeiter, Offiziere, Berichte von einer leergefegten See, riesige Flächen von Dreck, ein weißes Meer, dann die verspiegelten Bars, der Geruch ihrer durchschwitzten Hemden. Tequila, Gin, wer würde heimfahren in den nächsten Tagen, niemand, Tequila, Gin.

Mátyás war klamm und fror, als seine Mutter ihn im Morgengrauen fand. Sie legte Brennholz in den Ofen, ihre Hände zitterten bei dem Versuch, die Streichhölzer zu entzünden, sie war barfuß und spürte es kalt die Oberschenkel herabrinnen, und während sie hockte und vor sich hin starrte, wanderte ihr Blick hinaus in das erste Licht und den Apfelbaum mit seiner dünnen knotigen Krone, und darin war ein Schatten, lag ihr Junge mit dem Kopf auf dem Moos und die Arme wie Krallen um den Ast gedreht, und kam nicht herunter, als sie längst den Hügel hinaufrannte in einer wie lautlosen Linie und ihn griff und ihn nicht mehr losließ, bis die Hitze des Badewassers in seinen Nacken gestiegen war und er schließlich einschlief unter drei Daunendecken und sie verstohlen und *plötzlich alt*, das war, was sie dachte, an sich heruntersah, knietief in dem Rest von seinem lauwarmen Wasser seifte sie sich, bis die Hände blau waren, und der Duft der feinen Lavendelseife verdrängte jeden Gedanken an die Uniform und die Stiefel in der Nacht und die Kälte, die von der zweiten Person ausgegangen war, an die haarige Hand, nachdem die Tür geschlossen war und sie nur versuchte, *leise* stets *leise* zu sein *wegen der Kinder*, und beim Aufwachen war ein kaltes, vor Zorn blasses Licht über die Häuser gekommen und über den Schuppen, und erst als sie ihren Sohn gefunden hatte, festgekrallt in dem Baum, hatte sie begriffen, dass dieses Licht nicht wütend war, sondern kraftlos, und ihr Haar in dem lauwarmen Wasser hing in langen Strähnen an ihr herunter, die Seife, sie half gegen nichts.

Er hatte lange gewartet, es war jetzt Mittag. Das Pferd von Mátyás war näher gekommen, mit den Nüstern war es über das trockene Holz des Baumstamms gegangen, auf dem er saß. Er konnte die Adern sehen unter dem dünnen Fell, den Schopf, das Auge. Darin leuchtete etwas. Ein tiefes Braun, das sich zu öffnen schien, auf eine weite, bewegte Landschaft. Da war der Sturm dieser Nacht, er konnte das Salz schmecken. Nur das Braun, und zwischen den Wellenbergen gingen sie unter und unter – Waclaw streckte die Hand aus, der Kopf zuckte zurück, und das Pferd setzte in wenigen Schritten über die Wiese davon. Vielleicht war dieses Pferd die einzige Entscheidung, die Mátyás in den letzten Jahren getroffen hatte, eine

Boje, eine Markierung, ein vergessener neuer Anfang. Er hörte die Wellen gegen das Inselbein schlagen.

Er ging zurück in das Zimmer, zu müde zum Reisen oder zum Bleiben. Er zog einfach und mechanisch das Laken von dem Bett und legte es auf einen Stuhl, das einzige Möbelstück in seiner Kammer.

Die Geräusche von mehreren Autos weckten ihn. Das dunklere Licht unter den Dachbalken. Er hatte seine Schuhe noch an und der Seesack lag neben ihm. Auf dem Boden krabbelte ein Käfer in engen Kreisen, ab und zu versuchte er die Flügel zu spreizen, aber er kam nicht hoch und wechselte die Richtungen, und krabbelte weiter und flog nicht. Eine Weile sah Waclaw ihm zu. Von unten waren Stimmen zu hören, Stühle wurden gerückt, Gläser klirrten.

Er öffnete das Fenster. Jemand hatte eine Laterne auf einem Stab neben dem Weg in den Boden gerammt, ein leichter Wind ging, und von der Terrasse her sah er den zuckenden Widerschein der Petroleumlampe. Als er Schritte auf dem Sand hörte, zog er den Kopf zurück. Die Matratze musste mit etwas Kratzigem gefüllt sein.

Später erwachte er von Schritten auf der Treppe.

Sie roch nach Alkohol und sie sagte, sie hätte ihn gesucht.

Das Zimmer war eng und klein. Patrícia saß am Rand von seinem Bett, sie hatte etwas gesagt. Er war durstig. Er hatte einen trockenen Mund.

Was machst du hier? fragte er.

Er wurde langsam wach und setzte sich auf. Er hörte ihre Stimme.

Was hast du gesagt?

Sie lehnte an der Wand, ihre schlaffen Brüste zeichneten sich unter ihrem Hemd ab. Sie zog die Beine an den Körper.

Hat denn niemand Mátyás gehört in der Nacht?

Was sagst du?

Ob ihn niemand gehört hat. Sie sprach jetzt lauter.

Mach die Augen zu, sagte er. Er rutschte näher an sie heran und legte beide Hände flach auf ihre Ohren.

Hörst du? fragte er. Er presste ihr beide Hände fester an den Kopf, ihre Haare rieben an der Wand.

Hörst du! rief er. Dies Rauschen!

Er drückte ihren Kopf gegen die Wand.

So ist der Sturm!

Sie riss die Augen auf, aber er hielt sie noch fester, sie schnappte nach Luft.

Hör auf!

Du hast mich gefragt!

Eine Welle ging durch ihren Körper, sie riss an seinen Armen. Idiot! Sie schlug auf seine Handgelenke und stieß ihn weg.

Das sind Dinge, über die du nichts weißt, rief er, und er klang heiser. Er war jetzt wach und sah zu, wie sie ihre Sachen eilig um sich schlang. In der Tür drehte sie sich noch einmal zu ihm.

Es sind Freunde gekommen, die wollen dich sehen. Ihre Stimme klang belegt, als müsste sie ein Weinen unterdrücken. Waclaw schüttelte langsam den Kopf.

Diese Leute sind nicht wegen mir gekommen, und das weißt du. Er machte eine Pause.

Sie haben mich jetzt angerufen, sagte er. Übermorgen muss ich zurück sein.

An der Küste?

Patrícia wendete sich abrupt ab. Er hörte ihre Schritte auf den Stufen.

Dann lag er da und die Stimmen der Gäste drangen von unten zu ihm, es war spät in der Nacht, als er aufstand und rausging. Es war das erste Mal, dass er Flammen in dem Kamin sah, von draußen konnte er ihr unruhiges Licht sehen, das gegen die Fenster schlug. Patrícia stand vor dem langen Tisch, an dem eine Gruppe von Älteren saß, sie war geschminkt, das Rouge auf ihren Wangen sah aus wie bei einer Puppe. Die Ranken an der Mauer waren dicht, und das Feuer gab den Gesichtern scharfe Kontur. Alles reflektierte, als könnten Wein und Schnaps und Kerzen diese alte Liebe ausleuchten. Er wusste nicht, warum sie Feuer gemacht hatten, der Schweiß lief ihnen in die Augen, und die Gesichter glänzten, er sah den Schnaps in den Gläsern.

Es waren drei Männer und fünf Frauen, deren Stimmen er gehört hatte, seit Patrícia aus seinem Zimmer verschwunden war. Einige alte Kerle mit treuen Augen, Futtermeister mit grauen Mähnen, vielleicht war János dabei. Waclaw stand im Dunkeln, er gehörte nicht hierhin, er war die Fassade einer Westernstadt, die übrig geblieben war, und der Film war vorüber. Es war ihnen beiden über den Kopf gewachsen, ihm und Mátyás, es war nicht mehr ihr Spiel.

Auf dem Fensterbrett lag das Licht, das die Runde ins Dunkel warf. Er setzte sich auf den Weg, Geruch von Pferdedung, der Sand war noch warm, Flocken wehten aus den Pappeln, trieben zentimeterdick über den Boden, alles um ihn herum schien hell erleuchtet und in Bewegung. Er versuchte, an Mátyás zu denken, an die bevorstehende Abfahrt, *Rabat offshore*, er würde zurückfahren nach Marokko, und da war Milenas kinnlanges Haar. Aber alles zog vorbei, es waren die Namen fremder Städte, die er in Münzsprecher gesagt hatte, aber das Einzige, was sie jetzt verband, war das Gefühl von Wärme in seinem Rücken, war die gleichmäßige Bewegung der Bauchdecke, die sich unter seiner Hand hob und senkte. Auch dieses Ungarn würde vorbeigehen, er hatte zu viele Orte gesehen in den letzten zwölf Jahren, und nur zu Beginn hatte diese Ferne ihn noch erleichtert.

Waclaw lag still, alles fiel von weit her auf ihn zu. Die Pollen klebten an dem dunklen Stoff über seinen Beinen, da war das Zittern der Blätter, dann tönten die Stimmen der Alten herüber, die noch immer sangen, tranken. Irgendwo dazwischen ein Bild von Mátyás, das sich langsam wiegte, ein Blatt auf einem Fluss, das taumelt, bevor das Wasser es schluckt. Er musste daran denken, dass er einen anderen Mátyás gekannt hatte, aber dass die Menschen auf diesem winzigen Hof die Einzigen waren, die ihn vermissten. Dass er ihnen fehlte, für viel weniger, als sie je versucht hatten, zu sein.

11. Kapitel
Weiße Reiher

Staub lag in den Ecken. Das Zimmer schien leerer als vor Tagen, als er es das erste Mal gesehen hatte. Er legte das Kinderbuch zurück auf Mátyás' Bett, ließ die Tür offen stehen und zog die Jacke über, er spürte, wie der dunkle Stoff ihn aufrichtete. Draußen wurde es bereits hell und die Schatten der Schwalben zogen über das durstige Land, er ging im Aufeinander von Grautönen und Astwerk, bis entfernt das Bushäuschen sichtbar wurde.

Es war eine Haltestelle mit Blechdach, grün gestrichen. Vom Hof aus war die Station nicht mehr zu sehen. *Falusi utca*, stand auf dem Schild. Waclaw wartete, noch lange nachdem die Sonne aufgegangen war. Er hörte Geräusche auf dem Dach. Als würden Hunderte von Vögeln dort sitzen, deren Krallen über das Blech kratzten. Ein paar von ihnen stießen sich ab, flogen einen Kreis und landeten wieder.

Er konnte sie sehen.

Reiher, nach einer langen Nacht auf Cantarell, im Golf von Mexiko. Sie umkreisten die *West Vencedor*, angezogen von dem großen künstlichen Licht auf dem Wasser. Die ganze Nacht waren sie gegen den Uhrzeigersinn um die Plattform geschwärmt. Einige hatten sich erschöpft auf dem Ausleger des Verladekrans niedergelassen. Die Männer johlten zu ihnen hinauf, es war Schichtwechsel. Einige schmissen kleine Eisenteile nach ihnen, Schrauben, Muttern, sogar vereinzeltes Werkzeug. Nach fast zwei Wochen an Deck waren die Vögel eine willkommene Abwechslung. Später hatten sie nie wieder darüber gesprochen, aber an diesem Morgen hatten sie alle eine Weile dagestanden und in das Flutlicht gesehen, in dem die Vögel kreisten wie ein übergroßes, stilles Mobile. Dann hatte Shane sich aus der Gruppe gelöst, war über das Deck gegangen bis zu der Leiter. Unter dem plötzlichen Schweigen der anderen war er hinaufgeklettert, bis weit auf den Kranausleger. Das war hoch, und das Metall schwankte. Die Umrisse der Vögel wirkten unwirklich vor der Nacht, und Shane kroch auf allen vieren und hielt sich mit den Händen und verkeilte seine Arbeitsstiefel in den Zwischenräumen der Eisenstreben. Er sah immer nach vorn. Ein paar der Vögel stießen sich ab, als er näher kam. Er wartete. Und die Männer warteten auch, gespannt wie bei einem NBA-Saisonfinale. Waclaw hörte ein paar von ihnen flüstern, vielleicht schlossen sie Wetten ab. Dann sah er Shanes gedrungenen Körper, der vorschnellte, er langte nach einem Vogel, einmal, noch einmal, bis er eines der Tiere erwischte. Er griff das Bein des Reihers und das Bein brach, er hielt den Vogel seitlich wie eine Trophäe, der Kopf schlug gegen das Eisen, dann hielt er den Reiher hoch, damit alle ihn sehen konnten, und begann den Körper über seinem Kopf zu schwingen wie ein Lasso, und die Männer entspannten sich und johlten, und der Vogel glitt den Kopf voran in das Wasser hinab wie ein Pfeil, ohne die Flügel noch einmal aufzuspannen. Ohne ein Geräusch.

Waclaw erinnerte Shanes gelbe Arbeitshandschuhe. Es war die Zeit vor Mátyás, und es war niemand da. Noch bevor es hell wurde, stürzten einige Tiere vor Erschöpfung in die See. Andere brachen mit dem ersten Tageslicht auf, das sie aus dem unheimlichen Kreis befreite. Weiße Reiher.

Es war ein altmodisch blau-weißer Bus, und Waclaw hob den Seesack hoch auf seine Schulter, damit er hindurchpasste zwischen den engen Sitzreihen. Von weit hinten sah er durch ein schmutziges Fenster auf ein Land, das ihm gleich wieder fremd wurde. Die Scheiben vibrierten zum Motorenlärm, und er sah den nackten Ellenbogen des Fahrers, auf dem das unscharfe Bild einer Tätowierung schimmerte. Vielleicht ein Anker oder ein Name. Er spürte einen leisen Stich. Das Radio spielte in einer fremden Sprache, in die Bank vor ihm setzte sich eine Frau mit einer Tasche, auf die kleine Pailletten genäht waren. Sie warfen das Licht umher wie tausend kleine Spiegel.

Nur allmählich füllte sich der Bus. Niemand redete. Die Leute waren noch müde. Sie trugen das Nötigste für einen Arbeitstag bei sich. Waclaw hatte kein Bild vom Ende dieser Reise, auf das sich zufahren ließ. Vereinzelt Rauch über Fabriken. Autobahn. Leeres Land.

Er kaufte Trinkpäckchen an einem Kiosk und nahm den Bus nach Kőbánya-Kispest. Die Limonade schmeckte grell und künstlich, und er sah heruntergekommene Werkhallen, Straßenlaternen in ausgeblichenem Blau mit großen silbernen Nummern. Schließlich das Pendeln der Handgriffe in der U-Bahn, wie durch ein Sieb fiel das Licht in die Schächte, gelblich, er saß in einer der langen Reihen, parallel zu den Fenstern. Sein Anzug, dazu der Seesack, daran festgebunden seine alten Arbeitsstiefel. Er spürte die Blicke; seine Hände waren braun geworden, sein Körper sprach nicht die Sprache eines Geschäftsreisenden. Zwei Anrufe des Konzerns ließ er unbeantwortet. Als wäre es noch offen, wohin er fuhr, als wäre es bloß ein früher Nachmittag und er auf dem Weg nach Haus.

In den Fenstern der U-Bahn spiegelte sich verschwommen sein eigenes Gesicht. Manchmal hatte er sich gefragt, wie Mátyás ihn gesehen hatte, verbraucht, etwas steif wegen des Rückens. Oft hatte Waclaw irgendeinen Vorwand gefunden, um nicht mit den anderen ausgehen zu müssen, hatte stattdessen einfach im Hotelzimmer gelegen und gewartet. Und worauf. Er hatte Mühe gehabt, es zu überspielen, das gezwungene Gefühl, auf einem Barhocker zu klemmen, unnatürlich steif. Erst in letzter Zeit war es ihm immer schwerer gefallen.

Er sah in der Ferne die Fassaden der Häuser, die hohen Fenster, zählte die Stockwerke. Er stellte sich Jány vor, dort oben, seine Schallplatten, seine Komponisten, die großen Namen, aber ihm fielen keine ein. Wie Jány auf die alte sommerliche Stadt hinabsehen würde. Als wären die Menschen noch gekleidet wie damals. Als wäre die Kleidung etwas Innerliches. Er stellte sich vor, wie er ihn besuchen würde, ein Klingelbrett aus Messing, aber er blieb sitzen. Er dachte an den Husten des Schneiders, das helle Licht der Tischlampe. Wie man sich einstickt in ein Gewebe, zarter als wir selbst. Da waren die dunklen Fenster der fahrenden Waggons.

Ein leichter Wind ging über das Rollfeld. In Budapest hatte er warten müssen, und in Ankara dauerte es lange, bis der Anschlussflug kam. Er hatte auf den Polstern des Flughafens gesessen, er hatte auf die Bildschirme gestarrt. Tiger in Feuerringen. Marilyn Monroe. Er hatte keine Ahnung, wie müde man noch werden konnte.

Entfernt leuchtete Ankara in der diesigen Luft des frühen Abends. Es war warm. Er hatte Patrícia etwas Geld dagelassen. Er wusste nicht, dass sie den ganzen Weg von Bócsa nach Rom gekommen war, um ihn zu bitten, *komm zurück, Matyi, was tust du uns an hier draußen?* Er kannte seine Antwort nicht, er wusste nicht, dass Mátyás auf Zeit spielte, dass er sie hinhielt, während Waclaw glauben wollte, an den Schlüssel, an die Tür, die sich abschließen ließ, *Haven,* die Fensterläden hielten das Licht und die Geräusche fern, und sie konnten ausruhen, endlich ausruhen und liegen, und Mátyás' Hand strich seinen ganzen Rücken entlang, ohne zu zögern, er wollte an diese Hand glauben.

Das Land war dunkel, sie fuhren über das Rollfeld, vor ihm der angeleuchtete weiße Bauch der Maschine. Auf der Gangway blieb der Junge vor ihm mit einem Mal stehen und drehte sich um. Er trug eine gehäkelte Tikka und ein weißes Gewand, und er atmete die warme Luft, die über das Rollfeld zog. Waclaw war der letzte Passagier hinter ihm, und der Junge schien sich nicht zu beeilen. Er sah zurück auf die entfernten Lichter am Horizont. Alles an ihm schien wie ein Versprechen, kein Tag, der hinter ihm zu Ende ging, mit seinen großen unsicheren Augen würde er sich an alles erinnern. Als er weiterging und der große Mann ihm langsam folgte, klangen seine Schritte hohl, wie das Bellen von großen Hunden in der Dämmerung.

Sie verstauten das Gepäck über ihren Köpfen und Waclaw spürte seinen Rücken. Er reiste mit nur einer Tasche. Vor ihm die Stewards spielten den Ernstfall des Lebens mit gelben Plastikpfeifen, als wären das Land und das Wasser weit unten ein riesiges Ohr, und sie sahen gleichgültig dabei aus wie die Messdiener auf den Dörfern in einer Osternacht.

Waclaw saß aufrecht und er schlief aufrecht, sank immer wieder in Fetzen von Schlaf, einmal sah er Mátyás vor sich, lachend in dem kleinen Raum mit den Teppichen, einmal kamen ihm ein paar Takte von einem Lied in den Sinn. Sein Vater war damals eingetreten in den neugegründeten Chor der Ruhrkohle AG, als hätte er nicht gewusst, dass seine Lungen zum Singen nicht mehr taugten. Die Melodien, von Husten unterbrochen.

Die Nacht zeigte sich lange Zeit dunkel. Ein Steward weckte ihn, mit Nachdruck fragte er, ob er ein Sandwich haben wolle. Huhn oder Käse? Er hatte ein rasiertes, junges Gesicht, und Waclaw wusste nicht, was sagen. Wenn das Flugzeug einen Schaden hätte, wäre seine Antwort das Letzte, was er je gesagt haben würde. Mátyás hatte Flugangst, seit vor zwei Jahren ein Hubschrauber vor Aberdeen die Plattform knapp verfehlt hatte, eine Kufe war schon über den Rand gerutscht, es hatte nicht viel gefehlt. Aber in manchen Nächten dachte Waclaw, nicht der Hubschrauber oder die Übermüdung waren der Grund, als wäre da noch etwas anderes, das mit ihnen kam und sie begleitete. Huhn oder Käse. Der Junge neben ihm hatte sich die Decke bis ans Kinn gezogen. Sir? Der Steward gab ihm etwas Eingeschweißtes, das sich weich anfühlte, und er legte es vor sich hin.

Mit einem Mal hatte er das deutliche Gefühl, dass alles anders sein würde, und auch, dass er dieses Gefühl bereits kannte. Das Flugzeug war hell erleuchtet, kleine Dörfer glommen weit unten auf dem zerklüfteten Land. Das Glück dieser Jahre war wie mit einer Nadelspitze aufgetragen. Landzungen, übersät mit Spritzern von Licht. Er flog lange durch die Nacht.

12. Kapitel
Eine Orange (Sidi Ifni)

Ein Pärchen kam auf ihn zu, vielleicht, weil er der einzige Badegast weit und breit war, und bat um ein Foto. Picture, sagten sie. Waclaw drückte den Auslöser, ohne durch den Sucher zu sehen. Die Frau trug ein langes blaues Gewand. Er gab ihnen die Kamera zurück und ging weiter. Der Atlantik schickte ungeduldige, große Wellen an den Strand.

Im Hotel rochen die Gänge nach Chlorreiniger, ein entfernter Bekannter, Victor, stand nahe der Rezeption. Ein paar Mal hatten sie vor Rabat zusammengearbeitet, er sah, wie Victor seine Schokolade sinken ließ, als er ihn sah. Hinter ihm schimmerte das Licht von zwei Snackautomaten, deren Inhalt, in Plastik verpackte Törtchen und Riegel, er wohl nach etwas Brauchbarem durchsucht hatte. Etwas war an seiner Körperhaltung, das Waclaw schon oft beobachtet hatte, Wangen, die fast senkrecht nach unten verliefen, auch da, wo Reden und Mienenspiel normalerweise Gruben entstehen lassen. Es waren fortwährende Reden, Gespräche, die von niemandem gehört wurden, die Männer zogen sie wie eine Schleppe hinter sich her. An Deck war Victor Kranführer, das war eine wichtige Position, und gefährlich für alle Beteiligten, wenn die Versorgerboote bei rauer See wie Broncopferde neben der Plattform tanzten. Aber hier draußen war nichts von all dem, wirkte er verloren im Licht der Automaten, mit seinen viel zu großen Händen um die eingeschweißte Schokolade. Eine Boje, die ihr Geschirr verloren hatte, die nichts anzeigte, für niemanden. Vielleicht hatte es sich schon herumgesprochen. Waclaw nickte nur flüchtig und nahm die Treppe zu seinem Zimmer.

Von seinem Balkon aus machte ihn alles gleich wieder verrückt. Das Wetter, eine wie ausgeräumte Landschaft, das Gefühl, mit einem Mal taub zu sein. Ein Pochen in der Stirn. Neun Stunden vor Abflug hatte er schon den Gummigestank der Überlebensanzüge in der Nase. Die neue Plattform war nicht anderswo, lag nur einige Seemeilen entfernt.

Eine Frauenstimme hatte ihm die Abflugszeit für den Heliport mitgeteilt. Sie sagte, Sidi Ifni. Six thirty. Er sagte: Yes. Dann legte er auf. Sie hatte Mátyás nicht einmal erwähnt.

Und er war müde. Innerlich seltsam zerschlagen. Er lag auf dem Bett und musste an Victor denken, er sah seinen eingeschäumten Kopf in den Händen einer Friseurin, er musste an Kugelfische denken, die langsam im Flachwasser unterwegs sind, in deren runden Körpern ein Gift produziert wird, ein Bereich in ihrem Innern, schwarz von Alleinsein.

Die ganze Nacht lag er wach, aber es war nicht nur der Rücken, was ihn unruhig machte. Ihm kam das Versprechen in den Sinn, das er Francis gegeben hatte. Sicher, hatte er zu ihm gesagt, sicher komm' ich wieder.

Über ihm kreiste ein altersschwacher Propeller unter der Decke. *Sure. Sure.* Für Francis würde es ein Unterschied sein, ob er da war. Sie waren beide übrig geblieben, vielleicht hätten sie schon längst gehen müssen, Francis schon damals, als er scheu geworden war und vor ihren überladenen Tellern in der Messe hysterische Lachanfälle bekommen hatte, vollkommen lautlos. Sie hatten ihn von Anfang an wegen seines zarten Körpers und dem Hohlkreuz und den kurzen Schritten gehänselt. Manchmal sah es aus, als tippelte er mit Absicht, und er selbst schien der Einzige zu sein, der es nicht bemerkte. Doch als sie ihn nach Monaten wiedersahen, Mátyás war braun und ungestüm und sie lachten viel, da war etwas geschehen mit Francis.

Er hatte es Waclaw erst Wochen später erzählt und ihn wieder auf seinen Stuhl gedrückt, als er aufspringen wollte.

Still, sagte Francis, du wirst nichts tun, versprich mir das.

In seiner Stimme mischten sich Wut und Panik.

Eines Morgens war Francis aufgewacht, er lag in seinem bunk bed, seine Hosen waren heruntergezerrt, ja, sein Gesäß war nackt, und er lag auf dem Rücken, so war er nicht eingeschlafen, es war noch dunkel, auf dem Gang hörte er die Ersten, die sich für die Schicht bereit machten, er fühlte an sich herunter, seine Unterwäsche war verklebt von fremdem Sperma, er war benommen, er konnte sich nicht erinnern. Schatten, weniger als eine Stimme.

Seitdem beeilte er sich, die Trockenräume früh zu verlassen, und er wollte nicht darüber sprechen. Er wirkte unausgeschlafen, müde in diesen Wochen, welk, während es heiß wurde und die Winde den Sand der Sahara bis zu ihnen aufs Deck trugen. Waclaw spürte die feinen Körner zwischen den Zähnen.

Er hatte nicht geschlafen. Das Sonnenlicht stieg früh und lag bald gleichmäßig auf allem, auf den Lehmmauern, den paar müden Hunden, die um die Mülltonnen neben dem Parkplatz streunten, das Sonnenlicht auf dem salzigen Meer und dem Raster der kleinen winkligen Gassen, die durchdrungen waren von Müdigkeit. Er ging an die Rezeption und brachte Jánys Anzug und die restlichen Sachen in den Gepäckraum, in dem schon viele solcher Bündel lagen. Er hörte Stimmen, und es roch nach Kaffee und gebackenem Teig und Gewürzen und er wusste, dass Mátyás die kleinen Fladen in viel Sirup getunkt hätte.

Er hatte das Taxi zum Hinterausgang des Hotels bestellt. Als er einstieg, dröhnte die Musik des Fahrers in seinen Ohren. *Habibi. Habiiibi.* Erst als sie aus den Straßen hinaus waren und er sich zwischen den beiden Vordersitzen hindurchstreckte, um den schwarzen altmodischen Lautstärkeregler zurückzudrehen, wurde es ruhig, und die Landschaft zog vorbei, wie betäubt und flirrend unter der frühen Sonne. Eine große, trockene Fläche, durch die eine einzelne Straße lief, nur einige große Felsen und die Ahnung von einem Meer, das bald neben ihnen aufschimmern würde. Eine Fläche, als wäre sie nur für das Licht gemacht.

Seit sie in der Nähe von Kenitra Gas gefunden hatten, suchten sie wie verrückt in dieser Gegend. Sogar in der Sahara hatten einige Österreicher es versucht. Waclaw war von Foum Draa nach Sidi Moussa bestellt worden, ihr Auftrag, der *exploration well*, hatte einen Namen, der nur aus Zahlen und Buchstaben bestand. Sein Atem ging flach, und er fuhr sich mit beiden Händen durchs Gesicht, einen Moment ließ er die Augen geschlossen und hielt sich am Türgriff fest. Er hörte den Motor, und etwas, was am Rückspiegel befestigt sein musste, pendelte gegen die Windschutzscheibe.

Stop! rief er.

Er öffnete die Augen und griff nach der Schulter des Fahrers, nach dem grellen Tropicmuster von seinem Hemd.

Stop, sagte er noch mal.

Der Fahrer lachte.

Here it is nothing! Er deutete auf die Straße, die sich durch ein unendliches Staubgelb zu fressen schien.

Nothing! Er lachte und drehte die Musik wieder etwas lauter. Fifteen minutes, maybe, sagte er.

Stop! Beinah schrie er ihn an. Stop here.

Das Abbremsen. Die Tasche. Selbst die frühe Luft war schon heiß.

Der Fahrer winkte irritiert, fuhr langsam weiter, als wollte er ihm Gelegenheit geben, ihn zurückzuwinken, wieder einzusteigen. Er hatte ihm fünfzig Dollar in die Hand gedrückt, er wollte, dass er keine Fragen stellte. Dann sah er ihn wenden, das Taxi fuhr noch einmal langsam an ihm vorbei, schließlich konnte er hören, wie der Wagen beschleunigte.

Dann das Flache des Landes, wieder das Gefühl, er sei taub. Nicht einmal Grillen. Nur viele scharfe Steine. Zu gehen. Die Straße blieb sichtbar, weil sie auf einem Damm gebaut war. Der niedriger wurde. Dann ein Anruf, den er nicht annahm, ein weiterer Anruf, das Gehen, die Weite.

I will not come, sagte er. Und ging. Das Telefon hörte nicht auf zu klingeln. Lass es.

Er war erleichtert, froh, bis der Durst kam. Angst vor Schlangen.

Er lief Richtung Südosten, mitten hinein in das Land. Weit entfernt türmten sich Ausläufer des südlichen Atlasgebirges zu Schatten, für die er keine Namen hatte. Aber er wusste, dass dieser Sand in die Sahara überging. Er hatte es gesehen. Er wusste, dass bei Chbika die Sanddünen ins Meer liefen. Es war ein schönes Bild, wenn man sich nur davon erzählte.

Er ging.

Der Boden brannte. Flammende Ferne. Disteln.

Neben ihm ging Milena durch den Sand, die Schritte ratlos vor der Weite. Sie glitt mit der Fußspitze über den Boden.

Du hast nicht angerufen.

Du hast mich nicht abgeholt bei meinem letzten Besuch.

Ihr Lachen.

Besuch, Wacuś! Wir wollten ein Leben.

Dann atmete sie aus und war fort.

Jeder Wind in dieser Weite war wie dieses Ausatmen, nichts regte sich.

Er trug die Tasche über der Schulter, in den Reflektorstreifen seiner Hose fing sich das Sonnenlicht. Und in der Hitze des Mittags stieg ein Geruch aus dem Ölzeug, den Stiefeln, dem Helm, der Geruch von Maschinen und Öl und dem Schlamm der Meere, ein Geruch, den er kannte, der sie begleitet hatte. Wonach roch es, nach all der Zeit, die sie nie haben würden. Er ließ die schweren Dinge fallen, die Arbeitsstiefel zuerst, dann die Jacke. Als wäre es so einfach, als könnte er all das einfach hinter sich lassen. Die verfrorenen Füße morgens um vier, den Schweiß, wenn an den Nachmittagen das Licht von allen Seiten kommt. Die Wasserflasche nahm er noch heraus, aus dem Schraubverschluss stank es nach Alkohol, Reserve, für die letzten Stunden der Schicht. Sie hätten ihm nie erlaubt, sie mit auf die Plattform zu nehmen.

Die Sonne brannte.

Die Wüste war eine Sanduhr aus unendlichen Teilen.

Echsen zwischen den Steinen, trockene Sträucher. Darunter pochte der Lärm der Metropolen, die Beats, die hell erleuchteten Bars, nichts anderes als der Gleichklang der Wüste, der Stoff, den sie auf den schäbigsten Toiletten noch schnupften, die Wüste, die unter all dem lag, eine andere Wüste, zu vergessen. Namen zu vergessen, eine Sprache nicht mehr zu sprechen.

Er erreichte ein paar entfernte Hütten.

Seine Haut war verbrannt.

This is no hotel, sagte einer der Männer. Er bot ihm Geld, und sie rollten in einem schattigen Winkel eine Matte für ihn aus. Das Portemonnaie steckte er sich vorn in die Hose. Und schlief.

Die Bilder in ihm waren tonlos, Momente, herausgeschnitten aus jedem Lauf der Zeit, Milena war ihm seltsam gegenwärtig. Auch hier das Tänzelnde der Falter in der Nacht. Es war dunkel, als er erwachte. Sie gaben ihm eine Linsensuppe, sie pressten etwas Zitrone hinein. Sie saßen um ein Feuer. Er mit ihnen, Funken flogen, das Holz krachte.

Der Durst war groß. Sie gaben ihm zu trinken. Er war nicht der Fremde, der Geschichten erzählte. Er war überhaupt niemand. Das Tänzeln der Falter, er hatte keine Angst.

Der Winkel in der Hütte. Gemusterte Teppiche, er hörte leise ihre Stimmen.

Ein Kind mit verfilztem Haar beäugte ihn am Morgen. Ringsum flaches Land, er musste weit gelaufen sein. Er gab ihnen fast sein restliches Geld. Frühstück: eine Orange.

Dann nahm er die restlichen Sachen, ging. Der unauslöschbare Geruch seiner Arbeitskleidung. Er ließ sie fallen. Den Helm mit dem Kinnband und den Unterschriften, die sie ihm ins Plastik gekratzt hatten, zu einer Zeit, in der sie dachten, dass es von Bedeutung bleiben würde, egal, was geschah. Er würde ausbleichen in der Sonne, in den niedrigen Sträuchern. Der Wüstenboden begann zu glühen unter seinen Schritten.

Nach etwa einer Stunde hörte er hinter sich einen Motor, einer der Männer im Jeep. Er ließ ihn auf die Ladefläche steigen, fuhr. Felsen in trockenem Licht. Rötlich, weißlich, gräulich, gelblich. Die Sonne feierte sich, nichts lenkte von ihr ab. Er setzte Waclaw ab, wo die Wohnburgen begannen. Der Mann schlug ihm leicht auf die Wange. You ok? Waclaw sah seine von Tee geschwärzten Zähne und die Staubfarben seines Tuches. Er hätte ihn wieder mitnehmen sollen, das konnte er fühlen, aber nicht sagen. Der Mann stand neben ihm und sah zu, wie er von der Ladefläche kletterte.

Shukran, sagte Waclaw. Und legte die Hand auf die Brust.

Dann wieder: ein Zimmer, eine Decke, ein Propeller.

Das spiegelnde Weiß einer weiteren fremden Duschkabine. Er lag nackt auf seinem Bett, die Füße auf dem Seesack. Dieses Wort: Jedes Mal schnappte es nach ihm, gab einen Blick auf ihr kinnlanges Haar. Er rührte sich nicht. Da war die Straße des Dorfes, die sie zusammen gingen, der Nebel lag schwer auf den Feldern, ihr Gesicht war kalt und nass, sie waren aus dem Bus gestiegen, Milena umarmte ihn kurz, trug seinen neuen Seesack über der Schulter, lachend. Den ganzen August hatten sie damit verbracht, seine Ausrüstung zusammenzustellen, erleichtert, weil endlich etwas übrig bleiben würde auf dem Konto, nachdem sie zuletzt sogar die Zeitung abbestellt hatten und kaum noch aus dem Haus gekommen waren. Kein Kino. Die Schulglocke, die ihn unruhig werden ließ, die Hausmeisterstelle und die Aussicht auf das abgegriffene Lenkrad des Linienbusses, der zwischen den Dörfern fuhr, die blankgescheuerten Sitze.

Stattdessen hatten sie nun etwas anderes vor sich. Wie groß ist so eine Plattform? fragte Milena. Drei Laternen war sie groß, und sie gingen die Strecke auf der Dorfstraße auf und ab, sie blieben stehen, Milena umarmte ihn fest. Drei Laternen, sagte sie, danach hört die Welt auf.

13. Kapitel
Brent

Der Morgen kam, als hätte jemand mit dem Fuß aufgestampft, als wären die Städte, Budapest, Grand Socco, die Gässchen, die Mauern nichts anderes als das Land, das er vom Wasser aus gesehen hatte; ganz aus Licht und Wind und einem Sand, der sich um- und umschichten ließ, ohne Spur. Er schreckte hoch, als sein Telefon klingelte. Er musste eingeschlafen sein.

Es war Patrícia.

Woher hast du meine Nummer?

Sie war in Mátyás' Sachen.

Sie schwieg. Er überlegte, was sie noch gefunden haben konnte, aber ihm fiel nichts ein. Kritzeleien in Mátyás' Papieren, ungarisch, die er vielleicht übersehen hatte. Da war ein leises Rauschen in der Leitung.

Waclaw?

Ich bin noch da.

Vielleicht ist doch etwas dran. Die Sache mit den *Black Smokers*, mit dem Gold.

Ich hab' es dir schon gesagt. I already told you.

Aber wieso?

Er konnte sie sehen, auf der Terrasse, neben dem Holzlack, der nichts ändern würde. All das Licht. Der Staub und das Haus.

Er spürte den leichten Luftzug des Deckenventilators.

Wie ist es dort? fragte sie.

Sie sprach jetzt leiser.

Er dachte, dass er es nicht wusste.

Er starrte an die Decke. Er dachte an die staubigen, beinah kahlen Palmen am Strand, Herden von Ziegen in den Gassen.

Der Schatten des Ventilators.

Hier ist niemand mehr, sagte er.

Eine Autotür klappte.

Er legte auf.

Die aprikosenfarbenen Wände des Hotels, der Balkon mit den sieben Eisenstreben auf den Hof und die See. Ein Aschenbecher neben dem Bett. Die kleingedruckte Warnung neben der Fernbedienung, für die Kanäle 72 aufwärts würden *extra costs* anfallen. Wieder sah er Victor vor sich, den Kinoraum, die gelangweilte Lust der Männer, die sich auf den bunk beds zur Seite drehten, als könnten diese dünnen Wände die Geräusche schlucken. Die erste Zeit, mit Fremden auf einem Zimmer.

Viel später, abends im Dorf, hatte Milena gesagt, man hätte sie schon eine Witwe genannt. Er war gerade dabei, seine Sachen zu packen. Sie saßen die ganze Nacht still vor dem Ofen. Ein Mensch allein kann so zornig oder traurig werden, es reibt die Augen ganz stumpf.

Dieser Seesack: das Gefühl, nicht aufstehen zu können.

Er war in der Dämmerung wach, nur gelegentlich fiel er in leichten Schlaf. Einmal verließ er das Zimmer, um etwas zu essen, er saß neben einem dreckigen Feudel in der Ecke einer Bar, über dem Ständer für das Geschirr stand eine Rose, in einen Rahmen aus Glas und Silber gefasst, darauf fettige Fingerabdrücke aus ungezählten Sommertagen. Aus ein paar Computerboxen zwängten sich verschnörkelte Tonleitern, die auf und ab leierten, *Lieeeebling*, dem jungen Mann hinter dem Tresen entging nicht, wenn Waclaw ein hartes Stück Fleisch zurück auf den Teller legte.

Am Nachmittag sah er im Hof eine gedrungene Gestalt mit flachem Gesicht und in einem karierten Hemd. Sein Gang, als hätte er an jeder Seite einen schweren Eimer zu tragen. Troy war immer etwas vor ihnen da gewesen, er kam, wenn die Felder und der Untergrund erst noch erschlossen werden mussten, er hatte Mátyás prophezeien können, ab welcher Tiefe das Gestein besonders hart würde, und er hatte immer richtiggelegen. Er kam aus Perth und hatte einen Ruf. Einige sagten, er könne den Stein hören. Aber er ging den großen Bohrtrupps aus dem Weg, und Waclaw sah ihn selten. Er humpelte. Troy war alt geworden.

Und er wusste, wo er ihn finden konnte.

In der Nacht nahm er ein Taxi zum Stadtrand. Sidi Ifni war klein, und sie fuhren nicht lange. Die Bar war niedrig und stand auf den Rand des Felsens gepresst. Drinnen gab es eine schwere Holztür, hinter der ausgeschenkt wurde.

Er fand Troy auf der Rückseite der Bar auf einer niedrigen Bank, die spitzen Knie zeigten auf die See, die weit unter den Felsen lag. Hier konnte man hören, wie die Wellen im Dunkeln auf den Sand klatschten, das Gurgeln unter den Felsen, die zu den Seiten der Bucht lagen. Wie große Tiere. Wie etwas, das wartete.

Setz dich, sagte Troy.

Er rauchte, wie er es vor langer Zeit in der Armee gelernt hatte, er verbarg die Glut in seiner Handfläche. Er hob sein Kinn, als würde er über etwas nachdenken, und sogar im Halbdunkel konnte Waclaw sehen, dass die Haut darunter schlaff geworden war. Troys Englisch war ein freundlicher Singsang.

Waclaw reichte ihm ein Bier.

Thank you, mate.

Er fragte Troy, was es Neues gab da draußen.

Er sagte, nicht viel. Sie hätten das Gebiet erweitert. Zur Hölle, sagte er, es geht steil runter. Ungefähr so.

Troy kippte seine Flasche nur um weniges zur Seite.

Wenn du mich fragst, sagte er. Und winkte ab.

Aber sie sehen es sich jetzt räumlich an. Nur davon kommt das Öl auch nicht. Und ihr armen Teufel müsst dann wieder da raus.

Es wird dauern, sagte Waclaw.

Aber es wird kommen.

Sie schwiegen.

Die Nacht war klar.

Ein paar Mal schwenkte die Tür auf und zu, Leute gingen über den Kies auf den Parkplatz, in einem Auto lief Musik.

Ich habe das gehört von deinem Freund, Watts, sagte Troy.

Ja. Er hielt die Flasche, als könnte er sich nicht bewegen.

Ja, sagte Troy.

Sie sahen hinaus. Ein ferner Frachter schob sich langsam hinaus in die Nacht.

Weißt du, was ich in all den Jahren nicht begriffen habe? sagte Troy schließlich.

Oben schießt du die Kanone ab, und der Schall geht runter, und der Schall trifft auf den Boden. Und alles, was du tust, ist warten auf Antwort. Aber etwas liegt zwischen dem Schuss und dem ersten Signal. Ich meine nicht nur die Zeit. Egal, wie klein der Zeitraum wäre, da bliebe immer eine Lücke. Weißt du, mein ganzes Leben dreht sich nur um dieses Loch.

Es ist seltsam, dass ihr jetzt hier draußen sucht, sagte Waclaw.

Sie suchen überall.

Troy schüttelte den Kopf.

Ich könnte sonst wo sein.

Waclaw stand auf und ging an die Bar. Er kaufte noch vier Flaschen, und sie waren eiskalt, und er trug sie hinaus, und sie stießen nicht an, aber sie tranken.

Ich war einer der Ersten auf *Brent*, sagte Troy.

Es war so eine Nacht wie jetzt, ich war jung und konnte nicht schlafen. Ich bin raus aufs Helideck. Der Mond war beinahe voll, es war Frühling, noch kalt. Vielleicht hatte mich irgendwas geweckt. Die See war blau und silbern und eiskalt. Nordöstlich der Shetlands.

Er machte eine Pause, als müsste er Luft holen.

Und da habe ich sie gesehen. Rücken zuerst, eine ganze Familie. Es waren viele. Als würden sie in diesem Streifen Mondlicht baden. Und nebenbei ansehen, was wir da vorhatten. Ich hab' nie wieder so viele gesehen. In den letzten Jahren keinen Einzigen. Sie haben wohl verstanden, was wir da treiben. Aber wenn du sie siehst, glaubst du, sie waren schon viel eher da. Dass wir ihnen nichts anhaben könnten. Und die Ölfelder auch. Als wären sie da für alle Ewigkeit. Aber sie sterben schneller als die Fliegen.

Sie saßen. In der Bar wurden die Stühle hochgestellt, sie konnten es hören.

Wohin? sagte Troy schließlich.

Wir sind im selben Hotel, oder nicht?

Nein. Ich mein', wohin, Watts? Was hast du vor?

Er spürte die Lehne der Bank in seinem Rücken. Die Luft war warm, aber er fror.

Nach Norden.

You quit?

Sag ihnen nicht, dass ich hier bin.

I won't. Nein.

Troy stellte seine Flasche ab. Das Glas knirschte leicht auf dem Sand.

Weißt du, dass wir es von ihnen gelernt haben? Den Schall, die ganze Seismik?

Sie gingen verschiedene Wege zurück.

Jeder in seiner eigenen Nacht.

Eine Weile folgte ihm ein Hund. Er war dünn, und seine Hinterläufe zitterten. Hinter den Häusern war das Meer, und der Horizont war dunkel und weit und rauschend. Die Nacht war klar. Es war noch nicht hell, als er seine restlichen Sachen aus dem Gepäckraum holte. Manchmal hatte er sich gewünscht, nicht wieder fliegen zu müssen, dass er gehen würde, mit ihr, wortlos durch die Felder, vorbei an dem kleinen Fluss mit den Stromschnellen. Das dunkle Holz des Stegs vor dem Schnee. Er erinnerte, dass der Nebel so stark gewesen war, dass es von den Bäumen tropfte, ein flackerndes Geräusch, wie Stapfen, in einer sonst unbewegten Helle. Vögel schrien. Manchmal hatte er Milena noch angerufen. Sie musste gewusst haben, dass er es war, sie hatten kein Wort gesprochen, nur dagestanden, eine unendliche Entfernung hinter der verkeimten Hörmuschel der Plattform, wo sie hinter ihm auf dem Gang schon Schlange standen, ab und zu hörte er sie atmen.

Waclaw faltete seine Sachen. Er stand auf dem Balkon und trat mit dem Fuß gegen das Geländer, während draußen die Hitze über den Parkplatz kroch. Manchmal hatte ihn das Geräusch beruhigt, dort draußen gegen das Metall zu treten, als wäre dieser Klang eine Erinnerung, ein Ticken seiner selbst, nicht ganz deckungsgleich mit dem Ablauf der Maschinen.

Am Mittag saß er unter einem Sonnenschirm über eine Tortilla gebeugt, er spürte Knorpel zwischen den Zähnen, und der Mais schmeckte säuerlich. Eine Frau sah ihm zu, sie strich sich über ihren Bauch, er konnte ihr Lächeln nicht deuten.

Er verließ Sidi Ifni mit dem Bus. Er wusste, dass die CEOs mit dem Hubschrauber kamen, ihre Nacken, die immer frisch rasiert waren, und sie wirkten blass zwischen denen, die schon seit Wochen dort draußen schufteten. Für die normalen Arbeiter gab es Shuttles und Taxis. Waclaw stand zwischen anderen in der öffentlichen Betonhaltestelle. Er war größer als die meisten. Einige Frauen saßen auf dem Bürgersteig, etwas abseits rauchten die Männer im Schatten. Als er sah, wie voll der Bus war, drehte er um.

Er ging zu den Fischern im Hafen und fragte, ob sie ihn fahren würden. Er bot ihnen Geld. Morgen, sagten sie. Und Tiznit sei das Weiteste, sagten sie. Airport, fragte er, aber sie schienen ihn nicht zu hören.

Er wartete auf den Nachtbus. Er fuhr in der Dämmerung. Eine Frau saß neben ihm, ihre Tochter saß auf dem Schoß und fiel im Schlaf auf seine Seite. Sie schlief an seiner Brust. Die Lichter im Bus brannten die ganze Nacht. Er bewegte sich nicht. Es war warm.

Als es bereits hell wurde, sah er Kamele in Reihe angebunden unter einer Laterne, aber er wagte kaum, den Kopf zu drehen.

Er hatte den Geschmack von Salz auf der Zunge, als der Bus sich in die lange Schlange vor dem Hafen reihte, Motoren von heißgelaufenen, zerbeulten Autos, entferntes Kläffen von Grenzhunden, im Wasser die lautlosen Schirme von ein paar Quallen. Die Grenzer rückten ihre Hosen zurecht, als sie auf den Bus zukamen. Der Fahrer war ausgestiegen, und durch die Scheiben sah Waclaw Taschen, die aufgerissen wurden, Ausweise, die herausgenommen und durchblättert wurden. Die Grenzer standen schweigend und sahen dem Fahrer dabei zu, wie er die schweren Koffer aus dem Gepäckfach zerrte.

Die Luft auf dem Parkplatz war kühl nach der Enge des Busses. Er hatte noch einen kleinen Flecken Speichel von dem Mädchen auf der Brust, als er seine Tasche nahm und ging. Er kannte die Strecke. Frachtschiffe, das brackige Wasser der Hafenanlagen. Dieser Geruch aus Rost und Hitze. Eine Weile saß er auf einem eisernen Anlegepoller. Sein Telefon klingelte, und er hörte fast ein wenig erstaunt zu. Dieses Geräusch: als wäre er noch wichtig, als würde er noch gebraucht.

Hinter dem Hafen lief eine breite Straße in Richtung von Hochhäusern, die in der Ferne flimmerten, wie der Asphalt selbst. Vor den Fenstern trocknete Wäsche, einige Disteln blühten rötlich auf dem Land. Er erreichte bald eine Ampel, Händler mit Kühlboxen vor dem Bauch liefen zwischen den Autos und verkauften Getränke, Süßigkeiten, Stofftiere. Neben der Straße einige hohe Bäume.

Er wollte seinen Seesack abstellen, als er im Schatten eine Frau sitzen sah, die blaue Plastikhandschuhe trug. Zwei Mädchen, die noch sehr jung waren, standen hinter ihr. In der linken Hand hielt sie ein gerupftes Huhn über einen Topf, in der Rechten hielt sie ein Messer und stach damit in das bläuliche kalte Fleisch. Dann blickte sie auf. Als würde er stören.

Als würde er etwas beiwohnen, was nicht für seine Augen bestimmt war. Der Blick war kurz und hart, er sah ihre breiten Augenbrauen. Die Mädchen standen verlegen da. Sie schoben sich vor ihre Mutter und versuchten zu lächeln.

Waclaw ging weiter. Er ließ sich zum Flughafen fahren, als hätte er es eilig.

14. Kapitel
Malta

Die Schnallen seines Seesacks waren abgenutzt und stumpf. Es wurde Abend, als sie den Flughafen von Luqa erreichten. Er hatte das Flugzeug in Rom wechseln müssen und lange auf seinen Anschluss gewartet, die Türen zu den Gates schnappten auf und zu, und er hatte gesehen, wie alles ankam und weiterlief, und als sie starteten, blickte er hinunter auf Rom, die Kuppeln von Rom und das Kolosseum, es war nicht die Stadt, die er kannte. Er konnte noch einmal über die *Piazza del Popolo* gehen, durstig zwischen den Trinkbrunnen, Mátyás war mit Patrícia unterwegs, und Waclaw irrte umher, obwohl er wusste, sie würden sich nach drei Tagen wiedersehen. Er hatte an der Spanischen Treppe gesessen und nicht gewagt, Milena anzurufen, *Gelati, Marmor*, es hatte nichts geholfen. Vom Flugzeug aus war es nicht mehr als der Umriss irgendeiner Stadt, in dem sie nicht mehr vorkamen.

Er wollte keine Badenden sehen, saß zwischen großen Steinen am Wasser und lauschte dem Gurgeln. Ein entfernter Leuchtturm, der mit seinem Kreisfunkfeuer die Stelle, an der er saß, nie berührte. Er mied die Künstlichkeit der Promenade, den Klang der Touristen, das gelangweilte, etwas ängstliche Voran ihrer Gummisohlen.

Malta, hatte Patrícia zu ihm gesagt. Was habt ihr da gewollt? Für die Steuern, hatte er gesagt, brauchst du was Offizielles.

Malta, *stone of shimmering white*, die Kuppeldächer und Hotels. Eine Weile saß er auf einer Bank in der Nähe des Quais.

Jachten und Jachtbesitzer. Kreuzfahrtschiffe schoben sich vorbei wie schwimmende Wohnblockriesen. Vom Oberdeck filmten Passagiere die Ausfahrt aus dem Hafen. *Valetta* würden sie auf das Urlaubsvideo schreiben. Vielleicht würden sie ihn Wochen später entdecken. Ein Fleck auf den Steinen. Was ist das? Nein, er ist nicht verletzt.

Es war fast elf, als er die Gasse erreichte. Er ging an den Tresen und nahm Platz, sie ignorierte ihn eine Weile, bevor sie den Lappen hinlegte und herüberkam. So früh? sagte sie. Schlimm? Sie lächelte, gab ihm den Schlüssel. Es waren noch zwei Gäste in der Bar. Ein älterer Herr und ein Junge im verblichenen T-Shirt: *California*. Er sah die Lederschuhe des Älteren an das Schienbein und die Knöchel des Jungen tippen. Es roch nach Aftershave.

Die Wendeltreppe war eng und steil.

Er ließ seine Tasche in die Ecke des Zimmers fallen, legte sich hin, hörte auf die Geräusche der Straße. Das Zimmer lag in einer Seitengasse der Is-Suq-Markthalle, in ein paar Stunden würden die ersten Verkäufer ihre Stände aufbauen. Manchmal hatte er zugesehen, wie sich die dunklen Schatten zwischen den Marktständen bewegten, als würden sie eine Bühne errichten. Irene kam mit schweren Schritten die Treppe herauf. Er stand auf und erwartete sie am Fenster.

Sie zog die Gardine zu, während ihre Hände schon an seinem Gürtel nestelten. Sie lag unter ihm und ließ sich alles gefallen, sie kam ihm nicht entgegen, streckte sich nicht nach ihm. Er hatte ihr nur das Kleid hochziehen wollen, aber sie zog es ganz aus, lag als helle Landschaft unter ihm. An guten Tagen stellte sie sich an den Schrank, ihr Körper schien dann widerständiger, mit mehr Spannung. Hinter ihr stehend, konnte er sich die Frau vorstellen, die vor Jahren aufgebrochen war, die ihren Körper in der Mittelmeersonne allmählich hatte ausmergeln lassen. Ihr Rücken hatte immer noch die Form des jüngeren Körpers, der sich zur Taille hin verengte. Aber ihr Gesicht, wenn sie ihm in der Bar begegnete, hatte etwas so Enttäuschtes, die Stimme rieb metallen über einen Grund von Zigarettenrauch, und zwischen den Sätzen machte sie Pausen, die sie selbst nicht zu bemerken schien.

Manchmal versuchte er, sich die Gesichter vorzustellen, die sie ein Stück begleitet hatten, manchmal erschrak er vor ihrer Anspruchslosigkeit ihm gegenüber. Durch die Ritzen der Badtür drang der Geruch von Pfirsichreiniger. Es war ein wortloses Dunkel, in dem sie etwas unaufgeregt schwitzten. Am Ende fasste sie ihn an, und er lag still, bis sie eingeschlafen war.

Seit gut zwei Jahren kam er zu ihr, sie verlangte nichts dafür, nur ab und zu ein Geschenk, als sei er ihr doch etwas schuldig. Sie war nach der Wende aus einem kleinen Ort in Thüringen aufgebrochen und auf Malta hängengeblieben, der unterste Rand von Europa, sagte sie, auf dem Leute wie du und ich anstranden wie Tiere nach der Ölpest. Was dort sinkt und verloren geht, ist das, was uns fehlt. Irene lallte, wenn sie betrunken war, und öffnete erst gegen Mittag ihren Laden, wo sie Muschelketten verkaufte, die sie früher selbst aufgefädelt hatte und jetzt aus China importierte. Bei ihr buchten die Touristen Führungen über die Insel, zu alten Filmkulissen und in abgelegene Buchten, und er war sicher, dass sie mit den meisten der Reiseleiter ein Verhältnis gehabt hatte. Neben ihr zu liegen machte ihm nichts aus, es fühlte sich nicht an wie ein Betrug, und selbst wenn er Milena noch einmal sehen würde, wäre alles, was hier geschah, ohne Bedeutung.

Er lag im Dämmerlicht, bis der Lärm vom Markt unerträglich geworden war. Die Spuren auf seinem Körper waren getrocknet, oft erinnerten sie ihn an Salz, an die eingetrockneten Ränder von Pfützen, die in einer unbestimmten Hitze kristallisierten, Salzseen, trockene Landschaften, in denen das Licht in die Augen stach. Aber während draußen die Anhänger über das Pflaster knatterten, ein ihm fremder Körper sich umdrehte zum Aufeinanderschlagen leerer Kisten, während Händler pfiffen und er durch einen Spalt im Vorhang das Fliegengitter sah, das im leichten Wind schwankte, und als er sich schließlich aufsetzte, die knöchernen Schienbeine und der Rest der Nacht auf seiner Haut, musste er an einen Eisrand denken, der sich bis zu seinem Rippenbogen ausgebreitet hatte und ihn überdeckte. Eine Art Eis, das neu war, das aus ihm selbst kommen musste.

Er zog sich leise an und warf sich ein Hemd über, stieg barfuß in die Schuhe, ging zu dem Stand an der Ecke des Platzes, wo er eine Pappkiste mit Schinken und Oliven zusammenstellen ließ, die er vor ihrer Tür lassen würde, wie schon oft, ohne noch einmal hereinzukommen. Der Morgen war kühl, und der Verkäufer sah ihn aufmerksam an. Überall und seit Jahren sah man ihm an, dass er von woanders kam.

Dass da etwas ausstand, was noch fortzusetzen war.

In der Kirche brannten einige Kerzen auf einem Drahtgestell. Vielleicht war es nur die Nachmittagshitze, was ihm zu Kopf gestiegen war, das Herumirren auf der Insel, und dass sie Mátyás nicht einmal erwähnten, als sie ihm das Ende des Vertrags und die fristlose Kündigung auf Band sprachen. Zwei alte Frauen unter dunklen Tüchern knieten weiter vorn im Gebet.

Die dicken Steinwände schirmten die Hitze ab, einzelne Stimmen rieselten wie Sprühregen durch die Straßen. Auf dem Sockel stand ein Heiliger mit einem Bienenkorb an der Seite, alles war in weißen Marmor gehauen. Nach einer Weile sah Waclaw wieder auf, ohne zu wissen, was ihn an dem Heiligen störte. Er trug einen altmodischen Bienenkorb aus Stroh. Aber keine einzige Biene war zu sehen. Und was sollte der Korb ohne Bienen? Ein Gerüst für alles, was einmal lebendig gewesen war, aber nun leer. Die Figur sah in einer merkwürdigen Verdrehung zurück über die Schulter zu einem kleinen runden Fenster, das, falls es einmal farbig gewesen war, durch einfaches Glas ersetzt worden war. Er ging.

Geschlossene Fensterläden, angelaufene Kalksteinbaluster. Er lief die Straße bergab, das Licht war gelblich. Irgendwo war das Meer, für das er einmal aufgebrochen war, das ihn begleitet hatte bis in den Schlaf. Aber jetzt war da nur diese rußende Kerze auf einem Altar, und er sah die Kniebänke vor sich, ungezählte Bitten, Hunderte von Tagen, das Holz weich wie Seife.

Und da waren die Steinplatten der Märkte, die für hundert weitere Jahre nach Fisch stinken würden, da waren Fische, lang wie ein Arm, die schimmerten wie Aluminium, Jungen, die Bottiche voll Wasser, rot und blutig, ein paar Meter bis zum nächsten Gully schleppten. Die Katzen schlafend in Ruinen, die Tauben mit verstümmelten Füßen, Kathedralen, Brücken, Putten, Heilige, Gläubige, Betende, Schutzamulette, Heiligenkerzen, achtarmige Leuchter, und der Hunger dieser Straßen, der Hunger, der ihn müde zurücktrieb in ihr Gebiet. Irene würde erst spät in der Nacht aus der Bar kommen, und er war froh über diese Tür, die er abschließen konnte hinter sich, für ein paar Stunden.

Dann trieb es ihn hinaus, in der Nacht, die Gosse roch faulig, er sah junge Männer in einem Freudentanz auf einer letzten leeren Terrasse, er kam an Stellplätzen vorbei, eingemauert, Hunderte Caravans, einzelne Gestalten, die Einkaufswagen und kleine Handkarren vor sich herschoben, was darin, Kisten, Waren, Reste eines Lebens oder eines Traums, das Dämmerlicht, die Prostituierten an der Ecke einer engen Gasse, Leute, die Plastikbeutel trugen, auf einem Parkstreifen das verbrauchte Gesicht einer Frau, die ihn ansah, was bleibt, man hat dich dort gesehen, erkannt, das kalte Licht hoher Laternen, er ging.

Ein paar Nächte trank er so viel, dass Irene sich von ihm fernhielt.

Er hatte kaum geschlafen. Er saß am Rand der Piazza. Vor einer Kirche standen zwei Schausteller mit weiß geschminkten Gesichtern. Aber die Mittagshitze war so groß, dass niemand mehr freiwillig über den Platz ging. Hinter dem Verkleideten in Livree lief der Engel zu einer Treppe vor der Kirche, unter der er einen schäbigen Rucksack hervorholte. Sie ließen sich mit gespreizten Beinen in den Schatten auf die Steintreppe fallen, und sie rauchten und sahen erbärmlich müde aus in all dem Licht. *Es ist wie ein Knast, und du weißt es.* Er hatte Mátyás' Stimme im Ohr. Sie hatten sich gestritten. Es war März. Mátyás hatte gerade erst begonnen, seine Reise zu planen. Seine Anden. Das Dach von welcher Welt? Sie waren empfindlich geworden gegen die Sirenen: Magenta-Alarm, Gelber-Alarm, das rasche Gehen zu den Versammlungspunkten, H_2S, gegen die Übungen, die Routinen. Der Engel strich sich mit der Hand durch die weiße Farbe im Gesicht. Die ersten Läden schlossen für die bevorstehende Mittagszeit, in den Schatten liefen Tauben, einmal meinte Waclaw, eine beringte zu sehen. Er ging, als wäre auch er verkleidet, als wäre niemand geblieben, der ihm jetzt noch sagen konnte, wer er war oder was er hier sollte.

An diesem Abend saß er eine Weile am Tresen, sie hatten ein lückenhaftes Gespräch geführt, aus dem Irene immer wieder verschwand, um etwas zu zapfen oder zu mixen oder Limonen zu achteln. Er hatte versucht, ihr von Kairo zu erzählen, von den Coops und den Säcken Mais, die die Jungen hoch zu den Tauben auf die Dächer schleppten, er hatte sich dabei erwischt, wie er von *seinen Jungs* sprach, und dann, vielleicht weil es einfacher war, von den blau erleuchteten Kreuzfahrtschiffen auf dem Nil.

Als die Tür aufging und Patrice hereinkam, sah er das erste Mal an diesem Abend etwas wie Interesse in Irenes Gesicht aufleuchten. Patrice war groß und er grinste breit und grüßte einige der Männer, dann lachte er auf, als er Waclaw erkannte, und kam an den Tisch. Irene musste sich ein Lächeln verkneifen und gab ihm ein Zeichen, sie kreuzte die Finger und deutete auf Waclaw. Patrice sah zwischen ihnen hin und her, grinste und fragte, was sie trinken wollten.

Sie ging, um das Bier zu holen.

Patrice redete viel. Er war noch nicht lang dabei. Waclaw dachte an die Österreicher, die er am Rand der Sahara getroffen hatte. Sie hatten nur über die Hitze geredet, über Skorpione, über Wien, über ihre Carports und bewaldeten Berge. Patrice war anders. Er redete über die Gasfelder, die neu erschlossen wurden. Es schien ihn zu interessieren.

Und wisst ihr, wie das Feld heißt? sagte er.

Er wartete, bis Irene mit den Flaschen zurückgekommen war. Sein Gesicht verzog sich zu einem Grinsen.

Aphrodite, sagte er. Es heißt Aphrodite.

Wieder sah er zu Irene. Sein Grinsen blieb immer gleich breit.

Aphrodite, sagte Patrice noch mal. Perfekt oder? Südlich von Zypern.

Wieder gab sie ihm ein Zeichen. Er sah zu Waclaw.

Und gleich daneben das Feld? fragte Patrice.

Er erinnerte jetzt an einen Quizmaster aus den neunziger Jahren, nur trug er keine Fliege um seinen Hals, und es gab keine Staubsauger zu gewinnen.

Das heißt nach einem Seeungeheuer, beantwortete er seine Frage gleich selbst. Jetzt hob Patrice die Augenbrauen. Irgendeiner von denen muss ein ganz schöner Spaßvogel sein, sagte er.

Es heißt Shithead, sagte Waclaw.

Nach *welchem* Ungeheuer? fragte Irene.

Leviathan, sagte Patrice. Sie werden sich noch die Köpfe einschlagen deswegen. Patrice lachte.

Riesige Felder, sagte er.

Halten höchstens zehn Jahre, sagte Waclaw.

Er sah Patrice an. Er wusste nicht, warum er ihn so wütend machte. Er war naiv. Er war auf den Zug aufgesprungen. Aber er war auch dumm.

Patrice grinste immer noch.

Auf Leviathan, sagte er und hob sein Glas.

Irene starrte Patrice an. Sie hing an seinen Lippen. An seinem Bürstenschnitt.

Waclaw trank.

Das werden sie, sagte er.

Er ging.

Er konnte Mátyás' Stimme hören, wenn er barfuß im Dunkeln auf den scharfen Felsen saß, wenn kein Licht der fernen Frachter ihn meinte.

Sie hatten sie die Spechtbucht genannt, weil sie zwischen den Klippen eng zulief, eng und gerade, in einem spitzen Winkel, wie der Schnabel von einem Specht. Die Felsen waren nicht besonders hoch, aber steil genug, um andere Besucher fernzuhalten. Im Dunkeln war es schwierig, dort hinunterzusteigen. Er blieb auf der Kante sitzen und wartete, bis es dämmerte.

Nur allmählich zeigte sich der schwarze Strich, der in der Ferne schärfer wurde, wie eine Linie, die jemand mit einem Lineal gezogen hatte, um etwas zu zerteilen. Als wäre da keine Bewegung, keinerlei Strömung.

Mátyás hatte eine Technik gehabt, sich von den großen Wellen überspülen zu lassen. Er tauchte schräg in sie hinein, um sie über sich hinwegbrechen zu lassen, um nicht in die Walze zu gelangen, die einem die Beine wegriss und einen dann auf den Grund schleuderte. Er nannte es Schweben. Oben die Gefahr, die ihm nur sanft über den Rücken strich. Ein leichtes Auspendeln wie bei einem Boxkampf, er schwebte, er ließ die Wellen vorbeiziehen.

Waclaw hatte am Ufer gesessen, und hier, in der plötzlichen Ruhe der Bucht, hatte er gespürt, wie etwas in ihm zu arbeiten begann. Die Bilder von seinem Unfall waren plötzlich wiederaufgetaucht, obwohl das alles in der Zeit vor Mátyás lag und er lange gehofft hatte, eine klare Trennung machen zu können, so, als würde mit Mátyás alles neu beginnen.

Aber in der plötzlichen Ruhe war alles wiedergekommen. Die Pritsche, das taube Gefühl in seinem Arm. Die große Zange, sagten sie, war zurückgeschnellt und gegen seine Schulter geprallt, im Sturz war sein Kopf gegen eine der Aufbauten geschlagen. Waclaw konnte sich nicht erinnern. Vielleicht aus Nachlässigkeit hatte er sich nicht gesichert, der Karabiner hing nutzlos an seinem Bauch, eine kaum zu unterdrückende Müdigkeit, die auf den Rigs ein Privileg der Älteren war. Anderen, die er gekannt hatte, war Ähnliches passiert, die Plattform rutschig im Regen, ein Warnschuss, die meisten waren nicht wiedergekommen.

Waclaw.

Sie hatten ihn bei seinem Vornamen gerufen und dort heruntergezerrt, sein Anzug war ganz durchweicht. Dann war er auf einer Pritsche aufgewacht, die noch schmaler war als sein Bett, man leuchtete ihm ins Gesicht. Er hatte verdammtes Glück gehabt, das sagten sie ihm immer wieder.

In den folgenden Wochen hatte er in einem abgedunkelten Raum in Kairo gelegen, auf die Geräusche der Straßen gehört, die Stadt war ein Streifen aus Smog und Licht, seine Finger lagen fühllos vor ihm auf dem Kissen, deuteten in eine unbestimmte Richtung, ein Bahndamm, der lang und richtungslos durchs Land geht. Vielleicht hatte er damals das erste Mal begriffen, dass er nicht zurück zu ihr konnte. Das war Jahre her, und er war über Wochen durch Kairo geirrt, bis er die Jungen entdeckt hatte, die Coops, die Tauben weit über der Stadt. Ein paar Mal brauchte er die Nähe einer Frau und ging zu Farangis, auf einer Plattform waren diese Adressen leicht zu bekommen. Erst viel später auf dem Sicherheitslehrgang war er Mátyás begegnet.

Hier, in der Bucht, war er unruhig geworden. Manchmal

waren sie Motorboot gefahren. Entlang der Küsten. Das Wasser klar. Die Tage strichen dahin.

Er war müde nach dieser Nacht. Das Schwimmen, als es noch kaum hell genug war. Der schwarze Rauch eines fernen Tankers. Das Salz brannte auf seiner Haut, die Leinenschuhe waren eingerissen, er roch nach Algen. Schon als er die Felsen der Bucht wieder heraufstieg, konnte er die Glocken hören. Das ferne Läuten. Er nahm den Umweg zur Kathedrale. *St. Paul.* Die Menschen strömten durch die sechs Säulen des Eingangsportals, und Waclaw lief um das Gebäude herum, bis er einen Winkel fand, einen Vorsprung am Seitenschiff der Kirche. Er konnte den kühlen Stein riechen, als er den Kopf an die Mauer legte – dann hörte er die Orgel, als wäre hinter dem Mauersockel ein anderer Raum, der Hall war groß, und er blieb lange so stehen. Er hatte die Melodie noch im Ohr, als er vorsichtig die Tür zur Bar aufdrückte. Irene war nicht da. Er ging die schmale Treppe hinauf und wusch sich das Salz von der Haut, hob das Laken und ließ sich auf das Bett fallen. Alles war noch ruhig, nur in seinem Kopf rumorte die Orgel.

Es war März, und London nur ein Zwischenstopp. Waclaw war in einem Flughafenhotel im Süden der Stadt untergebracht, hellgrauer Teppich, Schallschutzfenster. Er hatte die Spezialisten, die für die Bohrlochmessungen eingeflogen wurden, auf dem Rückweg wiedererkannt. Sie bestimmten Porenraum, Widerstand und Leitfähigkeit, bevor die Futterrohre eingesetzt wurden, sie prüften die Porösität des Gesteins. Zusammen nahmen sie für den Abend das Taxi von Gatwick in die Stadt.

Die meisten Männer wollten früh weiterreisen, und so tranken sie weniger als sonst, und das Essen und die Unterhaltungen waren fade, schal, so, als würden sie sich bloß vorstellen, miteinander zu reden. Waclaw war früher aufgebrochen und allein in Richtung Süden gelaufen, vielleicht brauchte er nur etwas frische Luft vor der Nacht. Dann war er stehengeblieben. Die Straße war beinahe leer, ein Wind ging durch die hohen Bäume. Vielleicht wäre ihm die Melodie gar nicht aufgefallen, wenn er sich nicht ein paar Tage zuvor wegen dieser Kleinigkeit mit Mátyás gestritten hätte. Anders als sonst hatte die Verstimmung einige Zeit angehalten, und Mátyás hatte noch in der Nacht den Anschlussflieger nach Budapest genommen. Jetzt drangen die Töne im Dunkeln durch die Tannen.

Sie waren auf dem Golf von Mexiko, *West Capricorn*, Frühling. Sie hatten die Nacht durchgearbeitet, vielleicht war Waclaw auch deshalb gereizter. Der März in Europa war noch kalt, das konnten sie auf dem Bildschirm im Fernsehraum sehen, und vielleicht waren die grauen Wolken der Grund, weshalb die Männer immer wieder zurückschalteten. Er hatte müde mit Mátyás zwischen ihnen auf dem Sofa gesessen. Einige sahen ein Radrennen, aber zur Werbung schalteten sie um, und immer waren diese grauen Wolken zu sehen. Eine Stimme redete ein sehr schnelles Spanisch. Mátyás stieß ihn an.

Das ist Rom, sagte er.

Und dann sahen sie die Massen auf dem Petersplatz, ein bedeckter Himmel und die Dächer von Rom, grauer Rauch, die Schweizergarde in ihren gelb-violetten Gamaschen und den Pumphosen, rote Federbäusche auf den Helmen. Da war der Geruch von Schweiß, und die Enge des Freizeitraumes, der fleckige Teppich, und während draußen die See grau wurde wie kalte Asche und weit entfernt die Wolken einen hellen

Schimmer bekamen, da, wo die Städte liegen mussten, und über den Straßen die Beleuchtung eingeschaltet wurde, hingen die Wolken tief über dem Petersplatz, und Waclaw saß da und konnte nicht wegsehen. Er meinte sie zu erkennen, diese Pilger, die da in dünnen Regenjacken zusammengekommen waren, die in die Luft starrten, einem Rauch hinterher, der nur jeden Einzelnen von ihnen meinen konnte. Sie alle lasen in diesem Himmel ihre eigene Geschichte. Und diese Geschichte brauchte einen neuen Erzähler, einen, der die Seiten umschlug, der um sie wusste, der sie auf ihren Wegen durch die endlosen Städte begleitete.

Es war die Papstwahl, die Bischöfe hatten sich vor dem Konklave versammelt, und die anderen Arbeiter lagen eine Weile unschlüssig vor dem Fernsehbild, bis ihnen klar wurde, dass weiter nichts geschehen würde, niemand trat auf, alles versammelte sich um etwas grauen Rauch. Ein paar der Männer lachten, ein paar waren eingeschlafen, und Asle mit der Fernbedienung schaltete zurück auf das Radrennen. Er war der Driller, er konnte umschalten, und Waclaw brauchte einen Moment, bevor er sich in seinem Sessel nach vorn zog. Er stellte sich vor den riesigen Flachbildschirm.

Switch it back, sagte er leise.

Zuerst waren sie nur erstaunt, dann fingen sie an, Sachen nach ihm zu werfen, jemand schüttelte eine Coladose und öffnete sie nur wenig und sprühte damit in seine Richtung.

Der Abend war gerettet.

Sie lachten und lagen wie eine Horde Seelöwen in ihren Polstern, minus der Zärtlichkeit zwischen den Tieren. Er konnte sie draußen noch hören. Er versuchte, ihnen nicht in die Augen zu sehen, als er aufstand und ging. Nur Mátyás kam ihm nach, er wusste, wo er ihn finden würde.

Was ist, fragte er.

Wir dürfen den Respekt nicht verlieren, sagte Waclaw.

Der Streit war kurz und heftig, Mátyás hielt ihn für übermäßig sentimental, und Waclaw sagte, dann kannst du es eben nicht verstehen, und er konnte nicht sagen, was es hieß, dass da eine Hoffnung ausgewechselt wurde, und all die letzten Gebete seines Vaters.

Später versuchten sie, das Thema zu umgehen, aber sie stießen doch immer wieder darauf, wie auf eine schmerzende Stelle im Mund, die die Zunge berührt, um zu testen, ob sie noch da ist. Sie war da.

Und an diesem Abend in London, zwischen den wehenden kalten Tannen, während Doppelstockbusse im Licht der Laternen in ihr eigenes Rot hineinfuhren und Obdachlose vor dem nahen Kiosk aneinandergerieten, stand Waclaw auf offener Straße und lauschte einer Orgel, mächtig zwischen den Tannen. Wo die Musik war, waren die Fenster gelb erleuchtet.

Ohne den Streit hätte es vielleicht keine Bedeutung gehabt, aber so fühlte er eine gewisse Rührung, nur wegen eines vertrauten Klangs. Er konnte die Zechensiedlung sehen, die kleinen gelben Fenster, wie Markierungen über einem viel tieferen Schwarz, der Weihrauch, die polnischen Gebete. Zugleich kam ihm der ganze Streit lachhaft vor, und er vermisste Mátyás, der noch im Flugzeug unsicher geworden war und sich in einer langen Umarmung von ihm verabschiedet hatte.

Seine Kleidung war noch etwas feucht, draußen konnte er die Händler hören. In dem Mauerwinkel von *St. Paul* hatte er einfach nur gestanden, das Ohr an dem kühlen Stein. Etwas an der Melodie war ihm vertraut. Jetzt sah er sich um. An dem einzigen Plastikbügel in Irenes Zimmer hing sein Jackett mit dem Steinnussknopf. Er schloss die Augen, als er ihre Schritte hörte. Sie kam allein. Er wusste nicht, was Patrice ihr gegeben hatte. *Aphrodite.* Unten in der Bar hörte er etwas klirren.

15. Kapitel
Ein Papagei

Auf dem Markt kaufte er eine glitzernde Uhr, die Steine waren hell auf dem schwarzen Armband. Er hatte etwas Geld abgehoben, genug für die nächste Zeit.

Irene saß auf dem Bett und cremte sich die Beine, als er klopfte. Ihre Waden waren fest und schwer. Er sah ihr zu. Sie strich die restliche Creme an ihren Unterarmen ab.

Sie streckte die Beine vor sich aus.

Ich kann nicht mal mehr meine Füße berühren, sagte sie.

Wie um es zu beweisen, beugte sie sich vor, streckte ihre Hände bis zu den Knien, ihr Bademantel war an den Ärmeln ausgefranst.

Was ist das? sagte sie.

Er gab ihr die Schachtel. Sie setzte sich auf den Rand des Bettes. Die Steine leuchteten hell, als sie den Deckel anhob. Er sah, dass ihre gebräunten narbigen Knie fast die Wand berührten. Sie legte die Schachtel achtlos neben sich und sah hinaus aus dem Fenster. Der dünne Vorhang wehte leicht, er hatte Wasserflecken, die zu den Seiten braun angelaufen waren.

Weißt du, woran ich in letzter Zeit manchmal denke? sagte sie.

Ich bin Anfang zwanzig und habe meine Sachen gepackt, es ist Mitte der neunziger Jahre. Zum Abschied besuche ich meine Großmutter in Berlin. Sie hat den Krieg überlebt und sie sieht mich da stehen, mit meinem Rucksack. Der Holzboden knarrt, es ist eine alte Wohnung in der Warschauer Straße. Wahrscheinlich sehe ich scheußlich aus, noch ein bisschen mollig wie ein Teenager, den Kopf voller wilder Ideen. Sie nimmt mich in den Arm, weil sie weiß, dass ich gehen werde. Und weißt du, was sie sagt?

Sie sah hinaus aus dem Fensterwinkel, über das Terrakottarot der Dächer. Auf einer Feuertreppe hing Wäsche, die niemand reingeholt hatte, das Haus gegenüber wirkte leblos unter rostigen Antennen.

Irene sah Waclaw kurz an, dann blickte sie wieder hinaus.

Sie sagte: Wir leben doch immer in der großen Welt.

Und dann gab sie mir einen Kuss auf die Stirn und ließ mich gehen.

Daran denkst du?

Daran denke ich.

Sie drehte ihm den Rücken zu.

Ich glaub', ich versteh' erst langsam, was sie meint.

Sie legte sich auf die Seite und zog die Beine an.

Er gab acht, sich auf der Wendeltreppe nicht den Kopf anzustoßen. Er konnte sich sehen, in seinen ersten Arbeitsschuhen, im Hafen. Und auf einmal konnte er das Kunstleder riechen, seine schmale Tasche, in der er die Stullen und eine Thermoskanne verstaut hatte. Vor dem Haus lag die Straße im Schatten, und er ging zu den gleichen weißen Steinen, an die das Wasser schwappte. In der Tasche tastete er nach dem Schlüssel für das Schließfach. Eine alte Dose aus Blech von seinem Vater, Papiere, Briefe. Die goldenen Initialen eines Bremer Teekontors. Er würde warten müssen, bis er seine Sachen holen konnte.

Ein Boot voller Touristen hatte angelegt, die Nachmittagsfähre. Er wartete ab, bis auch die Letzten den Laden verlassen hatten, beinah ungeduldig sah er zu, wie sie sich zwischen all den gleichen Postkarten nicht entscheiden konnten, wie ihre Finger gierig und bestimmt durch die Auslagen mit den Tabakspfeifen, Leintüchern und Spielen gingen. Obwohl sie einander nicht kennen konnten, schienen sie alle fast täglich dieselben Routen zu nehmen. Vom Hafen durch die Altstadt zu ihrem Laden, dann über den Marktplatz in ein Café, dann in die Weberei, wo sie von ihren Führern erwartet wurden. Beige war ihre Farbe, und über die Jahre waren nur ihre Kameras kleiner geworden.

Irene stand rauchend unter der verwaschenen Markise. Der Lidstrich war dick aufgetragen, und als sie ihn sah, streckte sie die zwei Finger, zwischen denen sie eine Zigarette hielt, wie in einem Film. Sie lächelte nicht.

Er setzte die Tasche ab, um sie zu umarmen, aber sie wich einen Schritt zurück. Sie sah müde aus wie die Frauen auf den Dörfern, deren Zigaretten bis zum Filter glimmen, während der Schaum in den Gläsern eintrocknet und fern die schweren Wolken über die Äcker ziehen. Ihre Haut hatte das Braun verschrumpelter Früchte. Sie war ihm ähnlich. Und dann lächelte sie doch.

Sah seinen Seesack, den Anzug.

Strich mit der freien Hand etwas von seiner Schulter.

Guapo – Schöner, sagte sie, und ihre Augen lachten nicht mit.

Wohin wirst du jetzt gehen?

Dann sah sie sich mit einem Mal um. All die Postkarten. All die Sonnenuntergänge. Sie wirkte unsicher.

Ich hab' den Laden, weißt du.

Ich weiß.

Er fasste sie an den Schultern.

Es ist ein guter Laden.

Du würdest nicht wollen, dass ich ihn aufgebe, oder?

Für den Bruchteil eines Augenblicks sah er in ihren Augen etwas, was er schon einmal gesehen hatte, vor langer Zeit, ein Reh, das er nahe dem Bahndamm gefunden hatte, das Gras warm von seinem eigenen Blut, es hatte keine Kraft mehr gehabt, sich zu erheben. Er spürte ihre langen, etwas verfilzten Haare an seinem Arm, als sie sich an ihn lehnte, er sah, dass sie stumpf geworden waren, und roch den leichten Tresengeruch, der aus ihren Klamotten aufstieg. Er wusste, dass sie lange Zeit alleine bleiben würde.

Es ist doch dein Laden, sagte er leise.

Und ich muss mich um ein paar Dinge kümmern.

Ja, sagte sie, und dann leiser, Dinge. Mach's gut.

Sie schien müde, auch zu müde für ein Auf Wiedersehen, drehte sich um und ging in den Schatten der Postkarten. Er hätte nicht sagen können, ob sie ihm nachsah.

Die Leuchtreklame war zum Teil ausgefallen, sodass es sich von oben nach unten H TEL las. Das O flackerte nur gelegentlich auf. Es war ein heruntergekommenes, hohes Gebäude nahe dem Hafen, er bezahlte ein Zimmer für eine Nacht. Auf den Fluren roch es nach alten Wischlappen und Staub. Er dachte an Patrícia, während er ein paar Dinge auf das Bett faltete. Er hörte ihr letztes Gespräch wie ein Echo in seinem Kopf. *Hier ist keiner mehr*.

Er ging den Hügel hinauf. Im Hellblau des Abends waren die Wolken orange leuchtende Streifen, Linien von Flugzeugen zogen ein zartes, glutoranges Licht hinter sich her, darunter die Häuser lagen bereits im Schatten. Schornsteine und Antennen bekamen scharfe Kontur. Das Licht der Straßenlampen, die an langen Kabeln über der Straße hingen, mischte sich mit dem Gelb und Rot von ein paar Leuchtreklamen. Die Naht seines rechten Schuhs hatte sich gelöst, er spürte die kleinen Steine. Schließlich endeten die letzten Wohnhäuser, und der rissige Asphalt lief noch ein Stück weiter, Grundstücke mit hohen Bretterzäunen und schweren Vorhängeketten. Er ging durch den dunkler werdenden Abend, bis er den großen Parkplatz der Werkstatt erreichte, mit seinen plötzlichen Scheinwerfern, dem Neonlicht und den ausrangierten Karosserien an den Seiten, mit dem kleinen Container, in dem noch etwas Licht brannte.

Davor stand ein hoher Metallzaun. Waclaw schob das Tor auf, der Eisenfuß knatschte über den Beton, irgendwo kläffte ein Köter, er wartete einen Moment und ging dann auf das Containerhäuschen zu. Bevor er klopfen konnte, hörte er drinnen einen Papagei schreien. Der Vogel, grau und klein, mit einem dunklen Schnabel, bewegte sich aufgeregt auf der Stange hin und her, als die Tür geöffnet wurde, alles war eingehüllt in blauen Rauch, der Vogel zeterte aufgeregt über einem Meer von Papieren, Arbeitshandschuhen, halbleeren Ölkännchen.

Inmitten von all dem saß Eugenio mit seiner glänzenden verschwitzten Haut und noch weniger Haaren auf dem flachen Schädel als zuletzt. Eugenio sah auf.

Dann lachte er.

Ich dachte schon, ich seh' dich nie wieder.

Sie gingen durch einen großen Flachbau mit einigen Hebebühnen, Autohebern und Werkzeug, ein paar Schiffsmotoren lagen herum, und Waclaw sah einen Schweißabdruck auf Eugenios hellgrauem Hemd, wo die Stuhllehne gewesen sein musste. Es war noch immer warm. Es roch nach Bremsöl und

Benzin und Lösungsmitteln, eine Schweißermaske hing an der Wand neben der kleinen Tür, die Eugenio aufschloss. Die Werkstatt mit ihren meterhohen Eisenregalen voller Kisten wirkte chaotisch und unbelebt, sodass er sich manchmal fragte, womit sie eigentlich ihr Geld verdienten.

Eugenio sah sich nach ihm um.

Du hast Glück, ich bin spät dran heute.

Dann langte er mit der Hand durch den Türspalt, und sie gingen in einen niedrigen Raum, wo ein paar Spinde standen. Eine einzelne Baulampe hing an einem schwarzen Kabel von der Decke. Sie fing langsam an zu glühen.

Vuoi che ti lascio solo?

Waclaw schüttelte den Kopf.

Es war kühl in dem Raum, es roch nach Beton und Staub.

Er nahm den Schlüssel aus der Hosentasche und öffnete die Stahltür. Das Schließfach sah aus wie einer Turnhalle oder einem alten Schwimmbad entnommen, nur war es breiter. Ein paar Namen waren in den Lack geritzt.

Er stopfte die Pappkisten in seinen Seesack, dann nahm er die Blechdose, einen grünen Koffer und die Stiefel heraus. Das Leder war noch heller, als er es in Erinnerung hatte. Gutes Leder. Er hatte sich auf die Stiefel gefreut.

Sie hatten begonnen, Stickstoff in das große Ölfeld von Cantarell zu pumpen, um den Druck zu erhöhen, er war mit den anderen in Ciudad del Carmen an Land gegangen, und er hatte die Stiefel von einem jungen Charro genommen. Es war Mexiko, sie saßen beim Poker, ihre Augen tränten, der Junge hatte strähniges Haar, das er sich verlegen aus dem Gesicht strich, er trank den letzten Schluck Mezcal mit dem Wurm, er hatte drei Könige und zwei Damen, *full house,* aber nicht genug, er stellte seine Stiefel auf den Tisch, er sagte, sie seien gut, von seinem Vater, als er wieder verlor, stiegen ihm die Tränen ins Gesicht, es war heiß, es war eine Nacht vor Schichtbeginn, der junge Charro sah zwischen ihnen hin und her, sah zu Pasqual, der Boxer gewesen war, bevor er als Roughneck begann, sein Nacken breit wie zwei, ein Tattoo der Muttergottes auf dem Arm, ein Oval, das sich verzog, wenn er sich bückte. Der Knorpel an Pasquals Ohren war ausgefranst, der Junge sah blass aus neben ihm, er saß da, als müsse er etwas überdenken, dann stand er auf, sagte, er werde am nächsten Tag kommen und die Stiefel zurücktauschen, aber Waclaw sah ihn nie wieder.

Es war ausgeblichenes Rindsleder und eine Ledersohle und ein Absatz aus Holz. Sie sahen so sehr nach einem anderen, wirklichen Leben aus, dass er sich manchmal schämte, sie zu tragen.

Er tastete noch einmal durch das obere Fach des Spinds, hob die Blechdose auf und wischte sie mit seinem Ärmel ab, er sah die geprägten Initialen, die Briefe wogen beinahe nichts, er legte sie vorsichtig auf die anderen Sachen. Dann nahm er einen Schein und die Schlüssel und gab beides Eugenio.

Eugenio zählte das Geld, dann sah er auf die Schlüssel in seiner Hand.

Das sind zwei. Der hier ist nicht von mir.

Behalt ihn.

Eugenio zuckte die Schultern.

Kommst du nicht wieder?

Ist wohl nicht so gut gelaufen? Probleme?

Als Waclaw den Kopf schüttelte, schlug er ihm auf die Schulter.

Frauen! sagte er dann.

Waclaw ließ sich einladen auf ein warmes Bier in Eugenios Container, er schaute den Papagei und seine dunkelroten Schwanzfedern an und sprach nicht von der See. Er sagte, er hätte ein Ziel, in Italien. Er nahm die Blechdose hervor und redete von einem Freund seines Vaters, Alois, der zurückgegangen war aus dem Ruhrpott, wo sie über Jahre fast Nachbarn gewesen seien, so eine Art Onkel, sagte Waclaw. Eugenio verstand nicht alles, aber antwortete in einem langsamen Italienisch, das Waclaw in Teilen verstand. Eugenio sagte, er habe schon immer gewusst, dass Waclaw nicht weit fahren würde.

Was er da oben wolle.

Colombe? sagte er, wirklich?

Ja, sagte Waclaw. Colombe. Tauben.

Dann öffnete er beide Hände. Zehn Jahre sei er alt gewesen, damals.

Noch bevor es hell wurde, schloss er die Tür zu seinem Balkon. Auf den Straßen gingen die Laternen aus, H TEL, es wurde hell. Er ließ den Koffer und die meisten Sachen auf dem Bett zurück. Trug den Seesack, der Trageriemen schnitt in sein Schulterpolster. Die Straßen rochen feucht, Reinigungsfahrzeuge besprenkelten die Steine, in dem frühen Grau liefen Katzen scheu und eilig zwischen den Mülltonnen. Drei Lastkräne ragten aus dem Nebel. Er hörte das scheppernde Lied der Bettler, als er im Hafen von Valetta wartete. Er hörte, dass sie nach Flaschen, Essen und Kleidung suchten. Er dachte, es wäre leicht, nach Dingen zu suchen. Er dachte, dass er etwas in der Ferne gesucht hatte, aber dass dort nichts war. Nichts für Menschen. Es war ein hoher Ton, und diejenigen, die ihn hörten, begannen zu saufen und führten sich auf wie von Gott verlassen, nur um ihn aus dem Ohr zu bekommen. Die wenigsten konnten ihn ertragen. Es war, als könnte man den Weltraum hören, und dazwischen das kurze vergebliche Pochen des eigenen Herzens. Es war leichter, nach Dingen zu suchen. Es war leichter, am Strand Limonade zu verkaufen und diesen Rand nicht zu übertreten.

Er sah an sich herunter. Die hellen Stiefel. Als wäre sonst nichts geblieben, als wären sie alles von Mexiko, sie und die Angst, und die blauvioletten Blüten der Jakarandas.

Das Blühen der Bäume in den Straßen, und sie waren da, waren nirgendwo, aßen *Pollo Pibil* und Mais, schlenderten über Märkte, gingen zu einem Fischer, der ihnen sein Boot für Geld auslieh, obwohl er die Ölleute nicht mochte. Keinen von ihnen. Es war, als wären diese Tage und Wochen unzugänglich, wie klobige Villen hinter hohen Zäunen, mit Jalousien, die sich automatisch verdunkeln. Manchmal hatte er an diesen Fischer gedacht, sein grünes Shirt und die Armstulpen, Filzsträhnen hingen seinen Rücken herunter, die Haare über seiner Stirn schon grau. Er hatte ihnen nachgesehen, verächtlich, als wüssten sie nichts über die See, mit seinen kurzen Beinen stand er am Ufer, aus etwas Treibholz hatte er einen Sonnenschutz gebaut, ein paar Laken schützten ihn, er saß zwischen Kühlboxen in diesem Schatten, er sah ihnen zu, als sie das Boot ins Wasser schoben, an seinem Fuß fehlte der große Zeh, und sie ruderten unbeholfen, Mátyás und er, und kamen kaum an gegen die kleinen, an das Ufer heranrollenden Wellen.

Als sie das Boot wieder an Land zogen, stand der Fischer schon da, in der prallen Sonne. Er sah ihnen nicht einmal ins Gesicht, als er das Geld nahm.

Waclaw, sagte Mátyás, warte.

Und er konnte ihn sehen, wie er sich mit seinen paar Brocken Spanisch vor dem Mann aufbaute, er war um einen Kopf größer als der Fischer, der mit einem grünen Unterhemd über der knochigen Brust dastand. Mátyás redete auf ihn ein, und der Alte sah ihn ruhig an, während seine Hände schon aus seinen Taschen glitten, als wollten sie nach etwas greifen. Ein Paddel. Ein Stock.

Das nächste Mal, sagte Mátyás leise, will ich ein kleines Loch, irgendwo unter der Ruderbank, gut versteckt. Eines, das sich erst öffnet, wenn wir weit genug draußen sind. So weit, dass wir es nicht mehr zurück schaffen.

Mátyás beugte sich zu ihm, er sprach direkt in sein Ohr.

Und ich will, dass du zusiehst, alter Mann. Sieh hin, wenn wir absaufen. Obwohl wir nur dieselbe verdammte Arbeit machen. Obwohl wir dafür bezahlen, jeden Tag, in diesem Drecksloch.

Ihr habt uns selbst geholt, sagte Mátyás leise.

Der alte Mann sah ihn an.

¿Qué? No comprendo, sagte er ruhig.

Mátyás' Unterlippe zitterte vor Zorn.

Er rief dasselbe auf Spanisch. Aber dann brach er ab.

No es nuestra culpa.

Er sagte es leise und immer wieder.

Und dann ging der Alte auf ihn zu.

Viel leiser, hatte Mátyás ihm später erzählt, hatte er nur diesen einen Satz gesagt: Junge, was machst du hier draußen?

Sie verbrachten einige Nächte in einem Ort in der Nähe. Als dürften sie dort sein. Als wäre alles genau so, und keiner von ihnen hätte eine Wahl. Pferde, dünn wie Fliegen, zogen die Kutschen der Touristen an ihnen vorbei.

Dann stellte eine Explosion im Golf von Mexiko alles auf den Kopf. Hubschrauber filmten die schwarzen Wolken südlich des Mississippi-Deltas, über dem *Macondo*-Ölfeld. Sie sahen die Plattform sinken in Luftbildaufnahmen, über achtzig Tage ließ sich das Loch im Meeresgrund nicht schließen. *Deepwater Horizon.* Mátyás mied die Bucht und den Strand, er hatte fast Angst, dem Fischer wieder zu begegnen – er hatte recht, er hatte verdammt recht, sagte er. Die Erleichterung, als sie in dem Flugzeug zurück auf die andere Seite des Atlantiks saßen, war beinah körperlich. Mátyás vermied es, aus dem Fenster zu sehen. Aber es war nicht zu übersehen. Der Qualm war nicht leise.

Mexiko war das langsame Vorbeirollen eines leeren Güterwaggons, das Aufeinanderschlagen des Stahls über den Schwellen. Es war das Dröhnen in den Ohren in den letzten Stunden der Schicht, und Asle, dessen Stimme noch darübertönte, wenn er sie anpfiff, den kalten Seewind im Nacken und die Füße eisig unter den Stahlkappenschuhen, *Peak Oil,* brüllte er und meinte, dass die Männer nicht nachlassen durften, als würde es an ihnen liegen, wenn um vier Uhr früh die Kräfte nachließen. Sie waren hundemüde. Beinah konnten sie zusehen, wie die Ölquelle ausblutete.

16. Kapitel
Nach Norden

Vor ihm an Deck ließ sich eine Familie fotografieren, als wäre das Blau bloß eine Fototapete, die Quaimauern mit den Frachtern, das Weißgelb der Stadt, der maltesische Kalkstein, den sie bei Irene im Laden *golden* nannten, zwei Kuppeln überragten die Dächer. Er sah auf das Wasser, das nun offener wurde. Sie setzten über nach Catania, der Wind an Deck nahm zu. Die Insel war bald nicht mehr als ein breiter Fleck. Er dachte an Troy. Er dachte an *Brent*, und wie groß dieses Geschäft zu Beginn noch war. Er sah vor sich die geschwungenen Zahnreihen des Delphins, die aufgeplatzte Haut und das Gebiss. Vielleicht hatte es nie gelächelt.

Und natürlich hatte Eugenio gelogen. In der Nacht, als Waclaw ihm in dem Container gegenübersaß, hatte er auf einmal das Gefühl gehabt, er fahre tatsächlich auf etwas zu. Er hatte Eugenio von diesem Italien erzählt, als würde ihn dort jemand erwarten, er sagte Alois' Namen und konnte sehen, wie Eugenio seine Hände immer wieder schloss, als würde er einen Schwamm auspressen, ein Tick, der neu war. Er hatte nicht gesagt, dass Alois' Briefe, vor Jahren gestempelt, vielleicht zu niemandem mehr gehörten. Sein Vater hatte ihm nicht mehr hinterlassen. Nach all den Jahren hatte ihn die Schrift von Alois gerührt. Es waren nur wenige ungelenke Sätze in der Mitte von einem Papier, das zu groß für sie wirkte.

Und Eugenio? So wenig wie an irgendeinem anderen Abend würde Eugenio seinen Container verlassen. Er würde einfach dasitzen, sehen, wie die Luft durch das kleine Schiebefenster hereindrang wie bei einem Boot, das immer schwerer wurde, um immer weiter zu sinken. Sein Papagei würde ihm nützliche Dinge erzählen, die er nicht und niemand verstand. Als sie das offene Meer erreichten, hörten die Passagiere auf zu fotografieren. Eine merkwürdige Stille trat ein.

Der Bahnhof roch nach Urin und rostigem Stahl, und er hörte, wie neben ihm ein paar Jugendliche mit einem Hammer einen Automaten bearbeiteten, um ein paar Päckchen Camel herauszukriegen. Der Automat war alt, und als sie das Loch in das Glas gehackt und den Draht mit einer Zange durchtrennt hatten, fanden sie zwei Packungen und rauchten den trockenen alten Tabak ohne Filter. Einer der Jungen spuckte die braunen Krümel angewidert auf den Bahnsteig.

Der Bahnhof von Catania war klein. Vom Wasser aus hatte er ein paar Salzgärten gesehen, das grelle Weiß in den Becken. Als der Zug einfuhr, roch es nach Rost und altem Eisen, seine Haare waren noch verklebt von der Überfahrt. Sie fuhren lange nach Norden. Der Zug hielt an kleinen Stationen, und als sie langsam in den Bauch der Fähre einrollten, die von Messina zum Festland übersetzen sollte, war die Frau gegenüber eingeschlafen. Sie trug eine Jacke mit kleinen geblümten Stickereien, und er spürte, wie ihr Knie gegen seines kippte. Dann schloss er die Augen, als würde auch er schlafen, um sie nicht zu erschrecken, falls sie erwachte. Der Zug ging in San Giovanni an Land, und während das Festland mit seinen Bergen, Stromleitungen, seinem verschwommenen Grün und großen Gebäuden vorbeizog, konzentrierte er sich auf die Erschütterungen und Unebenheiten der Fahrt, die ihr Knie gegen seines pressten. Wenn er die Augen geschlossen hielt, war es, als wären sie gemeinsam unterwegs. Und während der Zug die Küste hinauffuhr, Passagiere aus- und zustiegen, ein paar Bettler sich an die Türen drängten, musste er an Gebiete im Meer denken, von Strömungen umflossen, in denen die Seefahrer einst ihre Pferde geschlachtet hatten, ewige Flauten, die Rossbreiten, das Sargassomeer, das von außen, von anderen Strömungen beatmet wurde – Mátyás' Lachen, wenn er Wenzel in seiner Kabine aufstöberte, wenn er an die vorüberfahrenden Frachter Blinkzeichen sendete, mit dem Glas seiner Armbanduhr – und dass da nun nichts mehr war, nur die braunen blasigen Algen, die sich fast bis an die Wasseroberfläche drängten.

Und alles war lange her, die Scheinwerfer im Hafen, die Lichter der Uferpromenaden, eine niedrige Marmorbank, ihre ausgestreckten Beine, als es hell wurde, der Rausch verflog, und sie blieben noch sitzen, während die ersten Reinigungsfahrzeuge die Straßen entlangfuhren, ein Boulevard, der vom Meer wusste, über dem die Leuchtreklamen erloschen, Mátyás, sein Kopf an Waclaws Schulter, der aufhörte zu lachen, wie er es die ganze Nacht über getan hatte, und weit entfernt, als suchten sie noch immer nach etwas, streiften ihre Blicke dieselben Hügel und den Dunst und das Licht, das langsam stieg, für einen Moment alles golden, alles hell.

Es war Abend, als sie in Pescia hielten. Es war heiß im Bahnhof, er klebte. Im Waggon war die Temperatur erträglich gewesen, die Hitze vor den Fenstern schien weit entfernt, sie hatte keine Farbe, man konnte sie beinah vergessen. Als er auf den Perron stieg, schien sich sein Körper zu dehnen, sein

Gesicht kam ihm heiß vor, er konnte das nicht ausstehen. Er blieb auf dem Bahnsteig, ein paar Mal spürte er den Druck einer fremden Tasche an seiner Schulter.

Der Bahnhof war groß und durch die hohen schmutzigen Scheiben fiel Licht, es schien von weit her zu kommen, die Halle, als wäre sie mit ihren vernieteten Stahlbögen aus einer anderen Zeit, wie auf einer Schwarzweißfotografie, auf der die Menschen in leichten Mänteln dahineilen. Ein Silbergelatineabzug, in dem die Frau bald verschwunden war.

05:32. Eine Weile stand er unschlüssig vor der Anzeigetafel, es gab keinen Anschluss mehr bis zum nächsten Morgen. Als er den Bahnhof verließ, sah er kaum noch Lichter auf den Straßen – es war wie auf dem Dorf, in dem sie einige Jahre gemeinsam gelebt hatten, Milena und er, mit Rollläden, die am Abend herunterrauschten, als wäre jedes Haus eine verdammte Kapsel, jedes seine eigene blinde Welt. Trotzdem war es ihm schwergefallen zu gehen.

Es war ein Abend im Spätherbst, wenige Tage bevor er das erste Mal hinausfahren sollte, aus dem kleinen Dorf in Polen, auf die *Rowan X*, seine erste Plattform in Mexiko, damals noch kaum mehr als ein Wort für ihn. Er war mit Milena in das kleine Waldstück hinter den Feldern gelaufen, sie suchten Steinpilze, wo die Stromleitung eine Schneise in die Kiefern schlug. Ich hab' einen. Milena winkte ihn heran, zog ihn an der braunen Kappe vorbei zu sich ins Gras. Ihre helle Haut auf dem Rot der Regenjacke, ihre kleinen, festen Brüste. Schneller als sonst waren sie haltlos, war ein Rhythmus und der Geruch ihrer Haut, und dass sie eng umschlungen liegen blieben, bevor sie sich trennten, dann die kühle Luft, und die Bäume, die wiederkehrten.

Sie liefen sehr langsam zurück. Erst am Waldrand neben der Schranke blieben sie stehen. Ich hab' noch was für dich. Milena stand hinter ihm, grub ihr Gesicht zwischen seine Schulterblätter und legte Waclaw etwas in die Hand. Ein Holzgriff. Ein französisches Messer.

Vor ihnen hatte sich eine Nebelfront über den Acker gewälzt, nur die rostige Schranke neben ihnen, die Farben schon abgeplatzt, Splitter, weiß und rot. Während er durch die Nacht lief, konnte er sich an diesen Rost erinnern, die schmutzig weiße Farbe der Schranke. Milena hatte dicht hinter ihm gestanden, als wollte sie ihn dazu bewegen zu gehen. Aber er stand und er konnte nicht. Er wollte das zusammengeklappte Messer in der Tasche verschwinden lassen, sich umdrehen, wollte all das und zurück hinter die Schranke, in diese vertraute Welt, während sie bereits durch die Dunkelheit stapften und bald die ersten Laternen und Zäune des Dorfes erreichten. Der leere Pilzeimer schlug beim Gehen gegen sein Knie, er stand vor dem Küchenfenster, als sie am Morgen erwachten. Über Nacht hatte er sich mit Regen gefüllt.

Er ließ den Bahnhof hinter sich, aber er suchte nicht nach einem Zimmer. Es war spät, und er wollte keine Klimaanlage, nicht die farblosen Pantoffeln, das Frühstück, das portionierte Obst. Er lief. Er wusste nicht, wo er war. Irgendwann begann ein Industrieareal mit großen betonierten Flächen, eine Tankstelle, endlose Zäune, schließlich eine Schnellstraße und das Blinken von Leuchtreklamen, ein flaches Gebäude, die Musik dröhnte bis auf die Straße. Durch die Scheiben sah er die Umrisse von Menschen, eine runtergekommene Bar, zwei Tanzstangen wie Taktstriche in der Mitte der Nacht. Er hatte Durst, er ging hinein.

An den Metallbeinen der Barhocker die schwarzen Striemen ungezählter Gummisohlen, in einer Ecke zielten Dartspieler auf die Mitte von einem Kreis, es stank nach Schweiß und Zigaretten, da war das Klacken von Billardkugeln, Glasfiberlampen, ein verstopftes Waschbecken, über dem er sich hastig das Gesicht wusch, durch die Schwingtür zur Herrentoilette hörte er die Stimmen von Frauen, ihr aufgekratztes Lachen. Er stellte sich an den Tresen. Die Musik war laut, alte Rocknummern, auf einem Bildschirm lief ein Basketballspiel der Los Angeles Lakers. Eine Frau in Gelb schob sich an ihm vorbei, der Rock so eng, dass er sich an den Hüften wellte. Waclaw bestellte ein Bier, ein Mann drängte sich neben ihn, ob er ein Spiel wolle, brüllte er Waclaw ins Ohr, er habe ein Mädchen, so schwarz wie die Acht auf dem Tisch. Waclaw schüttelte den Kopf, er hielt den Seesack mit einer Hand, er bestellte ein weiteres Bier und er trank. *Pepsi*, rief der Mann und streckte sich zu ihm hinauf, *sie heißt Pepsi*. Schließlich war es der Barmann, der dem Kerl zunickte, damit er Waclaw in Ruhe ließ. Eine Weile stand er da und beobachtete den großen Mann hinter der Bar, der das Geld der Leute ohne hinzusehen in sein Portemonnaie fallen ließ.

Er musste an Pippo denken, ihren alten Ölbohrmeister, sein trockener Humor, der sie alle zusammengehalten hatte. Damals war es kaum zu spüren gewesen, sogar Francis hatte normal arbeiten können. Die Veränderung hatte Waclaw erst bemerkt, als Pippo fehlte. Die ganze Crew schien sich ohne ihn abzunutzen wie ein Bohrkopf unter den zu großen Anforderungen, und sie waren bleiern und wie verwundet an Land zurückgekehrt. Der Barmann war schon etwas älter, die Haut an seinem Hals ledrig, und wenn er nach etwas suchte, setzte er eine randlose Lesebrille auf, die seltsam fremd wirkte in seinem Gesicht. Eine Weile trank Waclaw einfach nur sein Bier. Die Zugfahrt lag hinter ihm wie eine verschwommene Landschaft, er hatte an die Steigrohre gedacht und an den Winter, an die Enge ihrer Kabine, in der sie einander erzählten, und dass diese Zeit wie ein Tunnel war, in dem es nun langsam dunkel wurde.

Die Tür knallte, und eine ganze Horde Gäste torkelte hinaus. Bald stand nur noch eine kleine Gruppe Männer am anderen Ende des Tresens. Sie trugen Schirmmützen und Jogginghosen, ihre Trucks hatte er draußen auf dem Parkplatz gesehen, dazu ein paar Einheimische. Durch das Fenster konnte Waclaw die Umrisse der Fahrzeuge sehen, eine einzelne Laterne. Er wischte mit dem Ärmel über den Tresen und schrieb Alois' Adresse auf einen Zettel. Das einzige Licht kam von einer leuchtenden Bierreklame, vielleicht presste er den Stift deshalb so fest auf das Blatt. Es hatte keinen Sinn. Der Barmann blieb vor ihm stehen. Über den Rand seiner Lesebrille sah er zu Waclaw.

Von wo bist du gekommen? fragte er und blickte den neuen Gast an, als versuchte er, ihn einer bestimmten Spezies zuzuordnen, ohne dass es ihm gelang.

Von der See, sagte Waclaw. Dal mare.

Es war der Satz, den er mit Eugenio im Container geübt hatte.

Und wo kommst du her? fragte der Barmann noch mal. Waclaw sah auf sein Glas. Es war kühl und leuchtete wie alle Gläser ringsum. Nach einer Weile zuckte er mit den Schultern.

Es ist lange her, sagte Waclaw.

Der Barmann musterte ihn, wie er dasaß, auf seinem Hocker. Waclaw hatte die Anzugjacke eng um sich geschlungen, wie einen Bademantel, oder als wäre ihm kalt. Aber es war nicht kalt. Irgendjemand rief von der anderen Seite des Tresens. Waclaw tastete mit dem Fuß nach dem Seesack. Zwischen den Flaschen hing eine große Digitaluhr. 03:02. Draußen die Nacht. Der Barmann kam zurück, er spülte ein paar Gläser aus und schob sich die Ärmel immer wieder hoch. Ich heiße Felip, sagte er, und Waclaw nickte. Die Müdigkeit in ihm war fest wie ein Stück Draht, der alles zerteilte. Neue Namen tauchten auf, zu viele Gesichter, seit Jahren. Als würde alles nur noch von ihm abfallen. Er dachte an die Enge der Freizeiträume, an die großen Eimer Fett, die die Roughnecks wie Ohrenschmalz auf die Enden der Rohre strichen, bevor sie verschraubt wurden.

Che hai fatto là – auf dem Meer? fragte der Barmann und sah dabei in sein Spülwasser, als wäre er es gewohnt zu warten.

Waclaw trank aus seinem Glas. Öl, sagte er schließlich.

Er wollte nicht reden, kramte nach Geld.

In letzter Zeit hatte er es gehasst, wenn sie an Land auf die anderen trafen. Er hatte nach Ausreden gesucht, um im Hotel zu bleiben.

Der Barmann sah ihn an. Wie lange? fragte er.

Zwölf, sagte Waclaw. Ich glaub', zwölf Jahre. Er sah nicht hoch, obwohl der Barmann nun genau vor ihm stand.

Der Barmann ging zu den letzten Gästen am anderen Ende des Tresens, sie saßen ruhig hinter ihren Gläsern, das Licht fiel auf ihre Scheitel, die sich mit den Jahren weit zurückgezogen hatten. Sie waren alle nicht mehr jung. Der Qualm waberte um ihre Köpfe wie in einer Schneekugel, in der alles viel zu langsam geschieht.

Er füllte ihre Gläser nach, dann kam er zu Waclaw zurück. Er lehnte sich vor.

Weißt du, woran sie mich erinnern? Er deutete in Richtung der Männer.

Waclaw schaute nur kurz auf. Er war sich nicht sicher, ob er es hören wollte. Über die Jahre war es einfach geworden, Witze zu machen. Es kostete nichts. Irgendeiner lachte immer über die Filipinos in den Küchen, oder über die feinen Pinkel aus der Führungsebene. Immer musste es spät sein und immer mussten sie dafür viel getrunken haben. Der Barmann schob sein Glas gegen das von Waclaw. Dann sah er wieder hinüber. Aber so, wie man aus einem Zug auf einen Ort zurücksieht, den man verlässt. Als würde er mit einem Mal weit weg stehen. Fern von dem Rauch.

Wenn ich hier steh', ist es manchmal wie mit den Vögeln im Winter, sagte er. Du fütterst sie, und sie kommen nah. Du kannst sehen, wie verletzlich sie sind, und wie kaputt einige. Sie kommen jeden Abend. Und immer erinnern sie dich an die große Kälte, die dort draußen auf den Feldern wartet. Vielleicht sind sie deshalb so schön.

Oder wie man es nennen will.

Er sah Waclaw an. Waclaw trank. Er schaute in die Richtung, in der die anderen saßen. Einer von ihnen trug eine Ballonjacke und war aufgestanden, er hatte begonnen, etwas zu erzählen, ein südlicher Dialekt, den Waclaw nicht verstand, dazu das Schwanken seines Armes, wie bei der Rede eines Bürgermeisters. Sie lachten. Und der Barmann lachte auch. Dann drehte er sich plötzlich zu Waclaw und machte mit der Hand eine eilige Bewegung auf ihn zu, wie von einer riesigen Spinne. So nah! rief er, und Waclaw zuckte zurück. Er konnte ihn hören. Es war wieder das Lachen irgendeines Barmanns.

Du vergisst diesen Winter nicht, sagte er. Die Tage spannen sich wie dünnes Eis darüber.

Nicht wahr, Bernie? rief er und lief langsam zur anderen Seite des Tresens. Bernardo, rief er noch einmal, hielt ein Glas schräg und zapfte es voll und schob es dem Bürgermeister hin. Die Bar funkelte wie die scharfe Kufe eines Schlittschuhs. Als er sich wieder umdrehte, war Waclaw verschwunden. Er glitt aus der Tür wie ein Schatten. Wie der Schatten eines Jungen mit einem Taschenmesser.

17. Kapitel
Alles, was ich nicht mehr bin

Er hatte einen viel zu großen Schein auf dem Tresen liegen lassen. Waclaw ließ die Ortschaft zurück, lief an der großen Straße, nicht in Richtung der Bahnstation. Das erste Mal seit langem hatte er das Gefühl, überhaupt nicht zurückkehren zu wollen. Eine milchige Schicht lag zwischen den Hügeln, überdeckte das Land, die Luft war kühl und er konnte spüren, wie die Feuchtigkeit langsam in seine Kleider kroch. In dieser Nacht war er zweiundfünfzig Jahre alt geworden. Es gab keinen Rasen, den er mähen musste, und dieser Rasen umschloss kein Haus, gefüllt mit Stimmen und vertrauten Gerüchen. Es gab keine Quitten und keine Marmelade. Es gab die Nacht und einen Nebel, der aus einem kurzen Schauer am Nachmittag gekommen war. In dem frühen Grau ging er auf dem Asphalt, um seine eigenen Schritte zu hören. Er war müde, und er roch den Zigarettenqualm, seine Haut fühlte sich verklebt an. Er lief. Seine Ohren wie Watte nach dem Dröhnen der Bar.

Zackige Felsen und Sträucher in diesem Weiß. Es war ihm gleich. Vielleicht war es dieser Nebel, was er all die Zeit gesucht hatte, schon damals, als er Milena angerufen hatte, um zu sagen, dass er zwischen den Schichten nicht nach Hause kommen würde. Er hatte es aufs Wetter geschoben, was gelogen war, und dann zwei Wochen fast reglos an diesem Strand verbracht, zugesehen, wie reiche Touristinnen ihre Beine starr wie Ikebana-Sträucher in die Sonne streckten, während abends in den Bars die Mädchen zu allem lächelten, sie nahmen die Hand nicht weg, wenn sie über ihm tanzten. Er schlief mit zweien von ihnen, jedes Mal spürte er die plumpe Trägheit ihrer getrennten Körper, bevor er in sie eindrang. Er hatte das Gefühl von Sand gemocht, das Rollen der Pazifikwellen, und er hatte an seinen Vater gedacht, an ihren ersten Ostseeurlaub, an den braunen Seetang und die Quallen, die wie Gelatineklumpen auf dem Sand gelegen hatten, und er hatte sich dabei zugesehen, wie er in diese Ferne einsank, wie in ein klebriges süßes Bad, nur Sand, und das leise Gefühl davonzutreiben.

Es war ein Nebel, der lautlos über ganze Täler gezogen war, über jedes Land, das er gekannt hatte, und sogar Milenas Anrufe waren ihm unwirklich erschienen, wie aus einer anderen Zeit. Nur in den Nächten hatte er das Schnalzen gehört. Das Schnalzen, mit dem sie die Krähen gegrüßt hatte, die wie Herden von pechschwarzen Kühen über die Ackerfurchen stolzierten.

Als er die Fernstraße erreichte, ging er lange im Gras. Ein Tanklaster überholte ihn, ohne abzubremsen, und er wirkte riesig und wie aus einer anderen Zeit. Es gab nichts, was hinter dieser Straße lag.

Als der Lkw anhielt, kam er sich winzig vor. Er musste ihm ein Stück hinterherlaufen, der Fahrer hatte ihn zu spät gesehen. Die Rücklichter leuchteten wie zwei riesige rote Augen im Dunkeln, und über die Ladefläche war eine Plane gezogen, und die Plane war dreckig und alt. Als er die drei Stufen hochgeklettert war und die Tür öffnete, schlug ihm warme Luft entgegen. Es roch säuerlich. Die Kabine war mit bedruckten Strandtüchern ausgehängt, die meisten zeigten Frauen. Sie lagen nackt vor Palmen. Der Fahrer sagte, er fahre bis ganz in den Norden, und wie weit er wolle. Waclaw nannte ihm die Stadt, er sagte, Richtung Parma, und der Mann fragte, ob er kein Zuhause habe. Was er nachts um vier auf der Straße mache. Waclaw sagte, dass er keine Uhrzeit habe und dass er es eilig habe und keine Zeit, um zu schlafen. Jeder müsse seinen Weg gehen, sagte der Fahrer, aber er glaube nicht, dass der Mensch in diesen Dingen eine Wahl habe. Gott erschaffe die Welt jeden Tag neu, und um das zu begreifen, sei ihnen die Nacht geschenkt worden. Was er vorhabe?

Famiglia, sagte Waclaw.

Er werde seinen Onkel besuchen, und der Onkel sei alt, und er habe ihn lange nicht gesehen. Der Fahrer sagte, die Toten weinten um die Lebenden, die keine Zeit finden füreinander. Sie fuhren lange, und auf der breiten weichen Beifahrerbank spürte er, wie müde er war. Seine Augen klappten zu, und er verstand nicht alles, was der Mann erzählte. Links tauchte der Apennin auf, und der Mann benannte Berge, die groß und mächtig klangen. Waclaw hatte nicht erwartet, dass er weiterreden würde.

Dass er dieselbe Strecke immer wieder fuhr. Dass sich ringsum alles veränderte und er zusehen konnte. Dass immer mehr Menschen zu Fuß unterwegs seien. Dass er eingeschlossen sei in seine Kabine mit den Radiostationen fremder Sprachen. Alles, was er wüsste, habe er auf diesen Straßen erfahren. Dass er sich vorlesen lasse.

Die Frauen kennen meinen Körper, sagte er. Was es da zu lesen gebe. Der Mann war hager und trug eine hellblaue Jeansjacke. Es war nichts Auffälliges an ihm. Er deutete hinaus in die Nacht. Was sie lesen? Alles, was ich nicht mehr bin. Er sagte, sie könnten es sehen, all die verpassten Chancen. Er sagte, das war früher. Dass er sich damit abgefunden habe. Das Leben finde vor seinen Augen statt. Dass nicht jeder die Gnade erfahre, daran teilzuhaben. Dass die Nacht wie ein Vorhang sei, der sich öffnete und schloss, aber er habe keinen Zutritt mehr.

Waclaw fielen die Augen zu. Der Motor dröhnte lang und gleichmäßig, und vor ihrem erhöhten Sitz lag das graue frühe Land mit seinen fernen Bergen. Was das für eine Gnade sei, von der er spreche. Der Fahrer sagte, dass er darüber nichts wisse, aber dass der Mensch zu Dingen fähig sei, die er sich selbst niemals verzeihen könne. Dann schwieg er. Nach einer Weile fragte er, ob Waclaw dem nichts entgegenzusetzen habe, und Waclaw sagte nein, und dass er über diese Dinge nichts wüsste. Der Fahrer sagte, dies seien die Fragen, die bei den Menschen blieben in der Nacht. Dass er sie hören könne, als würden sie über all den schlafenden Häusern schweben.

Il paese. Das Land, sagte er, wird nicht von den Menschen regiert.

Als Waclaw ihn fragte, wo er lebe, hob er die ausgestreckte Hand und zeigte nach vorne und nach hinten. Dann lachte er.

Er habe einen Bruder in Bergamo, der Autoreifen verkaufe.

Ob er eine Decke entbehren könnte. Eine Decke?

Er habe hinten welche drauf, zum Befestigen der Fracht.

Waclaw sagte, er könne dafür bezahlen.

Das sei nicht nötig, sagte der Fahrer.

Waclaw ließ sich absetzen in einem Ort, der nur aus wenigen Häusern zu bestehen schien. Er ging an einem traurigen Campanile vorbei auf einen Platz, dort saß er eine Weile. Vom Rand konnte er hinabsehen auf ein Tal, mit einer Stadt aus Rotziegeln, er konnte Motoren hören, weit entfernt leuchtete eine Ampel. *Ti amo sempre,* in den Rost des Geländers gekratzt.

Als die Sonne schon höher stand, kamen ein paar Jungen auf den Platz, liefen zu einem kleinen Trinkbrunnen, sie füllten ihre Münder mit Wasser und versuchten, sich gegenseitig zu bespucken. Dann liefen sie prustend davon.

Wenig später stand der lange Mann da und wusch sich an derselben Stelle. Er ging zu einem kleinen Laden. Brot, getrocknete Wurst, Kaffee, ein kleiner Topf, Zucker.

Vor dem Laden war ein Hund angebunden, der winselte, als er ihn sah. Der Hund war alt, auf einem Auge lag ein weißer Schatten. Er stand eine Weile da und sah ihn an. Das helle Fell. Das Gefühl, keiner wird kommen.

Am Abend sah er zu, wie der Kaffee in dem kleinen Topf langsam zu kochen begann. Er war weit hinausgelaufen, zwischen den Hügeln und ein paar knorrigen Bäumen hatte er einen Baumstamm entdeckt, davor eine Stelle aus weicherem Sand. Er suchte das Holz aus den Büschen, er suchte das Holz für die Nacht. Der Kaffee war sehr süß und stark. In der Dämmerung jagten Fledermäuse zwischen den Bäumen.

Nur die Glut war noch warm, als er erwachte. Er spuckte in die Asche. Er ging mit dem Finger hindurch. Er musste an Patrícia denken. Er zog den Finger über den Baumstamm. Die Asche hinterließ einen dunklen Stich. Er schaltete das Telefon ein, aber er hatte keinen Empfang. Das Land war grünlich und weich und einladend. Er rieb Asche auf seine Mückenstiche. Dann rollte er sein Bündel zusammen und ging. Er mied die Straßen. Die Wege liefen an Feldern entlang, und die Felder waren durstig. Er musste Wasser kaufen, eine Chorizo. Er fragte nach Landkarten, aber der Laden mit den Karten hatte geschlossen. Er fragte nach einer Richtung, und die Frau antwortete ihm und sah seine Stiefel an und die staubigen Hosen. Sie redeten mit Händen und Füßen. Schließlich winkte sie ihn hinter den Tresen mit der Kasse und zeigte ihm auf einem flimmernden Bildschirm eine Karte und auf der Karte den Weg. Dann bot sie ihm eine Zigarette an. Sie gingen vor den Laden und saßen auf einer Plastikbank und rauchten. Es war die erste Zigarette seit Jahren. Der Rauch biss in seine Lunge.

Die Frau zeigte auf die Sonne und sagte, er solle einen Hut tragen. Dieses Licht sei anders. Er fragte, ob sie etwas zu essen habe, sie sagte ja und führte ihn in einen kleinen gekachelten Raum. Darin war nichts außer einem Tisch mit zwei Stühlen, ein kleiner Ventilator brummte. Die Kartoffeln waren kalt und dunkel angelaufen. Sie fragte, ob er kein Geld habe. Er zuckte die Schultern. Sie sah ihm schweigend zu, wie er aß.

Er spürte sein Gewicht und das Gewicht seiner Sachen und dass es kein Gewicht gab, das ihn jetzt noch irgendwo halten konnte. Wenn er abends durch die Vorstädte kam, roch es nach Müll, und er konnte das Klackern der Motorhauben hören, wenn die Motoren abkühlten. Einmal hörte er Musik, die ihm bekannt vorkam, aber er wagte nicht, stehenzubleiben, und er wagte auch nicht, dorthin zu gehen. Er hörte Stimmen, die durch die Dunkelheit hallten, und er wusste, dass es nicht die Stimmen waren, die er kannte. Er lief einfach immer weiter, bis die Häuser und die Laternen aufhörten und die Autos aufblendeten, wenn sie ihn im Dunkeln sahen, und die Reihen der Weinberge aus dem ersten Licht auftauchten, lang und gleichmäßig wie Maschinenschrift. *Du bist in der ganzen Welt und ich bin in einem Dorf, das geht nicht*, hatte Milena gesagt.

Am Abend lag er im Dunkeln auf einem Hügel und betrachtete die ferne Autobahn. Er musste weit gegangen sein. Am Tag hatte er die Hose des Anzugs und die Jacke ausgezogen, um sie zu schonen, aber er hatte sich nackt gefühlt und sein Körper war dünn und weiß in der Sonne. Jetzt lag er in dem verbeulten T-Shirt, und der Sand unter ihm war noch warm. Die Luft verlor rasch ihre Temperatur. Die Lichter rasten hintereinander in beiden Richtungen durchs Land. Er machte ein großes Feuer in einer Kuhle, er hatte Hölzer gesammelt und Steine. Er legte die Steine in die Glut.

Er wartete. Dann schob er die Steine mit einem Stock zurück in den Sand. Er legte sie auf dem T-Shirt zu zwei Reihen, einige waren schwarz vom Feuer, rußig. Er schlug den Stoff darum, und er spürte ihre Hitze durch das Tuch. Dann zog er sich die Plane herüber und legte sich bäuchlings darauf. Er zog das Tuch auf Höhe von seinem Steiß, er versuchte, die Steine auf Linie entlang seiner Wirbelsäule zu ziehen. Es gelang nicht, sie lagen schief, ein paar Steine rutschten zur Seite. Aber es war heiß. Und es war gut.

Mátyás war die dunklen Kreise auf seinem Rücken entlanggefahren, wie über die Felder von einem Gesellschaftsspiel. Am Anfang hatte es geholfen. Waclaw mochte das Geräusch, mit dem die Flammen entzündet wurden, den Zug am Glas. Die Bambushütten und das Gefühl, dass Mátyás auf ihn wartete. Er mochte, dass sie zusammen in diesem feuchtwarmen Klima sein konnten, all die Pflanzen um sie herum, die unaussprechliche Namen trugen.

Auch das Karibische Meer war salzig und eine Weile hatten sie einen Bungalow gemietet auf einer Insel, die in zwei Stunden per Schnellboot zu erreichen war. Auf der Fahrt überholten sie Einheimische, die hart gegen die Wellen ansteuern mussten, die sie hinterließen. Die Bäume waren groß, die Hitze unbeschreiblich, die Cocktails so kalt, dass sie in der Hitze dampften. Er lag neben Mátyás in einer Hängematte, dreimal am Tag rief eine Glocke sie zum Essen. Der Mann an der Bar trug blitzweiße Socken und ein ebensolches Hemd. Die meisten, die gekommen waren, schaufelten die Gerichte mit dem Kopf kurz über der Tischplatte in sich hinein. Mátyás unternahm kleine energische Märsche über die Insel, als wäre da etwas, was noch ausstand, unter Lianen und Kokospalmen und dem wirren Geflecht der Mangroven. Er kam meist zerstochen zurück. Erst in der Erschöpfung am Abend waren sie sich nah.

Die Raffinerien wuchsen in großen Abständen an diesen Ufern, die weißen Tanks wie schlechte Witze über Sahnetorten. Die Gasfackeln in all der Hitze machten keinen Sinn, aber sie vergaßen, sie konnten sie vergessen.

Er blieb lange so liegen. Wind strich über seine Arme. Er konnte das Feuer schmecken, der Rauch hing über der Mulde. Als die Steine abkühlten, stellte er sich Hände vor, die seinen Rücken entlangtasteten, die vorsichtig diese Stellen befühlten. Als wäre da etwas zerbrochen.

Der Himmel färbte sich gerade erst grau, als er aufstand und Sand über die Feuerstelle scharrte und weiterging in die Richtung, die ihm die Frau gewiesen hatte. Niemand gehe mehr zu Fuß, hatte sie gesagt. Sie können vielleicht einen Bus nehmen, Signore. Er dankte ihr für die Zigarette und schüttelte den Kopf. Grazie. Fünf Tage, hatte sie gesagt, aber genau wisse sie es nicht.

Das Land wurde saftiger, und zwischen den Hügeln lagen große Anwesen mit besprenkeltem Grün, um die er einen weiten Bogen machte. Wenn er durch die Dörfer kam, sah er nach den Ständen der Bauern und hinterlegte dort Münzen. Er kaufte Honig. In dieser Nacht trank er schwarzen starken Kaffee mit Honig. Er tunkte Kekse hinein, er verbrühte sich den Mund. Er versuchte, das Feuer klein zu halten. Er dachte, dass dieses Land jemandem gehörte. Nachts schreckte er auf, weil ein Hund in der Ferne bellte, er hörte Motorräder. Er rollte sich fest in seine Plane und hörte lange hinaus in die Nacht.

Das mächtige Schlagen der Glocke in einem Dorf, an dessen niedrigen Häusern der Putz angelaufen war, das Rosagrau, Gelbgrau, die rostigen Balkone. Ziegeldächer, müde geworden unter den Sommern, nach Hügelketten voller Stacheldraht, Straßen mit öden Ländereien.

Er hörte das Läuten der Glocken wie eine längst vergessene Sprache. Er sah Hühner weit hinter einem Hof über ein abgeerntetes Feld laufen und er fand ihre Eier in den Furchen des Feldes, und als er sie öffnete, waren sie schwarz und verfault.

Er verlor den Weg. Er ging über Tage.

Wenn er durch die Dörfer kam, schauten alte Frauen aus den Fenstern und Männer sahen ihm aus der Tiefe grauer Garagen nach. Es gab Gemüsehändler mit schartigen schwarzen Händen, es gab Herren in Anzügen mit Leinenschals und weißer Mähne, die ihn interessiert musterten, aber dann seinem Blick auswichen. Einmal folgte ihm ein Junge und fragte, ob er sein Freund sein könne, aber Waclaw sagte, er habe Freunde genug auf der Welt, und ging mit ihm in einen Laden und sah ihm zu, wie er eine Flasche Vanillemilch trank und das süße Brot aß, das die Frau für ihn auf den Tisch stellte. Er erinnerte ihn an andere Jungen, an einen Tag in Bukarest im Frühling, die Magnolien trugen große Knospen, das Land erwärmte sich, und im Schatten alter U-Bahnstationen hatten sie gelegen und kamen nicht los von ihren Klebstofftüten und schleppten sich dahin und konnten kaum aufstehen. Waclaw war allein dort, er fand einen einbetonierten See und Klettergerüste in einem Park, er ging in die Oper und wusste nichts anzufangen damit, er ging zwischen den verfallenen Villen des Botschafterviertels, es war die Zeit nach Milena, und er konnte ihr nicht und niemandem davon erzählen, er kam nie wieder dorthin. Der Junge sagte, er habe keine Freunde, aber Großeltern, und Waclaw sagte, dass Großeltern besser seien als viele Freunde, und dass er das noch nicht verstehen könne. Der Junge sagte, dass er sich langweile. Waclaw sagte, dass niemand ihm diese Langeweile abnehmen könne und er niemandem glauben dürfe, der das behauptete. Der Junge fragte, wie groß die Welt sei. Waclaw sagte, das wisse er nicht. Manchmal sei sie an einem Tag größer, und manchmal sei es, als wäre sie gar nicht da, selbst wenn er in einem Flugzeug drum herum flog. Er sagte, er müsse es selber herausfinden. Aber die Welt sei etwas anderes als die Kugel, die sie ihm in der Schule zeigten. Die Welt, in der er einmal leben würde, würde anders riechen und andere Farben haben, von denen sie in der Schule nichts wüssten. Waclaw sagte, dass er mit seinen Großeltern gehen sollte und nicht schlecht über sie denken, wenn er älter sei. Der Junge war dünn, seine Lieblingsfarbe war Rot. Sie trennten sich hinter der einzigen Eisdiele. Er wollte Waclaw auf die Bundesstraße begleiten, aber er sagte nein und ging, ohne sich umzudrehen. Als die Stadt weit hinter ihm lag, sah er zurück und da war niemand.

Er versuchte, die Zäune zu umgehen. Die Nacht war bewölkt, und am Morgen regnete es. Er rollte seine Kleider zusammen und saß unter einer großen Weide und spürte die Tropfen, die seine Schultern trafen. Er fand Früchte auf dem Weg und er kochte den Kaffee in dem Topf, bis brauner Schaum entstand. Er war müde vom Gehen und er dachte an Alois. Er wollte nicht denken.

Und während er lag, sah er über den Wiesen, die langsam dunkel wurden, und vor den Hügeln mit ihrem weichen Schwarz Mátyás vor sich, der vor ihm saß und sich bewegte, ein schwarzer Körper, angefüllt mit Schatten, aber doch so, als könne er sich zu ihm drehen, sprechen. Aber der Schatten hatte keinen Körper. Er sah, wie er zitterte.

Später in der Nacht träumte er von einem großen Saal, der über Rolltreppen verbunden war mit anderen Etagen, und es war weder Tag noch Nacht in dem Kunstnebel, im Scheinwerferlicht, da war all der Schweiß auf seiner Stirn, sie hatten so viel geschluckt von dem Zeug, Mátyás ging mit Eisenschritten, als liege unter ihm die Welt aufgespannt, ein stampfender Rhythmus, die Ohren waren alles, was blieb, und wer war dieser schlanke, schon etwas welke Mann, der ihm das Wasser nachtrug und ihm folgte, die Pupillen riesig, Schwarzlichtkulissen, das T-Shirt durchgeschwitzt, irgendjemand musste ihm Wasser bringen, viel gutes und süßes Wasser. Und dieser Mann stand da, Waclaw, er sang, keiner konnte ihn hören, die Rolltreppen brachten immer andere Gestalten hinauf, es war eng und stickig und Mátyás war verschwunden, *Glückauf,* Waclaw sang, warum ausgerechnet dieses Lied, *und er hält sein helles Licht bei der Hand*, er sang, auf einen stumpfen, sehr lauten Bass, es ist der Klang der Nachbarhäuser, der Siedlung, des Brunnenwassers, es ist das Steigerlied, auf einmal spürt er einen Arm, jemand hält ihn, er dreht sich zur Seite und will etwas sagen, da trifft ihn ein Schlag auf den offenen Mund, ein zweiter auf den Kiefer, jetzt ist Ruhe.

Der Schatten der Erle war groß und ruhig.

Weit oben zogen Satelliten mit komplizierten Linsensystemen ihre Bahn. Partikel von Weltraumschrott. Es war kein Traum. Nur eine Nacht in Antwerpen, am nächsten Tag hatte Mátyás ihm die Melodie vorgesummt, *was war bloß los mit dir?* aber Waclaw tat, als hätte er die paar Takte nicht erkannt, die da aus ihm herausgebrochen waren.

Den Tag verbrachte er im Schatten von ein paar Bäumen. Müde Holzzäune, die unter den Felsen endeten. Gewächshäuser, die aus der Ferne schimmerten wie der geschuppte Rücken eines Tiers. Etwas, das schlief, das groß und alt war. Er war bis zum Mittag gelaufen und blieb dann lange im Schatten unter einer hohen Brücke stehen. Der Beton war kühl und da war ein Wind, die Brückengelenke bebten unter den Lkws. Er lehnte an dem Betonsockel. Sein Unterhemd war verschwitzt und voller gelber Striemen, er hatte einen schlechten Geschmack im Mund, wie von Gras. Er lief über Nacht.

Das Land wurde saftiger, und im Morgengrauen kam er an eine große Farm mit Rindern, vielleicht achtzig Stück standen verstreut über einem Hügel. Um sie herum war das Grün und dahinter war nichts. Einige lagen und kauten auf dem Gras, das sie hochwürgten. Er sah einige Kälber, die gierig an die

Euter ihrer Mütter stießen. Als er näher kam, sah er, dass ihre Köpfe nass waren von Milch.

Er ging an der Umzäunung entlang und erreichte den Hof.

Ein alter Mann schraubte an einem Traktor.

Waclaw fragte, ob er Hilfe gebrauchen könne.

Lavoro? Arbeit?

Der Mann strich sich über die Stirn und dachte nach.

Es gibt ein paar Dinge, sagte er. Aber nicht für lang.

Jeden Morgen briet die Frau ihm Eier und stellte ihm eine Schüssel warme Fladen auf den Tisch, die nach Rosmarin rochen, und dazu lächelte sie und sah zu, wie er aß, aber sie sagte kein Wort. Sie schenkte ihm Kaffee nach und legte ein paar alte, vom Schweiß schwarze Handschuhe ihres Mannes für ihn bereit.

An den Tagen saß sie manchmal auf einer Bank in der Mitte des Hofes und sah von ferne zu, wie sich die Wolken über ihm zusammenschoben und auflösten, wenn er sich bückte und den Zaundraht neu spannte.

Nach ein paar Tagen zog er lange Bretter über das Gras, er hievte sie über den Zaun und ließ sie auf das Gebüsch fallen. Die Hecken hielten das Gewicht, sodass er über den kleinen Fluss gehen konnte, nur das Gestrüpp und das Gurgeln des Wassers unter sich, und er streckte sich nach den dunkelvioletten Früchten und sah am Abend den riesigen Topf auf dem Herd, in dem die Feigen und der Zucker kochten, und der Geruch war süß und warm wie an keinem Ort, den er in letzter Zeit gekannt hatte.

Er fragte sie, warum sie ihn beobachte und was sie so freue, und sie sagte, dass es in allen Generationen zuvor viele wie ihn gegeben habe, und dass sie herumgezogen seien und Lieder gekannt hätten, und noch als sie selbst Kind war, seien viele zu ihnen gekommen und hätten es sogar dem armseligen Leben in einer Fabrik vorgezogen. Sie habe das immer gemocht, und nun sei man einsam auf dem Land und allein in den Städten, und dieselben Leute würden in die ganze Welt verschickt. Sie sagte, dass sie alt sei, aber dass ihr Gedächtnis sie nicht trüge, und einige Geschichten seien älter als ihre Helden, die sie in Wahrheit nur wiederholten, aber dass diese nun abreißen würde, und es gebe niemanden, der das noch ändern könne.

Der Deckel auf dem Topf hob sich, und er hörte, wie die heiße zähe Masse darunter Blasen schlug, und sie nahm einen Kochlöffel und rührte die Feigen durch bis auf den Grund. Er sagte, er habe schon einmal am Fuße der Berge als Erntehelfer gearbeitet, aber sie machte eine wegwerfende Handbewegung und sagte, auch das sei eine andere Sache *del tutto,* die niemandem mehr Freude bereite. Sie sagte, der Krieg habe Leben durcheinandergewürfelt, aber nicht so sehr. Sie sah ihn an. Non sei ancora pratico di qui, ma imparerei, sagte sie. Er sagte, sie müsse langsamer sprechen, damit er sie verstehe.

Sie stellte die kleine bläuliche Gasflamme niedriger. Sie rührte mit kräftigen Armen in dem Topf. Die Fliesen der Küche waren aus großen unregelmäßigen Steinen, und hinter den dicken Wänden vor dem niedrigen Fenster wurde es Abend. Er sagte, dass die Leute nicht ohne Grund dort hinausfuhren, dass es alte Wünsche und Vorstellungen seien, von denen sie hofften, dass sie sich dort draußen erfüllten. Er sagte, dass sie nicht genug wüssten. Dass niemand sie warnen würde. Er sagte, dass die Ferne in sie eindrang, aber nicht als etwas Freundliches. Dass dort nichts zu holen sei. Sie sah ihn an. Dann sagte sie, dass sie darüber nichts wisse, aber dass es zu allen Zeiten einfach gewesen sei, sich in etwas zu verlieren, denn es gebe kein Ende für die Wünsche außer der Zeit, die sie alle einholen würde. Aber dass auch die Höfe sich veränderten, und bald würde niemand mehr gebraucht. Sie schlug sich aufs Herz. *Come un essere umano.* Als Mensch. Irgendwelche Arbeit werde es hingegen immer geben. Mit einer Hand verscheuchte sie die Fliegen. Das hier ist eine andere Welt, sagte sie. Aber Waclaw schüttelte langsam den Kopf. Keine andere Welt, sagte er langsam.

Dann hielt sie kurz inne. Du erinnerst mich an jemanden, sagte sie. Dann blickte sie zu Boden, ihr Mann kam herein. Er machte kleine Schritte und hob die Füße kaum. Er setzte sich an den Tisch und sah sie beide aus der dunklen Ecke heraus an. Er sagte, bald würde es Herbst und beginnen zu regnen. Der Mann fragte Waclaw, wie weit er reisen wolle. In wenigen Wochen falle der erste Schnee auf die Berge im Norden.

Er ließ die beiden in der Küche und ging auf den kalten Flur, und es roch nach reifen Früchten und Zucker, und er kannte den Geruch. Er lag im Dunkeln, und er kannte den Geruch.

Nach acht Tagen packte Waclaw seine Sachen. Die Kleider waren gewaschen und getrocknet. Einige Tage hatte er an einer Drainage gegraben. Für den Herbstregen, hatte der Mann gesagt. Dann hatte er seinen Rücken gesehen. Sie beide wussten, dass es nicht ausreichen würde. Er hatte das Feuerholz gespalten. Ein paar Mal hatte er überlegt, wie viel ein Arzt kosten würde. Manchmal stand er vorgelehnt, auf den Stiel der Axt gestützt.

Mittags hatten sie leichten Wein getrunken, und die Frau hatte große Scheiben Brot in Öl geröstet.

Der Mann fragte ihn nicht viel.

Er sagte, er sei ein guter Arbeiter.

Colombe? fragte Waclaw und deutete auf den Himmel.

Der Mann schien kurz zu überlegen.

Er deutete hinüber zu den hohen Bäumen.

Nicht hier, sagte er. Ci sono troppi falconi.

In den Nächten hatte Waclaw wachgelegen.

Er hatte die Adresse in seiner Brusttasche und er konnte sie auswendig. Sonst war da nichts.

18. Kapitel
Rotdorn

Die Gräser standen wie buschige gelbe Lanzen, und es war noch nicht spät, als er den Unterstand fand und sich auf die Ballen Heu legte und seine Stiefel auszog, die zerkratzt waren und ausgetreten. Die Schatten der Bäume schimmerten still und violett.

In der Dämmerung hörte er Schüsse aus dem nahen Wald. Aus dem Unterstand konnte er die trockenen Spitzen der Maispflanzen sehen, und dann hörte er ein Krachen und sah, wie die hohen Stangen sich bogen und etwas durch das Feld rannte, aber die Tiere sah er nicht. Er konnte sie riechen. Den schweren mineralischen Geruch der Suhle im Borstenfell der Schweine. Sie rannten. Man schoss auf sie. Er zog sich weiter hinter die Ballen zurück und wartete, aber die Schüsse kamen nicht wieder. In der Nacht lag er wach und dachte an Francis, wie er dalag und lauschte, und jeder Schritt hallte doppelt wider auf der straff gespannten Folie seiner Angst. Als wäre der Mensch nur eine Membran, durch die alles hindurchgleitet. Der Wind, der gegen die Kabinenwände drückt. Im Schlaf hörte er das Keuchen von Tieren. Er brach erst auf, als es taghell war. Er fand frische Reifenspuren auf einem Weg, aber er sah niemanden.

Er kam durch eine Schlucht zwischen den Feldern, an den Hängen wuchsen große Buchen, und ein Wind kam auf, der erste Regen seit Wochen schlug die trockenen Blätter von den

Ästen. Über den Feldern hing bald ein warmer, durchdringender Regen, und er ging. In der Nacht hatte er das erste Wintersternbild über den Horizont steigen sehen und die Milchstraße drehte sich über ihn wie über alle hin.

Er hatte an Alois' Bruder gedacht, Vincenz, der ihm damals Arbeit auf der Apfelplantage gegeben hatte, *Alto Adige,* der Sommer in Südtirol, als er mit Jacek schuften ging, für das Geld, das sie so dringend brauchten. Als er noch dachte, dass Milena. Als sie noch nach Namen suchten. Als sie noch Pläne machten, die ihm später alle viel zu groß vorgekommen waren. Aus der Ferne war es, als könnte er ihre gemeinsame Zeit wie unter einer Glocke betrachten, und auch ihre Begrenzung. Ihr inneres Königsberg. Milena hatte diese Formulierung aufgeschnappt. Ein Denker, sagte sie, der sein ganzes Leben an einem Ort geblieben ist. Wenn es *uns* gibt, dann reicht das doch aus. Er konnte sie hören. Vielleicht versuchte sie, sich schönzureden, dass ihnen Reisen unmöglich waren, vielleicht war es mehr als das. Ihr inneres Königsberg. Was meinst du mit frei, hatte sie Waclaw gefragt, als er ihr Ohrringe aus hellgrünen Federn mitbrachte.

Die Sonne stand hoch über dem Land. Mit dem letzten Rest Brot wischte er die Butter aus dem Papier, seine Finger glänzten. Er hatte auch die gekochten Eier gegessen, die ihm die Frau gegeben hatte. Nicht weit entfernt rauschten Autos vorbei. Er war den Schildern gefolgt, einige Zeit war er an der Straße gegangen, aus offenen Fenstern hatte man ihm etwas zugerufen, es klang nicht freundlich. Er hatte das Brot gegessen und den Schinken. Es gab viele Insekten, und der Staub der vorbeifahrenden Autos saß ihm in den Poren. Der Ort, den er suchte, war weit in den Hügeln, die am Morgen nichts waren als verwaschene Grüntöne. Die Sonne stieg langsam, die Steine waren noch kalt. Er wusch sich und ging dann frierend die Straße bergan, er merkte, wie langsam er war.

Ein paar Mal sah er Schilder, die nach Genua wiesen. Genova. Kreuzfahrtschiffe. Der Hafen der Auswanderer, und der Hafen für das Öl, für die Supertanker, für flüssiges natürliches Gas. *Haven*, der Tanker, der beim Löschen der Ladung vor der Küste zerbrochen war. Die ligurische See. Marode Leitungen. Mátyás, der vor dem viereckigen Leuchtturm gestanden hatte, der nichts hören wollte von den Pipelines, die von hier ins Landesinnere liefen. Die Raffinerien an der Küste. Wenige Berge trennten Waclaw von dem Hafen im Süden. Er dachte an den Schlüssel, den er bei Eugenio zurückgelassen hatte. *Haven.* Einfach so. Wofür sie aufgebrochen waren. Es fiel ihm jetzt schwerer, an den Anfang zu denken, die ersten Wochen, als alles mit einem Mal zu leuchten schien. Mátyás und er, ein Gefühl von Küche, wenn sie in der Messe saßen, ein paar Cents gegen Karten setzten. Im Stillen hatte Waclaw damals an die Tannenholzbank gedacht, an seinen Vater und Alois, müde nach der Schicht, unter der niedrigen Hängelampe.

Am Nachmittag kam er auf Straßen, die schmal waren und an den Rändern nicht befestigt. Er sah Jugendliche von Steinen in den Fluss springen und wie das Wasser über den tiefen Stellen dunkelblau wurde. Nur so ein Geräusch, wenn die Körper die Wasseroberfläche trafen. Klackklack.

Die Straßen wurden steiler. Fornovo di Taro, er nahm eine Brücke über den Fluss, der Trebbia hieß. Die Landschaft erinnerte ihn an die alten Frauen der Gemeinde, die von den Reisen, die sie als Witwen endlich unternehmen konnten, das

Wort *Oregano* mitbrachten, als könnte der Geschmack allein eine Tür aufhalten, durch die sie kurz gesehen hatten; ein Licht, weit außerhalb der Siedlung. Wie man in einen Bus steigt, wie man sich verzweifelt schön macht für eine Reise. *Oregano* hatte mit diesen Hügeln zu tun. Mit diesem Licht, das langsam sank und die Gegend verzauberte. Klackklack.

Er verließ die Ebene und lief in Richtung Nordwest in die Berge. Er sah eine alte Mühle im Tal. Er sprach mit niemandem. Als er das Ufer erreichte, stand die Sonne schon tief. Kleine Fische sprangen in dem niedrigen Wasser zwischen den Steinen, die Hitze hatte den Fluss weit in die Mitte zurückgedrängt. Bald lag das ganze Tal im Schatten. Er hängte die Jacke in dieser Nacht in einen Baum, strich am Morgen den Stoff glatt und wusch sich gründlich zwischen den ausgewaschenen Steinen. Er brach auf, noch bevor es hell war.

Irgendwo entfernt hörte er einen Zug. Tankstellen leuchteten wie Grablichter vor dem Dunkel der Berge. Er dachte an die hell erleuchteten Fenster, die nacheinander auftauchen würden, und er dachte, dass dieser Tag eine Richtung haben würde, weil er ein altes Papier in der Tasche trug. Die Sonne hob sich von den Bergrücken wie in Zeitlupe. Ziegen. Die Straße war öde und wand sich in immer neuen Kehren den Hang hinauf, zwischen Hügeln und Hängen, die gezeichnet waren von dieser Trockenheit, gelblich, knisternd, ächzend unter dem Licht und zum sägenden Lärm der Motorräder, die die Kurven gefährlich anschnitten. Waclaw war durstig, und gegen Mittag kam er an eine Paninoteca und kaufte weißes Brot und fragte nach Wasser, und als der Bäcker sich die Hände ausklopfte und ihn fragte, wo er hinwolle, hatte er kein Gefühl für das Wort, das er im Mund trug, als stände er zu nah vor einem großen Bild, das aus der Nähe keinen Sinn ergab.

Er bezahlte den Mann und sagte, er wisse nicht, wie weit es noch sei. Als wäre da nur noch ein Name, wie ein Ortsschild, zu einer Stadt, die es schon längst nicht mehr gab. Sein Mund war trocken wie in einer großen Aufregung.

Die Sonne brannte. Eine einzelne Krähe, die mit glänzendem Gefieder auf einem Sandhaufen saß. Der Staub auf den Blättern der Sträucher nah der Straße. Am Nachmittag kam er dem Ort näher, *Bobbio*, und bald darauf sah er das Haus. Das Licht lag unruhig auf einem schmalen Sandweg, Rotdornbäume standen zu beiden Seiten, ein Mädchen mit hellem Sonnenhut hockte vor ein paar Sandkuhlen und spielte mit Steinen. Waclaw suchte nach einem Anhaltspunkt, etwas, was ihm sagen würde, dass er hier richtig war, aber er wusste nicht, was das sein sollte. Es war ein altes Haus mit einem roten Ziegeldach, neben dem Eingang standen Zitronenbäume in großen Kübeln. Eine Weile sah er auf den Weg und das Licht, das unruhig durch die Zweige fiel. Dann hörte er etwas, was klang, als würde jemand mit Holz auf einen Topf schlagen. Ein Name wurde gerufen. *Enni? Enni!* Das Mädchen, das ihn erst jetzt zu bemerken schien, sah auf und rannte in Sandalen zum Haus.

Un uomo!

Hinter den Zitronensträuchern konnte er jetzt eine Frau auf der Treppe sehen. Sie trug ein helles Kleid und nahm das Mädchen seitlich auf die Hüfte, dann sah sie Waclaw entgegen.

Er ließ den Seesack am Rand des Weges stehen und kam langsam auf sie zu, die Frau blieb auf der obersten der drei Stufen stehen. Sie flüsterte dem Mädchen etwas ins Ohr und setzte es auf den Boden. Die Haustür stand auf und gab beiden einen dunklen Rahmen.

Er grüßte, und seine Stimme klang heiser. Er spürte, wie sie an ihm herabsah, seine Hose war bis über die Knie grau von Staub. Er hielt Abstand, dann sagte er Alois' Namen. Er fragte, ob die Adresse stimmte.

Dann zeigte er ihr das Papier.

Er kam ein Stück näher, sagte seinen Namen und reichte es ihr am langen Arm hinauf. Sie sah die Briefmarken an, die Adresse.

A-l-o-i-s? Sie sprach den Namen wie eine fremde Vokabel und sah ihn verständnislos an. Waclaw wartete. In der Ferne, in der Richtung, aus der er gekommen war, sah er lautlos und hoch ein Flugzeug am Himmel blinken, ein metallenes Projektil.

Sie sah lange auf die Handschrift, die klein und eckig in der Mitte des Papiers stand, von einem großen weißen Rand umgeben, wie ein unsicheres Mädchen, das man auf die Mitte der Tanzfläche geschoben hat.

Dann sah sie auf.

Dio, sagte sie leise, ist das Ihr Ernst?

Sie strich sich mit der Innenseite ihres Unterarms den Schweiß von der Stirn. Ihre Hände waren erdig.

Das ist lange her, sagte sie.

Waclaw sah den Brief an, den sie in den Händen hielt.

Sie sprechen Deutsch?

Sie nickte mit dem Kopf in Richtung der Berge.

Tutti questi turisti, sagte sie, ich brauch' das.

Er zögerte.

Und Alois – er ist gar nicht hier?

Sie sah an Waclaw vorbei zu dem Seesack, der auf dem Sandweg lag.

Enzo hat hier nie gewohnt, sagte sie.

Er strich sich die Hand an seiner Hose ab und blickte zu Boden. Es war ihm unangenehm, dass sie ihn ansah, und er brauchte Zeit, um zu überlegen.

Aber da waren keine Gedanken. Da war nur ein Bild – er kniete in Alois' Schlag auf dem Boden, hielt eine Taube mit beiden Händen. Alois vor ihm hockte auf einem Eimer, hatte Nadel und Faden in der Hand. Eine Krähe hatte die Taube angegriffen, und Waclaw spürte kopfabwärts das Pochen unter ihrem Gefieder, in ihrem Napf zitterten Wolken, und für Momente war es still, als wäre da nur dieses Klopfen, abgerissen, und er hörte ängstlich auf jeden weiteren Herzschlag. Wie seltsam, dass es weiterging.

Er ist gar nicht hier, wiederholte er langsam.

Nein, sagte sie schnell. Sie kam einen Schritt auf ihn zu.

Er hat diese Adresse notiert, weil die Post ihn am Anfang nicht gefunden hat. Vielleicht waren sie auch nur zu bequem, extra da hochzufahren.

A-l-o-i-s, sagte sie noch mal. So nennt ihn hier niemand.

Sie haben diesen ganzen Weg hinter sich, um ihn zu sehen?

Waclaw nickte.

Aber es ist weit. In der Hitze schaffen Sie es heute nicht mehr zu ihm.

Sie sah ihn noch einmal an. Seine Arme, die aus den Jackenärmeln herausragten.

Ich kann Sie fahren, sagte sie dann.

Enni, dai! Wir fahren den Mann zu ihm.

Das Mädchen saß auf dem Rücksitz und kaute auf dem Ohr von einem Stoffhasen. Elena hatte sich kurz vorgestellt, etwas Sand vom Beifahrersitz gebürstet, dann klopfte sie mit der flachen Hand auf das Lenkrad. Sie haben Glück, sagte sie. Der Citroën fuhr in einem ruckigen Zickzack durch die engen Kurven, Steine schlugen gegen das Bodenblech, hinter der gesprungenen Windschutzscheibe war die Landschaft ein zuckendes Grün.

Die Strecke, für die er zu Fuß einen halben Tag gebraucht hätte, fuhr sie in weniger als einer halben Stunde. Elena legte die Arme oben auf das Lenkrad, er konnte die helle Haut unter ihren Achseln schimmern sehen.

Besuchen, sagte sie, ich glaube, da sind Sie der Erste.

Durch den Fensterspalt rauschte der Fahrtwind, einzelne Häuser zogen vorbei, die Straße stieg bergan, und er mochte es, wenn ihn die Kurven in den Sitz pressten.

Sie bringen hoffentlich keine schlechten Nachrichten?

Elena redete laut und sah dabei weiter nach vorn. Sie umfuhr einige Schlaglöcher, und Waclaw schüttelte den Kopf. Genua, sagte er dann, er hätte dort gearbeitet, in der Nähe vom Hafen.

Wir sind selten am Meer, rief Elena. Sie haben Glück.

Ihre Tochter auf dem Rücksitz starrte ihn unentwegt an.

Dann zeigte Elena auf eine Hügelkette und bog mit einem Ruck in einen Schotterweg. Da oben ist es.

Die Felsen waren hell und wurden von denselben kargen Büschen überwuchert, die Waclaw seit Tagen gesehen hatte. Dicht am Hang stand ein einzelnes dunkles Steinhaus. Zum Knarren der Handbremse stieß das Mädchen die Tür auf, lief über den Vorplatz auf das Haus zu und zog an der Klingel. Sie hörten, wie der Ton anschwoll und langsam verklang über dem Tal. Elena strich sich über die Stirn. Sein Auto ist nicht da. Sie müssen warten. Er nickte. Sie rief das Mädchen. Dann drehte sie sich noch einmal um. Er wird mich anrufen, falls etwas nicht stimmt.

19. Kapitel
Die Laterne

Der Eimer schlug hart auf das Wasser. Er hörte das Echo und zog ihn durch den engen schattigen Zylinder nach oben. Er wusch sich, und das Wasser war klar und kalt und älter als das niedrige Haus und das Leuchten der Provinz und älter als die Stille der Wiesen ringsum. Das Licht färbte sich gelb, die Jacke lag über seinen Knien, er saß auf dem Brunnenrand und wartete. Benzinflecken schimmerten in allen Farben auf dem Vorplatz. Er hielt den Kopf gesenkt, und er konnte die Tauben hören. Das tiefe Gurren. Er konnte den Schlag sehen, ein Giebel, Fachwerkoptik, drei Abteile und das Anflugbrett. Er war nicht sicher, was Alois noch über ihn wusste.

Es war spät, als er den Motor hörte, kurz darauf sah er eine bläuliche Wolke, die den schmalen Sandweg hinaufschoss. Ein alter grüner Kadett, der abrupt auf dem Vorplatz bremste. Die Fahrertür war ausgewechselt worden, der Lack war hier etwas dunkler.

Ein älterer Herr stieg aus und blieb neben dem verbeulten Blech stehen. Er sah in Waclaws Richtung, sah den dünnen Mann, der auf dem Brunnenrand saß, neben einer großen Tasche.

Dann kam er auf ihn zu.

Seine Beine waren stark nach außen gebogen, dabei berührten sich die Füße fast, und er schien noch kleiner geworden zu sein. Er trug ein Hemd mit kurzen Ärmeln und einem Kragen, wie aus einer anderen Zeit. Seine Stirn glänzte.

Er fragte auf Italienisch, was er hier wolle, und Waclaw stand da, groß und schmal wie ein Leiterwagen, und rührte sich nicht.

Er gab ihm etwas Zeit, um ihn zu mustern, Zeit, um eine alte Brille aus der Tasche zu kramen, den Zettel zu nehmen, den er ihm entgegenhielt. Die Haut auf seinen Armen schien fast transparent, und wo die alte Narbe von dem Rotglühenden gewesen war, zog sich ein weißer Strich bis zum Ellbogen. Die Falten auf seinem Gesicht gaben ihm den Ausdruck von einem erstaunten Kind, er sah harmlos aus, wie einer, der nie all die Schichten auf der Kokerei geschoben hatte. Harmlos, dachte Waclaw und sah zu, wie er das Papier nahm und nah vor sein Gesicht hob, um zu lesen. Die Brillengläser waren schmutzig, und er atmete schwer ein, als würde es ihm Mühe machen zu verstehen, was dort stand. Er ließ ihm Zeit, die Stirn in Falten zu legen, das Papier hin und her zu drehen, wie um es im Ganzen zu betrachten, und dann, langsam, zu ihm hinaufzusehen.

Alois? sagte Waclaw.

Sein Herz machte einen leisen Sprung, als der kleine Mann ihm plötzlich ins Gesicht sah und ihn umarmte, den Kopf kurz unter seine Brust gepresst, leicht, alt, ein helles Glänzen auf seinem Hinterkopf. Verfluchter Junge, sagte er. Hab' ich dir nicht gesagt, du sollst längst nach Hause gehen? Er strich ihm über den Rücken. Dann sah er ihn an und nannte ihn zu dünn und gegerbt.

Später saßen sie auf einer Steinbank hinter dem Haus, der Schatten unter dem Wein summte von Wärme, letzte Insekten flogen, und vor ihnen im Tal dehnten und streckten sich die Schatten der Hügel. Sie konnten weit sehen, und die Dunkelheit kam wie ein alter Tänzer, der müde auf seine Bühne klettert. Sie entzündeten kein Licht, wegen der Mücken. Sie tranken einen herben Grappa. Er war klar und gut.

Ich dachte nicht, dass ich dich noch finden würde, sagte Waclaw.

Alois lehnte sich vor und zeigte mit zwei Fingern auf seine Augen. Doch, doch, sagte er und tätschelte Waclaws Arm. Dann musterte er den dunklen Stoff des Anzugs, und Waclaw nickte nur.

Sie hatten das Licht bis auf eine kleine Gaslaterne gelöscht, und wenn sie eine Weile nicht sprachen, konnten sie einen Hund hören, seine Zähne schabten über etwas, was klang wie ein hohler Knochen. Er musste irgendwo im Dunkeln auf der Wiese liegen.

Alois sagte: Katrina, Mexiko, wirklich? Er sagte, dein Vater hat es damals noch erwähnt. Dann schüttelte er ungläubig den Kopf. Er könne nicht glauben, dass es ihn in dieses Geschäft gezogen habe.

Dann hob er das Glas. Auf dich, mein Junge, und die heilige Barbara der Bergmänner.

Immer noch? fragte Waclaw.

Das geht nicht vorbei, mein Junge. Auf wen trinkt ihr?

Wir?

Habt ihr niemanden, der euch schützt?

Sie sind nicht katholisch da draußen. Es ist lange her, Alois.

Ja. Sie nennen mich jetzt wieder Enzo.

Und ich?

Du nicht.

Sie tranken.

Er musste an Mátyás' aufgeschlagenes Bett denken. Wieder das Walkmankabel. Alois war aufgestanden und kam mit einer Strickjacke wieder. Er zog sie über, und sie saßen eine Weile ohne zu reden. Sie tranken.

Und wer war dann noch übrig? fragte Waclaw.

Die fette Metzgerin aus dem Sauerland. Alois lachte. Was glaubst du denn. Eigentlich waren alle noch da. Nur dein Vater ist gegangen, und ich dann später. Hast du dich nie gefragt, wie viele Leben du freiwillig in dieser Siedlung fristen würdest? Kein einziges. Aber dein Herz kann das nicht denken.

Eine Weile war das Rauschen der Gaslampe alles zwischen ihnen.

Dann legte Alois etwas auf den Tisch.

Es hätte ihn gefreut, wenn du sie bekommen hättest.

Er legte Waclaw etwas in die Hand, *medalik*, schoss es ihm durch den Kopf, und der Anfang des Mariengebets, *pod twoją obronę*, er nahm die Münze und schloss die Hand, dann sah er in die Nacht.

Sie redeten nicht über die Vögel. Den ganzen Abend redeten sie nicht über die Vögel. Als wäre es zu einfach. Sie redeten über das Meer. Über Waclaws Vater. Über seine Lunge und das offene Fenster, an dem er schließlich im Sitzen geschlafen hatte. Wie er seinen Kumpels zugewunken hatte, die weiterhin einfuhren. *Prosper*. Der Schacht, die dritte, die vierte Sohle. Die Ostsee, die er erst wiedersah, als sein Körper schon viel zu verbraucht war. Das Anschwappen der Wellen dort. Die enge Kammer.

Alois hörte zu. Er ließ Pausen, nachdem Waclaw etwas

gesagt hatte, als müsste er sichergehen, dass er auch wirklich ausgeredet hatte.

Warst du bei ihm zum Schluss? fragte Alois.

Waclaw schüttelte den Kopf.

Du gehst in Ciudad del Carmen an Land, und dann bist du noch nirgendwo.

Er wusste nicht, wie er es beschreiben sollte. Er wusste nicht, was er über eine Nacht sagen sollte, in der er am Ufer gesessen hatte, bis die Moskitos ihn völlig zerstochen hatten. Es war ihm gleich gewesen, und er hatte dieses Rasseln gehört, das von den Wellen kam, wie von einer sehr beschädigten Lunge.

Auf deinen Vater, sagte Alois, Tomasz, der gute Tomek. Er trank. Ich hab' viel an ihn gedacht, als ich davon hörte. Aber so eine Reise, weißt du, ganz allein.

Alois schwieg. Als würde er auf etwas anderes hören. Als würden die Sätze nicht einfach enden. Als würden sie sich verzweigen, weit unter dem, was gesagt worden war.

Sieh dich an, sagte er dann. Es ist Sommer. Und du trägst einen Anzug.

Er ist nicht für mich.

Du weißt doch, was ich meine. Es waren deine besten Jahre dort draußen.

Waclaw brachte den Seesack in ein kleines Zimmer, das ebenerdig zum Hang gelegen war und ein wenig feucht roch. Der tiefe Schlaf dieser Nacht. Alois nahm Bettzeug aus einem schweren Holzschrank und schüttelte es aus mit seinen leichten Armen, *setz dich dahin, Junge,* für einen Moment standen sie in einer Wolke aus Lavendel. Alois wollte die Vorhänge zuziehen, aber Waclaw sagte, das brauche er nicht. Er werde eh früh wach. Aber noch am Mittag lag er in dem prallen Licht. Seit Wochen das erste Mal schlief er tief und fest bis zum Nachmittag.

Alois schickte ihn den Berg rauf, zu der schmalen Stelle, wo der Bach den Weg kreuzte.

Du kannst das Blech da über die zwei Felsen legen, sagte er.

Waclaw stand lange unter dem dünnen Rinnsal und blickte hinunter aufs Tal, er spürte das Wasser kalt in seinem Nacken.

Als er zurückkam, schien ihm die Sonne auf die Rippen. Und sein Schritt war nicht der eines Urlaubers, sondern seltsam verkürzt. Von weitem sah es aus, als hätte er Höhenangst.

Alois erwartete ihn draußen zwischen den Bohnen. Er sagte, in diesem Jahr würde alles austrocknen. Sogar die Blüten fielen ab, sagte er. Und hast du die Bäume gesehen?

Waclaw sagte, er habe viele Bäume gesehen und dass er das trockene Laub in den Nächten gehört habe, wenn er sich umdrehte oder die Echsen darin liefen, und manchmal trieb der Wind die Blätter vor ihm über den trockenen Asphalt der Straßen, und die Blätter ähnelten getrockneten Hühnerkrallen, er habe solche schon einmal gesehen in –

Alois unterbrach ihn.

Hast du heute schon gegessen?

Etwas.

Alois ging mit einem großen Messer über den Schinken, er schnitt viele dünne Scheiben, und nahm Käse aus einer Salzlake, und briet Auberginen in viel Öl. Waclaw hob eine Hand, als wollte er protestieren, aber dann ließ er die Hand sinken und Alois stand ihm gegenüber in der schattigen dunklen Küche. Er sah zu, wie Waclaw aß, er setzte sich nicht.

Stand nur da, als gäbe es auf der Welt nichts Wichtigeres, als dem dünnen Mann beim Essen zuzusehen.

Waclaw wischte sich über den Mund.

Draußen hörten sie das tiefe Gurren.

Was ist aus ihr geworden? fragte Alois. Dein Mädchen – Milena, oder?

Waclaw antwortete nicht. Er strich mit den Fingern über den Tisch.

Es war ein Wunder, begann Alois wieder, dass du damals überhaupt noch mal vorbeigeschaut hast, in der Nachbarschaft. Und dann gabelst du sie auf und ihr geht, kaum dass die Grenzen auf sind, in dieses polnische Dorf und man hört nichts mehr von dir, nur dass du für eine Spedition fährst, und –

Waclaw hob die Schultern.

Ich konnte es nicht von uns fernhalten.

Alois sah an ihm vorbei aus dem Fenster, als würde er nachdenken.

Ach lass nur, Junge, sagte er dann leise.

Du weißt vorher nie, was der Preis ist. Und vor allem weißt du nicht, was du zu zahlen bereit bist. Wir können uns diese Dinge nicht zurückholen.

Komm jetzt.

Sie standen lange vor dem Schlag, ab und zu zeigte Alois mit dem Kopf auf den einen oder anderen Vogel, und Waclaw nickte. Er wollte Alois von Kairo erzählen, er wusste nicht, wie. Er wusste nicht, ob er von Farangis erzählen sollte, oder von dem Unfall. Er dachte darüber nach, während er mit einem Spachtel über den Holzboden schabte, er band sich ein Tuch vor den Mund, er kratzte die verkoteten Ecken aus. Dann sah er etwas. Eine Weile stand er einfach nur davor. Dann lehnte er den Besen an die Wand und hob es vorsichtig auf.

Er fand Alois in seinem Klappstuhl zwischen den Gemüsebeeten. Waclaw hielt das Plastik in die Höhe.

Den hast du noch, rief er.

Alois drehte sich in seine Richtung. Für einen Moment sah er den dünnen Mann an, der da plötzlich vor ihm stand, als müsste er etwas abgleichen, als wäre da wieder das Schuppendach und das Haus, und dahinter er selbst mit noch vollem Haar, und rauchend, in einem Abendlicht, das alles deutlicher erscheinen ließ, die Fugen zwischen den Steinen, die schwarzen Risse in seiner Haut, die letzten fernen Tannen, hinter denen noch lange kein Italien lag, nur die schmutzige Emscher, die die Wünsche von seiner Frau in sich hineingesogen und sie krank gemacht hatte, und das graue Eis, das jeden Winter kam. Die Schlote der fernen Kokerei, dieses Land, das sie aushöhlten, sieben Sohlen, die Schufterei, früh raus, wenn es noch dunkel war, zurück, wenn es nicht mehr hell war, der Ruß im Taschentuch, wenn sie sich im Winter schnäuzten, und nur die Tauben, als behaupteten sie etwas, was niemand ihm nehmen konnte.

Den Napf, sagte Waclaw, den hast du noch.

Alois ließ die Rolle Zwirn, mit dem er die Ranken festgebunden hatte, sinken.

Ich brauch' hier dringend Kompost, Junge.

Zeig mal, sagte er dann, und Waclaw drehte den Trinknapf in den Händen. Es war ein kreisrundes Gefäß, mit einem Aufsatz in Form von einem Zirkuszelt, und mit fünf Öffnungen für die Köpfe der Vögel. Das Plastik war etwas verblichen über die Jahre.

Was sollte ich sonst damit machen?

Alois wickelte sich den Faden um die Hand. Für einen Moment sah es aus, als wäre ihm die Sache unangenehm, und Waclaw ließ das Plastik sinken.

Ich mein' ja nur, sagte er.

Während er den Napf zurück in das Abteil für die Alttauben brachte, dachte er an die Frau aus dem Zoogeschäft, die ihm damals die Groschen auf den Tresen gezählt hatte. Ihre Fingernägel, das wusste er noch, waren blau lackiert. Auf dem gesamten Rückweg hatte er sich vorgestellt, wie Alois das Geschenk öffnen würde. Es war Ende März, und sein Geburtstag.

An diesem Nachmittag ging Alois ihm aus dem Weg. Von weitem sah Waclaw ihn in der Küche, er zupfte Kräuter, ganze Berge von Kräutern von ihren Stengeln, viel mehr, als er brauchen konnte.

Er war müde an diesem Abend, er legte sich in das Zimmer am Hang. Nachts wachte er auf. Er konnte seinen Herzschlag spüren, und da war die alte Unruhe wieder. Über den schmalen Streifen Himmel, den er vom Bett aus sehen konnte, zogen Wolken, die in dem wenigen Mondlicht eiliger wurden. Es wurde Herbst. Der Herbst war groß und brachte die Dörfler zusammen. Sie standen vor den Laubfeuern, die Hände in den Taschen, ein Schluck Selbstgebrannter, den sie hinter den verfaulten Zahn spülten. Sie sprachen wenig. Der Herbst war das, was die Menschen umgab, die an solchen Orten wohnten. Orten wie Wiórek. Orte, die es nicht mehr gab.

Er musste kurz eingeschlafen sein, als Alois ihn weckte.

Sie gingen auf die Terrasse und der Stein war noch kalt von der Nacht, als Waclaw sich auf die Bank setzte. Auf dem Tisch stand ein großes Glas mit Honig und Pistazien. Das erste Licht schimmerte gelb in dem Glas. Alois legte einen Arm auf die Lehne der Bank. Nimm dir. Waclaw stippte einen Zwieback in den Honig. Er konnte sich selber hören, wenn er die Nüsse zerbiss.

Der Honig war süß. Er schmeckte ungewöhnlich kräftig.

Komm jetzt, sagte Alois.

Er wartete, bis Waclaw aufgestanden war. Dann winkte er, ihm zu folgen. Er öffnete den Karabinerhaken, der durch den Metallstift ging, und die wacklige Holztür mit den Verstählungen gegen die Marder. Er ging hinein, er sah die Tauben an, eine nach der anderen. Er griff nicht nach ihnen. Einige pickten etwas Perlmais aus seiner flachen Hand, einige saßen auf seinen Schultern. Dann öffnete er die Luke, und sie kamen eine nach der anderen hinaus; sie stiegen eilig, ihre Flügelschläge, wenn sie sich abstießen, klangen, als würde jemand sehr eilig ein Blatt Karten mischen. Dann zogen sie in großen Runden über das Tal.

Du trainierst sie noch, sagte Waclaw.

Du kennst mich doch.

Unten schimmerten niedrige Ziegeldächer durch den Nebel, während der Schwarm wie ein Körper, der lebendig und groß und sehr leicht war, dahinzog. Die frühe Sonne glutrot und fern. Alois hob die Fahne mit dem Holzstiel. Sein gesamter Körper schien sich zu strecken unter den ausladenden Volten der Vögel und er winkte Waclaw näher zu sich heran.

Siehst du die große Blaue, die voranfliegt? Versuch du es, sagte er. Waclaw stand da. Die Fahne in der Hand. Er merkte, wie Alois ihn beobachtete. Und für ihn, vielleicht für ihn, machte er dieselben großen Bewegungen, die er als Junge gemacht hatte. Er streckte sich, er fuchtelte ein wenig in der Luft. Wieder hörte er das kaum merkliche Rauschen, mit dem die Flügel die Luft durchschnitten. Und dann war alles wieder da. Das Gewicht des Holzstiels in seiner Hand, der Wunsch, mit ihnen die Siedlung zu verlassen, der Kohlengeruch, der ungewöhnlich stark war an einem ersten Herbstmorgen. Auch die Kühle der Wiese, Alois' mahnendes Lachen, wenn er schon vor der Schule zu ihm kam. Und er sah, wie sich der Kohlenstaub mit dem Pulverschnee vermischte und darüber die gefräßigen Flammen der Esse.

Sie wechselten das Wasser und füllten Futter nach, und Waclaw sah gehämmerte und gebänderte Federn und später am Abend die Schatten der Berge, die langsam dunkler wurden. Sie saßen auf der steinernen Bank, der Hund hatte wieder begonnen, an seinem Knochen zu nagen. Waclaw hatte ihn am Tag nur einmal gesehen, er hatte geflecktes Fell und hielt den Kopf ängstlich gesenkt, wenn sich jemand näherte. Alois sagte, er sei ihm zugelaufen, manchmal bliebe er über Tage fort.

Was ist mit deiner Mutter? fragte Alois.

Waclaw zuckte die Schultern. Ich weiß nicht, sagte er.

Das letzte Mal hatte er sie in diesem Heim besucht – sie hatten gesungen, eine Gruppe, vielleicht sechs Frauen. Sie saßen um einen Tisch, und sie hatte eine Papierkrone auf, die Pflegerin spielte auf einem Plastikinstrument mit winzigen Tasten.

Sie war noch da oben in diesem Heim, sagte Waclaw.

Er wusste nicht, was er Alois erzählen sollte.

Es war so warm in dem Raum, sagte er schließlich.

Er hörte Alois atmen. Es war dunkel, und irgendwo auf der Wiese nagte der Hund an seinem Knochen. Den ganzen Tag über hatte das Haus nach Porree und Suppenfleisch gerochen. Jetzt war das Geräusch überdeutlich, als würde die Dunkelheit, die von den Hügeln zu kommen schien, ihm eine schärfere Kontur geben.

Sie sahen hinaus auf das Land.

Aber du hast es jetzt gut hier, sagte Waclaw schließlich.

Alois lachte auf.

Was soll ich tun. Ich bin ein alter Mann, sagte er. Einer, den alle gernhaben, weil er nichts mehr will als seine Ruhe. Ich kann hier sein. Aber mein Leben kann ich nicht zurückholen. Es bleibt da oben.

Alois winkte mit der offenen Hand nach Norden.

Die Esse, sagte Waclaw.

Das Wort habe ich lange nicht gehört. Aber ja.

Alt hätt' ich dort nicht werden können, und ich hatte es wie alle mit dem Magen. Du willst einfach nicht essen, wo du dich nicht zu Hause fühlst. Nur dein Vater ist gegangen, mit seiner Lunge.

Alois zog das *U* in Lunge unnatürlich in die Länge. Es klang beinah ein bisschen komisch.

Aber du hast es jetzt doch gut hier, sagte Waclaw noch mal. Alois winkte ab.

Ich war alt, als ich zurückkam. Sieh mich an.

Er spreizte seine Finger.

Das bringst du mit.

Er hielt die Hand näher an die kleine Gaslampe, und Waclaw sah seine Finger zittern.

Ich wünsch' dir nicht, dass es dir genauso geht, sagte Alois. Du bist noch jünger als ich damals. Sie könnte sich schneller wieder an dich gewöhnen. Hast du niemanden, der auf dich wartet?

Waclaw griff nach der Karaffe, sie war leer, und Alois sagte ihm, wo er den Weinschlauch finden würde, und dann stand Waclaw hinter der schweren Holztür und hörte seinen eigenen Atem. Er hörte, wie der Wein mit etwas Druck in die Karaffe spritzte, und er blieb lange stehen und trank in diesem Dunkel und konnte sich nicht entschließen, wieder hinaufzugehen. Er trank, so eilig, dass er nach Luft ringen musste.

20. Kapitel
Schlangen

Zum Telefonieren musste er den kleinen Hügel hinter dem Haus hinauf. Es war ein trockener Hang mit großen Steinen, auf denen sich mittags die Schlangen sonnten, er hieb mit einem Stock auf den Fels und machte Geräusche, damit sie verschwanden. Nach ein paar Tagen schienen sie sich andere Plätze zu suchen.

Er kannte jetzt die Pfade, die über die Anhöhen führten, und er saß morgens und abends zu denselben Zeiten dort oben und sah Alois zu, wie er seine Vögel trainierte. Einen ganzen Stapel verknickte Urkunden hatte Alois ihm gezeigt, Wettbewerbe, die er in den letzten Jahren geflogen war, und für einen Moment hatten sie beide auf die Papiere gesehen, die Alois mit seinen leichten Armen hielt, und Waclaw hatte gesehen, wie das Papier zitterte. Waclaw erzählte wenig, er hörte zu, wenn Alois über die Tauben sprach, über Zuchtlinien.

Patrícia hatte angerufen, und Sharam hatte ihm Nachrichten hinterlassen – er solle sich in Acht nehmen, sagte Sharam, *du weißt doch, wozu die fähig sind. Denk an den Golf*, sagte Sharam und schien dabei selbst nicht mehr ganz sicher zu sein, was er meinte. *Wenzel*, er flüsterte beinah, und Waclaw hielt sich den Hörer nah ans Ohr. Er versuchte, sich Sharam vorzustellen, an Land, allein mit seinen Flaschen. Er wollte sagen, es ging nie um uns, das wollten wir nur glauben, aber er rief nie zurück. Er sah auf das Dorf. Nur die Sonne, die auf die Ziegel brannte.

Nach einigen Tagen fiel ihm auf, dass mehr Autos als sonst die schmale Straße heraufgefahren kamen. Alois sagte etwas von einem Fest, und am Ende der Woche stand Elena mit dem Mädchen vor der Tür. Sie sind noch da, sagte sie. Er nickte. Das Mädchen hatte das Ventil von einem großen Plastikschlauch zwischen den Zähnen, sie ließ die Hand ihrer Mutter los und lief zum Haus, Elena schlug eilig die Kofferraumklappe zu.

Kommt ihr zurecht? fragte sie und stellte sich neben Alois. Er sah klein aus neben ihr und nickte nur. Eine Weile sahen sie beide zu Waclaw hinüber, der dem Mädchen half, etwas Luft in das Ventil zu bekommen. Das Gummitier hatte einen gezackten Kopf und Flügel und einen Fischschwanz, es war violett. Als sie es aufgepumpt hatten, hob das Mädchen es hoch über den Kopf und jagte hinter Waclaw her durch das Gras. Er lief, etwas ungelenk, und blieb dann im Schatten, die Hände auf die Knie gestützt, stehen. Später lehnten sie an dem Brunnen, Alois war ins Haus gegangen, und das Mädchen spähte hinunter.

Das ist tief, sagte sie.

Frag den Mann, was tief ist, sagte Elena.

Sie sahen ihn an.

Er sagte eine Zahl. Er musste die Zahl wiederholen.

Elena musste sie noch einmal sagen.

Dann deutete er auf die Berge.

Zweimal so hoch.

Wie heißt der Berg? fragte er das Mädchen.

Monte Piccio.

Elena schüttelte energisch den Kopf. Es heißt Monte Penice, sagte sie, aber das Mädchen blieb ernst.

Zweimal Monte Piccio, sagte Waclaw, aber nicht in die Luft, sondern nach unten.

Er musste an Sharam denken. Die Nordsee ist ein Spaziergang gegen das, was sie jetzt vorhaben. Viertausend, hatte Sharam gesagt. Das Wasser vor Brasilien ist fast zweitausend Meter tief, und dann geht es noch mal so viel runter. Willst du das?

Enni grinste, als würde sie ihm nicht glauben.

Dann sah sie wieder zum Brunnen und lief zurück zu dem flachen Becken. Sie setzte das Tier in das Bassin und ließ es treiben.

Sie aßen auf der Wiese. Alois hatte wieder Fleischbrühe gekocht, den Knochen nahm er heraus und warf ihn dem Hund zu. Waclaw sagte, dass es in wärmeren Gegenden Haie und große Fische gab, die um die Plattformen herumschwammen.

Enni nahm die Füße vom Boden hoch und quiekte.

Sie lachten.

Am Nachmittag kamen zwei junge Männer, die Alois sprechen wollten und neugierig in Richtung der Stühle sahen, auf denen sie saßen. Ihre Haare waren zurückgekämmt und glänzten wie der Chitinpanzer eines Käfers. Die Augenbrauen des Jüngeren waren zusammengewachsen, und auf seiner Oberlippe wuchs ein leichter Flaum. Alois nickte ihnen zu, und als er wiederkam, sagte er, sie bräuchten ihn jetzt öfter, ein Traktor sei kaputt, der Motor klinge wie ein ganzes Feuerwerk. Sie wollten etwas ausleihen für das Fest. Alois lachte leise. Komm doch mal mit, sagte er. Waclaw folgte ihm zu einem Schuppen. Sie standen lange vor der geöffneten Tür. Alois zog ihn hinein. Es roch nach Benzin.

Weißt du, so einen wollte ich immer haben, sagte Alois.

Ich weiß noch, wie ich mit deinem Vater einen Ausflug gemacht habe, eigentlich wollten wir nur Ostersachen holen in Bochum, aber dann haben wir doch angehalten, meine Güte, ein riesiger Golfplatz, so was hatte ich in meinem Leben nicht gesehen, millimeterkurzes Grün, all die kleinen Fähnchen und Hügel und ein paar verstreute Bäume wie auf einem alten Landschaftsbild, die paar Piepel in ihren karierten Hosen waren egal, aber diese Rasenmäher hatten es mir angetan. Wir haben die Wiesen früher noch von Hand gesenst, und ich habe es später Federica erzählt, sie erklärte mich für verrückt, aber ich sagte, eines Tages werde ich so einen haben. Und vielleicht war es auch nur dieser Nachmittag, den wir zu zweit hatten dort draußen, dein Vater und ich, auf der Rückfahrt von Bochum, wir hatten ein paar Pils dabei, um uns war Frühling, und wir lehnten im Gras, der Autoreifen hinter mir ganz warm von der ersten Sonne. Ich könnt' dir nicht sagen, was wir geredet haben, aber irgendwann mussten wir schrecklich lachen, bei deinem Vater zog sich die ganze linke Gesichtshälfte nach oben, und ich konnte in seine Nasenlöcher sehen, in denen noch immer etwas Ruß klebte, und vor uns diese bizarren Herrschaften mit ihren dünnen Schuhen und eckigen Bewegungen, irgendwann brach es einfach aus uns raus, dieser ganze Aufwand, nur für ein paar kleine weiße Bälle, ich weiß nich', irgendwas daran verschlug uns den Atem, ich weiß noch, dass Kiefern um uns herumstanden und Moos und Gras und alles war für Momente so verdammt echt –

Er machte eine Pause und strich sich mit dem Unterarm den Schweiß von der Stirn.

Jedenfalls, sagte er, habe ich das Ding dann wirklich geholt, später, als ich hier war. Und im Dorf können sie es ab und zu gut gebrauchen. Und ich fahre ein paar Runden hier herum um das Haus, weißt du, wer hätte mir einmal sagen können, dass es so kommen würde – dass ich auf so einem Teil hier herumkurven würde – ohne Federica. Er wurde leiser. Als wär' das mein angeborenes Recht.

Er brach ab.

Der Junge mit den zusammengewachsenen Augenbrauen sah ihn an. Als wäre da noch immer etwas von dieser Fremdheit an ihm, wie etwas, das an diesen Sätzen klebte, die er mit dem fremden Mann wechselte.

Ich gehe mit, sagte Alois. Enni! rief er. Dai!

Enni, das Mädchen, kam um die Ecke gerannt und kletterte auf den Aufsitzrasenmäher, wo sie neben Alois Platz nahm und winkte. Alois warf den Motor an, und der Junge lief neben ihnen her.

Sie sahen ihnen nach. Elena stand neben Waclaw und eine Weile rührten sie sich nicht. Dann sprach sie ihn an.

Du musst froh sein, so weit weg von all dem?

Sie hatte hohe Wangen und eine große schmale Nase. Er versuchte zu lächeln und schüttelte langsam den Kopf.

Es ist nicht so weit weg, sagte er.

Er folgte ihr ins Dorf. Sie ging schnell, ihre Schritte waren geschmeidig, es war ein langer Pfad, eine Abkürzung, sie kannte jeden Stein, und er fühlte sich unbeholfen neben ihr. Ich werde dir etwas zeigen, sagte sie.

Aber er war nicht vorbereitet auf die Prozession und die weinenden Frauen und Elena, die ihn in die kleine Kapelle zerrte, wo er hinten in der letzten Reihe stehenblieb, während ein Priester sang und die wenigen, die gekommen waren, zu Boden blickten und sich bekreuzigten, während Waclaw mit seiner hohen blanken Stirn über sie hinausragte, ohne zu wissen, ob jemand ihn sah, wie er da stand, und ob es reichen würde, wenn er hier an jenen Morgen dachte und die spiegelglatte See und den Helm von Mátyás und das Schweißband, das noch feucht gewesen war, als er es fand. Er hatte es erst nicht anfassen wollen, es dann in Mátyás' Seesack verstaut, eilig, zusammen mit den anderen Dingen. Für einen Moment hatte er verstanden, dass niemand dieses durchgeschwitzte Zeug waschen würde. Er konnte in dieser Kapelle stehen, als wäre er in einer anderen Zeit, er konnte die Messdiener wie eine optische Täuschung auf jenes Wasser stellen, als würden sie dort weit und weiter gehen, auf der erschöpfenden Suche nach Mátyás, in ihren weißen, vom Wind geblähten Gewändern. Er stand reglos in all dem.

21. Kapitel
Schnee

Das Fest war für den kommenden Abend angesetzt, und als er früh zum Schlag kam, hatte Alois eine hellblaue Plastikwanne mit Wasser gefüllt, und eine Weile sahen sie den Vögeln zu, die beim Baden aufgeregt die Flügel spreizten. Ein Stück vor der Scheune turnte ein Mädchen auf dem geschnittenen Gras, es bewegte sich anders als die Mädchen auf dem Dorf, seine Übungen sahen nach Turnunterricht aus, und nach Stadt. Unter dem türkisen geknoteten Hemd streckte sie ihre Beine fast unentwegt in die Luft. Sie glänzte vor Schweiß. Es war noch früh, die ersten Autos schoben sich in Richtung der Scheune, in der das Fest stattfinden sollte. Eine zerkratzte Frisbeescheibe lag am Rand der Straße, wie vergessen.

Nach einer Weile schleppte Waclaw das dreckige Wasser zum nächsten Hang. Dann stand er da und sah, wie es versickerte. Er wusste, dass Alois auf ihn wartete. Er dachte an die Papierkrone und das Heim, die kleine Mundorgel, auf der die Betreuerin gespielt hatte, und die Plastiküberzüge über seinen Schuhen, die er nicht ausgezogen hatte, so eilig war er gegangen, über die goldenen Felder, die rund um das Heim lagen, die abgeernteten Halme brachen unter seinen Schritten, er lief, etwas war lose in ihm, die Betreuerin pustete in etwas hinein, das aussah wie eine Plastikflöte mit Tasten, die Melodie, die Papierkrone begleiteten ihn, in den nächsten Monaten auf See, er dachte daran, als er die Orgel hörte auf Malta, eine Zeitlang war es so, als könne er an gar nichts anderes mehr denken.

Er hatte vor dem Schlag gesessen, ohne eine Vorstellung davon, was dieses Fest sein sollte. Er sah Alois dort stehen, klein und alt, er ließ die Tauben auf, als wäre dort oben die ganze Welt. Er winkte Waclaw heran und schien aufgeregt, obwohl die paar Leute, die sich vor der Scheune versammelt hatten, seine Vögel wohl kaum bemerken würden. Schließlich nahm Alois die Flagge herunter, als wäre er tief in Gedanken. *Mia turchina*, sagte er leise. *Meine Blaue.* Dann legte er Waclaw einen Arm auf die Schulter, der leicht war, beinahe zart. Siehst du die große Blaue, die voranfliegt?

Horch mal, sagte er dann.

Ich will, dass du sie mitnimmst nach Norden. Du kannst das Wetter einschätzen und die Entfernungen. Sie hat genug Reserven für einen sehr weiten Flug.

Waclaw sah ihn an. Die Vögel waren ein fernes Rauschen.

Was soll das? Du willst sie starten lassen?

Alois schüttelte den Kopf.

Er sah zu den schattigen Berghängen. Dann sah er ihn an.

Waclaw strich sich über den Ärmel und blickte an Alois vorbei ins Tal.

Das hast du nie gemacht, Alois, so weit. Und ich sehe hier niemanden, der freiwillig zurückfahren würde.

Alois schien ihn gar nicht zu hören. Er blickte dem Schwarm nach, der bald ein ferner Punkt war über den Hügeln.

Ich weiß nicht, ob du es ganz zurück schaffst mit ihr. Aber sie wird fliegen, so weit sie kann. Meine Frau ist dort oben ein bisschen verrückt geworden, du weißt es ja, es brauchte viel Überredung, sie umzustimmen, um zurückzukommen. Ich war beinah so weit, als sie starb.

Und dann – ein ganzer Kleiderschrank voller Pelze, auf die sie unser ganzes Geld gesetzt hat. Sie musste es warm haben.

Waclaw erinnerte die kleine schemenhafte Silhouette hinter der Scheibe, ein Gesicht, das immer blass und etwas zu stark geschminkt war. In all den Jahren hatte er Federica nie bei den Tauben gesehen.

Aber da ist nichts mehr, Alois. Ich habe gar nicht vor, dahin zu fahren. Ich habe ein Leben –

Alois deutete wieder auf seine Augen.

Ich habe dich gesehen in den letzten Tagen.

Eine Weile standen sie da. Waclaw, der sich übers Kinn fuhr, als müsse er etwas überlegen. Der die fernen Hänge mit Blicken abzusuchen schien, als wüssten sie, als wüsste etwas an diesem Morgen eine Antwort.

Wieder hörten sie die Tauben. Eine Ahnung vom kommenden Winter über den Bergen. Dieses Bild, in dem sie beide nur ein winziger Teil waren. Nur etwas Warmes vor diesen großen Hängen, etwas wie eine sehr alte Melodie.

Waclaw sah ihn nicht an.

Er sagte, dass er wenig zu erledigen habe und dass die Zeit das für ihn getan habe, und dass da wenig sei, was er wiederaufnehmen könne. Alois sagte, die Zeit werde nichts für einen erledigen und einem nichts abnehmen, sie sei ein blindes Tier und man könne sich nicht auf sie verlassen. Das Einzige, worauf es ankomme, sei der Mensch, wie er da steht, und dass er Versprechen geben könne und der Welt eine Bedeutung, und das sei das Einzige, was über ihn herausreiche.

Waclaw sagte, Versprechen seien Worte, aber Alois erwiderte, das sei nicht so und das wisse jedes Kind. Er sagte, die Kinder seien klüger und die Schwachen.

Dann schwiegen sie.

Das Bild zeigte nichts als die kühle Luft, die sie umgab.

Vielleicht ein paar Echsen auf den Steinen und Gräser, noch feucht vom Tau an diesem ersten kühlen Morgen.

Fahr noch einmal dahin, sagte Alois, du bist noch jung. Wieder dehnte er das *U* in jung, aber Waclaw hörte es kaum mehr.

In dem Bild bewegte sich der größere, dünnere Mann den Pfad hinauf und den Hang. Er lief. Auf seiner Haut bildete sich ein dünner Schweißfilm, der erst kühlte, als seine Schritte langsamer wurden. Er lief, bis er anzukommen schien, in demselben Bild, das sie beide umgab. Da war niemand. Da war das Knirschen von Stein.

Federica. Da ist die Bahnstation. Der Schatten hinter den niedrigen, vergitterten Fenstern. Ein Bussardpärchen, das langsam unter den massigen Wolkenflotten kreist. Der Himmel ein mattes Hellblau.

Sie steht im Schatten unter dem niedrigen Blechdach der Bahnstation, halb gestützt auf ihren Enzo, der die zwei Fahrkarten in den Händen hält und die Nummern der Sitze vor sich aufsagt. Sommer 1963, sie haben die Dreiundzwanzig und die Vierundzwanzig gebucht, nebeneinander, obwohl sie von dem Aufpreis für die Reservierung eine Weile hätten leben können. Sitznummern, damit Federica nicht stehen muss auf dieser Reise, auf der sie keinen der drei schweren Koffer heben kann.

Sie trägt ein einfaches Kostüm, das ihr etwas zu groß ist. Enzo, ihr Ehemann, trägt eine karierte Schiebermütze. Seine Schuhe glänzen. Sie beide sind etwas nervös und sie beide wissen, dass die anderen gerade jetzt aufstehen und dass man sie vermissen wird auf dem Feld.

Es ist erst vier Wochen her, und sie hat noch immer Schmerzen. Nein, mein Enzo, wir müssen gehen, wir müssen. Sie hält die Plantage nicht mehr aus, die sumpfigen Böden bei Bozen, Mäuse, die die schwer erarbeitete Ernte anfressen.

Die nahe Fabrik wie eine Drohung.

Sie kann die Gesichter der beiden Frauen noch sehen, den Keller mit den grünen Tüchern und den heißen Nadeln. Sie waren es gewohnt, dass die Mädchen vor Angst zitterten, wenn sie ihnen die Beine spreizten. Federica hatte irrsinnige Schmerzen gelitten. Als sie in Bochum den Zug wechselten, war alles gerade erst verheilt.

Alois gab sich Mühe. Sie fanden eine kleine Wohnung in der Bocholter Straße, kaum mehr als ein Zimmer. Unter Tage hielt er es nicht länger aus als ein halbes Jahr, dann wechselte er in die Kokerei, die Flammen waren heißer als alles, was er sich hatte vorstellen können.

Sie dachten, Federica bräuchte nur etwas Zeit. Aber sie stand nicht unter Schock.

Am Anfang betete sie wie eine Wahnsinnige.

Aber als sie eine Weile da waren und Federica die Nachrichten verstehen konnte und auch, dass es eine Pille gab, die ihr all das hätte ersparen können, beschloss sie, dass dieser Geistliche ihr das angetan habe. Sie waren zu arm für ein Kind damals. Mit der Zeit war sie fest davon überzeugt, dass das ganze Land ihr das angetan habe. *Ridotta in questo stato dal paese!* So sagte sie es. Sonntags ging sie trotzdem in die Kirche, wenn die Glocken läuteten, wie sonst hätte sie die anderen Frauen treffen können.

Am Abend nahm Alois ihn mit ins Dorf, ein Tanz wurde gegeben im Dämmerlicht des kleinen Saals, im Fiedelton einiger Geigen, in der Beiläufigkeit von Zigarettenstummeln, die in faltigen Händen gehalten wurden. Männer, die getragene Kleider am Leib hatten, die sich kannten in einem Augenzwinkern, in der Farbe, mit der sie einen Namen zur Begrüßung riefen.

Auf einer improvisierten Holzbühne wurde ein Handpuppenspiel aufgeführt, Schwein, Hexe, Kasperle, die einen Medienzaren und ein korruptes Parlament nachstellten, dazwischen ein Affe, der aufgeregt die Welt retten wollte. Schließlich musste auch Waclaw lächeln. Und da war Alois, zwischen ihnen, aber stiller, Alois, der nicht klatschte oder mit den Füßen den Takt gab, der hinausspähte aus dem Scheunentor, ein mildes Dunkel über den Hügeln. Du wirst das nicht los, sagte er und setzte sich mit Waclaw an einen Tisch am Rand. Sie tranken Anisschnaps, Glas auf Glas.

Die hohen Töne einer Geige.

Draußen auf der Wiese wurde ein Feuer entzündet, Leute klatschten. Waclaw fand, sie klatschten laut.

Sie sahen hinaus.

Erinnerst du die alte Kegelbahn, fragte Alois schließlich. Du hast dein Taschengeld verdient da unten. Alle Kegel wieder aufgestellt.

Er redete leise, als wäre das, was er sagte, nur für Waclaw bestimmt.

Die langen glatten Holzbahnen unterm Birkeneck.

Er sah Waclaw nicht an.

Ich bin immer noch dabei. Die Kugel rollt und rollt. Aber es gibt keine Kegel.

Ihr habt damals ganz schön viel gesoffen da unten.

Alois lachte.

Ja, aber auch das ändert nichts.

Wieder sah Alois auf seine Hände. Und dann kommst du

wieder, sagte er, und etwas ist anders an dir, es ist wie ein Geruch, den du mitbringst.

Etwas Schnaps schwappte über den Rand ihrer Gläser, als sie anstießen. Und Waclaw war nicht müde. Er hatte Mátyás' Stimme gehört, als er das Zeug schnupfte, es war ein letzter Rest, eingenäht in den Saum von einem Kapuzenshirt, wieso war es ihm erst heute eingefallen, kleine Kristalle, *Schnee hilft immer,* hatte Mátyás gesagt, *Amphetamine, Speed,* und wie sonst hätten sie es schaffen sollen, in den letzten Stunden der Schicht, immer wieder. Da war der deutliche Lavendelgeruch in Alois' Zimmer, und Waclaw schnupfte das Zeug und war nicht mehr müde. Er hatte das Tier ausgepackt und es auf das Fensterbrett gesetzt, *nimm sie mit nach Norden,* dann kam der Schnee, hell und leicht, und er war nicht mehr müde. Er konnte zusehen, wie das Tier leise zu fauchen begann, kein Land, kein Wasser, die Froschfüße und das Löwenmaul, der verwitterte weiße Stein, kaum größer als ein Stück Seife. Auf dem Holz schien die Unterseite eben, einige braune Risse durchzogen den Rand. Darauf kauerte das Tier, starrte nach vorn. Ein Löwenkopf mit angelegten Ohren, als würde es sich anpirschen, die Mähne ging fast nahtlos über in den Rücken. Aber es war kein Löwe. Vorn aus dem Maul staken schief zwei Zähne, die eher an ein Menschengebiss erinnerten, an ein haariges Menschengebiss mit einer breiten Schnauze. In allem der bräunliche Dreck vieler Jahre. Das Tier hatte Froschfüße, es spreizte seine Schwimmhäute auf einem Grund aus Stein, es legte die Löwenohren an, wie zum Angriff, es schien dem Wasser entstiegen, und doch an Land nicht heimisch zu sein. Es ähnelte ihm. Die rollenden Augen, das Misstrauen, wenn er mit Fremden sprach. Er sah die Löwenzotteln an den Beinen. Der Körper war nicht der eines Löwen. Er hatte etwas Träges an sich, etwas Weichliches, Rundes, als würde die angespannte Mimik sich nicht übertragen. Als wäre da etwas Schwaches, eine Lähmung, ein weicher Grund. Als würde der Boden nun das Tier halten, das schon zu lange nur drohte. Das nicht mehr zu dem einen noch zu dem anderen gehören würde, nicht mehr zum Wasser, nicht ganz an Land. Waclaw sah zur Tür. Er hatte Schritte auf dem Gang gehört. Alois klopfte, er folgte ihm in die Scheune, sie tranken, und er war hellwach, als Alois von dieser Kegelbahn erzählte, die niemand hier je gesehen hatte. Nicht die braunen Polstermöbel am Rand. Nicht die Ziffern der Digitaluhr, die rot leuchteten, wenn alle längst gegangen waren. In der Ecke stand der Junge mit den zusammengewachsenen Augenbrauen und sah sie an. Waclaw erkannte einige Gesichter aus der Kapelle wieder.

Du brauchst keine Angst haben vor meinen Leuten, sagte Alois. Ich weiß, sagte Waclaw. Und sie beide wussten, er hatte es ein wenig zu schnell gesagt.

Sie sahen Elena im Halbdunkel der Scheune. Sie stand am Rand und sah zu, wie sich zwei ältere Frauen neben ihr unterhielten.

Ihr könntet tanzen, sagte Alois.

Waclaw nickte. Das könnten wir.

Aber er blieb sitzen und spürte, wie Alois ihn musterte, als könnte er durch ihn hindurchsehen, bis zu diesem lautlosen Pochen, das Waclaw schon oft bemerkt hatte, das sich in ihm ausbreitete, als könnte es alles, was er sah, zerteilen, und diese Teile würden sinken, aber da war kein Grund, kein Bild, das sich ergab.

Und während die Handpuppen schlaff über dem Rand

der Bühne lagen, während Säuglinge durch das Dunkel nach Hause getragen wurden und einige Paare tanzten, saß Waclaw da, und erst unter all den Menschen fiel ihm auf, wie gern er Milena erzählt hätte, zumindest von dem trockenen Lehm des Scheunenbodens, auf dem die Kinder bis spät in die Nacht barfuß liefen.

Er stand auf und ging hinaus. Die Wiese war kurz und gleichmäßig geschnitten. Die Mädchen hatten es am Tag nicht abwarten können, jetzt hatten sie grüne Fußsohlen, und ihre Augen schimmerten vor Müdigkeit. Er dachte an seinen Vater und Alois, die fettigen Brillengläser, seine verfluchten Tauben, die nichts für ihn umkehren konnten, was wollte er, was wollte Alois von ihm, *nimm sie mit nach Norden,* er lief, Waclaw lief, er war nicht müde, und Alois lief mit ihm und die Zeit lief mit ihm, und er konnte ihn sehen, Alois, das leichte Zittern seiner Hände, er konnte ihn hören, *du warst nie allein mit dem Grubenhund und seinem stählernen Fell, du hast sie nie verwunschen, die Siedlungen und die Taggesichter, wir haben dich geformt aus einem Klümpchen Staub unter Tage, du bist aus einem Wölkchen, das jemand bei Frost in seine Hände geblasen hat, deine Eltern haben dich geliebt, wie sehr haben sie dich geliebt, wie sehr wollten sie dir diese Welt schenken, in die du nicht gehörtest, so wenig wie sie,* Waclaw sah zurück, *aber sie wollten es dir nicht glauben,* er stolperte, *was war das für ein Architekt, der diese Leben entworfen hat, eingewickelt in den ärmlichen Vorhang eures Schlafzimmers, er war der Schatten unter der Gabel, die zum Tischgebrüll fallen gelassen wurde, er war der Saum des Kleides, das verlängert wurde, er war die fallen gelassene Zigarette und der Halbmond über dem Hühnerstall, er war das Läuten der Messdiener,* Waclaw rappelte sich auf, lief weiter, *und das vollgetankte Moped an der Tank-*

stelle, er war die Einsamkeit des Dartspielers und der Dampf, der in den Waschkauen hing, während sich die Männer die Rücken gegenseitig abbuckelten, über den Köpfen von euch Jungen war er die Stille, in der ihr die Lineale zum Unterstreichen der Merksätze auf das Papier gepresst habt. Waclaw lief mit großen Schritten durch das geschnittene Gras.

Alois war in der Scheune geblieben. Von ferne konnte Waclaw sehen, wie ein Gitter über die Glut des Feuers gezerrt wurde, Funken flogen auf, die Hügel waren umrissen von dunklem Blau. Zwei Mädchen hielten Stöcke in die Flammen, rissen sie über ihre Köpfe und rannten wie mit Fackeln in die Dunkelheit.

Er hatte sie nicht erwartet dort draußen. Elena stand nah am Feuer und der Wind kam von der Seite und presste ihr Kleid leicht an sie, er konnte die Konturen ihres Körpers sehen. Sie blickte zur Seite in das Dunkel der Wiese, in die Richtung, in der die beiden Mädchen verschwunden waren, die Glut krachte, und graue Schwaden von Rauch stiegen in Richtung der Berge. Sie sah Waclaw an, und dann sah sie zur Seite.

Er ging. Er lief eilig in Richtung der Berge. Er nahm im Dunkeln die Abkürzung über das Feld, und alles war leicht und drehte sich, und er war nicht müde, er hatte noch eine Flasche dabei, und die Nacht war eine lautlose Melodie, da war Milena, die frische Laken auf die Liegestühle legte, während die bleichen Körper der Hotelgäste wie schwerelos vor ihr in dem heißen Salzwasser trieben, Unterwassermusik, als hätte die Welt ihnen nichts mehr zu bieten. Sie stand am Rand, ein schöner Mensch, der ihnen vollkommen gleichgültig war, für neun Złoty die Stunde.

Waclaw lief. Die Wiese war uneben, und er riss sich beim Übersteigen eines niedrigen Zauns die Anzugjacke ein. Dann blieb er stehen und strich lange mit dem Finger über den Riss.

22. Kapitel
Eine künstliche Sonne

Er fand Waclaw früh am Morgen am Feldrand, Sonnenblumen mit schweren braunen Köpfen, die meisten Wiesen schon gemäht. Er fand ihn neben seinem Erbrochenen schlafend und blass, eingewickelt in die zerbeulte Jacke seines Anzugs. Wie etwas, das von weit oben gefallen war.

Alois hockte sich neben ihn, ohne ihn zu berühren.

Er sah, dass Waclaws Haar dünn geworden war an den Schläfen.

Mein Junge, sagte er leise.

Halb trug er ihn zurück, den langen Mann, gestützt auf seine Schultern, neben ihnen nur das gleichmäßige Pochen eines Elektrozauns.

Er lag über Tage in dem kleinen Zimmer am Hang, ab und zu kam Alois an die Tür, er stellte ihm eine heiße Suppe hin oder etwas Brot, er fragte nicht weiter.

Hinter den Jalousien war das Geräusch der Straßen, war alles wieder da, die Motoren, das Hupen, der Ruf des Muezzins. Die Nacht war nicht dunkel. Sie leuchtete wie unter einer Gasfackel. Wie unter einer künstlichen Sonne. Es stiegen Wörter in ihm auf, Wörter seines Vaters, er konnte ihn hören, *kommst doch wieder nach Haus, mein Jung*. Er konnte ihn sehen. Tomasz, der alt geworden war, der niederkniete, *pod twoją obronę*, das Mariengebet, die Münze, die er unter Tage um den Hals trug. Die niedrige Kniebank im Flur, das Tischgebet, der Geruch von gekochter Rote Bete. *Pod twoją obronę uciekamy się – unter Deinen Schutz und Schirm fliehen wir,* die schwarze Madonna mit dem Kind war auf das Silber geprägt, polnische Bergarbeiter, ihre Vereine, das Husten seines Vaters, um seinen Hals trug er das Amulett. Waclaw konnte diese Fetzen hören, zwischen den Lamellen der Fensterläden zogen Schatten vorbei, und erst nach einer Weile verstand er, dass es Tauben waren. Er trank Wasser, er lag in dem kühlen schattigen Zimmer am Hang.

Einmal stand Elena in der Tür.

Wo bist du gewesen? fragte sie. Alois sagt, du wolltest nur noch zurückgehen.

Ja.

Waclaw schloss die Augen. Das Zimmer drehte sich.

Woher hattest du das Zeug?

Er schwieg.

Alois hat mir von der Taube erzählt, sagte Elena. Dass du es vielleicht tun wirst, sie mitnimmst.

Er schloss die Augen. Das Zimmer drehte sich.

Und was zur Hölle willst du von mir, sagte er.

Dann war es wieder ruhig.

Und während Alois ihm Flaschen Wasser an die Tür stellte, vor dem Fenster die Schatten der Vögel vorbeizogen, sein Rücken schmerzte und er mit einem Mal wusste, dass er nicht bloß auftankte, um bald wieder zu Kräften zu kommen, dass etwas von dieser Erschöpfung bleiben würde, dachte er an Rotterdam, an die großen Öltanks und die Werften, in denen sie die Rigs aufbauten, Strahlruder und Propellergondeln reparierten, und dass es der einzige Ort war, an dem er sicher eine Arbeit finden würde. *Waclaw*, hatten sie nach dem Unfall zu ihm gesagt, *geh heim, mach Pause.* Als wäre es einfach eine Strecke mit einem Alpha und einem Omega, die er wieder zurückfahren konnte. Wind drückte gegen die Kabinen. Vielleicht hätte er damals schon aufgegeben, wenn er Mátyás nicht begegnet wäre. Aber vielleicht war auch er – und dieser Gedanke war wie ein spitzer Stein –, vielleicht war auch Mátyás müde geworden und wusste nicht mehr, was er in all diesen Bergen, von denen er ihm immer nur erzählte, suchte.

Einige schafften es, nach ein paar Jahren aufzuhören. Sie legten, was sie verdient hatten, beiseite. Bauten Häuser – kehrten zurück in diese Welten, die über Jahre die Innenwände ihrer Spinde ausgekleidet hatten, Eselsohren in Kinderlocken und Plastikrutschen, abgegriffene Fotos. Papier, das man hervorholen konnte. Papier, das manchmal nichts anderes sagte, als dass die Zeit nicht stehenblieb. Nicht für ein Bild. Nicht für Andrej. Nicht für Pippo. Nicht für ihn. Andere trieben ab. Ohne zu wissen, wohin die Strömung sie trug. Ohne zu wissen. In all dem war Mátyás einer der wenigen, der aus sich selbst heraus zu schwimmen schien, eine Nadel, ein innerer Kompass.

Wenn Waclaw erwachte, sah er das Tier auf dem Fensterbrett. Er wusste, dass sich draußen die Septemberstille von Alois' Dorf ausbreitete. Er sah den Speckstein und er dachte an Strände aus toten Korallen und Hütten aus Pandanuss, aber all das ergab keinen Sinn.

Ab und zu fuhr ein Wagen vorbei, oder er hörte die Melodie des Radios, das leise in Alois' Küche spielte. Sonst war es ruhig. Sie würden die Scheune aufgeräumt und den Toten aus der Kapelle getragen haben, die Turnerinnen würden ihre Ringe eingepackt und die Herren ihre Bocciakugeln abgewischt haben, kein Staub von diesem Tag. Alois fragte ihn nichts, Waclaw lag in dem Zimmer am Hang, gekalkte Wände, der Lavendelgeruch, der große schwere Schrank, er hatte keine Eile, so bald wieder aufzustehen.

Ab und zu sah er vor sich noch das dunkle Holz des Stegs. Und er dachte oft zurück an diesen Sommertag, an dem sie lange am Rand der Böschung gehockt hatten, Milena neben ihm, im Schatten unter den Bäumen. Das Licht vom See flackerte im Blattwerk und schickte unruhige Streifen die Baumstämme hinauf. Sie sahen die Muskeln der Schlange, die sich langsam, rhythmisch, in einer pumpenden Bewegung verschoben. Die neue Haut war dunkel und frisch. Und warum, dachte er später, sollten sie nicht an einem Ufer sitzen, einer Kreuzotter zusehen, die sich hier im Gebüsch häutete, warum schien alles falsch, wenn kein Geld da war, für Auto und Benzin und Busticket und Zeitung. Was konnte falsch sein an diesem Licht?

Es war viel später, dass sie ihn auf der Plattform anrief. Milena erzählte, dass sie begonnen habe, sich gleich nach dem Kaffee die Zähne zu putzen, damit der Zahnschmelz nicht braun werde, sie erzählte ihm solche Dinge. Aus der Ferne versuchte er sie sich vorzustellen, aber er hatte kein Gefühl für ihren Mund, oder für den Ort, an dem sie jeden Morgen zusammen aufgewacht waren. Als hätte sich eine Glaswand dazwischengeschoben, vollkommen lautlos. Und als würde eine Zahnbürste etwas daran ändern können. Sie sprachen lange, und wenn die Sätze abrissen, hörten sie auf die Entfernung in der Leitung, die ein Eigenleben zu führen schien, die sich aufrichtete, zwischen ihren Worten.

Die Winterabende waren kalt und dunkel, wenn er zurückkam, und sie saßen in dem kleinen Häuschen vor dem Ofen, sahen in die Nacht, als erwarteten sie etwas. Wenn er nach zwei Wochen abreiste, hatte er immerhin wieder ein Gefühl dafür, wovon er wegfuhr, auch wenn dieses Wovon, diese Welt, ihn nicht brauchte. Die anderen Länder hingegen waren aufregend, der Schnaps war anregend, der Tanz, die Musik brauchten den langsamen Rhythmus nicht, der die Jahreszeiten auf das Land und zwischen die Zaunpfähle presste. Es war die andere Seite des Atlantiks. Es gab den verdammten Krieg nicht in den Köpfen, und die Wiederbewaffnung nicht und die verdammte Zeche, all das. Die Männer saßen um ihre vollen Gläser und erwarteten die Zukunft. Sie rissen sich den Arsch auf dafür. Die Kontinente drifteten, das Öl war Millionen Jahre alt, der Winter war dunkel auf dem Dorf. Er berührte ihren Bauch, als er fuhr.

Später dachte er oft daran zurück. Es war eine Berührung, die beiläufig geschah. Es war eine Berührung, die dann nicht mehr geschah. *Kein Junge, kein Mädchen, aber ich bin gesund.* Ihr Brief erreichte ihn nach zwei Wochen auf der *West Aquarius*, er arbeitete, krank, Tage, Nächte, er ließ sein Ticket verfallen, die Städte waren schnell und einsam, *komm nicht mehr,* er zerriss den Brief, auch das würde er später bereuen. Er saß an fremden Küsten, sah den Fischern zu, die letzte Reste aus ihren Netzen zu den Seevögeln warfen, er sah die Vögel, die immer gleich hungrig waren. Die müden Wellen am Strand. Die Barkeeper, ihre weißen Hemden. *Komm nicht mehr.*

Er lag in dem Dämmerlicht und sah das Tier, seine Froschfüße und das Löwenmaul, dann schlief er wieder ein, in der Stille hörte er das grelle Geräusch der needlepistols, mit denen sie den Rost vom Deck kratzten.

Der Wind trieb Wolken vor sich her, die sich am Morgen verdichtet hatten. Es war der erste schwere Regen, seit er unterwegs war. Die Felsen waren nass, und als Waclaw an der Weggabelung ankam, hatte er Mühe, das Blech zwischen die Steine zu klemmen, war die Strömung doppelt so stark, er spürte den Druck auf seinen Schultern.

Das Wasser war kalt. Es spritzte gegen den Stein, das Moos leuchtete, wo das kleine Rinnsal den Berg herunterkam. Er roch den Schweiß der letzten Tage an seinem Körper, und alles schien weit entfernt. Das Fest. Das verdammte Gras in Ungarns Weite. Das grüne Plastik in Alois' Schlag. Der Morgen war noch milchig und trüb, und er zitterte, als er das Blech wieder von den Steinen nahm. Er wusste nicht, ob es nur die Kälte war. Weit unten lag das Haus, lag Alois mit seinen alten Träumen. *Nimm sie mit nach Norden.*

Er rieb mit einem schmalen Handtuch über die Haut. Als er sich bückte, spürte er seinen Rücken. Die Drei, die Vier. Er stand auf den Felsen und wartete, während die Sonne allmählich höher stieg, er zog sich langsam an. Er konnte mit dem Finger über den eingerissenen Stoff des Anzugs fahren und mit nackten Füßen in seinen eigenen Stiefeln stehen wie ein Gast.

Er sah hinunter zu den grünen Bohnen, die Landschaft hatte sich verfärbt mit dem Regen. Und er ging, Waclaw, mit steifen Schritten vorbei an dem niedrigen Vordach, unter dem

Alois saß – er sah seine gebrechlichen Hände und die Konzentration, mit der er die Schale in dünnen Streifen vom Apfel schälte. Da bist du ja. Alois versuchte zu lächeln.

Am Nachmittag stand Waclaw am Fenster und sah hinaus zu dem Schlag. Der Regen war wiedergekommen, und er betrachtete die Taube.

In der Frühe erwartete er ihn schon, als Alois aus dem Haus kam. Er sah ihm entgegen in seinen Pantoffeln, und er konnte hören, dass er von den wenigen Schritten den Hang hinauf außer Atem war.

Alois setzte sich in den großen Klappstuhl, in dem er immer saß. Darauf war ein Streifenmuster gedruckt wie aus einem alten Werbespot für einen VW-Käfer.

Da bist du ja, sagte er leise.

Ja, sagte Waclaw.

Sie sprachen nicht, während Alois die Luke öffnete und eine nach der anderen sich abstieß. Sie kreisten einmal über dem Schlag, um dann ihre großen Bögen zu ziehen. Hier war das Rauschen ihrer Flügel, hier war die Stille über der Siedlung, darin das leise Gemurmel von Gebeten. Seine Mutter, die Tanten, die Rosenkränze. Bis zuletzt die Angst, dass es nicht ausreicht. In ihren Gesichtern heulte ein Wind, auch wenn sie im Warmen saßen, Decken klöppelten. Er dachte an die Filipinos, die in jedem Hafen die Gottesdienste in ihren Heimatsprachen besuchten.

Alois hatte beide Arme auf die Stuhllehnen gelegt. Sein Atem ging allmählich etwas ruhiger.

Wie weit ist es? fragte Waclaw.

Alois drehte sich langsam zu ihm. Seine Augen sahen klein

aus hinter dem eckigen Gestell der Brille. Er sah ihn eine Weile schweigend an, als versuchte er, etwas zu lesen. Dann zog sich ein Lächeln über sein Gesicht. Mein Junge, sagte er.

Aber Waclaw öffnete die Hand, als müsse er ihm etwas vorzählen.

Ich habe nachgesehen, sagte er. Es sind gut tausend. Plus die Kopfwinde. Plus die Berge. Plus die Nacht. Bist du sicher?

Alois sah ihn an. Komm, komm, sagte er.

Er sagte Alois, er brauche kein Auto.

Wie willst du sie sonst mitnehmen?

Ein Freund von Alois mit langen dünnen Unterarmen und einer selbstgebauten betonierten Grube, deren Kanten schief und unregelmäßig waren und voller schwarzer Ölflecken, kümmerte sich darum. Flavio verzog das Gesicht, als sie den Pick-up auf den Hof schoben. Ein weißer Fiat Fiorino älteren Baujahrs, auf der Ladefläche hatte man früher Stroh und Silage transportiert.

Über Tage konnte Waclaw seine Arme in dem Spalt zwischen Grube und Autoboden sehen, eine unruhige Lampe, manchmal hörte er Flavio fluchen.

Alois zeigte ihm das Futter, die Papiere des Vogels. Und natürlich hatte er sie trainiert. Marcello, der ein Cousin von Elena war und fast wöchentlich als Lastkraftfahrer die Strecken bis nach Brescia und Bergamo fuhr, hatte sie mitgenommen und sie hoch auf den Brennerpass gefahren. Jeder, der Alois einmal gesehen hatte, wenn die Tauben zurückkehrten, wusste, warum Marcello es immer wieder für ihn tat. Sie ist Höhenluft gewöhnt, sagte Alois.

Waclaw lief in den Ort. Er kaufte in der Bäckerei kleine Torten und Dolci für Enni, nahm die staubige Straße und ging dann die Allee mit dem Rotdorn hinauf bis zum Haus. Er konnte das Licht unruhig unter den fedrigen Blättern flirren sehen, und während sie auf der Terrasse saßen, mit Kuchen und Limonade von den Zitronensträuchern, sahen sie ein paar Mal in Richtung der Berge, und Elena fragte, wie lange er noch bleibe und wann er aufbrechen werde, und für wie lang, und Waclaw sagte, ich weiß es nicht.

Aber wozu macht ihr das mit der Taube? Elena sah ihn an.

Er strich die Pappe glatt, auf der die Törtchen gestanden hatten. Sie war mit Gold beschichtet.

Weißt du, sagte er, wenn du lange da draußen gewesen bist, dann stellst du dir vor, was du essen wirst, wenn du wieder an Land kommst, und wo, und mit wem, und du wartest auf die Post, die vom Festland kommt, auch wenn du weißt, dass nichts dabei sein wird. Ein Schiff legt an, oder sie fliegen die Post ein, wenn neue Arbeiter kommen. Es gibt so einen Kult um diese Postsäcke. Du hast keinen Empfang und kein eigenes Telefon. Und wenn mal was kommt, egal was, wird es ungeheuer wertvoll. Du liest einen Brief nicht nur einmal, und wenn sie dir etwas schicken, so was wie so ein Törtchen hier – dann stehen diese riesigen Kerle da wie an Weihnachten. Oder Jeff bekommt ein Matchboxauto geschickt, von seinem vierjährigen Sohn. Zum Geburtstag. Die ganze Woche schleppt er es herum, und setzt es beim Essen neben seinen Teller. Das Schlimmste ist, wenn es nichts zu tun gibt. Wenn sich der Meißel festgefressen hat. Dann kriecht so eine Angst in dir hoch. Und dann willst du wieder nur auf die Post warten und überlegen, was es zu essen geben wird.

Er strich sich die Hose glatt.

Alois war fast zwanzig Jahre da oben.

Enni biss in einen doppelten Biskuit mit roter Füllung. Unter dem Rand ihres Sonnenhuts sah sie Waclaw an.

Weißt du, wie sie dich nennt? fragte Elena.

Mich nennt?

Elena grinste. Waccio, sagte sie.

Der große Waccio.

Waclaw schluckte. Dann nahm er einen Schluck von der Limonade. Er konnte die Kirschbäume sehen. Er konnte sie hören, Kinder, die seinen Namen riefen, die in den Baumkronen versteckt saßen. Für einen Moment sahen sie beide auf das Mädchen.

Nach drei Tagen kam Flavio aus der Grube und unter der Motorhaube hervor. Der echte Flavio, mit Kopf und Hals und einem Gesicht, ausgezehrt wie trockenes Weißbrot, aber kantiger und verölt, klopfte mit seiner flachen Hand auf das Blech. Er ist so weit. Alois hob die Augenbrauen.

Dann wirst du bald fahren, mein Junge. Bevor der Herbst kommt. Du weißt, wie schnell es kalt wird da oben?

Waclaw nickte.

Am nächsten Tag saß Alois in der staubigen Kammer mit den Futtersäcken und war damit beschäftigt, Mais und Linsen und geschrotete Erdnüsse in alte Büchsen zu füllen. Die Genauigkeit, mit der er alles noch einmal durch seine Hände gleiten ließ, bevor er es in die Dosen füllte, ließ an eine geheime Rezeptur denken, in der alle Wege und Gefahren der Reise schon einkalkuliert waren. Waclaw lehnte in der Tür, er sah, wie die Stoffbahn des Klappstuhls unter Alois spannte, das Alugestell gab leise ächzende Geräusche von sich, wenn er sich bewegte.

Der Rand von Alois' Brille schimmerte kastanienbraun, und es schien, als hätte er sie nur aufgesetzt, um die Genauigkeit zu unterstreichen, mit der er hier vorging, während seine Hände doch wie blind die richtigen Anteile fanden. Waclaw hatte still zugesehen, und ihm war das Wort *geduldig* in den Sinn gekommen, obwohl er nicht sicher war, ob einer von ihnen geduldig sein konnte, ob ihnen nicht vielmehr etwas im Nacken saß, eine unbestimmte Eile, als wäre der Winter, der über die Berge kommen sollte und von dem alle immer nur redeten, etwas anderes als *nur Winter.* Vielleicht machte dieser Schnee nur deutlich, dass es Ränder gibt, hinter denen alles Bekannte abzubrechen droht, eingehüllt in ein mächtiges großes Weiß.

Es waren sechs alte Konservenbüchsen, Futter, das sie noch mal stärken sollte für den Flug, diese Reise zurück, als hätte Alois dort im Norden noch etwas vergessen. Die Dosen band er mit Plastikträgern zusammen, die sonst am Strand herumlagen. Tiere konnten sich darin verheddern, das hatte Waclaw einmal im Hotelfernsehen gesehen, ziemlich zu Anfang, und er war erst spät und über dem Gedanken, dass Seetiere ertrinken können, eingeschlafen. Ein paar Dosen verstaute Alois in einer Extrakiste, er hatte sie mit rotem Band umwickelt, es war das Futter für den Abend, unmittelbar vor dem Abflug. Dann hob er die Säcke zurück in das Plastikfass und schraubte den Deckel zu. Das gab ein leises Schnalzen, wie von einem Kind, das Schnalzen erst üben muss, und er ließ sich wieder in das Halbdämmer des Klappstuhls fallen. Er schien doppelt so schwer wie zuvor.

Was hat Elena gesagt? fragte er leise.

Es schien ihn anzustrengen, Waclaw in dem hellen Türrahmen stehen zu sehen.

Cos'ha detto? fragte Alois noch mal.

Sie sagt, es ist gefährlich.

Etwas Luft zischte durch seine Zähne. Ist sie jetzt Tierschützerin?

Waclaw schüttelte den Kopf.

Nein, sie meint für dich.

Das sagt sie?

Alois biss den Kiefer zusammen.

Sie muss mich für einen ziemlich sentimentalen Rentner halten. Dass ich all die Jahre lang nicht gewagt habe, auch nur einen Vogel die gesamte Strecke fliegen zu lassen, hast du dich nie darüber gewundert? Die Schlesier, die Preußen, sie haben nichts anderes gemacht – Weitstreckenflüge von Königsberg oder Danzig, und was lag ihnen daran? So konnte ich mir immer einreden, ich sei nur eine gute Flugreise weit entfernt.

Alois sah auf.

Letztes Jahr hatte ich Mäuse im Futter. Die können sie umbringen. Oder Schimmel. Aber für den Rest hat sie Flügel. An jeder Seite einen. Und ihre Federn sind perfekt. Jetzt lass den Quatsch und hilf mir ein bisschen.

Nüsse und viel Fett und immer klares Wasser. Lass dir nicht zu viel Zeit. Er trichterte Waclaw ein, auf das Wetter achtzugeben, auf die Flughäfen mit ihrem starken Radar, auf die Winde, auf Greife am Himmel. Du weißt, wie wichtig das Auflassen ist, sagte er. Daran hängt alles.

Dann ging Waclaw, um das Auto zu holen.

Flavio saß auf dem Rand seiner Grube und ließ die Beine baumeln. Es war schwer zu schätzen, wie alt er war. Seine Latzhose war voller Flecken, er bewegte sich gelenkig, aber seine Zähne waren schlecht und seine Haut lag dünn über Muskeln, die sich allmählich zurückgezogen hatten. Flavio sah den Fiorino an, als würde er noch einmal alles durchgehen, jedes Kabel. Waclaw konnte sehen, dass er das Auto geputzt hatte, zumindest die Windschutzscheibe. An den Gittern, die zwischen Fahrerkabine und Ladefläche befestigt waren, hingen noch einige Strohbänder. Flavio sah ihn kommen und stand langsam auf. Es fiel ihm schwer zu zeigen, wie stolz er war, und so stand er fast unbewegt, mit einem unterdrückten Lächeln, und hörte an, was Waclaw zu sagen hatte, während er staunend um den Pick-up herumging. Sie fuhren eine Proberunde, und Flavio ließ den Ellenbogen aus dem Fenster hängen. Dann fragte Waclaw nach einem Preis, und Flavio schüttelte den Kopf.

Per Enzo, sagte er. Und du bist zu Fuß gekommen.

Waclaw protestierte, er müsse das Geld ja nur holen.

Aber Flavio schüttelte wieder den Kopf. Er würde nichts annehmen. Er klopfte auf das Blech.

Warm brauchst du's ja nicht haben, sagte er. Dann räusperte er sich. Er habe die Strecke auf der Karte angesehen. Er habe nicht gewusst, dass es so weit sei.

Weißt du, wie wichtig das ist für Enzo? fragte er.

Dann sah er auf seine Hände und sprach leiser.

Du könntest sie früher loslassen. Du könntest ein paar Tage warten – dir ein Zimmer nehmen auf der Hälfte der Strecke.

Waclaw sah ihn an.

Wozu?

Was meinst du?

Wozu sollte ich das tun?

Flavio lachte.

Sei esattamente come lui.

Dann erklärte er ihm die Lichtanlage.

Waclaw kaufte Kapern und ein Huhn und Tomaten und Knoblauch und er kochte das Huhn und nahm den Sud, die Tomaten schwammen darin, und sie gaben es über die Kartoffeln und saßen vor ihrem Haus, das Licht der Kerze flackerte, es war noch nicht dunkel.

Elena lobte das Essen, und er sagte, er habe lange nicht gekocht, und sie fragte, warum nicht, und er sagte, sie seien essen gegangen, er wisse gar nicht mehr, wie das alles funktioniere. Ihr Lachen hallte durch das große beinah leere Haus, und dann brachte sie ihn in Sandalen zur Tür und winkte ihm lange nach. Er hatte es abgelehnt, Alois' alten Kadett zu nehmen. Aber bevor sie es wusste, hatte sich ihr die Karosserie des Fiorino eingeprägt und wehte in den nächsten Tagen wie ein Schatten durch ihren Geist, wenn sie auf die lange helle Allee schaute.

Der Taubenkorb war aus Rohrgeflecht. Waclaw fuhr mit dem Finger über das Brandzeichen im Holz, als er ihn auf den Beifahrersitz setzte. *RV Kehre wieder.* Er konnte sich an die Stapel der Taubenkisten erinnern, die Transporter, das Gurren, bevor sie aufgelassen wurden. Die Reisevereinigung, die Siegeluhr im Anschlag. *Jupp, sind die Tauben schon zurück?* Zu warten. Sonntagvormittage. Die Gitter der Kiste ließen sich seitlich verschieben, einige Hölzer waren ausgetauscht worden, der Boden war bedeckt mit Sägespänen. Der Korb war so breit und so hoch wie zwei Schuhkartons. Alois hatte Mittelstangen eingefügt, an dem jungen Holz wetzte die Taube sich den Schnabel. Ihr Hals schimmerte grünlich, das Muster ihrer Flügel, schwarzweiß gehämmert, war glatt und glänzend. Das Auge war ein Glasauge mit Roteffekt, und er konnte ihre roten warmen Füße spüren, als er sie probeweise in den Händen wog. Das bläuliche Federkleid. Sie sah nach den drei Männern und der Frau, die vor der Transportbox standen.

Sie kennt das schon, sagte Alois, sie weiß, dass es losgeht.

Das Mädchen kam aus dem Fiorino geklettert. Eine Kette aus Plastikperlen baumelte am Rückspiegel. Sie grinste.

Waclaw schlief unruhig in dieser Nacht. Er hatte an seinen Vater gedacht, an die dünnen Beine und die aufgeschürften Knie im Gebiet der Esse. Kurze Hosen, der Zirkelkasten und das Konjugieren von Vokabeln, in denen das Wort Esse Sein bedeutete, oder Leben. Es schien ein Gebiet, in dem man Möglichkeiten denken konnte, ohne einen Anspruch auf sie zu haben, als müsse man sie verlieren, wie den kleinen Hund, den sie einen Sommer lang an einem langen Band durch die Siedlung führten, um ihn dann mit den Nachbarskindern am Rand der Wiese zu begraben. Leben und Esse, das Leben auf der Esse, immer schien dieser Ort etwas anderes zu bedeuten, als hätte er sich längst von denen, die darauf lebten, abgewandt, diesem Dunklen zu, das mit der Hitze begann. Die Mergelschicht in Westfalen ließ die Temperatur auf hundert Meter Tiefe um drei Grad ansteigen, das Steinkohlenrevier mit all seiner Dunkelheit und dem Staub entsprang einem Feuer, einer Hitze, über die sie nichts wussten. Die Esse, immer nur eine Möglichkeitsform von Leben, Tage, die sie in engen drei Zimmern beheizten, mit Blick auf den Bordstein und die neugebaute Kanalisation. Alles Fortschritt, zwei Schenken, ein regionaler Fußballverein, der seine Spieler, so hieß es, aus der Gegend rekrutierte. Es war ein Anrennen gegen die Esse, zumindest bei einigen.

Am Morgen sah Waclaw die Vögel ein letztes Mal kreisen. Alois, der ihn drückte mit seinen leichten Armen, er stand da in einer karierten Strickjacke und flachen Pantoffeln, die Futterdosen hatte er mit einem Wassercontainer auf der Ladefläche verstaut, nur die zwei Dosen mit rotem Band legte er ins Handschuhfach. Seine Augen glänzten, als er den Taubenkorb auf den Beifahrersitz hob.

Und auf einmal konnte Waclaw ihn sehen, scharf umrissen, klein, mit seinen wässrigen Augen und einer Furcht in seinem alten Herzen, die ihm galt, und sie war wie das Rauschen der Bäume, und kurz dachte er, dass es möglich war, nur dass es möglich wäre, dass Alois in diesem Rauschen verschwand. Waclaw lud die restlichen Dinge ein. Den Seesack. Den Anzug. Das Wasser. Die Decke. Zum Schlagen der Heckklappe Alois' etwas gebrechliche Gestalt.

Waclaw drehte sich noch einmal um.

Es ist möglich, dass du umsonst warten wirst.

Alois schien erstaunt und blieb stehen. Dann sah er auf.

Er kam noch einmal auf ihn zu, legte eine Hand auf Waclaws Schulter, wie um sich abzustützen, mit der anderen schien er nach seinem Kinn greifen zu wollen, aber die Bewegung verebbte in der Luft.

Er sah ihn an. Er zeigte wieder mit zwei Fingern auf seine Augen und sah zu ihm auf.

Nein, Wenzel Groszak, sagte er.

Verstehst du? Das ist es nicht.

Er stand da, kaum anders, als Waclaw ihn vor zwanzig Jahren gesehen hatte. Er sagte nicht: Du bist von allen doch der Einzige, der sich erinnert. Stand einfach da und winkte ein einfaches Winken.

Er startete den Motor des Fiorino nicht, löste nur die Handbremse und ließ die Kupplung kommen, der Pick-up rollte langsam die kleine Anhöhe hinunter. Der Taubenkorb stand neben ihm auf dem Sitz und war abgedeckt mit einem schlichten, dunklen Tuch. Aber die Art, in der Alois es glattgestrichen hatte, sagte, dass es um mehr für ihn ging als bloß einen Flug. Seine nackten Füße in den Pantoffeln, das Bläuliche der Adern an diesem frühen Morgen.

Er würde jeden Morgen seinen Schlag kontrollieren. Er würde warten. Waclaw rollte den schmalen Weg hinab und sah zurück, bis Alois verschwunden war. Sein Winken im Rückspiegel, das blieb, inmitten des Grüngelb der Straßen. Sie fuhren nach Norden. Sie waren auf dem Weg.

23. Kapitel
Und die Alpen waren ein Pferd, das sich aufbäumt

Der Motor brummte, Wind strich ihm über die Schläfen. Er hörte den Kies knirschen. Er nahm die kleinen Straßen, sie wurden steiler, und er ließ die Felder hinter sich, die trockenen Grabenränder und das Rascheln kleiner Tiere am Wegrand. Sie waren unterwegs. Er strich mit seinen langen Fingern über das Gitter, und wenn es die Taube in den Kurven zur Seite presste, spürte er durch die Stäbe ihr Gefieder. Etwas Leichtes. Fast schien es, als lehnte sie sich an seine Hand.

Mit Sorge sah er jetzt nach Greifen am Himmel. Von seiner ersten Kur hatte sein Vater ihm einen einfachen rautenförmigen Drachen aus Plastik mitgebracht, auf den ein Greifvogel gedruckt war. Die Tauben waren an diesem Tag über Stunden nicht zum Schlag zurückgekommen. Waclaw dachte an Falken, die sich aus hohen Felsnischen abstoßen würden. Manchmal hatten seine Augen sogar auf See noch den Himmel abgesucht, als könnte da noch etwas kommen, ein Schatten, ein Blinken, mehr nicht. Die ganze Straße von Hormus, sagte man, war überwacht von Falken.

Die Ortschaften, durch die er kam, waren klein und alt, es gab Rundbögen und Türme, die lange außer Dienst waren, es gab Brunnen, Kreisverkehre und Blumenrabatten, farbig wie auf einer Eisenbahnplatte, die jemand mit viel Mühe angelegt hat, jemand, der bestimmen kann, was in seine Welt gehört und was nicht, ein Bastler mit Drei-Millimeter-Halmen und einem Pulver für das Schimmern des Wassers, mit einer Farbe für die Steine und einen ewigen Sommer. Es gab hier keinen Sturm, nichts ging verloren. Er fuhr.

Die Mauern waren terrakottarot, und in den Türmen hingen Glocken wie ein vergessener Chor, ohne einen Laut. Kaum Menschen. Den ganzen Tag türmten sich im Norden die Gipfel der Alpen wie Ausläufer einer anderen Welt. Er fuhr nicht direkt darauf zu. Er legte sich am Abend unweit des Autos an den Rand von einem flachen, mit Büschen bewachsenen Fels. Die wenigen Orte, die er am Tag gesehen hatte, leuchteten schwach in der Dämmerung, über dem Land hing eine dünne Schicht wie von aufgewölbtem Staub. Er nahm die Taube heraus und hielt ihre Flügel zusammen und drückte sie leicht gegen seine Brust. Er ließ sie Körner aus seiner Hand picken und fuhr mit den Fingern hindurch. Die Sonne war bald hinter eine Felswand gesunken. Er hatte kein Licht dabei, nicht einmal ein Feuerzeug. Da war nur das leise Gurren, und er musste fast lächeln, weil ihm der Abend, alles an diesem Abend, so einfach erschien. Seine Kleidung würde klamm werden, und die Plane würde sicherlich zu dünn sein für eine Nacht so weit oben. Als die Wiese feucht wurde, legte er sich auf die Ladefläche des Pick-ups.

In der Nacht prasselte Regen auf das Autodach, er hörte, wie er stärker wurde und wieder abnahm, durch den kleinen Spalt, den er für die Luft gelassen hatte, konnte er hören, wie die Tropfen aus den Hängen ein Meer machten, darin wogte es, da war das Braun dieser Nacht, aber nur kurz, es klang wie eine Aufzählung, in der sich Tage und Wochen zu ähneln begannen, derselbe gleiche Takt, als würden sich auch die Bedeutungen angleichen, da waren keine Orte mehr, nur dieses Prasseln, das ihn umgab, und der Vogel, der neben ihm schlief.

In der Morgendämmerung saß er mit einer Flasche Wasser auf dem Fahrersitz, Enni neben ihm hatte den Kopf im Gefieder. Die Sonne war hinter den Berghängen geblieben. Er hatte Wasser an einem Bach geschöpft, und das Gurgeln zwischen den Steinen fraß sich langsam einen Weg in den Fels, wie das große Echo von etwas, das er nicht verstand. Er hatte nass und zitternd auf dem Felsen gesessen. Warum kannst du nicht einfach fahren. Idiot. Er wollte seine eigene Stimme hören. Wie lange hatte er Milena nicht gehört? Er erinnerte die Anzeigentafeln der Fluggesellschaften, vor denen Mátyás eine Münze geworfen hatte, wie sie alles, was sie brauchten, vor Ort kauften und dann in den Hotelzimmern zurückließen, und immer wieder das deutliche Gefühl, er würde noch viel mehr hinter sich lassen.

Er konnte wieder die Siedlung sehen, die Tauben in ihren weiten Kreisen, ein Falke, der von oben niederstieß, und wie der Schwarm in alle Richtungen auseinanderstob, aber anders, wie etwas, das blind wieder zusammenfinden wird. Nur eine einzige Feder, die durch den grauen Sommerhimmel der Zeche fällt.

Der Vogel wartete auf dem Beifahrersitz. Die Schatten wanderten. Aber kein Abdruck von Mond oder Sonne, nur die hohen Felsen vor diesem frühen Blau. Es war anders als auf See. Die Berge, alles an diesen Bergen, war gewaltiger, als er gedacht hatte. Stromleitungen. Trassen.

Die Lkws hatten ihre Lichter noch eingeschaltet, sie kamen direkt aus der Nacht. Er fuhr Nebenstraßen, er hatte keine Eile, so bald in den Norden zu kommen. Er schaltete das Radio ein. Ein Mann mit Gitarre sang *that red rose empire.*

Die Straße wand sich in kleinen Kehren den Hang hinab,

und es waren wenige Bäume da, und er war müde, als er in der Ferne zwei Menschen am Straßenrand stehen sah. Er hatte Mátyás' alte Kassette in das Radio geschoben, und sie leierte vor sich hin, als könnte sie sich nicht entschließen, etwas von ihrer gemeinsamen Zeit klar zu umreißen. Er lenkte den Pick-up weit auf die andere Fahrbahnseite hinüber, als er ihnen näher kam, er wollte nicht bremsen, obwohl er merkte, dass sie in seine Richtung sahen. Sie wirkten klein unter den hohen Felsen, ein Mann und eine Frau, gebückt, sie waren warm gekleidet, auf ihren Schultern wölbten sich Mäntel und darunter etwas, was aussah wie verschiedene Schichten von Wolle. Er wollte nicht anhalten. Er sah ihre Hände, als würden sie an den Daumen in die Höhe gezogen, und er fuhr langsamer und schließlich stand der Pick-up schräg, das Heck hinten aufragend. Er hörte die letzten Töne des Liedes, bevor er das Fenster herunterkurbelte.

Neben der Fahrertür stand eine kleine, ältere Frau, deren Gesicht zur Hälfte in einem Turm von Wollschichten vergraben war, ihre Haare lagen in einem platten Zopf auf dem Mantelkragen und sie lächelte unsicher mit geschlossenem Mund zu ihm hinauf. Er schaltete den Motor aus. Sie zeigte in die Richtung der Passstraße, die nach links in die Berge hinein in Richtung Norden lief, und er nickte. Aber dann zeigte er neben sich auf den Sitz. Non c'è posto per voi, sagte er. Uno, sagte er, ein Platz. Die Frau winkte den Mann heran. Er war vor dem Felsen stehengeblieben, er sah scheu in Richtung des Fiorino, als erwarte er, dass er sich jeden Moment in Bewegung setzte. Als er näher kam, schien er die Füße kaum vom Boden anzuheben. Sie flüsterte ihm etwas ins Ohr, und sie presste seine Hand, und er nickte.

Sie halfen ihm auf die Ladefläche. Auch er war in mehrere

Schichten Stoff gehüllt, und sein Haar war dünn und grau. Die Frau legte ihren Mantel um seine Beine und gab ihm ein Tuch, das er um seinen Kopf wickeln sollte, die Kleidung war verblichen und die gelben Aufnäher auf dem Mantel waren grau und schmutzig. Waclaw zeigte ihm, wie er sitzen sollte, er sah klein aus auf der Ladefläche und hielt sich fest mit Händen, die aussahen, als wären sie seit langem schwere Arbeit gewöhnt. Er lächelte Waclaw an, aber Waclaw sah an ihm vorbei. Er wusste noch nicht einmal, warum er es sagte, aber später, als die Frau neben ihm Platz genommen hatte und er die Handbremse gelöst und die ersten Kilometer hinter sich hatte, hörte er sich die wenigen Brocken Polnisch benutzen, die er von seinem Vater gelernt hatte, diese Sprache, die nirgendwo hingehörte, für die es keinen Ort mehr gab, nur den Geruch von Quitten, die im Backofen trockneten, vielleicht von Heu, vielleicht das Knistern von Heu.

Er sagte den beiden, dass er keine andere Sprache habe, und dann sah er geradeaus, als wäre der Platz hinter dem Lenkrad ein unerreichbarer Ort. Er zuckte die Schultern, wenn die Frau nach seiner Route fragte oder nach dem Vogel, wem er gehöre, was er mit ihm vorhabe. Gołąb, sagte er, Taube, und nickte, und er blieb dabei, auch später, als sie versuchte, etwas zu erzählen, von einem Fest, von dem sie kamen. Er fragte sich, wo die beiden übernachtet hatten und warum sie so viel Kleidung anhatten, aber auch das fragte er nicht. Die Frau fragte ihn, wie der Vogel heiße, er dachte einen Moment nach. Enni, dachte er dann, aber er schwieg.

Der Fluss, den er am Morgen zwischen den Felsen gesehen hatte, lief nun neben der Straße entlang, ein ausgewachsener Gebirgsbach in einem Bett aus großen Felsbrocken, die Straße daneben erhöht, in respektvollem Abstand. Er fragte sich, ob die beiden Alten einen Namen für den Fluss hatten und ob sie die Gegend kannten, und ob es etwas ändern würde. Aber die Frau neben ihm sah mit einem Ausdruck von Verwunderung und etwas ängstlich hinaus, und immer wieder drehte sie sich um und sah durch das vergitterte Fenster auf die Ladefläche des Pick-ups, wo ihr Mann wie eine schwarze Mumie lag, oder wie etwas, was seine Flügel um sich geschlagen hatte.

Er reagierte nicht, wenn sie an die Scheibe klopfte.

Im Handschuhfach lag Waclaws Telefon, und es war ausgeschaltet. Im Handschuhfach war Sharams Stimme, und er konnte sie hören. Kapierst du das nicht, Wenzel? Du nimmst das mit, das alles hier. Und es war ein Hafen, Rotterdam, alles war groß und gewaltig, die Werft von Keppel Verolme, und sie waren winzig zwischen den Rohren und beinah nichts vor dem Fuß der Bohrinsel *Saipem 7000*, die im Trockendock klargemacht wurde. Sharam hatte dagestanden und Mátyás angesehen, der mit zitternden Händen rauchte. Das frisst dich auf, sagte Sharam, das hält niemand allein durch da oben. Und er hatte die Nordsee gemeint, Mátyás' Tage auf *Troll*, seine Extraschichten da draußen. Waclaw hatte zugehört, aber er sah lieber hinaus auf das Wasser, und Mátyás sagte: Was denn? Sharam sah ihn an und biss die Kiefer aufeinander. Manchmal brauchte er nichts zu sagen, er schüttelte nicht mal den Kopf. Dann gingen sie, Waclaw mit Mátyás, über den kochenden Teer und durch die lautlose Hitze des Hafens, wo fern die Verladekräne hin und her fuhren als wären sie auf der Suche nach etwas, wie bei einem Hütchenspiel, bei dem jeder verliert. In den nächsten Tagen waren sie in Clubs gegangen. Die Straßen in der Dämmerung früh waren voller Nebel.

Die letzten Fichten tauchten auf, glühten in dem frühen

Licht, glühten bald nicht mehr, waren grau und dunkel in ihrem eigenen Umriss, dann kamen Wolken. Er konnte den Bach hören, als sie rasteten. Er kletterte noch einmal hinunter und füllte die Flasche auf und gab dem Vogel zu trinken.

Sie fuhren langsam, und bald lagen die Averser Berge im Norden und die Westalpen zur Linken, und die Frau saß lächelnd auf dem Sitz neben dem Taubenkorb, und es roch nach Ziege und feuchter Wolle. Bevor sie den Pass erreichten, füllte er Kühlwasser nach und legte vorsichtig einen niedrigen Gang ein. Sie erreichten die Passstraße, wo sie von anderen überholt wurden, die Steigung begann, die ersten Bäume trugen rote Kappen. Einen halben Meter unter diesem Asphalt lief eine Pipeline nach Norden, was wussten die beiden Alten davon, er fuhr, der Splügenpass, 80 cm unter diesem Asphalt liefen Rohre, gut verpackt, dieses Gras war etwas anderes als bloß eine Wiese für Hammel und Ziegen. Er wusste, dass die neuen Pipelines von Drohnen überwacht wurden, leere Netzhäute, wie in der Markthalle die Tierschädel, vor denen die Menschen ihr altes Theater abzogen. Er dachte daran, wenn sie in die kurzen Tunnel einfuhren.

Gegen Mittag machten sie halt, und der Mann stieg wortlos von der Ladefläche und setzte sich auf einen Felsen in die pralle Sonne. Er bewegte seine Hände langsam, und die Frau nahm einen Topf aus ihren Sachen, der mit Gummibändern und Plastik verschlossen war, und sie aßen Streifen eingelegtes Hammelfleisch und sie boten Waclaw davon an, und er kaute lange auf den Streifen, die streng und nach Kräutern schmeckten. Er ließ die beiden dort in der Sonne allein, und während er sich um den Vogel kümmerte, sah er sie im Ge-

genlicht wie zwei alte Pilger, und sie wirkten unwirklich vor dem glatten Asphalt und dem neongrünen Lack der Motorräder. Er dachte an die Gestalten, die er in Tanger gesehen hatte, mit einer Kordel um den Bauch, in Plastikdecken, und dieser Blick in die Ferne, die nicht die Ferne der Mönche war, nur das Knistern von Feuerwerkslichtern auf der anderen Seite der Meerenge, wo Spanien lag. *Feliz Año Nuevo!*

Auch die Gemeinde hatte Pilgerreisen unternommen, Omnibusfahrten in den Vatikan, Kleinbildkameras und Rosenkränze, und zurück im Pott zählte der Pastor diejenigen auf, die im Gottesdienst vorm Betreten der Bank nicht niederknieten.

Bevor sie weiterfuhren, konnte er sehen, wie die Frau ihrem Mann die Hände warm rieb, und der Alte sah lange den Pass hinauf. Sie fuhren. Aber erst als sie weiter oben in dichten Nebel kamen und die Wiesen grau und die Dächer kaum mehr als Umrisse waren, hielt Waclaw den Fiorino, und sie holten den Alten nach vorn, wo er neben der Frau und mit dem Taubenkorb auf den Beinen Platz nahm. Der Geruch von Wolle und Tieren und Feuchtigkeit füllte die Kabine, und er öffnete das Fenster einen Spalt und fuhr langsam in die Serpentinen hinein. Er sah das Land unter sich im Nebel verschwinden, und die beiden Alten schienen auf dem Beifahrersitz noch enger aneinanderzurücken. Berggipfel tauchten in der Ferne auf wie die versteinerten Schatten von etwas, das ruhlos gewesen war und die Kontinente aneinandergedrückt und die Ränder von seinem angestammten Land in das ewige Eis verbannt hatte. Die Kurven waren eng und schmal, und der Taubenkorb presste dem Mann gegen die Brust, der Vogel wurde unruhig darin.

Waclaw hielt an. Ihm war flau im Magen, die Höhenluft kam kühl durch das offene Fenster, und das Licht fiel weiß und lautlos herab wie etwas, das noch nie Staub berührt hatte, nur diese lautlosen Höhen. Es war keine Straße, auf der man anhalten konnte. Ein Cabriolet mit verschlossenem Verdeck zog mit Lichthupe an ihnen vorbei. Zwei Motorräder. Unter ihnen lag die Straße wie ein fallen gelassener Bindfaden. Die beiden Alten sagten nichts, sie schienen zu warten, dass es weiterging. Die Fenster der Häuser waren klein, lagen unter Wolkenschichten, rechts stützte eine grobe Mauer den Hang. Sie kamen an Kühen vorbei, die wild am Straßenrand grasten, alles schien zu kauern auf dem Rücken von einem großen Tier oder Hohlraum, er dachte an Saubohnen, Kriegselefanten, die er als Kind aus großen weißen Bohnen geschnitzt hatte, die seine Mutter nicht mehr sehen konnte, nach der Notzeit. Die Dickhäuter bekamen Gepäck und Schmuck, sie rutschten die Hänge hinab, die Berge waren seine Knie unter weißen Laken, er saß unter der Anrichte in der Küche und schnitzte aus Saubohnen Elefanten, die von den Hängen stürzten, sich überschlugen, sie scheuten vor dem Eis, einige legten sich sanft in den Schnee, um zu sterben. Die Frau streckte die Hand nach der schlenkernden Perlenkette am Rückspiegel und fragte, ob er zu seiner Tochter fahre. Eine Tochter? fragte sie noch mal. Die Perlenkette gab unter ihren Fingern ein klackerndes Geräusch. Falls sie ihn ansah, dann bewegte sie sich nicht. Er schüttelte den Kopf. Dann lehnte er sich vor, als müsse er sich auf die Straße konzentrieren, um das geschwungene Halbrund, das in den Tunnel führte, nicht zu verpassen.

Er fuhr langsamer. Es war ein kurzer Tunnel, zur Seite hin offen. Das Licht kam zwischen den gemauerten Streben hindurch wie der Schatten von einem sehr langsamen Propeller, der Himmel dahinter war weiß, nur Straße, und keine Büsche mehr, er fuhr sehr langsam durch die Haarnadelkurven, bis vor ihm ein weiterer Eingang auftauchte, diesmal dunkler, und ihm war heiß, er hörte noch ihre Stimme, die das Wort Tochter in verschiedenen Sprachen sagte, wie eine Frage, wie eine Frage, was vor ihm lag, und er hielt sich am Lenkrad und steuerte in die Öffnung hinein, die sofort das Licht zu schlucken begann, hier war kein Scheinwerfer und kein Geräusch, kein Fleece, das niemand trug, nur die Angst, die nach unten hin aufklaffte, als wäre der Berg ein Hohlraum, als wäre der Mensch ein verdammter Berg, schwarz angefüllt, und da war die Angst, sie kam von unten, er bremste scharf, hielt den Wagen an, der Korb auf den Beinen des Alten rutschte, die Dunkelheit um sie herum, die Lichter aus, der Motor aus, der Fiorino still, nur die Kette, die noch pendelte nach dem Bremsen, klack, klack, ein leiser Herzschlag, der sich verlor in dem Schwarz. Er konnte sie riechen, die beiden Alten und den Vogel. Er war allein.

Er dachte an Troy, und dass da immer so eine Lücke blieb. So ein Heimweg. So ein Alpha und Omega. Und dass es eher eine Leiter war, mit nassen Sprossen, und dazwischen zischte der Himmel hindurch, und es war schwer, sich zu halten. Zwischen den Sprossen lag ein Luftraum aus Zeit, angefüllt mit Namen, *Djakarta, Mumbai, Seoul, Karatschi*. Einige Plattformen waren durch Metallbrücken miteinander verbunden, die die Männer Witwenmacher nannten. Es gab alte Bilder von brennenden Rigs, die sie für immer mit sich trugen,

Piper Alpha, die *Alexander Kielland*, die unterging mit über zweihundert Mann, eine unbestimmte Angst, die sie in all den Jahren begleitete, Ermüdungsbrüche in den Eisenstreben, Flammen, die nicht zu löschen waren. Als Mátyás kam, schien das weniger wichtig, ihre Augen fanden sich immer als Erstes. Aber Mátyás war hinter diesen Bergen geblieben.

Vom Festland steuerte ein Boot auf die *Clearwater* zu, er hatte es schon eine Weile beobachtet, ein winziges Boot, das hinter sich die See in einer hellen Linie aufwühlte, und er war dennoch erstaunt, als es vor den Füßen der Plattform den Motor drosselte. Mit seinem Außenborder sah es verzweifelt klein aus, es hatte Frauen an Bord und Kisten. Waclaw war erst ein knappes Jahr dort draußen und sah mit Unbehagen, wie sich der Schwenkkran in Bewegung setzte und den großen Ring hinabließ. Über dem Ring spannte sich ein spitz zulaufendes Netz aus groben Tauen, an denen sich die Arbeiter, wenn sie in die Höhe gehoben wurden, festhielten. Es war nicht erlaubt, Fremde oder Prostituierte auf die Plattform zu nehmen, die Angst vor Piraterie war groß, und die Vorstellung, dass die Kisten statt karibischem Rum einen Zünder enthalten konnten, war vor allem den Jüngeren eingebläut worden.

Neben Waclaw spuckte Philippe angewidert aufs Deck, während der Ring mit den drei Frauen sich über der Plattform senkte. Ein paar Kerle halfen ihnen an Deck, die Frauen hielten ihre Schuhe in den Händen, und mehr wollte Waclaw nicht sehen, nicht mehr als ein Bein, das bei jedem langen Schritt aus dem Mantel ragte. Er zog sich in seine Kabine zurück, und er lag unruhig in seinem bunk bed. Entfernt sah er ein Schiff mit einem Roststriemen an der Stelle, wo das Loch für die Ankerkette war, mit einem müde kreisenden Echolot. Ein Zünder hier draußen, was wäre das, eine ungeheure, nicht zu löschende Stichflamme, ein gleißend heißer Ball von 25 Metern Durchmesser, eine falsche Sonne, Löschsprengungen und brennendes Wasser. Waclaw lag da, und in der Stille der Kabine begann er, Milena davon zu erzählen, als würde alles, was er sagte, wie in einem Stoff zusammenlaufen, der fein gewebt war, und die Angst wäre nur ein dünner Faden darin, ein einzelner Faden, und nichts, was ihn fortan begleiten würde, bei jedem verdammten Alarm.

Er hatte nicht gewusst, dass ein Berg mächtig und still genug ist. Er hatte nicht gewusst, dass alles zu einem Halt kommen und verstreut daliegen würde und dass es nicht mehr sein würde, als dass der Motor des Fiorino lief, der leichte Geruch von Benzin durch das Fenster, das Dunkel des Tunnels vor ihm. Die Wände waren aus grob behauenem Stein, und die Straße lief in eine Kurve hinein, in der sich das Licht verlor, wie bei einem Brunnen, in den etwas fiel und fiel ohne Aufprall.

Er hatte nicht gewusst, dass es nicht auffallen würde, wenn er an keinem Abend erzählen würde, was in all den Jahren geschehen war, ein vertrauter Tisch, die Gläser fettig nach einer langen Nacht, die Nachbarn würden erst bei Tagesanbruch die Tür hinter sich zuziehen. Hier war nur der Stein, der Tunnel, der zu allen Seiten hin schwieg, und die Alten hatten zu flüstern begonnen. Luce. Die Frau rüttelte an seinem Arm, er solle das Licht einschalten, Signore, sagte der alte Mann und hieb mit der flachen Hand auf das Armaturenbrett, die Frau begann zu wimmern, er solle fahren, sagte sie und ließ seinen Arm auch nicht los, als er nach der Kupplung griff und der Fiorino langsam im ersten Gang anrollte. Mátyás war hinter diesen Bergen geblieben. Waclaw wusste nicht, was die Orte noch waren, auf die er zufuhr, ein Wasserfleck auf Farbe, die zu allen Seiten hin auslief, aus Schwarz wurde Lila und an den Rändern Gelb, die Pigmente lagen nebeneinander, aber die Grundfarbe kehrte nicht zurück. Er schwitzte. Neben ihm die Alten sahen immer noch auf die Fahrbahn, und die Frau hatte rote Flecken auf den Wangen und lachte nervös, als die Mittellinie im Scheinwerferlicht aufleuchtete und nach einer weiteren Kurve der Ausgang in Sicht kam. Der Alte begann, leise ein Lied zu summen, und strich über den Korb mit seiner alten verbrauchten Hand, so, wie man einem Tier die Angst aus dem Fell streicht.

Als sie aus dem Tunnel heraus waren, kamen sie in dichten Regen. Das Panorama war verschluckt von Wolken, die über die Berghänge liefen wie große Tiere.

An einigen Stellen schimmerte das Grün durch den Nebel und der Alte summte sein Lied, das kehlig und alt klang wie eine Weise aus drei Tönen. Waclaws Puls raste noch immer, ein dunkles Klopfen, das nach unten hin aufriss, das jeden Moment aufriss, ihm war kalt und er suchte nach einer Haltebucht. Bald erreichten sie den Pass und den Grenzstein, und oben lagen die Wiesen in einem trüben Licht, in das er ein Stück hineingehen konnte, und er stand und atmete in dem Nebel und spürte, wie die beiden ihn ansahen. Seine Schuhe waren nicht dicht gegen diesen Regen, der hier von allen Seiten kam.

Irgendwo in all dem Nebel stand auch der Junge vom Flugplatz, still und ernst, als könne er in dem ganzen Abend, in nichts als dem fernen Schimmern einer Stadt, dem Horizont mit seinen Lichtern, so etwas wie eine Bedeutung lesen. Waclaw fühlte sich schwer und müde. Im Auto sah er die Gesichter der beiden Alten hinter der beschlagenen Glasscheibe wie zwei helle Kreise, wie Sterne, die bereits schrumpften, nicht weil eine komplizierte Theorie es ihnen sagte, sondern weil sie vor langer Zeit einmal geglüht hatten, zusammen vielleicht, hell, und für niemanden, der sie jetzt noch sah, mehr als erahnbar.

Der Fiorino leuchtete in dem Nebel, und weiter hinten, wo die Straße plötzlich flach in eine Hochebene lief, schimmerte ein See grau und still unter einer Wolkenschicht. Dahinter eine hohe Wand aus Fels oder weiteren Wolken, die träge ihr Gewicht abregneten. In einem Wohnmobil am Straßenrand wurde Licht angezündet, ab und zu kamen Autos vorbei, auch sie langsam und mit eingeschalteten Lichtern. Er wusste nicht, wie spät es war und wie er seine Stiefel trocknen und was er den beiden sagen sollte. Er dachte an den Taubenkorb und das Brandzeichen im Holz und dass der Vogel keine Chance hatte in diesem Nebel. Die Berge wie riesige Wellen, angehalten.

Die beiden Alten tranken aus einem alten Marmeladenglas, in dem eine weiße Flüssigkeit gegen den Rand schwappte, auf der Oberfläche schwammen kleine Stückchen Rahm oder Fett, und die Frau hatte einen Milchmund, den sie sich mit der Rückseite der Hand abwischte, als er die Tür öffnete. Alles roch nach Stall. Die beiden sahen ihn an, als hätte er beim Umgraben versehentlich ihr Nest ausgehoben, mit kleinen Augen und dick eingepackt, als könnten sie draußen nicht überleben. Und die Frau lächelte. Suiss, sagte sie, und Casa, und viele andere Worte, die er nicht verstand. Ihre Haare glänzten etwas fettig. Durch die Wolken drang das gedämpfte Geräusch eines Flugzeugs.

Der Scheibenwischer, der Scheinwerfer, auf den See folgte ein weiterer See, unbewachsenes Land. Die Straße war hier weniger steil. Der Mann summte nicht mehr. Er hatte den Käfig mit dem Tuch überdeckt, und sie alle drei fuhren schweigend. Als könnten sie nicht weiter sehen als bis in diesen Scheinwerferkegel, als wäre dies alles, was die Zukunft versprach. Die Serpentinen hinab nahmen sie schweigend.

Sie hatten eine Grenze überquert, es wurde Abend. Er hatte Hunger. Er fragte die beiden, ob er sie im nächsten Ort rauslassen solle, indem er ein paar Mal Stop und Exit sagte, aber sie schüttelten die Köpfe, und so nahm er sie mit und fuhr von der Straße herunter und folgte einem Holzschild und bestellte in einer winzigen Wirtschaft, die nun wieder von Bäumen umgeben war und aussah wie ein alter Eisenbahnwaggon, den man auf Holzbohlen gepflockt hatte, drei Mal dasselbe Gericht, indem er auf die Karte zeigte, und ein wenig schämte er sich dafür, und ein wenig fühlte er sich wohl unter den niedrig hängenden Lampen. Die beiden aßen schüchtern und langsamer, als er es gewohnt war, als müssten sie sich vor ihren Tellern daran erinnern, jeden Bissen gut zu zerkauen. Es waren Kartoffeln und Eier, und Käse war auch dabei, und der Wirt sah gesund aus, wie die anderen Gäste auch, nur seine Nase war platt, als hätte man sie mit dem Fleischhammer bearbeitet.

Man sah sie an, wie man es sich an wenigen Orten leisten konnte, und Waclaw machte sich auf Streit gefasst, aber die beiden Alten schienen es nicht zu bemerken. Er legte Geld auf den Tisch und wartete vor der Tür. Die Fichten waren schwarze Schatten, und wo der Fluss war, hörte man ein dunkles Gurgeln. Keine Lichter. In der Ferne kämpfte sich ein einzelner Motor den Hang hinauf. Er konnte sehen, wie die beiden drinnen aufstanden und ihre Stühle mit den Lehnen bis an die Tischkante rückten, dann suchten ihre Augen nach der Tür, und die Frau schien beruhigt, als sie ihn dort noch immer stehen sah. Er wollte Zeit zum Nachdenken. Er nahm den Reservekanister und füllte den Tank auf und ging um den Pickup herum, und die beiden sahen ihm zu, halb angeleuchtet von dem Licht, das durch das hohe Fenster kam. Sie hielten einander bei den Händen, wie Kinder, die sich vor dem Dunkeln fürchten.

24. Kapitel
Weiße Karten

Sie fanden eine Stelle nicht weit entfernt. Die Dunkelheit kam so rasch, als hätte jemand ein Tuch über ihnen ausgebreitet. Aber es war kalt. Der Fiorino stand eben, die Scheinwerfer leuchteten noch eine Weile in die Lärchen, und der Schiefer knartschte auf dem Weg, wenn sie zwischen Fahrertür und Ladefläche hin- und hergingen.

Waclaw gab ihnen die Plane, sie schliefen auf ihren Mänteln, jeder eingehüllt in all die Schichten Stoff. Dann die Plane. Dann nichts. Eine Bergluft, ein Dunkel. Sie lagen eng beieinander. Er saß in der Kabine, und er hörte sie flüstern. Sehr leise, sodass er nichts verstand. Er kümmerte sich um die Taube. Er redete mit ihr. Noch immer in einer anderen Sprache, er war sich nicht sicher, warum. Eine Weile ließ er das Licht in der Kabine brennen. Er spreizte ihre Flügel, er sah ihre perfekten Federn, sie wog beinahe nichts. Wie Farangis beinahe nichts gewogen hatte, damals, ausgezehrt wie er, er bürstete ihr Haar, sie war leicht, ihr fehlte der Schlaf wie ihm. Er wollte ihr von dem Unfall erzählen, die Bürste war beinah fühllos in seiner Hand. Er redete zu ihr in einer Sprache, die sie nicht verstand, niemand hier verstand die paar Brocken Polnisch, die ihm sein Vater beigebracht hatte. Farangis roch nach einem süßen Parfum, der Raum war kühl, manchmal fasste er sie hart an, aber dann blieb er bei ihr, eine Stunde, zwei Stunden, ging immer anders nach Haus, als hätte sie ihn an etwas erinnert. Etwas wie ein Land, das zu betreten er kaum noch wagte.

Es wurde kalt. Sein Rücken schmerzte. Die Beifahrerbank war zu kurz, um zu liegen, und sitzen konnte er nicht. Er kletterte auf die Motorhaube und lehnte sich mit dem Rücken gegen das Glas. Bevor er einschlief, versuchte er, in den wenigen Sternen, die die Wolken freigaben, den Nordstern zu finden. Er sah lange in die Richtung, und er wusste nicht, ob die Richtung stimmte, und wenn doch, ob sie etwas bedeutete.

In der Dämmerung saß er fröstelnd vor einem kleinen Feuer, das er aus feuchtem Holz und einem Schuss Benzin entfacht hatte, und es wärmte nicht, und der Qualm zog vor ihm her über die schartigen Wege. Der Alte kam mit steifen Schritten durch etwas, das aussah wie Blaubeergestrüpp, auf ihn zu. Er stellte sich neben Waclaw vor das dampfende Feuer, aber er hielt Abstand, als wollte er ihm nicht zu nahe treten. Die Flammen waren keine Flammen, und sie beide sahen feucht aus und etwas verfroren, Waclaw dachte an den kleinen Kaffeetopf, den er bei Alois gelassen hatte, und er bereute es. Reisende ließen Dinge zurück, aber sie kamen nie wieder, um sie zu holen. Ein paar Schuhe im Schrank, eine Tasche Souvenirs, Perlmutt, für die kein Platz war oder es gab niemanden, dem er sie zeigen konnte. Der Alte starrte in den Rauch und atmete tief ein.

Sein Gesicht war kantig, und ohne die Kapuze und den dicken Kragen wirkte er lebendig, seine Haare reichten fast bis zu den Ohren und sahen aus, als hätte man sie mit einem stumpfen Gegenstand geschnitten, sein Kiefer war eine scharfe Linie, seine Augen wach, und er schien über etwas nachzudenken, ein paar Mal holte er tief Luft, als wollte er sprechen. Dann sah er Waclaw an und seine immer noch feuchten

Stiefel und fragte, ob er es weit habe bis nach Hause, und Waclaw schüttelte etwas zögerlich den Kopf. Der Mann sah ihn an.

Dann musst du sie ausziehen.

Er fasste seine eigenen Knöchel und tat, als würde er das, was einmal Stiefel gewesen waren und nun mit vielen Lederbändern seine Waden umschloss, neben sich stellen. Waclaw nickte. Dann fühlte er sich nackt auf den Steinen, seine Füße waren von der Nässe gequollen und unwirklich hell auf der Erde. Er legte seine Strümpfe in das Gras und stellte die Stiefel neben die Flammen, die keine Wärme gaben. Er sah die Stiefel an, und dann setzte er sie an eine andere Stelle, und der Mann sah ihn und das Feuer und die Stiefel an und er sagte, Holz. Und Waclaw nickte, ja.

Keiner rührte sich. Schließlich saß Waclaw, die nackten Füße und den Rauch vor sich, als würde er auf etwas warten. Sie hörten Geräusche von der Ladefläche, aber sie sahen sich nicht um. Das Feuer erlosch und flackerte wieder auf. Der Waldsaum über dem Hügel bekam einen rosa Rand. Waclaw fror, aber er wollte bleiben, wie ein Junge, der einen Älteren gefunden hat. Hinter ihnen war die Frau von der Ladefläche geklettert, und sie hörten etwas, was klang, als würden Steine aufeinanderschlagen. Der Alte beugte sich vor und nahm einen Stiefel, und der war nass und schwer. Er schien ihn zu wiegen in seinen Händen und gab ihn Waclaw zurück. Ich kann nicht mehr sehen, wohin wir fahren, sagte er. Meine Frau glaubt, es sind nur die Augen, die mir zu schaffen machen, aber das stimmt nicht. Er sagte, er habe die Tiere gehört in der Nacht, sie seien umhergeirrt, genau wie sie selbst. Seine Stimme war leise, und Waclaw saß eine Weile, und dann nickte er. Von hinten hörten sie Schritte, und die Frau stellte sich hinter den Alten und beugte sich herunter. Kann er uns verstehen? fragte sie. Aber er schüttelte nur den Kopf.

An diesem Morgen sammelten sie Feuerholz, das weniger feucht war, und sie aßen kleine süße Walnüsse, die die Alte mit Steinen geknackt hatte, und sie tranken heißes Wasser, das ein wenig nach Erde schmeckte, aus einer von Alois' leeren Blechdosen. Es war ein Gebirgswald, und das Gras war satt und grün und die Stille unaufgeregt, und er saß barfuß und sah, wie die Taube die Körner pickte, konzentriert, eines nach dem anderen. Niemand fragte, was er mit ihr vorhabe.

Auf den Hängen lag das Licht, und die Weite war bläulich, niemand zählte die Kurven, in denen sich die Straßen hinabsenkten, und niemand die kleinen Dörfer und Städte, die sie erreichten und durchfuhren mit geordneten Gehsteigen und Menschen, die an gelb gestrichenen Übergängen warteten, und mit anderen Autos und Hotels und Schildern, auf denen Familien und Schluchten und Wanderer abgebildet waren. Der Mann hatte einen kleinen Kompass herausgeholt, und sie folgten den Straßen und versuchten, in Richtung Nordwest zu fahren, während neue Berge kamen und Täler, lautlos und glänzend, und keine Orte zum Bleiben. Die Hänge waren steil, die Felsen lautlos. Nadelbäume zeigten in den Himmel. Die beiden sagten nicht, wo sie hinwollten, aber er merkte, dass es sie unruhig machte, wenn die Straße zu lange in Richtung Osten führte. Er tankte den Fiorino voll, ein endloser Güterzug kam über ihnen die Gleise entlang, während er eine Landkarte und einen Wasserkanister kaufte. Niemand von ihnen versuchte, die Karte zu lesen, oder schlug sie auch nur auf, als gäbe es einen anderen Zusammenhang, weit unter der Eile. Sie fuhren Nebenstraßen und Pässe, über die sich kleinere Straßen zogen und Autos wie verirrte, zufällig aufeinanderstoßende Karawanen, bis der Hunger zu stark wurde und sie auf einen Parkplatz abbogen, der über einem See gelegen war.

Nachmittagslicht. Ein paar weiße Segel wie große Falter. Sie aßen an einer Imbissbude, die bemalt war mit einem Leuchtturm. Wellen waren darauf, aus denen Fangarme herauslangten. Das, wovon diese alten Zeichnungen erzählen, hatte Sharam einmal zu ihm gesagt, ist nicht einfach die Phantasie der Seefahrer. Sie wussten nur zu genau, was es heißt, allein mit sich zu sein. Da draußen. Über Wochen. Monate. Waclaw hatte damals an die Gruben gedacht: In den tiefsten Schächten stießen Ungeheuer giftige Gase aus. Die Frau schien zu verschwinden in ihrem Mantel und konnte mit den Füßen kaum den Boden berühren, als sie auf den Bänken Platz nahmen, ein kleiner windgeschützter Raum. Sie aß frittierte Tintenfischringe, so langsam, dass sogar ihr Mann ihr bald über den Rücken strich, wie um sie zu ermuntern, damit sie sich beeilte.

Sie suchten lange nach einem Platz, an dem sie bleiben konnten. In der Dämmerung saßen sie am See und sahen, wie der Abend über das Wasser kam, silbrige Streifen in einem Blau und vor dem endlosen Schwarz der Hänge, und über ihnen die Böschung und eine Schnellstraße, der Hang war vermüllt, aber hier kamen die Spaziergänger nicht hin mit ihren großen gesunden Hunden und den Jacken, dünn, aber doch warm genug gegen die Kälte, die vom Wasser her aufstieg. In dieser Nacht schlief keiner von ihnen, das Gelb der Straßenbeleuchtung presste sich durch die Sträucher, wie um einen Scherenschnitt von dem traurigen Haufen auf der Ladefläche zu zeichnen, und nach einer Weile kamen sie mit ihren Decken nach vorn und schüttelten wortlos die Köpfe. Dann schauten sie auf den See. Die Frau drehte an einem dünnen Ring, den sie am Finger trug. Waclaws Rücken schmerzte.

Gegen vier Uhr morgens saßen sie vor drei Pappbechern, und ein Reinigungswagen zog nasse Spuren über die Fliesen und um die Tische, wie ein Seelöwe mit einem fransig schmutzigen Maul, und die Lichter zogen vorbei, der Kaffee war lauwarm und die Frau weinte ein wenig, vor dem Rasen der nahen Autobahn.

Sie sahen Waclaw an, aber er wich ihren Blicken aus, seine Ellenbogen klebten am Tisch, und er wusste nicht, ob sie mit ihm weiterfahren würden oder in einem der anderen Wagen, und wohin. Er dachte an Milena. Er konnte sie sehen, mit einer aufgeschlagenen Zeitung neben dem Fenster, das Haus in Wiórek, die Fensterrahmen, die sie während seiner ersten Schichten alleine abgeschliffen hatte, der Verband an ihrem Arm. Sie war fast ganz von dem Papier verdeckt, aber er wusste, dass sie es war, er sah die dunklen Spitzen ihrer Haare. Aber die Zeitung war weiß und leuchtete wie aus sich selbst heraus, unwirklich, wie kein Papier je leuchtete. Weiße Karten. Sie hatte die alten Segelkarten geliebt, auf denen nur die Küsten markiert waren und nicht die Länder, als wäre die Welt ein Gebiet, das erst noch erschlossen werden musste, weißes Land.

Er kam nicht dazu, weiter darüber nachzudenken, sie müssten jetzt gehen, sagte einer der Mitarbeiter mit einer vernarbten Oberlippe, der Vogel sei doch gar nicht erlaubt, und er stand da, dünn in seinem roten T-Shirt mit dem Aufdruck einer Fast-Food-Kette, und Waclaw nickte, vielleicht hatten sie sich für einen Moment erkannt, er hatte viele wie ihn gesehen, er stand auf, dann gingen sie wortlos zu dem Fiorino, der große Mann mit dem Korb zuletzt, als wäre es Proviant, für eine letzte lange Reise.

Im Wagen schaltete er das Licht ein. Der Ort, auf den die beiden Alten zeigen wollten, lag westlich von dem Bereich auf seiner Karte. Er war sich nicht sicher, ob sie ihre Reise abbrachen, oder ob sie von vornherein dorthin gewollt hatten. Er startete den Motor und sie hielten erst gegen Mittag in einem Waldstück. Immer wieder hatten sie Gondeln gesehen, die die Berge hinauffuhren, das Licht fing sich und blitzte von den Scheiben hinunter, erst allmählich wurde das Land flacher. Er schlief für zwei Stunden, und als sie weiterfuhren, glänzten in den kleinen Städten die Herbstkollektionen hinter den Schaufenstern, er musste an Zaran denken, dessen Tochter in einer Salzburger Boutique arbeitete, diese Nachmittage, an denen er mit ihr auf gusseisernen Stühlen unter Kastanien saß, während zu Haus in Tuzla die Männer mit dem Aufräumen nicht fertig werden konnten.

Die Alten sahen sich noch immer unruhig um, und bald begannen sie, Waclaw die Richtungen anzusagen, kleine Kirchen, Apfelbäume, Ackerflächen, die größer wurden, und er fuhr, die Taube schlief auf dem Beifahrersitz, als würde alles schlafen, alles, was hinter ihm lag, und alles, was vor ihnen lag, und Mátyás schlief und die Schlote schliefen auch. Mit den beiden Alten hatte Waclaw das Gefühl, auch er fahre auf etwas zu, als müsste er sie nur absetzen, und dann weiter, mit der Taube, als würde sie etwas anzeigen, wie der Korb mit dem Brandzeichen.

Die Nacht schließlich war groß und weit, und der Alte

hatte wieder zu summen begonnen, ein ähnliches Lied wie in dem Tunnel, als könnte die Angst wieder aufreißen unter dem Asphalt.

Einmal lief Waclaw hinter einer Raststätte am Rand von einem großen Acker entlang und er atmete die kühle Nachtluft, die anders war als in den Bergen, die hinter ihnen lagen, aber dann lief er eilig zurück, als wäre da ein Sog über dem abgeernteten Weizen, hinaus auf die dunkle offene Fläche, und er dachte an Darya und die Nacht über dem Hafen, wie sie auf dem Dach kauern würde und unter den fernen Sternen, als hätte sie bloß vergessen, die Wäsche herunterzunehmen, als wäre dies der einzige Grund für sie, allein dort oben zu sein.

Sag du es dem Mädchen. – Ahmad hatte ihn verwundert angesehen. – Hast du sie nichts davon wissen lassen? – Nein. Geh du zu Darya, bitte. – Sie hatten etwas ratlos voreinander gestanden, und da war der starke Geruch von Kaffee. Diese Sätze, als würden sie in viel zu großen Handschuhen nach einer Welt greifen, die sich bereits ganz entzog.

Die beiden Alten warteten im Auto und sie lachten, als Waclaw mit großen lauten Schritten über den Asphalt ging, um den schweren Matsch und die Erde von den Sohlen zu bekommen. Der Mann trommelte mit den Fingern auf dem Korb, sie fuhren bis in den Morgen hinein, die Frau flüsterte die Namen der Dörfer und schien die Luft anzuhalten, als sie vor einer Steinmauer zu stehen kamen, die kaum höher war als die Motorhaube, vor einem niedrigen Haus mit blattlosen Ranken an den Mauern.

Sie stiegen aus, und das Geräusch der Autotür war das einzige rundum. Die beiden nahmen ihre Sachen, die Mäntel und Taschen, und stellten sie vor die Tür. Waclaw blieb im Fiorino sitzen, bis sie ihn reinwinkten. Dann saßen sie noch lange an einem runden wurmstichigen Tisch, sie tranken einen Schnaps, der stark nach Birnen roch, aus winzigen Tonbechern, und sie füllten nach und der Rausch war klar und gut, während es langsam hell wurde vor den Fenstern. Als die Frau schlafen gegangen war, bedankte sich der Mann. Waclaw nickte. Er habe noch Futter für vier Tage, und er müsse sich beeilen, sagte er, aber es klang, als würde er über jemand anderen sprechen. Die Wände des Hauses waren aus Lehm und an vielen Stellen ausgebessert worden wie eine Skulptur aus Kinderhänden, und gegen Mittag lag er wach und lauschte und konnte sich nicht entschließen aufzustehen. Durch das Fenster sah er eine kleine Telefonzelle an der Ecke neben dem Grundstück, das Glas und die silberne Kordel des Apparats wie ein Wegweiser, der nicht beschriftet worden war. Nur Rauschen.

Der Taubenkorb stand auf dem Tisch, an dem sie am Abend gesessen hatten. Die Taube war gefüttert worden, und der Korb nahm fast die gesamte Fläche ein, dahinter stand die Frau gebeugt vor der Anrichte. Sie bewegte sich langsam, fast ruckend, wie eine Spieluhr, auf Höhe ihrer Hüften hielt sie ein großes stumpfes Messer, das auf das Holz krachte, wenn sie die Kartoffeln zerteilte. Sie lächelte kurz auf, als sie ihn bemerkte. Aus einem Topf dampfte es, er sah den Fuß eines Huhns aus der Brühe ragen, einige Federn wehten leicht und weiß über den Mist, als er herauskam, und der Alte fuhr Stroh aus einem niedrigen Stall, der nach Ammoniak roch, ein paar Ziegen drängten sich gierig um einen aufgerissenen Heuballen.

Der Zaun um das Grundstück war aus alten Brettern, und dahinter stand Flieder, der nicht mehr blühte, und ein altes braunes Pferd, dessen Hufe so lang waren, dass sie sich nach vorne bogen. Ein rostiger Wagen mit einer Tränke. Nach einer Weile ging Waclaw zurück vor das Haus zu dem Fiorino, und er drückte an den Reifen herum, als hätten sie über Nacht Luft verloren, und dann setzte er sich auf die Ladefläche und nahm Jánys Jacke und strich sie glatt, als würde er sie nun wieder brauchen. Als wären da wieder die Pappelpollen um ihn herum, die zu kreisen begannen, nicht um ihn, nicht um die Mitte irgendeines Bildes. Die Suppe kochte. Sie kochte für ihn und den Vogel und die Weiterfahrt. Er schloss die Augen.

Es war die Kurische Nehrung, endlose Strände, wo Bernstein und angespültes Phosphor dieselbe Farbe hatten. Die Netze für die Vögel, die Zeit kurz nach Milena. Er sollte die vorbeiziehenden Schwärme zählen und starrte doch nur in die Zwischenräume dieser Formationen. Dass die Linien etwas waren, was er in seinem Geist erst herstellen musste, aus einzelnen verletzlichen Punkten. Dass es die Linien nicht gab und die Strände etwas anderes erzählten. Die Munition rostete unter Wasser, als hätte das Meer einen Fuß in einer anderen Zeit. In diesem Sommer sammelte Waclaw Anstecker, kleine metallene Plaketten von anderen Urlaubsorten, er steckte sie an seine Schirmmütze, angewidert warf er sie nach Wochen fort. Er kehrte zurück zur Arbeit, er kehrte zurück an Land, immer ein anderes Land, er war müde, so müde, dass es ihn bald erwischte, der Unfall, es war ihm egal, sein Arm war noch immer taub, gesund, *zdrowy,* konnte er dazu nicht sagen, er konnte es behaupten, gesund, *zdrowy,* ja, es ging weiter, die Städte waren schnell und einsam, niemand fragte danach.

Die Sonne schien ihm ins Gesicht, und er hörte, wie die Frau die Tür aufdrückte und zu ihm an die Ladefläche kam. Sie lächelte, als sie ihn sah, als wäre sie noch immer nervös vor dem Fremden. Ihr Haar war nass und sie hatte die Wollschichten gegen ein langes braunes Kleid getauscht, auf dem ein paar Mehlspuren waren. Für einen Moment schaute sie in die Richtung, in die Waclaw geblickt hatte, aber da war nichts.

Er verbrannte sich den Mund. Die Brühe war heiß und gut, und sie hatte das Fleisch vom Huhn gelöst und reichte es ihm mehrmals, obwohl er nicht hungrig war. Sie gaben ihm ein Brot, das noch warm war, und Socken aus einer derben Wolle, und er hielt die Taube an die Brust gedrückt, während der Mann hinausging, um den Korb für ihn zu reinigen, und die Frau strich mit einem Finger über das Gefieder. Erst, als sie den Taubenkorb neben ihn auf den Sitz stellten und der Fiorino sich wieder räusperte, musste er an Alois denken, und dass er nichts besaß, was er ihnen hätte schenken können, nichts, was er mitzubringen hatte. Irgendwo hatte jemand eine Nadel in diese Landkarte gestochen, eine Strecke, ein Vogel, er war der Fahrer, er fuhr.

Es war still ohne die beiden, auch wenn sie kaum gesprochen hatten. Das Land wurde flacher, und es fiel ihm jetzt leichter als in diesen Bergen, sich einen Vogel vorzustellen, der eine Linie hielt. Als Junge hatte er sich manchmal geärgert über seine Tauben, die immer wieder zurückkehrten, als könnten sie nicht in ganz andere Richtungen ziehen, weit hinter der Esse.

Jetzt lag das Land vor ihm, und er fuhr den ganzen Tag und die ganze Nacht, Autobahnen, ein paar Mal fragte er nach dem Weg, und die Frauen an den Tankstellen hatten tiefe

Stimmen und machten Witze in einem südlichen Dialekt, und er nickte bloß oder schüttelte den Kopf, wenn sie ihn auf Deutsch etwas fragten. Der Mond hatte zugenommen, und die Nacht war nicht kalt, entlang der Straßen blitzten Dörfer auf und kleine Städte, Kirchtürme, die angeleuchtet wurden wie strenge Lehrer inmitten einer viel größeren Nacht, und er trank Kaffee und Cola, und irgendwann hielt er den Wagen an und sah durch den Fensterschlitz hinaus in das Mondlicht, das grell und hohl war, nur ein Brocken Stein in weiter Ferne. Kurz bevor es hell wurde, nahm er das Telefon aus dem Handschuhfach und schaltete es wieder ein, aber er hörte die Nachrichten nicht ab, die ihm angezeigt wurden, nur Sharams Nummer leuchtete kurz auf. Er brauchte lange, um sich von der Autobahn zu entfernen, und dann saß er auf der Ladefläche und starrte auf einen Hügel, dessen Gras so gleichmäßig war, dass es im Mondlicht an Schnee erinnerte. Die Taube neben ihm, das Brandzeichen in ihrem Korb, wie ein Alibi, ein Erkennungszeichen, ein Lied, dessen Melodie keiner mehr kannte. Er war dreiundzwanzig, als er das letzte Mal dort gewesen war, als er die Sachen packte, mit Milena, und den Wagen der Spedition vorsichtig um die Kurven lenkte.

Er schlief, er geriet in einen Stau, der ihm gleichgültig war, was tut man, wenn man zurückkommt, man wäscht sein Auto, man hat wahnsinnig verdient, der Driller kommt aus dem Doghouse, aus seiner Hundehütte, *rounds per minute*, der Bohrfortschritt, die Zementsilos, Schwerspat und Probenzylinder, es gab Kisten, eine Bibliothek aus Bohrkernen, Migmatit, rot-schwarzes Gestein, die Salzsäure, mit der sie die Proben auf Kalk untersuchten, die Schwerstangen und der Lärm des Rührwerks, es gab die Richtbohrer, es gab Anderson, es gab den Wasserkopf der Ingenieure, was kostet die Anlage pro Tag, was kommt raus, *hire & fire*, es gab die Töchter, die sich an den Abschied gewöhnten, obwohl sie es nicht konnten, es gab die Keile neben dem Bohrloch, die verhinderten, dass das Gestänge in die Tiefe rauschte.

25. Kapitel
Brandzeichen

Es war Westdeutschland, Überführungen und nummerierte Autobahnabfahrten, Felder mit klaren Konturen und Häuser mit geraden Zäunen, er kam an Papierfabriken vorbei, an Schloten, die von außen geputzt zu sein schienen, mit weißem Rauch über einem Grün, das ihm neu war. Die Dämmerung brach herein, lag auf Bäumen und Karosserien, die Häuser und Autos standen in langen Reihen, als könnte der Mensch sich hinter diese Ordnung zurückziehen, als wären sie alle gar nicht da.

Er blieb auf der Autobahn, ab und zu strich er mit der Hand über die Kiste. Einmal trieb etwas ihm Tränen in die Augen, aber er schob es auf den Hunger und die Müdigkeit und dachte an die Coops in Kairo und die Jungen mit ihren türkisen und gelben Farben, all die Wärme, ihre Vögel in hohen Linien über dem Smog. Einmal war er mit seiner Mutter noch ans Meer gefahren, sie hatte ein verfilztes buntes Tuch um den Kopf gewickelt und ließ sich in den Sand fallen, zu schnell für ihr Alter, das Dünengras bog sich, kleine Lichter blitzten im Himmel, und er wollte ihr glauben, dass es die Drachen waren, die in all den Jahren die giftigen Gase in den Kohlegruben ausgestoßen hatten, er war sicher, sie sah sie alle, er wollte bleiben, aber es wurde rasch zu kalt. Während er fuhr, tauchten diese Erinnerungen auf, es gab keine Beweise, keine Fotos, nur ihn in seinen Stiefeln, auf einer zufälligen Autobahn, auf der die Bewegungen erstarrt waren wie die Gondeln eines Riesenrads mitten in der Luft.

Weiß verputzte Reihenhäuser mit schwarzen Dächern, mit roten Dächern, ein Bolzplatz, wenige Spieler, Zuschauer am Rand, die etwas riefen, eine Aschenbahn und wieder Zäune und der angelaufene Putz an einem geschlossenen Kino, die Straßen waren leer wie nach einem Ausverkauf.

Er fuhr zurück auf die Autobahn, er sah die Parkplätze der Supermärkte, Frisuren, als wäre die Zeit stehengeblieben, und die Mode war ihm egal, und die Turnschuhe waren ihm egal, er fuhr, er dachte an Alois, der in der Kokerei schuftete, und wie seine Frau in all den Pelzmänteln noch immer fror und unter den Laternen auf und ab ging, die Aegidistraße, die Velsenstraße, die Rheinbabenstraße, und Waclaw konnte sich selbst dabei zusehen, wie ihm diese Namen wieder einfielen, und sie ging, Federica, ihr Umriss wie ein riesiges kraftloses Tier, das gelernt hat, auf engen Bordsteinen zu gehen, und gelernt, dass es eine Welt gibt unter Tage, und feste Zeiten für das Mittagessen und das Abendbrot und den Kirchgang, und noch immer kreisten die Bussarde in der hellen Frühjahrsluft über der Bahnstation.

In der Dämmerung lag das Licht auf einem alten Kanal, den eine Bahntrasse kreuzte, daneben alte Fabriken, Backstein mit blinden Fenstern und Feuerleitern, dahinter in der Durchsicht ein klotziges Bürogebäude der siebziger Jahre, wie umklammert vom Rauschen eines Zuges, müde Passagiere, die ihn dort unten nicht sahen, in der Kabine des Fiorino, mit dem Korb auf den Beinen. Die kleine Lampe unter dem Rückspiegel brannte, und er spürte den Herzschlag der Taube in seiner Hand. Sie war ganz ruhig. Er sah die alten Schlote und er dachte an den Smogalarm in den Wintermonaten, Polizisten mit Kellen am Straßenrand, in einer Luft, so schmutzig, dass jedes Licht darin rund und groß wurde wie ein Ballon, Pseudokrupp, ein pfeifendes tonloses Husten, die Säuglinge an den Abenden, und die Sicht so kurz, dass sogar die Bergehalden verschwanden. Da waren die Tränen in den Augen der Skatbrüder, die ihre Gedecke kippten, Pils und Korn, und das Kloppen der Karten wie Gefieder, wie ein Takt, der ewig so weitergehen sollte, und noch keiner von ihnen wusste, dass das ganze Revier daliegen würde wie der Draht einer Glühbirne, der plötzlich gerissen war.

Er fuhr langsam, niemand hatte ihn willkommen geheißen, als wären nur die Ampeln geblieben, die eilig umschalteten, damit, wer kam, bald weiterreisen konnte. Er versuchte zu denken, dass er nichts anderes erwartet hatte, und er wusste, dass es gelogen war.

Es waren Ortsteile, die kein Ende nahmen. Waclaw hatte die A40 im Dunkeln genommen, er war abgebogen nach Norden. Dann hatte er das Knappschaftskrankenhaus erreicht, eine vage Erinnerung an einen hohen Raum und eine Schwester, die ihm nach dem Impfen das Pflaster auf den Arm gedrückt hatte wie eine Medaille. Dann war er weiter nach Norden gefahren, vorbei an der schmalen Brücke über die Emscher, die Köttelbecke, der faulige Schlick, vor dem sie sich ferngehalten hatten, der Gestank war fort, und er nahm die Gladbecker Straße, bis er nach rechts in die Aegidistraße einbiegen konnte, die alten Alleebäume, die groß geworden waren, die Arbeiterhäuser, Vierspänner mit wenigen Zierelementen, rotes Ziegelmauerwerk, vorspringende Putzsockel, und hinter den schmalen Grundstücken langgezogene Gärten, die Außentreppen mit drei Betonblockstufen, die er immer als eine genommen hatte. Er hielt den Fiorino am Rand der Straße.

Rheinbaben, die Arbeiterhäuser. Der Asphalt glänzte nass unter den Laternen, sonst war alles noch dunkel. Ein paar Fenster nur angekippt.

Er ließ Enni im Auto und stand eine Weile neben dem Fiorino, unschlüssig. Eine dünne Schicht Blätter lag im Rinnstein, die Laternen in großen Abständen, als würden sie noch immer zögern mit dem Licht. Er lief ein Stück. Die Spitzengardinen, wie früher. Einige Häuser waren neu gestrichen worden, mintgrün mit weißen Rollos, während die andere Haushälfte im alten Braungrau mit glattem Putz wie nackt dastand. Die Siedlung hatte sogar den verdammten Krieg überlebt, in der Wohnungsnot hatte man die Dachkammern ausgebaut, Vierspännerhäuser, Bergarbeiter für den Wiederaufbau, Proteste gegen die Wiederbewaffnung, letzte Demontageaktionen, eine 10 000-Tonnen-Schmiedepresse auf dem Weg nach Liverpool, aber man machte weiter, die Laternen, die Kanalisation, die Wohngebiete, erhöhte Silikose, ein eigenes Auto, Stahlträger für die Westfalenhalle, Sport und Pferderennen, Pannemänner, Ungelernte, Schlegel und Eisen und das ewige Glückauf der Kneipen, wo die Männer im Stehen tranken, als noch niemand sich vorstellen konnte, dass Öl und Gas aus Übersee einmal billiger sein würden als heimische Kohle. Alois war dazugekommen, als alles noch in vollem Gange war, er war unweit von ihnen in der Rheinbabenstraße eingezogen, die schnurgerade auf die Zeche zulief und eine der wenigen Straßen ohne Alleebäume war. Waclaw ging langsam. Die Absätze seiner Stiefel auf dem Asphalt. Die alten Beamtenhäuser in der Nesselstraße, zweigeschossig, mit weiten Vorgärten. Ihre Schuppen seien aber nicht zu gebrauchen, hatte Alois gesagt, zu klein für Tauben.

Er drehte um. An der Ecke zur Sydowstraße leuchteten

einige Fenster unwirklich hell hinter den Alleebäumen, als sollte es diese Nacht nicht geben, in der einer aus dem Dunkeln hinaufsah, ohne zu erwarten, dass jemand ihn fragen würde, *was hast du gemacht all die Zeit.*

Etwas später stand er unter ihrem alten Fenster. Der Spritzschutz über der Pfanne, Kotelett, und die Tannenholzbank, das Geschirrtuch auf den blanken Tellern, da war das Grün der tiefgekühlten Erbsen. Er konnte sogar sein Sporttrikot riechen, das im Winter auf der Heizung trocknete, hören, wie seine Mutter sich beim Lesen der Reklame auf die Nägel biss. Und er hörte das Husten. Ziegelwände, geöffnete Fenster, die Männer mit dem alten Stolz, aber plötzlich kraftlos, das dunkle Revier in ihrem Innern. Wie sie langsam und in kleinen Gruppen spazieren gingen, winzige Hunde an der Leine. Aber in dem frühen Grau war alles still.

Die Dämmerung fand ihn zusammengerollt in Jánys Jacke und unter der Plane auf der Ladefläche. Die Luft war feucht, über allem lag ein leichter Dunst, erste Vögel sprangen zwischen den Müllcontainern, die in einer geraden Reihe ausgerichtet waren. Der Fiorino trug Staub und Matsch über den Einbuchtungen für die Reifen, und das Viertel lag still und wie vergessen, während die Motoren in der Ferne ihr Rauschen begannen. Waclaw schlief, und der Tag schlug über ihm die Augen auf, schlug Glocken an, im Takt alter Stresemann-Anzüge, im Takt alter Werkstore, wie ein Metronom, auf das keiner mehr hörte, wie ein Puls tief im Innern von einem reglosen großen Tier.

Er trank aus dem Wasserkanister und wusch sich und strich sich über die Schläfen, er hätte ein Zimmer nehmen sollen, sagte sein Rücken, und er faltete die Plane und nahm eine der Dosen aus dem Handschuhfach, das rote Band, er sah, wie Enni die Nüsse pickte, und er blickte die Straße hinunter. Das ist schon alles, sagte er, und der Vogel verstand kein bisschen mehr als am Tag zuvor.

Die Frau, die ihm öffnete, war viel kleiner, als er sie in Erinnerung hatte, und schien sogar zu müde, um den Blick zu heben, sodass es sich anfühlte, als würde sie mit seiner Brust reden, mit dem schmutzigen Rand, wo er das Hemd auf- und zugeknöpft hatte. Sie sagte, ich kaufe nichts, bevor er etwas sagen konnte, das Haus in der Aegidistraße hatte seinen Eingang auf der Gartenseite, die Tür zum Nebengebäude war nur angelehnt, Waclaw sah das Gerümpel, das sich bis zur Decke türmte. Auf dem Küchentisch hinter der Frau eine Wachstuchdecke, ein Teller Reis mit brauner Soße, der nicht aufgegessen war. Ihre Augenbrauen waren farblos geworden und ihre Augen suchten nach nichts. Er sagte: Guten Tag, und sie sagte: Mein Mann ist tot, Sie müssen meinen Sohn fragen.

Es klang, als hätte sie selbst nicht verstanden, was sie sprach. Aus dem hinteren Teil der Wohnung wehte ein Geruch von Teppich und Zigaretten, er konnte sich nicht mehr vorstellen, wie sie zu sechst in diesen zwei Räumen gelebt hatten, sein Freund Rodlo, den er immer nur abgeholt hatte, um im Sommer wie im Winter draußen zu spielen. Waclaw sagte sein Beileid, und die Frau nickte, ohne zu verstehen, dass er ihren Mann gekannt hatte, Rodlos Vater, der nach dem Krieg auf *Mathias Stinnes* begonnen hatte, Schacht 2, neun Sohlen, und diese Tobsucht, von der Rodlo erzählt hatte. Dieser Mann, der dann in seinem Schuppen saß, die verschwitzte Stirn, Modellflugzeuge, maßstabsgetreu, Briten, Franzosen, die exakten Embleme auf dem Lack, bis seine Hände vielleicht zu zittrig geworden waren, all das Werkzeug, Feilen, Sägen, die er nicht mehr gebrauchen konnte. Waclaw hatte Rodlos Vater nie besonders gemocht.

Die Frau beobachtete ihn jetzt. Ihre Strümpfe waren heruntergerutscht, er sah die trockene Haut auf ihren Waden, darunter ihre Beine waren kaum mehr als Striche. Warten Sie, sagte sie. Sie drehte sich um und ging in das Nebenzimmer. Waclaw wartete. Dieselben Hängeschränke und dasselbe weiße Furnier. Dann stand sie wieder vor ihm. Sie gab ihm einen Zettel, der aussah, als wäre er für solche Fälle hinterlegt worden, eine Kopie, eine Anschrift, eine Telefonnummer. Mein Sohn, sagte sie noch mal, frag ihn.

Dann schaute sie wie entschuldigend hinter sich in den Raum und auf den Tisch. Eine benutzte Gabel lag neben dem Teller. An der Gabel klebte Soße. Das ist für den Igel, sagte sie.

Während er durch die Straßen fuhr, sah er alles wie aus weiter Ferne, als wäre es ein Ort in der Zukunft, der verlassen dalag. Nichts mehr zu sehen, Schätzchen. Er fuhr wie in eine Westernstadt. Die Luft war klarer, der Colt rauchte nicht mehr, die Ganoven und die Guten waren in ihrer Schwarzweißwelt geblieben. Reihen von Einkaufswagen, die Menschen wie Verirrte hinter sich herzogen, ein Bolzplatz, in den investiert worden war, auf dem Jungen in Trikots umherliefen, die Farben wie mit Glutamat versetzt. Und dann wieder die Enge der Häuser, weiße Fensterrahmen, Ligusterhecken. Er musste an Kairo denken, die Müllsäcke auf den Dächern, der Schrott, die eingegrauten Satellitenschüsseln, ein langes Warten auf das letzte entscheidende Signal. Er gab dem Vogel zu trinken.

26. Kapitel
Gladiolen

Das Bierschild neben dem Birkeneck war eingerissen, es war ein großes Haus mit Walmdach und roten, verschmutzten Dachziegeln. Der Putz war dunkel angelaufen. Alle Fenster waren noch ganz, dahinter die Vorhänge zugezogen, ein alter Spitzenstoff, gelb verfärbt über die Jahre, mit einem helleren Streifen, wo die Kordel ihn einmal zusammengehalten hatte. Jetzt wirkte sogar der Vorhang empfindlich, als dürfe man in dem Raum nur noch flüstern. Oder als spielten sie dahinter noch eine letzte Partie; die Pröses vom Pütt, die sich hier jede Woche hatten volllaufen lassen, der Älteste hatte sich damals in der Regentonne ertränkt. Donnerstags Kegeln mit dem Pastor, sonntags Frühschoppen, man taumelte aus der *St. Ludgeruskirche*, gegenüber vom Wacholderweg, nur ein kleines Stück die Birkenstraße herunter, dann *Dortmunder Kronen*, der Hemdkragen aufgeknöpft, der Weihrauch vergessen, wer Staublunge hatte, rauchte trotzdem weiter, die Männer standen an der Theke oder spielten Doppelkopf im Eck, und wer kann, zahlt eine Runde: Korn, Bier, der Pastor, der Beerdigungsunternehmer, der Dachdecker, zwischen ihnen der junge Willi Pröse, der es nicht aushält dort unten, der seinen Lohn mit beiden Händen aus dem Fenster schmeißt, nie Tageslicht, die schlechte Luft, der zu viel säuft, immer.

Waclaw hatte sie alle gesehen, er stellte die Kegel wieder auf. Den kleinen Willi, und die Männer, die lange am Tresen standen, während zu Haus schon gekocht wurde; die Suppe, der Braten, und sie blieben immer noch etwas länger, ließen die Frauen warten, standen da, *duhn*, angeschickert, plötzlich ruhig, ohne irgendetwas zu sagen über den Kumpel, der hopsgegangen war, weg vom Fenster, das rasselnde Husten.

Jetzt war es still vor dem Birkeneck. Der schmale Bürgersteig, Liguster, die alte Tanne und der Rasen, im Weiterfahren kam ihm ein Junge entgegen, ein Pflaster drückte von innen gegen sein Brillenglas, er trug einen Brustbeutel und hatte die Hände weit zurückgezogen in die Ärmel seines Pullovers. Die Straße vor ihm schien endlos. Es waren weniger Kinder da als früher, oder sie zeigten sich nicht. Und da war er wieder, der Geruch der Esse; als hätte man mit einem Stück Kohle auf der Straße gemalt, an einem heißen Sommertag.

Waclaw fuhr den Fiorino langsam, als würde er zu Fuß gehen, er ließ Fuhlenbrock hinter sich, fuhr den Quellenbusch herunter, die Glocken von *St. Suitbert* schlugen nicht mehr, auf dem Kirchplatz gruben Bagger die Erde um, es wurde gebaut, und er war müde, und sein Mund war trocken. Im Rückspiegel sah ihn jemand an, der gelernt hatte, sich weit hinter seine Augen zurückzuziehen.

Er kaufte Leberwurst und Brötchen in einer Schlachterei, und er fragte nach einer Pension, aber der Mann schüttelte nur den Kopf. Da war das alte Eisentor der Autowerkstatt, dahinter ein bläuliches Licht, er dachte an Alois und seinen Kadett. All die Benzinflecken vor dem Haus, das dunkle Grün der Fahrertür. *Ich fahr den, solang ich kann.*

Der Blumenladen lag gegenüber vom Friedhof am Westring und er war geschlossen. Mittagspause. Frauen und Männer mit Gehwagen kamen aus verschiedenen Richtungen auf das Eingangstor zu. Das Licht lag hell auf ihren Gesichtern, lange

Schatten auf dem Gehsteig. Eine Frau hob einen Rosenkranz an ihr Gesicht und küsste ihn.

Er dachte an das siebzehn Meter hohe Holzkreuz, das sie auf Prosper aus alten Spurlatten gefertigt hatten, ein riesiges faulendes Kruzifix für ihren Papst, Johannes Paul II., der die Zeche besuchte, nachdem die warmen Apriltage vorüber waren, 1987, Schachtanlage Prosper-Haniel, der Knappenchor sang, während es regnete, und die Gesichter waren stolz, als könnte das allein sie retten. Waclaws Vater hatte in den Reihen gestanden, seine Bergmannsuniform, auf der die Messingknöpfe glänzten, er hatte keine Luft mehr für die Noten, er stimmte leise ein in das Glückauf, und das Bild von diesem Tag blieb aufgespannt vor dem geöffneten Fenster, an dem er nun all die Zeit saß.

Das Kruzifix wie ein letzter Fingerzeig auf die Schienen unter Tage, all die Ölkännchen, kilometerlange Förderstrecken, die niemand mehr sehen würde, die Frauen nicht, die Kinder nicht, und auch nicht der Mann aus Rom in diesem weißen Mantel, den er nicht teilen und nicht über sie werfen konnte, bevor er fuhr.

Gegen eins drehte sich das Schild in der Tür, und dann schob eine Frau einen Wagen mit Gestecken vor, die allesamt robust aussahen, als solle man sie draußen stehen lassen, Tannengrün und Buchsbaum und rote Beeren, als sollten sie lange halten. Daneben auf einem niedrigen Tisch standen Grablichter in verschiedenen Größen.

Der Laden war ein niedriger Klinkerbau mit tiefen Fenstern, und die Frau wechselte das Wasser in den Eimern für die Schnittblumen, als Waclaw durch die Tür trat. Sie sah nur einmal zu ihm über die Schulter. Moment, sagte sie. Dann ging sie in einen kleinen Nebenraum, er hörte einen Lichtschalter, und an der Wand ging eine Neonröhre an, die Blumenköpfe darunter schimmerten in ihren Farben, gelblich, bläulich, rötlich, aber wie auf einer Kirmesbude wirkten diese Farben verkehrt und grünstichig. Er hatte Blumenstände in Bukarest gesehen, Karren mit zwei Rädern zwischen Reihen von Ceauşescu-Neubauten, die Planen über den Blumen blähten sich im Wind, als könnte nur die dünne Schicht Plastik das Licht so nah an den Menschen halten.

Die Frau stellte sich schräg hinter ihn, sie wartete. In der Ecke stand eine hohe Vase mit Gladiolen und er zeigte darauf. Sie band sich eine Schürze um und ging schnell zu dem Eimer.

Die sind leider nicht mehr ganz frisch, sagte sie.

Sie zeigte auf die unteren Blüten, die dunkelrot und welk waren. Können Sie die abmachen? fragte er. Sie nickte. Er sagte, er würde sie alle nehmen, und dann lächelte die Frau. Sie nahm eine Brille und ging mit einem spitzen Messer an die Stiele. Ihre Dauerwelle war halb herausgewachsen.

Ich mach' Ihnen einen Preis.

Waclaw sah ihr zu und wartete. Was ist mit dem Birkeneck? fragte er. Gibt's keinen mehr, der kommt?

Die Frau schnitt die Blumen.

Das ist doch schon lange so, sagte sie. Sind Sie von hier?

Aus dem hinteren Teil des Ladens war plötzlich eine Stimme zu hören. Dat ist vorbei.

Die Frau drehte sich um und warf einen entschuldigenden Blick zu Waclaw.

Kommse doch ma rauf.

Waclaw ging die zwei Stufen hinauf. Zur Rechten waren Regale mit leeren Vasen angebracht, bunte Stäbe, Floristenzierkram. Links standen einige Topfpflanzen, eine große Truhe, die brummte wie ein Kühlfach. Dahinter war ein kleines vergittertes Fenster, und auf einem Schemel saß ein alter Mann, beide Hände auf einen Stock gestützt, Waclaw konnte den Silberknauf sehen, darüber die großen Hände gefaltet wie müde Tiere. Kopf und Oberkörper des Mannes waren weitgehend im Dunkeln.

Du kommst wohl von hier, so wie du fragst? bellte er.

Waclaw stand da und versuchte, in dem Dunkel mehr zu erkennen.

Die Gitterstäbe waren deutliche Schatten.

Der alte Mann lehnte sich vor.

Hab' ich recht?

Mein Vater war hier. Er hörte seine eigene Stimme. Hauer auf Prosper.

Es entstand eine Pause. Seine Augen begannen sich an das Dunkel zu gewöhnen, und er sah den schiefen Kiefer des Mannes.

Das wird alles verfüllt, sagte der.

Das gibt's bald nicht mehr, geht zu Ende.

Er hörte unterdrücktes Husten. Die Lunge, als würden Schritte über den Boden schleifen. Die Frau räusperte sich.

Entschuldigen Sie –

Sie knisterte mit dem Papier für die Gladiolen.

Entschuldigen Sie, sagte sie noch mal.

Möchten Sie Folie oder Papier?

Sag ihm das doch, wo deine Blumen herkommen, begann der alte Mann wieder. Alles kommt von draußen und der Berg wird geflutet.

Geflutet? sagte Waclaw.

Hör doch auf, sagte die Frau.

Papier. Seine eigene Stimme klang heiser, Waclaw drehte sich um.

Ich nehm' Papier.

Der Mann hieb mit seinem Stock gegen das Tischbein.

Das ist zu Ende hier, keiner braucht noch irgendwen. Sie leiten Wasser da rein, das kommt nie mehr raus. Ist vorbei.

Und was passiert dann? flüsterte der Alte mit einer plötzlich grellen Stimme.

Prozessionen, sagte er. Die Grubenpferde, ihre blinden langen Schatten, befreit vom Gewicht der Loren, kommen im Dunkeln übers Land. Und wo sollten sie sonst hin?

Waclaw versuchte, sein Gesicht genauer zu erkennen, aber es gelang ihm nicht, hinter dem Silberstock schien das Dunkel undurchdringlich wie ein Vorhang.

Die Frau berührte Waclaw am Arm.

Entschuldigung, sagte sie noch mal.

Der Alte nickte.

Geh, sagte er. Geh nur. Es hilft ja doch nichts.

Kommen Sie, sagte sie. Es tut mir leid.

Sie zog ihn zur Kasse, sie sagte ihm einen Preis.

An diesem Nachmittag verirrte er sich in den Straßen und er stellte den Fiorino ab und kaufte eine Zeitung. Er nahm den Korb unter den Arm und lief an Tennisplätzen entlang, die neu waren, er nahm die alten Wege zwischen den Gärten, lief dann die Rheinbabenstraße entlang, einflügelige Holztüren mit Oberlicht, Sockel mit roten Mauerziegeln, dahin, wo früher die alten Gleise gewesen waren.

Er ging gebeugt, und man sah ihn von ferne, die Spitzen der Gladiolen wippten auf dem Korb, es roch nach Obst und Komposthaufen und umgegrabener Erde. Ab und zu nickte jemand über einen Zaun, und da waren rote Dahlien mit satten großen Köpfen, und er kannte ihr Leuchten und wusste, dass darauf der Winter folgen würde, Kohlköpfe und dann der Schnee. Irgendwann fand er Alois' Haus, klein wie die anderen, mit einem Carport, wo die Beete, und mit Rasen, wo der Schlag, und mit einer Terrasse, wo die Hasenställe gewesen waren. Neue Fenster und der alte Zaun, blaue Rahmen, rostiger Draht, und der Himmel leer, auch über den restlichen Gärten. Keine Taube auf dem First. Nicht einmal das vertraute metallische Schlagen der Waggons hinter der Böschung. Vielleicht waren da keine Gleise mehr oder nichts, was es zu verladen gab.

In einem Hotelzimmer hatte er einmal eine Reportage gesehen, britische Bergleute, ihre Proteste, ihre Lieder, Billy Bragg spazierte mit seiner Gitarre durchs Bild und er hatte an seinen Vater gedacht, sein braves Glückauf bis zum Schluss, das stille Rot der Dahlien.

Eine Weile setzte er sich ins Gras, dann riss er das Papier auf und stellte die Blumen an den Zaunpfosten. Die Sauerkirsche war riesig geworden. Er sah den Baum an und versuchte, ihn sich einzuprägen, und stellte sich vor, wie er Alois davon erzählen würde. Er strich dem Vogel mit einem Grashalm über die Brust, er sagte, altes Mädchen, du machst das schon. Die Krone der Kirsche sah aus wie ein gestauchtes Osterei, das man im Stroboskoplicht bemalt hat, all die Blätter, das Licht dahinter. In der Ferne der Schatten der Halde, nicht anders als vor Jahren, als sie gemeinsam von hier aufgebrochen waren, mit dieser unbestimmten Erwartung, als wäre der Ruhrpott nur eine Tür, die man aufstoßen musste, damit dahinter das eigentliche Leben begann, etwas anderes als das Rot-Weiß der

Messdiener und die goldenen Kelche voller kaltem Wein. Milenas Schwester hatte genug Platz, ein kleines Haus in Wiórek, das sie beziehen konnten, von ihrem Ersparten würden sie auf dem Land bei Poznań eine Weile leben können. Sie hatten beide hinausgesehen, Milena mit dem Cockerspaniel, dessen Fell in diesen Wiesen stets grau gewesen war.

In der Zeitung war stabiles Wetter angekündigt für die nächsten Tage, ein großes Boot war südlich von Malta gesunken. Er dachte an die Außenborder, die er bei Eugenio gesehen hatte, die großen Packen Schwimmwesten, die er im Rausgehen noch in der Ecke der Werkstatt hatte liegen sehen.

Waclaw sah die Taube an. In drei Tagen musst du hier weg sein. Es wäre riskant, sie hier steigen zu lassen, Falken zwischen den Häusern, das unübersichtliche Land. Dann fütterte er sie und sprach leise mit ihr. Ist doch verrückt, sagte er, wir fahren einfach immer weiter, und wir wissen nie, wann wir abbiegen sollen. Er strich mit den Fingern über die Gitter. Er hätte sie gern rausgeholt. Auf dem Weg kam ein Ehepaar entlang, die Frau hatte eine braune Haarsprayfrisur und sah ihn streng an. Sie hatten dieselbe Schrittlänge. Keiner von ihnen grüßte. Er räusperte sich. Er ließ die Gladiolen am Zaun, für Federica oder für alle Federicas, und er ging.

27. Kapitel
Die Halde

Es wurde Abend, und Waclaw nahm ein Zimmer in der Nähe des Pferdemarkts, nicht weit von hier hatte er seine erste Eisenbahn gekauft, *Spielzeug Borelmann*. Er duschte heiß und bezahlte im Voraus, dann ging er wieder hinunter und fütterte den Vogel. Er lief in der Dämmerung, Solarien und Cocktailbars, der Geruch von Wasserpfeifen, dann Wohngebiete. Unter dem Tonnendach einer Turnhalle hörte er das Quietschen von Gummisohlen und das Prellen von Bällen, hinter den bodentiefen Fenstern der Neubauten sah er Tische, an denen Väter, Mütter, Kinder saßen. Ein Katzenkratzbaum in einer winzigen Erdgeschosswohnung, ein kleines Aquarium, das grün hinter Gardinen schimmerte. Entfernt hinter Pappeln leuchteten Hochhäuser, leuchtete das Revier, still wie ein Sportler nach dem Rennen.

Er hatte andere große Städte gesehen, er fand sich darin zurecht, aber nicht hier. Hier war er nicht sicher, was all diese Orte noch verband, Autos, die sich in der Ferne stauten, als wäre es doch zu früh, um einfach weiterzufahren, als suchten sie noch etwas in diesem alten Dunkel, das nun begann. Er ging zum Fiorino und kümmerte sich um die Taube, das Wasser und eine von Alois' Spezialdosen, er nahm sie heraus, kaum mehr als das spärliche Gewicht von ein paar Federn in seiner Hand. Sie fuhren ein Stück, vor einem Imbiss lag ein Streifen Rollrasen, knallgrün im Licht eines Scheinwerfers, darauf die Umrisse von ein paar Männern an Stehtischen, ihre gebeugten Rücken, die Flaschen, träge umrissen in dem Licht.

Wo früher die Gleisharfe gewesen war, lagen jetzt Wiesen, entfernt schnaubte die Kokerei in den Himmel wie ein letztes Pferd, das sich von niemandem beruhigen ließ.

Er fuhr in Richtung Kirchhellen auf den Schatten zu, den die Halde Haniel über das Land zeichnete. Auf dem Weg sah er das alte Werkstor seines Vaters, rundherum waren Büsche und Grünzeug gewachsen. Er sprach mit der Taube und strich das Tuch über den Korb, dann schloss er die Türen des Fiorino ab und machte sich auf den Weg hinauf.

Es gab wenige Wolken, und irgendwo schlug eine Glocke acht Uhr, Spaziergänger kamen ihm entgegen, er sah Fahrradlampen, die an den Hängen hinunterschossen, ein Mann in schwarzer Kochjacke ging mit einem Mädchen am Arm, sie lachten leise. Während er die Halde hinauflief, schienen sich die Lichter weiter unten zu bewegen, die Straßen, die Häuser, als wären sie etwas Loses, Fernes. Er folgte steilen Pfaden, dunkle Erde, in die sich die Spuren von Fahrradreifen gefressen hatten, abseits der Wege lief er vorbei an Rampen, die selbstgezimmert aussahen, Bretter, Balken, Sprünge von einem knappen Meter, für einen kurzen Moment in der Luft.

Die Sohlen seiner Stiefel waren rutschig, der Wind nahm zu, als er höher kam. Er lief über den schmalen Rand dieser Kuppe, es gab hier keine Büsche mehr, die Halde fiel zu beiden Seiten steil ab, bildete einen Krater, in dessen Mitte hatte man ein Amphitheater gepflanzt, Sitzreihen aus weißem Beton, auf die er herabsehen konnte, in der Mitte lag eine kreisrunde glatte Fläche, wie eine Membran, durchlässig zu beiden Seiten, als wäre die Mitte der Halde ein riesiges Ohr. Nur darüber war es vollkommen still. Die Dämmerung war rötlich und bläulich über dem Land, ringsum die Lichter, wie von einer einzigen großen Stadt, ohne Zentrum. Die Schlote und die Feuer waren verschwunden, ein Stadtteil grenzte an den nächsten, endlos. Er sah das alte Fördergerüst neben dem Malakowturm, das Leuchten der Förderanlage von Prosper. So saß er da, Waclaw, und blickte hinunter in seinen Rindsstiefeln.

Mit Mátyás hatte er die Echsen schnalzen gehört, die auf der Suche nach Weibchen an den Mauern entlangliefen. Sie saßen in den Innenhöfen, Mangobäume, Moskitos. Er schlug ein paar Steine gegeneinander, es war beinah dasselbe Geräusch.

Er saß lange so, und spürte, wie die Luft kühler wurde, und er musste an *Cantarell* denken, an die gigantischen Felder, die nach und nach nichts mehr hergaben. *Statfjord*, sogar *Brent* in der Nordsee ging zur Neige. Dass irgendjemand sich die Mühe gemacht hatte, sie alle zu benennen, und dass sie jetzt verblühten, Kron- und Staubblätter, die in sich zusammenfielen, um riesige Hohlräume zu hinterlassen. Irgendwann pumpten sie nur noch Sand und Wasser nach oben. Und dass nur Wasser darüber war. Dass man die Rigs fortziehen würde. Keine Spuren, als hätte es all das nie gegeben.

Die Nordsee, hatte Petrov gesagt, ist nichts gegen das, was sie jetzt vorhaben. Goliath, sagte er, die Barentssee, das Wasser hat vierhundert Meter, und dann der Frost, die Stürme, willst du das? Die brauchen bald nur noch Spezialisten. Petrov hatte es geliebt, von den ersten Jahren zu reden. Boote, die die Plattformen anliefen und eine Flasche Whiskey für zwölf Dollar glatt über die Reling tauschten. Als noch etwas wie Abenteuer in der Luft lag. Als wäre die Enge der Kabinen und der miserable Fraß eine Befreiung. Und wovon? Und wer wollte das verdammt noch mal hören?

Es war dunkel geworden, ihm war kalt. Ein leichter Wind strich über die Kuppe der Halde. Irgendjemand hatte hier Holzpfähle in den Boden gerammt, er wusste nicht, wieso. Er ging quer über den Hang hinunter, ein paar Mal rutschte er, aber da war keine Angst. Die Lichter waren wieder in Bewegung gekommen, die grelle Schachtanlage, in der Ferne noch immer einige hohe, rot blinkende Schlote. Er setzte sich auf eine der Sprungschanzen, Feuchtigkeit stieg auf vom Boden, er war müde. Seine Füße baumelten in der Luft, das splittrige Holz an seinen Fingern.

Weit entfernt leuchteten die Autobahnen in der Dunkelheit, leuchtete der Silberknauf des Alten vom Nachmittag. Wart's nur ab, hatte er gesagt.

Nachts sah er Sterne. Es waren mehr, als er hier je gesehen hatte. Er schlief nicht in diesen Stunden. Er hatte den Fiorino in der Fernewaldstraße geparkt, saß in der Fahrerkabine, ab und zu strich er mit der Hand über das Tuch. Enni, sagte er. Der Vogel schwieg. Er sah in diese alte Schwärze, er dachte an die Ironie, mit der man ihm als Kind von den Bomberstaffeln erzählt hatte, die man Pfadfinder nannte, die Christbäume, die aus sechstausend Metern Höhe abgeworfen wurden, die das ganze Land und die Städte und Fördertürme Westfalens in ein magisches Licht getaucht hatten, Magnesiumlichtkaskaden, die noch durch Gardinen und Schlafzimmerfenster gesehen wurden, nichts, was half, gegen diese Bomben, diese Sprengflut, die nur ein Echo waren auf das eigene Quälen, Drosseln, Schießen, etwas, so unermesslich wie die Schönheit dieser Lichter, auf die nur Detonationen folgten, Feuer. Von diesen Flammen hatte man ihnen erzählt, als wären sie zugleich das letzte Licht gewesen. Und dann folgte nur das Hoffen der ersten Jahre, als alles noch Übergang war und die Männer nicht kamen, um zu bleiben, sondern um nach dem Pütt etwas ganz anderes zu werden, als hätten sie Leben an Leben an Leben, zu dem sich durchstoßen ließ wie durch das taube Gestein, als gäbe es etwas hinter den Mauern der Kolonie, was auf sie wartete, und von dem sie später nur noch ahnten, dass sie es längst vergessen hatten.

Es war eine andere Zeit, und diejenigen, die dabei gewesen waren, gaben sie weiter, diese Angst, als wäre es noch immer dieselbe Nacht.

Er lag auf der Ladefläche, und er spürte seinen Rücken, aber er wollte kein Hotel. Die Freundlichkeit, die fremden Zimmer. Teppiche, die seine Schritte schluckten. Manchmal war er beinahe froh gewesen, wieder an Deck zu sein, die Sprache war direkter, rau, man konnte sich darauf verlassen. Er wartete, bis es hell wurde, ein erster blauer Rand über den Häusern. Das Futter, das er in seinen Händen wog, und der Korb mit seinem alten Brandzeichen. Waclaw konnte in der Ferne die beleuchteten Fenster sehen, die niedrigen engen Zimmer. Was es bedeutet hatte, jeden Tag in dieselbe Küche zu kommen, auf der Tannenholzbank zu sitzen im Warmen, die Brechbohnen aus dem Garten, das Husten seines Vaters, abends um halb zehn das regelmäßige Geräusch der Gardinenstange. Dort, an dem engen Tisch hinter dem Schrank, saß noch immer der Junge, der am Tag bis an die Ränder der Siedlung gelaufen war, und schwieg zu seinen Rechenaufgaben.

Die Laternen schalteten sich aus, noch bevor es hell wurde. Er nahm den Korb vom Sitz, presste ihn an seine Seite und stieg die Halde hinauf, wo der Boden abseits der Wege aufgewühlt war und das frühe Rauschen der Stadt noch leise. Als könnte er mit der Taube in eine andere, frühere Welt, von der Alois immer noch zehrte.

Alles war still auf dem Hang. Hatte sie genug getrunken, dachte er, hatte sie bloß genug getrunken. Er ging langsam, die Sonne stand links und noch niedrig, ein Wind ging über die kahle Kuppe. Er hörte die Krallen von Enni auf dem Boden der Kiste, er rutschte aus, für Momente kippte der Korb. Er setzte ihn auf seine Knie und ließ die Taube durch die Stäbe ein paar Nüsse picken. Er ging weiter. Es gab heiße Halden, die in der Mitte noch glühten. Die letzte Wärme von dem großen Tier, dessen Atem sie so lange gefürchtet hatten.

Und dann war da ein heißes Stechen zwischen seinen Schulterblättern, er stand in den Sägespänen, die noch umherflogen, und er sah die Taube steigen in einer weiten Kurve über dem grauen schlafenden Land. Nur ein Vogel, der stieg, bis er eine Richtung einschlug, zwei Uhr, südlich, in einen Himmel, in dem das Licht wie Asphalt schimmerte und das Ampellicht einen orangen Streifen unter die Wolken zeichnete. Er stand mit ein paar Körnern zwischen den Fingern, und er sah sie zum letzten Mal.

Waclaw wollte nicht herunter von dieser Halde. Es ging nicht herunter. Die Zeit war kein Skihang, den man einfach wieder hinabfahren konnte. Es ging nur immer weiter hinauf in diesen Nebel; er hatte eine vage Erinnerung, dass es nicht immer so gewesen war. Dass sie sich erzählt hatten. Nächte, in denen sie geredet hatten, bis es hell wurde. Milena, ihr inneres Königsberg. Orte, die sie gemeinsam kannten. Als würde es reichen, wenn man davon sprach. Auch der Magnetsinn sollte im Schnabel sitzen, da wo die Sprache hauste. Das Heimfindevermögen. Genau wusste man es nicht. Irgendwann war alles abgerissen. *Komm nicht mehr.* Die Stadt lag flach da. Er dachte an die scharfen Augen der Greifvögel. Die Rauschhauben, die ihnen die Falkner von den Köpfen rissen.

28. Kapitel
Ein Pierrot

Und es war die Müdigkeit und der Mittag und die Glocken, die er zum wievielten Mal hörte, die ihn dort hinuntertrieben wie ein Stück Vieh auf dem abgefressenen Hang, durstig, und etwas ängstlich vor diesem Himmel, der sich nun zu allen Seiten dehnte.

Seine Hände zitterten, als er den Fiorino aufschließen wollte. Er stellte den Korb auf die Ladefläche. Er wusste nicht, wohin. Für einen Moment dachte er, jetzt würde er Sharam anrufen und der Perser würde ans Telefon gehen, seine kreisrunde Brille aufsetzen und ihm sagen, was zu tun sei, wo sie sich treffen würden. Es wäre alles sehr ungünstig gelaufen, aber noch nicht verloren. Er würde ihm jemanden nennen, der ihm helfen könnte, Rotterdam, ein Job in Rotterdam und ein Freund von Sharam, der ihn vom Flughafen abholen würde, diese festen Umarmungen, bei denen sie sich immer etwas zu stark auf die Schultern schlugen, immer so weiter, wie die Regieklappen im Film, und all das belichtete Material, das sie mit sich herumschleppten, das sich nirgends erzählen ließ. Sharams Stimme wäre die alte, und das Vertrauen wäre das alte, eine neue Richtung, in die der Perser weisen würde, als wäre das alles, was er brauchte.

Er lief durch Fuhlenbrock, die Sterkrader Straße entlang und am Gleiwitzer Platz vorbei, wo das große Verwaltungsgebäude der Zeche stand, bis er das Rathaus erreichte. Auf dem Platz davor gab es Waffeln und Zuckerwatte, metallisch reflektierende Luftballons, ein paar Buden. Vom Rand des

Platzes dröhnte ein Autoskooter herüber, es roch nach Grillfleisch. Wenige Kürbisse lagen auf einem Tapeziertisch vor dem Klinkerbau, *Erntedank* hatte jemand mit blauer Farbe auf ein Stofftuch gemalt. Er hörte die Ansagen der Losverkäufer, eine Weile sah er den dünnen Metallarmen zu, die in Glasboxen nach kleinen Plüschtieren griffen.

Waclaw musste an den Tanzbären auf der Kurischen Nehrung denken. Mit seinen Tatzen hatte er in die Luft geschlagen, ein quälend heißer Sommertag, ein Querflötenspieler und daneben der Karikaturist, der Waclaw mit Kohle skizzierte, sein Gesicht auf der Zeichnung war eine traurige Fratze mit hängenden Wangen und Kratern unter den Augen, in der ersten Zeit, kurz nach Milena. Er war müde. Ab und zu sah er zum Himmel, in die Bäume und auf die Simse, wo die Stadttauben saßen. Der Autoskooter war laut, er lief zwischen den Buden, und dann sah er ihn auf einer Bretterkiste, den Pierrot, ein weißer Clown. Er trug ein Gewand aus Kunstseide, und die Augenbrauen waren hohe schwarze Striche im gekalkten Gesicht. Er sah konzentriert zu einem untersetzten Jongleur, der neben ihm stand, sechs Bälle, acht, die er in der Luft hielt.

Waclaw blieb stehen, und er sah zu den Bällen, die da kreisten und hin und her sprangen, Kinder hatten sich versammelt, er konnte über sie hinwegsehen, sie alle starrten auf diesen unsichtbaren Zusammenhang, alles war ganz leicht, als würden die Kugeln, indem sie flogen, zu etwas anderem werden. Dann plötzlich stockte der Jongleur und hatte Mühe, die Bälle zu halten. Waclaw stand still. Die Platanen rauschten. Der Pierrot blickte auf, seine Augenbrauen schienen sich noch weiter zu heben, für einen Moment geriet, was er sah, in Unordnung, ein paar Kugeln schossen hoch in die Luft, und dann fielen sie plötzlich. Doch als sie fielen, fielen sie nur als

Bälle, als dumme Orangen. Die Kugeln rollten über die öden Steinplatten des Platzes, kurz darauf jagten die Kinder ihnen hinterher. Die ganze Kulisse stellte sich wieder auf. Das Rathaus, die geschwungenen Laternen der Sechziger, der Bratwurstgeruch. Und er wusste nicht warum, aber Waclaw war böse auf den Jongleur. Auch der Pierrot war hinter einer der Hütten verschwunden.

Er merkte jetzt, dass er nicht geschlafen hatte. Er ging zurück zu dem kleinen Hotel, es war aus den neunziger Jahren mit Möbeln aus Draht und Glas und schwarzen Schränken. Er zahlte wieder für eine Nacht, und der Hotelier sah ihn an.

Den Schlüssel haben sie zuletzt gar nicht mitgenommen, sagte er.

Nein, sagte Waclaw.

Diesmal fiel er aufs Bett. Er zog die Vorhänge nicht auf, die wie ein weißer Schleier vor den Scheiben hingen, als wäre er eine Braut oder die Welt eine Braut oder keins von all dem. Er lag auf dem Rücken, und er wachte auf in derselben Position, eine Hand unter den Lendenwirbeln, als es längst dunkel war. Er schaltete das Licht nicht ein, und er holte kein frisches Wasser für den Vogel.

Irgendwo auf dem Flur ging eine Tür, jemand lief an seinem Zimmer vorbei, dann war es wieder still. Er erinnerte das Gefühl, als er an seinem ersten Abend, noch vor der ersten Schicht auf den Wassern, die Sachen auf das Hotelbett gefaltet hatte. Durch ein mit Fliegengitter bespanntes Fenster konnte er die Möwen schreien hören. Er ging seltsam beschwingt die schmale Straße hinunter zum Strand. Es war Linksverkehr, und er war sich nicht sicher, auf welcher Seite er gehen musste. Eine weit auslaufende Bucht, der Sand war dunkel, und in den Felsen glänzte eine ferne Sonne. Die neue Kleidung lag ungewohnt auf seiner Haut, die Steifheit der Hose und die Naht des Hemds, die er spürte bei jedem Schritt. Der Wind legte sich wie ein feuchtes Tuch auf sein Gesicht. Er atmete das alles tief ein. Etwas Müll tanzte zwischen den Steinen. An diesem Abend rief er Milena nicht an, und er konnte ihr nicht sagen, was er dort draußen gefunden hatte.

Später hatte es andere Nächte gegeben. Ein Pub in der Nähe von Aberdeen, Fischer, Hochseefischer und Ölleute. Ein Helikopter war abgestürzt, er hatte sich in der Luft gedreht und war mit der Maschine zuerst ins Wasser gestürzt, es war die Trauerfeier für die Boys, junge Rotzer, Ingenieure, die es im sechs Grad kalten Wasser der Nordsee nicht geschafft hatten, und sie waren beide da, Waclaw und Mátyás, und sie wussten, dass es etwas anderes war als der künstliche Rauch und die Wellenmaschinen bei den Übungen, die sie alle paar Jahre absolvieren mussten – Zwölfsitzer, kopfüber im Probebecken –, sie standen an der Bar, es war laut und eng, und sie waren auch da, es war etwas anderes als die Städte in ihrem sicheren Schweigen, als hätte man ihnen die Haut aufgerissen, und etwas anderes, etwas wie Seele schaute da hervor. Das hatte er gedacht. Dass dieses Wort nur Sinn hatte inmitten von ihnen. Inmitten der Erschöpfung und inmitten von Menschen, die füreinander eine Bedeutung hatten, und sei es für eine Nacht. Nie hatte er sich selbst so klar gefühlt, etwas in ihm, das fähig war zu lieben, zu trauern, zu verzeihen. Vielleicht waren sie nur ein besoffener Haufen, vielleicht am Morgen ein strenger Geruch, und der Feudel im Wasser, dreckig, stinkend nach dieser Nacht, vielleicht war der Geruch sogar geblieben.

Jetzt wünschte er sich manchmal, es wäre so, es gäbe diesen Ort, an den sie alle zurückkehren konnten, als hätten sie sich für einen Moment erkannt, verletzlich, verwundbar und hier nur für kurze Zeit, obwohl sie alle schon die Termine wussten, zu denen sie wieder rausfahren würden. Ein Helikopter war in die Nordsee gestürzt, sie hörten die tiefe Stimme von Iggy Pop, die Sendung wurde kurz unterbrochen, mehr nicht.

Hinter der Spitzengardine schien das Dunkel aus tausend winzigen Löchern zu bestehen. Das Kissen roch nach einem blumigen Weichspüler und der Teppich roch alt, es war Nacht. Die Nacht war auf allen Karten speziell markiert – *unsounded area* – Lotung, Grund nicht erreicht.

Das billige Bier an der Tankstelle. Er lief am Morgen dorthin, er trank zwei Dosen, aber das Bier wurde warm und schal, und er ließ die Reste unter dem Spiegel im Bad zurück, ein hell ausgeleuchteter Raum.

Und er kannte die Jägerzäune und er kannte die niedrigen Hecken, als er zurück nach Norden lief, um den Fiorino zu holen. Auch das Zoogeschäft war verschwunden. Die Strecke kam ihm lang vor. Die Siedlungen. Er dachte an die Fensterbilder, die Giebelspitzen mit Holzverschalung, der einzige Schmuck vor den hohen Tannen. Die große Sorgfalt der Frauen, die zu Hause geblieben waren nach dem ersten Kind, die ihre Blumenbänke mit Orchideen bevölkerten, Wohnungen mit Durchreichen bewohnten, ab und zu eine Runde drehten auf dem Tennisplatz des Werksvereins, Tage, blass und still wie die Früchte in einem Rumtopf. Frauen, die sich später beim Treppensteigen mit einer Hand gegen die Wand lehnten und spürten, wie kalt diese Wand war.

Einige der Häuser sahen noch aus wie die alten, aber man hatte sie renoviert, Vordächer über die Haustüren gebaut, der Putz in frischen Farben. Wein wucherte an den Mauern. Er wusste noch, wie sie damals an der Ampel gestanden hatten, Milena und er, der Transporter der Spedition, angefüllt mit ihren Sachen. Ihm war leicht schwindelig, und ein paar Mal bog er in kleinere Straßen und sah sich um, als wäre er auf der Suche nach etwas und könnte sich nicht daran erinnern, was es war. Es waren nicht die Tauben, es war etwas anderes als das ewige Warten.

Er wusch die Scheiben des Pick-ups an einer Tankstelle. Mit langen übertriebenen Bewegungen und zu viel Wasser, als ginge es nur darum, all die Fliegen des Sommers fortzubekommen, die schemenhafte Figur, die er war, auf dem nassen Glas. Er fühlte sich nicht betrunken, er hatte die Marienmünze an einem Faden um den Hals, etwas in ihm war bis zum Zerreißen gespannt. Er wollte nicht warten. Der Taubenkorb stand auf dem Sitz, er war anders leer als an den Tagen zuvor. All die Jahre, als müsste Abwesenheit immer der größere Teil sein.

Es war Frühling, als sein Vater das letzte Mal eingefahren war, und eine Stille lag über den Straßen, nicht anders als jetzt. Es waren weniger Autos unterwegs, bei den Nachbarn hing die Wäsche zum Trocknen auf der Leine, weiße Laken, erstes Grün, das ganze Haus hatte nach Kuchen gerochen, es war kurz vor Ostern. Er saß draußen im Schlag und sah durch die Büsche, wie sein Vater die Aegidistraße heraufkam. Seine Mutter erwartete ihn im Garten. In Waclaws Erinnerung war die Szene tonlos, wie in einem Stummfilm, obwohl er bei den

Tauben gehockt hatte. Vielleicht hatte er einen Moment nicht hingesehen, aber als er wieder aufblickte, hatte seine Mutter, die eben noch freudig in ihrem geblümten Kleid dagestanden hatte, eine Hand vor den Mund genommen und leise zu schluchzen begonnen. Sie hielt einen Knieschoner in die Höhe, ganz abgerieben und voller schwarzer Striemen, und sie hielt ihn vor sich, als würde sie ihn abgleichen mit dem Mann, der da vor ihr stand, mit eingefallenen Schultern, verlegen, ein leichtes Husten unterdrückend. Man konnte noch sehen, dass er einmal kräftig gewesen war. In über zwanzig Jahren, die er auf dem Pütt gearbeitet hatte, hatte sein Vater nie etwas von dort mit nach Hause gebracht. Seine Mutter sah die abgeschliffene Ausrüstung an und schüttelte langsam den Kopf. In den nächsten Tagen machte sie einen großen Bogen um Knieschoner, Arschleder und Helm, als würde sie dadurch an etwas Unangenehmes erinnert. Waclaws Vater saß in der ersten Frühlingssonne hinter dem Haus. All das Licht. Als wäre er aus einem viel längeren Winter gekommen.

Er schloss den Fiorino auf. Er stellte den Sitz zurück und strich über das Lenkrad. Am Morgen hatte er das Gefieder noch einmal gespürt, es war weich in seiner Hand, und er fühlte, wie darin sehr leise etwas knackte. Als wäre ein Widerstand gebrochen. Er sah nicht hin. Er konnte es fühlen. Er konnte die Stille fühlen über den Häusern, dieselbe Stille. Er hatte auf der Seite gelegen und durch die Vorhänge gesehen, in die Richtung, in der jetzt keine Berge waren und kein Haus mehr, das sich an die Hänge presste, als wollte es Teil von etwas Größerem sein. Er hatte das Stück Bettdecke in seiner Hand fest zusammengepresst und es gedreht wie ein Genick, er konnte das Gefieder spüren.

Und er erinnerte sich an die Nacht mit Patrícia, in der das Stille und Trockene des Landes beinah wie schwerer Regen gewesen war, als sie die Wache hinter sich ließen und aus den Stimmen hinausliefen, das Gasthaus und ihr roter Honda, den sie in den Straßengraben fuhren zu der Lichthupe und dem Vorbeirauschen eines Lkws, riesig in der Nacht, riesig vor den Sternen, als wären sie bloß Überbleibsel, etwas, was es geschafft hatte, am Leben zu bleiben, während die Nacht gefräßig war und sie eingehakt gingen, umschlungen, Gevatter Schnaps im Nacken wie den warmen Hauch von etwas, das sie weitergehen ließ, ohne sich umzudrehen, ohne zu fragen, vielleicht in eine Zärtlichkeit hinein, die neu war, an die sie für ein paar Momente glauben konnten, umschlungen, heiß, bis auch der Rausch und die Dunkelheit sich zurückzogen, um im ersten frühen Licht wie im Hohn auf die beiden Körper zu sehen, die da fremd und verschwitzt nebeneinanderlagen, zweimal ein fremder Geruch, und nichts, woran sie sich noch klammern konnten.

Sein Hemd klebte am Sitz des Fiorino, er strich über das Lenkrad. Vor der Zapfsäule hielt ein Minibus, und ein paar Mädchen mit rot-blauen Vereinsjacken stiegen aus und liefen auf den Laden zu. Sie hatten Zöpfe geflochten. Ein Mann mit einem kleinen Blumenstrauß unter dem Arm hielt ihnen die Tür auf. Eine von ihnen knickste, sie lachten. Als sie drinnen waren, konnte er sehen, wie der Mann einen Flachmann aus der Innentasche seines Jacketts nahm. Er konnte sehen, wie er torkelte. Die Wolken rissen auf, und das Licht wanderte über den ausgewaschenen Beton der Einfahrt und durch das Grün der Hecken. Er wollte nicht warten.

29. Kapitel
Rodlo

Neben der Haustür stand ein betonierter Blumenkübel, diese graue Masse, in die Steine hineingepresst waren. Jedes Fenster im Haus hatte Gardinen auf der Hälfte der Fensterhöhe, die Platten waren gekehrt und auf der Wiese lag kein Laub. Ein einzelner Ahorn stand da, mit einer roten Kappe.

Wer ist da?

Wenzel. Hier ist Wenzel.

Der Türschnarrer surrte. Bedruckte Fußmatten. Katzen. Willkommen. Im zweiten Stock war die Tür nur angelehnt. Das Treppenhaus aus schwarzweißem Stein. Er blieb vor der Tür stehen.

Es war heiß und es roch nach Mittagessen, nach Kohl.

Rodlo war schwer geworden, er hatte ein unrasiertes, sehr weiches Gesicht. Er war blass. Die grauen Augen.

Wenzel?

Er nickte.

Kannst du ihr etwas ausrichten von mir?

Was meinst du?

Rodlo trug eine weite Jeans, über der sich ein runder Bauch abzeichnete, er wirkte klein, und seine Fingerkuppen waren gelb. Er schien zu überlegen.

Lina? fragte er dann leise. Meinst du sie? Lina-Milena?

Als er es sagte, klang es wie ein Lied. Er lächelte dabei. Aber nur kurz. Dann sah es aus, als würden Rodlos runde Schultern noch weiter nach vorn fallen, auf einen Punkt zu, weit vor ihm auf dem Boden.

Lina-Milena, sagte er leise.

Weißt du es denn nicht?

Er sah Waclaw an.

Sie – muss eine neue Nummer haben, sagte Waclaw, ist sie umgezogen? Er machte eine Pause.

Sie wollte doch immer umziehen.

Er versuchte zu lächeln, aber Rodlo sah ihn nicht an.

Haben sie dir nichts gesagt? Du hattest doch dieses Postfach?

Komm rein, sagte er. Komm bitte rein.

Rodlo kam auf ihn zu und fasste ihn von der Seite an der Schulter, aber Waclaw stand nur da und setzte sich dann auf die Treppe, die von der zweiten in die dritte Etage führte. Neben ihm war das Geländer und vor ihm stand Rodlo und redete auf ihn ein, *sie ist nicht mehr da, Wenzel, weißt du das nicht?* aber er saß, als wäre es eine andere Treppe, und er hörte nicht, und schließlich ging Rodlo hinein und kam mit einer Flasche Korn zurück und hielt sie Waclaw unter die Nase, aber er sagte, ich trinke nicht, und Rodlo sah ihn an und sagte, du kannst nichts dafür, es war ein Anhänger, ein toter Winkel.

Die Wohnung war voll. Sie platzte aus allen Nähten. Kein Schrank passte zum anderen, Truhen standen herum, einige waren aufeinandergestapelt, auf einem Schrank sah Waclaw die Reifen eines alten Modellbauautos und Flügel von einem kleinen Flugzeug. Schrauben, Handcreme, Taschentücher, Vorratspacks mit Bleistiftminen, alte Eisdosen voller Stifte und staubiger Batterien, Kupferteller, Vasen, Krüge, Zimmerpflanzen, von denen die wenigsten echt zu sein schienen.

Im Backofen lagen panierte Hühnerstücke in der Form von Tieren – er sah, wie sich das Papier in der Umluft bewegte.

Rodlo ging vor ihm her und schaltete umständlich das Licht einer alten Stehlampe ein, aber Waclaw blieb in der Küche. Ein Obstkorb, braune Bananen, eine angebrochene Stange *West*.

Er konnte spüren, wie etwas war mit seinem Hals, und er dachte an Enni. Er dachte, ich kann nichts mehr für sie tun. Er dachte, hätte ich sie bloß behalten. Einmal war er bei Sturm auf der Promenade spazieren gegangen, so nah, dass die Wellen ihn fast erreichten. Das Brechen des Wassers hatte einen so gewaltigen Lärm gemacht, dass es ihn beruhigte. Es war die Art Geräusch, die man nicht verstehen kann, viel größer als er selbst. Hier hingegen war alles still, und die Stille beunruhigte ihn.

Vor ihm sprang die Ziffer auf dem Backofen um.

Rodlo hielt das Trockentuch in den Händen.

Es sah klein aus.

Da, wo der Fenstergriff war, stand eine Küchenpalme. Dahinter der Himmel war weiß.

Sie ist nicht ansprechbar.

Lebt sie allein?

Sie lebt nirgendwo, Wenzel. Sie wird künstlich beatmet.

Er sah das kahle gelbe Land, das unter ihm kleiner wurde.

Die Luft war stickig. Er sah aus dem Fenster auf eine gleichgültige Rasenfläche, dann war da die blasse Stirn von Rodlo, der etwas aus dem Nebenzimmer geholt hatte, was er hinter seinem Rücken trug. Waclaw musste an die Sauerstoffpumpe seines Vaters denken, die neben dem Bett gestanden hatte. Daran, wie silbern sie war und dass er manchmal gedacht hatte, dass es die Farbe war, die im Inneren gegen die dunklen Gebiete antreten würde. Ein Kindergedanke. Hell gegen dunkel. Rodlo, der vor ihm stand mit seinen schweren Wangen. Sieh mal, sagte er. Rodlo nahm die Hand hinter dem Rücken hervor.

Der Italienerhahn.

Er gab Waclaw eine große weiße Tasse, auf die ein Foto gedruckt war. Die Farben waren fast verblichen, und ihre Gesichter, Milena, Rodlo und Waclaw, waren gelbe Flecken. Sie standen vor einem Holzgiebel, darauf thronte ein riesiger Hahn.

Du hast es dir auf einen Becher machen lassen?

Rodlo sah ihn an. Als ihr weg wart, ja.

Waclaw stand auf.

Wann musst du wieder zurück? fragte Rodlo. Waclaw?

Morgen. Nach Rotterdam.

Er sah wieder aus dem Fenster.

In dem Hafen sind die Schiffe dreimal so groß wie dein Haus.

Rodlo versuchte zu lächeln. Dann sah er ihn an.

Bleib noch ein bisschen.

Irgendwann stand Waclaw auf, und er ging, ein langer Strich, auf dem gut polierten Bodenbelag des Treppenhauses und an den engen Windungen des Geländers entlang nach unten. Ging über Gehwegplatten, zwischen denen kein Gras wuchs, zurück zu dem Fiorino Pick-up, in Stiefeln, die nicht in diese Welt gehörten, so wenig wie er. Als hätte er nicht die Taube aufgelassen, sondern wäre andersherum gefallen, still und lautlos, bis sie nur noch ein kleiner Punkt war oben am Himmel.

Der Tag kam nicht wieder.

Er sah Milena am Rand des Pools, beide Hände neben dem Körper aufgestützt, kleine Wellen schwappten über den Rand, als säße sie auf dem Streifen von einem sehr fernen altertümlichen Strand. Ihr Kopf war nach vorn gekippt, und ihre Füße in den Badeschlappen berührten kaum den Boden. Sie pendelten leicht, und das Wasser lief ihr die Beine hinab.

In dieser Nacht lag er noch einmal auf demselben Hotelbett. Seine Jacke, die er nirgends aufhängen konnte. Dort draußen war das alles nicht mehr: die Enge und der Dreck, der in diese Jahre gehörte, der etwas bedeutet hatte. Eine Ecke, an der man einander erwartet, oder ein Fenster, zu dem man hinaufgeblickt hatte, nur um zu sehen, ob Licht brannte. Ob jemand da war. Niemand sang beim Aufhängen der Wäsche. Niemand reichte ein Glas Schnaps über den Zaun, Williams Birne, für die Frauen, heimlich. Wir hatten ja auch unsern Spaß. Er war nicht anderswo, die Kirche war tot, die Arbeiter waren fort, aber niemand hatte eine neue Erzählung begonnen, niemand hatte die Seite umgeschlagen. Sie waren mit Bussen über die Alpen gekommen, eine Fahrt der Gemeinde. Sie hatten den Petersplatz fotografiert, aber nicht begriffen, dass sie nur genau hinsehen mussten, dass sie sich für immer spiegeln würden in den weißen Tellern, dem Porzellan, das über die Jahre ganz zerkratzte, kleine Tassen an den Sonntagen, mit denen man übervorsichtig, ungeschickt war.

Im Morgengrauen kippte er den Seesack auf das Bett. Wie um alles bereit zu machen, für die weitere Fahrt. Er sah den Speckstein an, das Tier. Halb Land, halb Wasser. Das helle Kreischen der Vögel im Bodhibaum, als er im Fieber gelegen hatte. Die Tage, in denen das Haus, der Kirschbaum untergegangen waren in einem Strom von anderen Orten, austauschbar, als wären Stege, Promenaden, weiß gestrichene Zimmer mit Deckenventilator, der Geruch von Pfirsich im Bad, für einen anderen gemacht, der an seiner Stelle stehen und dies alles erleben sollte. Manchmal kam es ihm so vor, als wären diese Jahre davongerissen worden wie Brocken Ton von einer Töpferscheibe, die sie nur kurz berührten, und die Mitte der Scheibe blieb leer.

Er erinnerte sich, wie sie in Mexiko alle zugleich den jungen Charro angesehen hatten, dem der Schweiß auf das Oval seiner Stirn getreten war und dessen Augen tränten. Aber es war, als hätten sie für einen Moment dahinter sehen können, als hätten sie zusehen können, wie seine ganze Welt unschärfer wurde, ein Hof, der kleiner wurde in seinem Licht, Schnitzereien im Baum, der Name der ersten großen Liebe. Der Junge war langsam aufgestanden. Seine Hände nutzlos an den Seiten, sein zu kleines Hemd. Waclaw war seinem Blick ausgewichen, als er sie der Reihe nach, einen nach dem anderen ansah, voller Abscheu und mit einem letzten Auflodern von Stolz.

Dann hatte jemand auf den Tisch geschlagen, es war wie ein Signal, das sie alle aus dieser Erstarrung löste. In dem neuerlichen Lärm der Gläser und der Stimmen stellte der Junge die Stiefel auf den Tisch zwischen die Spielkarten und ging barfuß auf schmutzigen Socken zur Tür. Er verließ das Casino, ohne sich umzudrehen.

In dieser Nacht hatte ihr Lachen Waclaw wie Lärm in den Ohren geklungen, und am Morgen war er früh aufgestanden und hatte in der Lobby gewartet, obwohl er wusste, dass dieser Junge für immer gegangen war.

30. Kapitel
Fernlicht

Die Felder waren gepflügt und lagen wie ein großes Tuch ohne Naht und ohne Unterbrechung, nur ab und zu Mais und Silage unter Planen, die mit Autoreifen beschwert waren. Die Flächen waren groß. Der Wind würde die oberen Schichten Sand abtragen, noch ehe der Frühling kam.

Er fuhr über Tage. Nicht in einer Linie. Nicht direkt darauf zu. Er hatte Milena erst kennengelernt, als er schon für einen Spediteur arbeitete, der ihm erlaubte, ab und zu bei den Eltern in der Aegidistraße haltzumachen. Die Nachbarschaftsfeste waren groß, die Streusel auf den Obstkuchen dick wie der Schotter auf den Wegen. Dort sah er sie zum ersten Mal. Am Anfang besuchte er sie häufig, dann brachen sie gemeinsam auf. Und er lenkte den Fiorino in diese Richtung.

Hinter der polnischen Grenze die Wohnwagen unter den Autobahnbrücken, all die Schilder für käufliche Liebe. Die vor ihm im Nebel den Blinker setzten, wussten sie nicht, dass ihre Schuhe aus billigem Plastik sein würden, dass sie sich für einen Moment fürchteten, wenn das Fernlicht aufleuchtete, und sei es nur zum Spaß? Welche Verlorenheit war in diesem Dämmerlicht? All die abgeschlossenen Türen, die abgerissenen Landkarten, und dein Herz, sagt ihr Blick, ist ein schlechter Sportler. Nur die Jüngeren bekommen Süßigkeiten an den Tagen. Wissen sie, wie hell dieses Zellophanpapier knistert? Dass es das Gegenteil sein kann von Süße?

In den Nächten sah er die Kombiwagen auf den Landstraßen, die sich langsam durchs Land fraßen, Lichter, die man eingeschaltet ließ an den Bahnschranken, der Reservekanister im Kofferraum, die schlafenden Familien. Reisen, auf denen sie gemeinsam unterwegs waren und darauf warteten, dass die Züge vorbeifuhren, dass die Schranken wieder aufgelassen wurden. Wie sich diese Lichter dann durch die Ebene fraßen, und wie warm es darinnen war.

Rodlo hatte nicht viel mehr erzählt. Der Kontakt war abgerissen, Milena habe schließlich wieder auf dem Dorf gewohnt, sie habe weiterhin im Spa des Hotels gearbeitet, einen Sommer lang in einem Freizeitpark, wo die Besucher Geld bezahlten, um im Auto durch die Gehege von Löwen und Affen zu fahren. Rodlo sagte, stell dir das vor. Waclaw hatte nicht weitergefragt. Manchmal fuhr er wie in großer Eile, dann wieder ließ er den Fiorino am Rand von irgendwelchen Feldern stehen. Er hatte nicht bei Alois angerufen, es hatte ihn nicht interessiert.

Da war die Feuchtigkeit der Dörfer, in denen die Misthaufen in die kalte Herbstluft dampften. Er saß in einer Kneipe, draußen war es schon kühl, es war nur wenig Personal in dem Raum, und er sah hinaus auf die Weiden, die sich schwer hin- und herbewegten und schon gelb geworden waren und alles zu wissen schienen, über den Herbst und die Armada der großen Wolken, die von Nordost über die Ebene kam. Er trank sein Bier, und es war zu warm und hatte einen rostigen Nachgeschmack, als wäre etwas mit dem Fass oder als hätte es lange in den Leitungen gestanden, oder als kämen zu wenig Gäste zu dem humpelnden kleinen Wirt, der ihn anstarrte, obwohl er sich immer wieder abwandte, als müsste er sich zwingen wegzusehen, vielleicht hatte ihm das mal jemand gesagt. Es störte Waclaw nicht. Er sah hinaus auf die Weiden. Dahinter lag der Mendoubia-Park, die Eukalyptusbäume über dem Grün, er konnte wieder sehen, wie sie da lagen, nur das Schwanken der Zweige über ihnen, dünn und biegsam im Wind. Als wäre diese Kneipe die andere Seite dieses Augenblicks, die er damals schon ahnte. Von der er wusste, schon damals, Mátyás' Kopf an seiner Schulter, der leichte Geruch der Schmiedefeuer, und auf dem Rückweg die alte Kanone unter den Bäumen, die Gräber der Kolonialherren, die Inschriften, die er damals schon lesen, aber nicht verstehen konnte. Mátyás lag neben ihm auf dem Grün. Als wäre hinter all dem nichts anderes gewesen als das Schwanken der Zweige. Als hätte er es damals schon sehen können, hätte er genauer darauf geachtet. Sich selbst, an diesem dunkelbraunen Eichentisch. Die Haare eine verdammte Mähne, das hatte er am Morgen gedacht. Der Wirt klopfte sich eine Zigarette aus der Schachtel, er nahm ein Streichholz und riss es an, seine Zähne waren gelb, und er kniff die Augen zusammen, als steche ihm sein eigener Rauch in die Augen. Als würde etwas ihn hindern zu sehen.

Waclaw sah hinaus. Als wäre da ein anderes Bild auf der Rückseite dieses Nachmittags, der langsam dämmrig wurde, unter einem kühlen dunklen Grau. Als wäre etwas in den Wolken, das mit ihm und mit allem hier zu tun hatte. Als wäre da etwas wie Angst. Am Tag hatte er den Pick-up durch die Dörfer gelenkt. Der Wein hatte sich rot gefärbt, auf dem Mist leuchteten riesige Kürbisse.

Der Filter brannte noch in den Händen des Wirts, als er den Motor startete.

Das Dorf kam näher. Die Landschaft beruhigte nichts in ihm, auch wenn sie offener wurde, weiter. Er hielt an dem alten Kornspeicher. Er tauchte seine Hände in den kleinen See. Das Wasser war kalt und süß. Er spürte seinen Rücken. Geruch von feuchter Erde und Herbst. Vor den hohen Backsteinmauern hatten sie die Schatten der Vögel gesehen, ein heller, leichter Tanz. Von hier aus war es nicht mehr weit bis zu der Kreuzung, die er früher oft genommen hatte, um Papierrollen vom Hafen in den Süden zu fahren, manchmal auch nach Prag oder nach Budweis. Dort im Hafen hatte ein Mann ihm von den Öljobs erzählt, und er erinnerte sich an die Kartoffelpuffer, die sie aßen, und an die Unruhe, die er damals in sich aufsteigen fühlte.

Für eine Druckerei sollte er an dem Tag Papierrollen abholen und er hatte sie bereits verladen und alle Zollpapiere ausgefüllt. Dort in der Nähe gab es einen Imbiss, wie man ihn zu dieser Zeit überall finden konnte, und er kam mit dem Mann ins Gespräch, weil sie beide lange auf ihr Essen warten mussten. Es war noch früh am Tag, und das Fett in der Fritteuse musste heiß werden. Die Frau zog sich gerade erst ihr Haarnetz über, als sie bestellten. Der Name des Mannes war Erik, nach einer Weile setzten sie sich auf Holzbänke, die wohl für Kinder gemacht waren, Waclaws Knie berührten die Tischplatte. Erik riet ihm, sich auf den Wassern zu bewerben, *offshore*. Er war auf der Durchreise, arbeitete auf der Nordsee. Im Wesentlichen verglichen sie an diesem Vormittag ihre Löhne.

Und erst zwei Jahre später, als sie trotz der beiden Jobs nicht mal Geld für die Zeitung übrig hatten, nahm Waclaw den Gedanken wieder auf. Sie hatten in dem Kanonenofen in der Küche ein Feuer gemacht, und sie tranken den letzten Apfelwein des Jahres. Milena begeisterte sich nicht gerade für diese Idee, aber sie sprachen alles durch und wogen es ab.

Waclaw hatte zu diesem Zeitpunkt als Hausmeister in einer Grundschule zu tun, große leere Flure, Tafelbilder, die er jeden Tag abwischte, der Geruch der Kreide. Er hatte nichts gegen die Arbeit, nur das Klingeln der Schulglocke zwischen den Unterrichtsstunden machte ihm mehr und mehr zu schaffen. Für die meisten wäre es sicherlich nach einer Weile kaum noch zu hören gewesen, aber bei ihm war es genau andersherum; das Schrillen wurde immer deutlicher, und mit ihm die immer gleichen Wege, die ihn zur Schule und von ihr fort führten. Es war nicht nur das Geld, es war das Gefühl, wirklich rauszukommen. Unter Papageien. Die echten Exoten. Das Gegenteil zu allem, was er kannte. Wie ein Versprechen, auf eine Stimme oder Farbe, die er noch nie gesehen hatte und sich nicht einmal vorstellen konnte. Als sie anfingen, darüber zu sprechen, schien die Möglichkeit, tatsächlich all diese Distanzen zu überwinden, kaum mehr als eine fixe Idee. Manchmal erinnerten ihn daran noch die jungen Kerle, die voller Erwartung zu ihnen stießen und die mit ihren blanken Arbeitshelmen unterm Arm den Horizont lasen. Vom Dorf aus betrachtet, wo sich das Schwein nicht daran störte, wer ihm die Kartoffelschalen brachte, wo die Hühner mit abgeschlagenen Hälsen noch einen letzten Todeskampf über der Wiese aufführten, wo im Herbst das Laub verbrannt wurde und die Zäune schief genug waren, damit die Katzen durch die Latten schlüpfen konnten, von dort aus gab es keinen Grund für alles, was seither geschehen war.

Er war diese Straße gefahren, immer und immer wieder. Sie kauften die Ausrüstung zusammen. Drei Laternen. Am Anfang hatten sie die Tage und Nächte gezählt, bis er wiederkommen würde. Milena redete wenig von ihrem Leben, als müssten die Wochen wie in einer Sanduhr nur durch dieses kleine Öhr fallen, das ihr Wiedersehen war. Doch wenn er zurückkam, fand er das Haus verändert, als hätte jemand das gesamte Inventar um einen Millimeter verrutscht, oder als hätte sich das Licht ein wenig verändert, das am Morgen auf die Küchenfliesen fiel, oder auch nur der Ton, der nicht mehr ganz derselbe war, wenn sie das Buttermesser ablegten.

Aber auch mit Milena war eine Veränderung vor sich gegangen. Sie war nie laut gewesen, aber nun war sie beinahe unheimlich still. Nicht, dass sie nichts mehr sagte, aber sie hatte zum Beispiel aufgehört zu singen, wenn sie Dinge im Haus erledigte. Dabei bestand alles, was sie hatten, aus nichts anderem als aus diesen kleinen, alltäglichen Sachen. In dieser Zeit fuhren sie kaum noch gemeinsam weg und trafen nur selten die alten Bekannten, Rodlo, oder Milenas Schwestern. Jedenfalls ließ dieses banale Verstummen beim Kartoffelschälen Waclaw an Grubenvögel denken, die sensibel auf eine zu hohe Konzentration an Gas reagieren und bewusstlos von der Stange fallen. Wenn so ein Vogel aufhörte zu singen, hatte der Bergmann zu rennen, was das Zeug hielt. Kleine Sauerstoffflaschen waren an den Käfigen angebracht, sie sollten den Rückweg sichern.

Irgendwann konnte Waclaw die Wogen sehen, die von ferne kamen, spülte das Meer in den Garten, und die Gischt stieg in den Holunder, stieg in seine Kehle und ließ alle Worte, die er fand, gleich aussehen. Als wären sie unscharf füreinander. Als würde diese Welt nicht mehr ausreichen. Oder als wäre es dasselbe Dorf, in dem sie füreinander fehlten. Sie begannen einen Namen zu suchen für das Kind, das es noch nicht gab. Das Kind würde sein wie ein Zuhause. Wenn er sie von Deck aus anrief, nannte er die Namen von exotischen Tieren, Papayabäume, Geier, er versuchte, die Männer zu beschreiben, mit denen er unterwegs war. Dabei hatte er das Gefühl, er sei stumm. Dass ihn jeder Satz stummer werden ließ und die Reste anhäufte, die nicht zu erzählen waren. Als würde das alles nicht gelten vor demselben morschen Zaun, den sie gemeinsam kannten, vor den Wellblechgaragen, wo die Katzen in der Sonne lagen.

Später, als alles zu Ende war, hatte er sich im Flugzeug manchmal vorgestellt, er würde das Haus auf dem kleinen Bildschirm sehen, die undichte Regenrinne, dahinter der Fluss mit den Brombeerhecken und den Vögeln, die tauchten, grünes Land, eine gestrichelte Reiseroute, Distanz in Meilen bis zum Ziel, aber wenn er aus dem Fenster sah, waren da nur Wolken. Das Licht lag auf dem Weiß, und wenn sie aufrissen, waren dort unten längst andere Städte, weit oben kam er sich vor wie ein Spion, ein ferner Betrachter. Er hatte auf den engen Sitzen an die beleuchtete Decke gestarrt, während Stewardessen die Saftpackungen schüttelten, weiße Kragen, geflochtene Zöpfe, er hatte überlegt, was er alles nicht wusste, ein ganzes Leben, das abgerissen war, Sitzreihen vor ihm, die ihm den Rücken zukehrten, darauf kam es nicht an, aber auf was dann. Die Lüftungen hoch in der Luft, als würde er immer eine falsche Luft atmen, eine andere, künstliche Atmosphäre.

Er sah einen Vater mit seinem Sohn, die einen Einkaufswagen schoben. Sie nahmen den schmalen Weg, der an den Bahngleisen entlang und von der Siedlung fort führte. Sie sahen müde aus, und schmutzig.

Und das Dorf, nichts als das Aneinander der niedrig verputzten Häuschen, ein roter Metallzaun, das Gebell von Hunden, als wollten sie ihn zur Weiterfahrt drängen, ausgerechnet hier.

Er hatte die Männer gesehen, die hier allmählich inmitten ihres Holzes erstarrten. Er hatte Jacek gesehen, mit seinen wässrigblauen Augen, und den Faden, mit dem er die Apfelringe zum Trocknen über den Ofen hängte, für das späte Kind, das sie noch hatten, den dünnen Leib und das einwärts gewandte Gesicht von Iga am Abend, unter dem aufsteigenden Wintersternbild. Sie würden den Regen hören, der auf das Blech der Regenrinne schlug, und sie würden bleiben, und aus weiter Ferne würde man die Lichter sehen, die hinter den Küchenfenstern ein- und ausgeschaltet würden, und neue Gesichter hinter denselben Fenstern, und wie sie zu Umrissen würden, mit der Nacht.

In den ersten Jahren hatte es ihn stolz gemacht, dem entkommen zu sein. Dann hatte er die Männer gesehen, müde in den Hotellobbys, Nacken, die frisch rasiert waren, der helle Rand unter dem Haaransatz. Sie bezahlten dafür, dass man ihnen Potpourri-Schalen neben die Badezimmerspiegel stellte, Blütenblätter, als hätte jemand sie erwartet.

Vielleicht hatte er nicht geglaubt, dass es diesen Ort noch so geben könne, dieselben Zäune, denselben Weg zwischen den Gärten, auf dem eine zerplatzte Tomate lag. Die müden Köpfe der letzten Sonnenblumen, braun. All das war ungebremst, es war einfach da. Es waren dieselben Beete.

31. Kapitel
Die Garage

Am Nachmittag, als er versuchte zu verstehen, regnete es wieder, ein dunkler landübergreifender Vorhang. Er wartete. Er sah das aufgeplatzte Delphinmaul und die Zahnreihen vor sich. Und er wusste, nun kam der Herbst und es würde kalt. Er versuchte, den Blicken aus den Häusern auszuweichen, als er den Fiorino abstellte und die Dorfstraße in Wiórek hinaufging.

Davon zu hören, im Hinterstübchen der Schlachterei, neben einem kalkigen Tauchsieder und einer Wachstuchdecke Milenas Mutter anzusehen, der das Wasser in die Beine gestiegen war, die unter ihrem Haarschutz die wenigen Wimpern mit dunklem Kajal verziert hatte, die Kittelschürze, an der sie zig Mal die Hände abwischte, während sie an ihm vorbeisah auf das Feld, das vor dem Fenster eine Krähenbrache war. Auch während sie redete, schien ihr Blick abzuschweifen, strichen ihre Hände die Schürze hinab, unter der ihr schwerer Körper verborgen war, ihr Tonfall, leise, klagend, die ist fort, sagte sie, sie ist da, sagte sie, liegt in einer Nebelhülle, schläft, nicht zu erreichen, und immer wieder, mein Kind, mein Kind. Mit neununddreißig lag Milena da und ihr Leben war weit unter allem, was sichtbar war. Mit neununddreißig war sie nach einem gar nicht so großen Unfall plötzlich in diese Art von Koma gefallen. Mehr als dieses Wort hatte sie nicht dafür. Ein paar Mal stand die Mutter auf, und er hörte, wie sie draußen das Geld der neuen Kundschaft in die Kasse zählte, das Schlagen der Türglocke, die schweren Schritte in das Halbdunkel der Hinterstube, in der sie ihn mit ein paar Bildern allein gelassen hatte. Du musst nicht denken, sie hätte dich nicht mehr vermisst. Horch mal, sagte sie, aber dann schien es, als wüsste sie nicht weiter mit diesem Satz, vielleicht war sie zu viel mit einer anderen Endgültigkeit konfrontiert, mit dem Elend geteilter Schweine, mit Schweineköpfen, aus denen Sülze herzustellen ihre Spezialität war – *móżdżek po polsku, czernina, salceson* –, die Leute kamen zu ihr für diese Speisen. Gehirn mit Eiern und viel Wodka, Blutsuppe, Presskopf. Da waren Füße, die an Futtermittelfabrikanten gingen, Knochen, die zu hellem Pulver zermahlen wurden. Der Körper ist leblos, wenn wir uns nicht vorzustellen vermögen, dass er träumt, dass er redet im Schlaf.

Er hörte zu und stellte sich Milena vor, wie sie dalag, er wollte ihr über das Gesicht streichen, sie halten, wiegen. Er musste an Wüsten denken, in denen Felsformationen sich aus einem bläulichen Grau in den Morgen drängten, Tafelreliefs, erste Farbspiele in der Kälte.

Er sagte, er werde am Nachmittag wieder zu ihr kommen, und es kostete ihn Überwindung zu fahren. Ihre Mutter erwartete ihn, aber Waclaw wollte das süße Gebäck nicht. Die trockene überheizte Wohnstube, sie nahm die Tassen aus dem tapezierten Schrank, die gelbe Uhr sah er hier wieder, ausgerechnet. Sie hing über der Tür, das gelbe Zifferblatt, unwillkürlich spürte er seinen Rücken.

November, sagte sie und zeigte auf die Regenwolken über dem Land. Sie zeigte auf den Pick-up und sagte, er solle das Auto unterstellen. Dann ging sie vor ihm her und zog kraftlos an dem großen Metalltor der Garage, und er half ihr, es nach oben zu wuchten, sie schien zu frieren in der grünen Häkeljacke, und er schickte sie ins Haus, er würde gleich kommen. Er fuhr den Fiorino in die schmale Garage und zwängte sich aus der Tür. Dann sah er, wie das Licht sich veränderte und dunkler wurde, und dann hörte er ein Knarzen und sah das Tor, das in Bewegung gekommen war und hinter ihm herunterrauschte und dröhnend zuschlug.

Nach dem Knall war es still. Nur das Blech schien noch nachzuhallen, und er lehnte an der Wand und starrte in das Dunkel. Ein schwarzer stiller Würfel und das Surren einer Neonröhre in der Ecke, die nur ein unregelmäßig flackerndes Licht gab. Benzin. Der Geruch von Regen, der vom Fiorino kam. Das nasse Blech. Reglosigkeit.

Er dachte an Milena. Er hörte das Brummen der Klimaanlagen, die seine Zimmer heruntergekühlt hatten wie Eiswürfel in einem großen warmen Getränk, gleich dahinter begann die feuchtwarme Luft der Städte, Obdachlose, die ihre Habseligkeiten mit Seilen in den dichten Baumkronen versteckten, zerschlissene Hängematten und Müll unter den Brücken, die Rhythmen an den Abenden, die Beine ungezählter Plastikstühle, die Mädchen, die pastellfarbenen Gesichter der Heiligen. Er konnte all diese Türen hinter sich zuziehen, und die Klimaanlage schaufelte kalte Luft in diese andere Welt, in die er sich Nacht für Nacht zurückzog. Er konnte daliegen, er konnte an Milena denken, und Europa aus der Ferne war ein Bild, in dem es still war, Abend über den Feldern, Deichlinien, über die ein paar Schwalben zogen.

Dagegen die Zimmerschlüssel, lebende Hühner auf den Märkten, er ließ sich Eier braten, er ließ sich Reis kochen, er hielt noch aus. Die Lichtemissionen der Städte radierten die Sterne aus der Nacht, es war Sommer, als er es bemerkte, es war Sommer, als er sich das erste Mal ein Ticket zurück buchte, nicht mehr zu ihr, er fuhr auf die Kurische Nehrung, wo er Vögel zählte, wo der Vogelforscher seine engen Leggins trug, türkis, pink, als wäre der Rest der Welt abgeschafft, als würde bald niemand mehr kommen. Er war Jahre allein dort draußen, in jedem Zimmer wurde es dunkel in der Nacht, in jedem Zimmer war er abends bei ihr.

Ein leises Klopfen schreckte ihn auf. Jemand pochte von draußen gegen das Blech. Der Himmel über dem Haus hatte sich verfärbt, die Dämmerung brach an. Ihre Mutter stand in Gummischuhen auf dem nassen Gras, sie sah ihn an, aber sie sagte kein Wort.

Er wusste nicht, wie lange sie gewartet hatte. Er brachte sie zur Tür, er konnte das Haarspray riechen, vielleicht hatte sie sich schön gemacht für diesen Nachmittag. Sie war klein und ihre Wangen waren gerötet, in dem dunklen Haar waren Spuren von einer Tönung hängengeblieben. Eine Farbe wie Pflaumen.

Er umarmte sie kurz, und sie blieb stehen in der Tür, vor der kleinen überheizten Wohnstube, und er fuhr den Wagen über ein Land, in dem es zu regnen begonnen hatte, Wolken wälzten sich über die Hügelkanten der abgeernteten Felder. Futtersilos. Schweinefarmen. Er fuhr an Poznań vorbei, Wälder, Flächen, er hielt den Wagen am Waldrand, in der Ferne konnte er die Autobahn sehen, all die Eile, all das Vertrauen in geographische Entfernungen, er lief, lief eine halbe Ewigkeit, bis die fernen Dörfer nur Punkte waren in der Dunkelheit. Kein Leuchten einer Stadt in der Ferne. Im Gehen hatte er das Gefühl, sein Gesicht langsam vereisen zu lassen, eine Maske, wie die Haut über der See an ruhigen Tagen.

Endlose Reihen von Zuckerrüben, helle Schwaden von Dunst, die das Land überzogen. Er konnte sie sehen, wie sie da lag, vollkommen reglos. Ein langer dunkler Flur und das Licht auf der Bettdecke wie ein schimmernder Ring. Wer hatte diese Decke so glatt gestrichen? Er hörte, wie still es war in dem Raum. Vor Milenas Fenster zogen Wolken vorbei, die schwach leuchteten. Ist dir kalt? fragte Waclaw leise.

Er ging ein Stück den Waldrand entlang, in der Mitte des Weges ein brauner Streifen Gras, Löwenzahn, zu den Seiten einzelne Kirschbäume, und die Senke, durch die entfernt die Wagen schossen wie Projektile, als könnten sie beschleunigen, ohne je einen Aufprall zu befürchten. Er dachte an Kaltwasserkorallen in den tiefsten Gräben, deren verzweigte Gerüste schwankten wie Federn vor dem Dunkel. Es musste sehr kalt sein.

Und ein Mann steht auf dem Erdboden, am Rand eines unüberschaubar riesigen Ackers, er wird die Erde zu etwas formen und werfen, und er wird zusehen, wie sie zerbricht. Er wird die Kälte in den Händen spüren. Es wird nicht mehr sein als das. Der dunkle Boden, der sich zusammenballen ließ und erst in der Luft, inmitten des Wurfs, zersplitterte in tausend Brocken. Es ist eine Sternenexplosion, der Moment, in dem etwas sehr Kleines übergeht in etwas, von dem es keine Vorstellung hat und von dem es nichts wissen kann, solange noch der kleinste Rest von ihm übrig ist. Es wird wieder und wieder geschehen. Für einen Moment wird seine Unterlippe sich vorschieben mit einem leichten Zittern, und er wird dastehen wie zuletzt vor sehr langer Zeit, die Augen blank, der November ist nur ein erster kalter Hauch über der Erde. Er wird rennen, ein Stück nur, bis seine Lungen brennen, er wird dastehen, sich vorlehnen, gebeugt, seine Hände auf die Knie stützen, und dieses Keuchen ist dann das Einzige.

Er wartete auf das Geräusch des Aufpralls, aber fast lautlos schluckte der Acker die Erde, die er warf, fast lautlos waren seine Rufe dort draußen in der Ebene. Erschöpft, nicht ruhig, ging er zurück zum Wagen. Es ist zu viel verlangt. Es sollte wie ein Vorwurf klingen, doch als er es sagte, gab seine Stimme nur den Klang einer Frage.

32. Kapitel
Lidia

Es ist kalt. Eine dicke Schicht Laub liegt unter den Platanen. Die Serviererin trägt unwillig das Tablett. Lidia hat darauf bestanden, draußen zu sitzen. Ihre Beine sind fest übereinandergeschlagen, sie raucht. Ihre Strumpfhose schimmert bläulich. Auf dem Tisch liegt ihr Telefon, das mit Glitzerstickern beklebt ist. Wie um deutlich zu machen, ich gehe gleich. Ich habe noch zu tun.

Sie vermeidet es, ihn direkt anzusehen, aber er weiß, dass ihr nichts entgeht, keine Einzelheit. Die Arbeitsschuhe, die er nun wieder trägt, unter dem Anzug.

Am Telefon hat sie gefragt, wo er jetzt wohnt.

Sie sagte, er müsse schon kommen.

Nun saß sie da, eingemauert in dünne Strümpfe, Mantel und Rauch.

Sie hatte blasse Augen, mit hellblauem Lidschatten umrandet, ihre Wangen waren etwas schlaff geworden. Sie hätte eine schöne Frau sein können, hätten nicht die billigen Nylonstrumpfhosen und Farben sie so beliebig gemacht. Er hatte nicht vorgehabt, sie wiederzusehen.

Lidia war eine von vier Schwestern, ein paar Jahre älter als Milena, und sie hatte in einer Firma für Kosmetika die großen Kübel überwacht, in denen Zahnpasta angerührt wird, die Hälfte ihrer Tage trug sie ein Haarnetz, die Fingerkuppen verfärbten sich gelb in dem kleinen Unterstand neben dem Parkplatz, wo sie ihre Kollegen traf, um zu rauchen, ein ruppiger Wind, der über das Industriegebiet ging. Genau wusste er es nicht. Nur diese Jahre, die sie zu fünft allein in dem Haus gelebt hatten, in die Schule und zur Lehre gingen, nachdem der Vater gestorben war. Milena war damals zehn. Sie konnte nie davon reden, ohne zu weinen. Lieber redete sie gar nicht, und verstummte. Dass sie zusammen aus dem Ruhrgebiet fortgingen, war der erste Schritt. Lidia hatte ihnen damals geholfen, und er hatte nicht erwartet, dass sie noch in der Gegend war. Sie hatte zwei Kinder bekommen, er sah die Fotos, als die Serviererin das Tablett abstellte und Lidia ihre Geldbörse auf den Tisch legte. Sie sagte, sie wolle gleich, jetzt sofort, zahlen. Sie sah Waclaw dabei nicht einmal an. Ihr Portemonnaie klappte auf, und er versuchte einen Blick auf die Fotos zu werfen, auf das zweite, dahinter, halb verdeckt. Ein Gruppenbild der vier Schwestern, das er wiedererkannte. Er wollte einen Finger darauflegen, aber sie zog es weg.

Weißt du, sie hat immer viel von dir gesprochen, sagte Lidia. Und eigentlich hat sie nie erzählt, dass du nicht mehr kamst. Ich habe das nicht verfolgen können, wir sahen uns ja so selten. Und dann hatte sie diesen Elefanten aus Holz bei sich stehen. Er war gerade so groß wie ein Blumentopf, das Holz rötlich, irgendwie orientalisch, glattgeschliffen. Und auf dem Rücken waren helle Linien geschnitzt und einige weiße Punkte auf der Stirn. Es war ein schönes Exemplar, und der Schweifbusch war aus echten Haaren, durch die die Sonne schien, als ich bei ihr zu Besuch war. Wir saßen und tranken Kaffee, und sie war ungemein dünn geworden. Und dann zeigte ich auf den Elefanten. Wo hast du den her? fragte ich. Und sie lächelte und sah für einen Moment glücklich aus und deutete auf das Foto in der Ecke, sodass ich wusste, du hattest ihn ihr mitgebracht. Aber ich wunderte mich. Tagelang ging mir dieser Elefant nicht aus dem Kopf. Sie hatte gar nichts anderes über euch erzählt, aber während unseres Gesprächs glitt ihr Blick ein paar Mal in seine Richtung. Ich traute mich nicht weiterzufragen, sie sah nicht so aus, als hättet ihr euch neulich erst gesehen. Ihre Tage waren wie immer, sagte sie: Die kleine Stadtbibliothek hatte kein Geld für Bücher, und so sammelten sie welche in Haushalten, manchmal bekam sie ein paar Kisten von betagten alten Herren, die keine Verwendung mehr dafür hatten. Und ein paar Wochen später kam ich also an einem Laden vorbei, mitten in der Stadt, der hatte so indischen Krimskrams, alles sehr bunt, und hinten im Laden sah ich ein Regal, mit ebendiesen Schnitzereien. Sogar durch das Schaufenster konnte ich den Umriss erkennen. Ich war so verwirrt, ich ging gar nicht in den Laden hinein. Und dann sagte ich lange nichts. Ich wartete auf eine Gelegenheit, es anzusprechen, schließlich erzählte sie mir, Jakob habe sie ein paar Mal nach Haus gebracht, und wir fuhren gemeinsam zum Geburtstag unserer Schwester Nany aufs Land.

Wir picknickten den halben Tag. Der Boden war noch kalt, und viele Kinder liefen umher, in den Körben auf den Decken waren Fleischbällchen und Salate, und alle aßen von buntem Plastikbesteck, und Nany tanzte mit Luca, die ganze Wiese war voller Maulwurfshügel. Wir lachten viel, sie saß neben mir, nur manchmal blickte sie etwas scheu um sich, auf einmal stumm, wie nach innen gewandt. Der Abend war neblig, und ich fuhr uns nach Hause. Wir sprachen kein Wort. Alles war erschöpft, auch die Farben. Aber ich war unruhig, und es wurde schlimmer, je weiter wir uns dem Ort näherten. Schließlich fuhr ich mitten auf der Strecke den Wagen an den Rand. Hinter uns ragten Stromleitungen aus dem Nebel, der

Motor lief noch, und sie sah mich nicht an, als ich die Handbremse anzog. Sie wusste, jetzt würde etwas kommen. Und ich wollte keine großen Worte machen.

Letzte Woche bin ich durch die Innenstadt gekommen, sagte ich, und bin die Gasse hochgegangen, an dem Laden vorbei, wo die bunten Tücher draußen hängen.

Wieso interessierst du dich für Tücher? fragte Milena rasch.

Wozu denn?

Weißt du, ich bin da nur vorbeigekommen und stehengeblieben. Ich habe in das Schaufenster gesehen. Und ich mach mir ja sonst nicht viel aus diesen Dingen, aber es gab da wirklich außergewöhnliche Figuren.

Milena begriff nun auch, worauf ich hinauswollte, ihre Gedanken rasten, das sah ich ihr an.

Aber sie sagte ruhig: Viele sind gar nicht echt, weißt du, die, die man hier bekommen kann –

Ich hatte die ganze Zeit auf ein Paar Scheinwerfer gesehen, das sich ruhig durch die Ebene bewegte und kaum mehr war als ein blasses Schimmern, aber jetzt warf ich einen Blick hinüber zu Milena. Und ich erschrak. Ich hatte mich nie gefragt, warum sie mir diese Geschichte aufgetischt hatte. Sie hatte ihre Hand fest um den Kragen ihrer Jacke gepresst und sich abgewandt, sie schluckte, und war vollkommen sprachlos. Sie begann, am Anschnallgurt zu zerren, als würde er sie erdrücken. Auf einmal wusste ich nicht mehr, warum ich das alles gesagt hatte und was das sollte: Was war falsch daran, wenn sie wegen eines Holzelefanten etwas flunkerte? Wieso konnte ich es ihr nicht lassen, dass sie eine Geschichte erfand, in der du vorkamst? Wieso konnte ich ihr nicht einmal diesen Elefanten lassen? Sie hatte nichts getan, als dich an eine Stelle in ihrem

Leben zu setzen, und sie hatte dich nicht anders erwähnt als mit ihren Augen. Ich verstand mich selbst nicht mehr, aber ich konnte es nicht zurücknehmen. Ich fühlte mich elend, als hätte ich sie verraten. Wir sahen vor uns hin in die Ebene, schließlich sagte ich etwas Banales wie: Einige sind aber auch sehr schön, und brachte sie die restlichen Kilometer nach Hause. Sie stieg aus, ohne sich umzusehen, ich konnte sie nicht einmal berühren.

Nein, ich glaub, sie war nie sauer auf dich. Aber ich war es. Wie konntest du –

Lidia unterbrach sich, sah auf ihre Armbanduhr. Während sie redete, hatte ihr Blick irgendwo im Kiesbett des Gartencafés gelegen. Er konnte sich alles so genau vorstellen, dass er an gar nichts denken konnte.

Vielleicht hätte ich dir das gar nicht erzählen sollen, es ändert ja nichts.

Sie drückte ihre Tasche gegen den Bauch und starrte vor sich hin, als würde sie in Gedanken alles noch einmal wiederholen.

Stell dir vor, wo ich zu der Zeit war, sagte Waclaw. Stell dir vor, dass es nicht anders war.

Sie zog die Brauen zusammen und sah ihm plötzlich ins Gesicht. Nicht anders?

Sie griff ihre Tasche und stand auf. Dein Nicht-anders war verdammt weit weg.

Er hatte keine Mittel, um ihr irgendetwas anderes zu beweisen.

Habt ihr denn je wieder davon gesprochen?

Was glaubst du, Waclaw. Es hing in der Luft, wie alles mit euch.

Er sah sie fortgehen und sah ihr nach. Gerade jetzt, wo Lidia so zornig war und versuchte, sehr aufrecht davonzugehen, war ihr Schattenriss winzig unter den Bäumen.

33. Kapitel
Hic sunt dracones

Es ist dunkel. Er ist den ganzen Tag über Land gefahren und er versteht jetzt, warum Flavio so lange an der Beleuchtung gebastelt hat. Er fährt mit Fernlicht, und es dringt doch kaum durch den Regen. Es ist, als wäre da nichts anderes, nur dieses eilige Fallen, kleine leuchtende Nägel, die Landschaft, dunkel wie eine Jahrmarktsbude, durch die ein ausgehungerter Zauberkünstler seine Figuren irren lässt. Die Straße, so nass, dass die Tropfen von unten wieder hochzuspringen scheinen.

Er hat das nicht überlegt. Er friert, er ist nass und durchweicht. Aus dem Lüfter kommt nur kalte Luft, und er schaltet ihn an und aus und dann wieder an, als würde es etwas ändern. Er sieht dünn aus in der großen schwarzen Jacke, und er hat die Klappen der Fellmütze heruntergezogen, nach vorn zeigt sich der Umriss von einem knochigen Gesicht. Der Taubenkorb steht leer auf dem Sitz, darauf liegen die Handschuhe, die nass geworden sind, und das Bündel mit dem Speckstein, das nass geworden ist. Alle Tropen und fernen Länder sind fern und auch die Autobahn ist es mit ihrem glatten Belag, Bitumen, das aus Erdöl gewonnen wird. Dass es darauf nicht ankommt.

Später in der Nacht hat der Regen beinah aufgehört. Es ist jetzt nicht mehr weit bis zur Küste. Er fährt den Fiorino einen Feldweg hinauf, die Kupplung schleift, wenn er vom zweiten in den ersten Gang schaltet, und das Holz auf der Ladefläche ist durchweicht, die Plane nass von Regen. Als er das Streichholz in das Benzin wirft, lodert das Feuer fauchend und weiß und die Flammen sind blau und krümmen sich unter dem Wind. Er wartet. Die Wärme ist gering, der Rauch wie eine Prophezeiung für alles, was folgen mag.

Er hat den alten Viehstall oben auf dem Feld gesehen. Als er näher kommt, sieht er die weißen Linien des Elektrozauns, die frisch gespannt sind. Er wird nicht lange bleiben können. Das Stroh ist alt und nass, nur weiter oben findet er einen Heuballen, der angerissen ist und trocken. Sharam hat ihn angerufen, komm nach London, ich habe etwas für dich hinterlegt, du wirst alles darin finden, alles, was du wissen musst. Gib jetzt nicht auf, Wenzel, komm nach London. Verdammt.

Er lag im Stroh und er atmete die feuchte Luft. Er dachte an die Funken und den Rauch, ein kurzes Licht in der Ebene. Er dachte, was London von hier aus war. Die Erinnerungen waren ein unruhiges, ziehendes Volk, das nirgendwo ankommen konnte. Er lag im Dunkeln und er kannte den Geruch.

Er hatte einige Nächte so verbracht. Durch die dünnen Wände von Hotelzimmern hatte er andere Männer schnarchen gehört, und durch die billige Meterware der Vorhänge hatte ein gleichgültiges Licht zu ihm herabgeschienen. Ein paar Wochen hatte er auf einem Hof verbracht, ein Zimmer, ein hohes Fenster und Dielen im Erdgeschoss, ein schmales Bett und eine verblasste Tapete. Genug, um ein Leben zu verstauen, auf der Wand rankten große blassrosa Blütenköpfe, als hielten sie noch etwas zusammen, etwas, dessen er sich nicht sicher war, wenn er an den Tagen über die Wiesen lief, Grashügel, Felder, endlos, eine Regenjacke, ein paar feste Schuhe und nichts, was er hätte erklären können.

Manchmal hatte er den Wunsch, mit jemandem zu reden.

Der Hof gehörte zwei Geschwistern, das Mädchen sah er draußen, sie besserte irgendwelche Zäune aus oder brachte Heu in den Unterstand. Einmal lieh er dem Jungen seinen Wagen. Am selben Nachmittag sah er, wie der Fiorino auf einem gegenüberliegenden Hügel den Sandweg rauf- und runterpreschte, wieder und wieder. Hinter dem Wagen her lief ein Hund mit weißem Fell, der nach einem Stückchen Fleisch schnappte, das mit einem Seil an die Ladefläche gebunden war.

Der Hund war ein Boxer, er war taub und er bellte nicht einmal. Aber der Junge setzte alles daran, ihn scharfzumachen, und der Fiorino an diesem Nachmittag sah wütend aus, wie er bremste und Gas gab, und das Tier lief hinterher und wurde bald langsamer, bis es irgendwann stehenblieb und sich umsah. Waclaw konnte durch das große Fenster in der Küche beobachten, wie der Junge in der Ferne aus dem Wagen sprang und auf den Hund zulief, der sich duckte, und es sah aus, als schrie er ihn an, in Worten, die weder für Waclaw noch für den Hund zu hören waren. Der Boxer lag einfach auf dem Rücken auf dem Kiesweg, und selbst aus der Ferne meinte Waclaw das rosa Schimmern auf seinem Bauch zu erkennen.

Der große Tisch, von dem aus er das alles sah, war mit Wachs überzogen, und erst nach einer Weile bemerkte er, dass er angefangen hatte, lauter Kerben hineinzuritzen. Viele dünne Striche. In den nächsten Tagen hatte er manchmal an die Falkner gedacht in den Wüsten. An die Radarstation in den Hügeln von Tanger. Was das für Grenzen waren.

All das zog nun an ihm vorbei, während er den Fiorino in Richtung Norden lenkte. Am Nachmittag hatte er ihn aus der Werkstatt geholt, eine junge Mechanikerin hatte die Tankwanne geschweißt, und er hatte ihr mehr Geld dagelassen, als er vorgehabt hatte, einfach nur, weil er es konnte.

34. Kapitel
Bananen

Dann war er gefahren. Ein kleiner Ort nördlich von Słupsk an der Küste, wo sein Vater die letzten Jahre seine kranke Lunge in die Seeluft gehalten hatte. Das waren Dünen, die schummrige Ostsee, die Dachkammer mit dem ovalen Fenster. Irgendwo in der Nähe hatten sie ein großes Militärareal ausgebaut, so viel hatte er noch mitbekommen, das Haus hatten sie damals verkauft, um den Heimplatz zu finanzieren, die Papierkrone, die Mundorgel aus Plastik.

Die kleine Hütte war verbaut und wieder verbaut, die Seeluft zog wie durch Zahnlücken zwischen den großen Villen hindurch, die Zierhasel hatte einen festen Stamm bekommen, das Seegrundstück, auf das sein Vater gespart hatte, über Jahre, auf das er zugefahren war in all den Bahnen unter Tage, das ein Zuhause werden sollte, gefliest, eine Bauweise ohne Gewicht.

Rundherum waren größere Häuser errichtet worden, klobig, mit hohen schmalen Fenstern. Die See war nur eine Ahnung, darüber der weite Himmel. Er zog die Beine an. Die Arme ragten aus den Ärmeln seines Anoraks, es war eine Daunenjacke, und er hatte sie neu.

Das Haus war noch winziger, als er es in Erinnerung hatte. Einmal war er mit seinem Vater nach Schwerin gefahren, sie wollten das Schloss besichtigen, etwas Zeit verbringen, es war Waclaws Vorschlag, nachdem er Monate dort draußen gewesen war. Er hatte gesehen, wie sie auf den Philippinen ein lebendiges Huhn verscharrten, bevor die Bohrungen begannen. Die Motten waren groß wie Postkarten und um die Scheinwerfer stank es nach verbranntem Fleisch und nach solchem, das langsam faulte. Sie gingen knietief durch die toten Falter, der Drillfloor war schmutzig, die Kabinen eng und heiß, ihre Zähne rot verfärbt von Betelnüssen. Säcke voll Chemikalien, die Flugzeuge so alt, dass sie wie in einem schlechten Film mit zwei Drähten kurzgeschlossen wurden vor dem Start. Danach hatte er gewusst, dass er nicht mehr an Land arbeiten wollte. Der Dschungel schien gefährlicher als die See. Vielleicht hatte er dort draußen etwas Heimweh gehabt, das Tier aus Speckstein wie ein Schutzgötze im Fensterbrett. An Land hatte Waclaw einen Landrover gekauft, er hatte seinen Vater in Słupsk abgeholt. Von dort fuhren sie den ganzen Vormittag nach Schwerin, während der Fahrt war sein Vater so still neben ihm, dass Waclaw sich manchmal fragte, ob er ihn sich nur einbildete. Manchmal schien er wie ein Schatten, aus der Zeit mit Alois entwichen. So wie das Licht, das an einem Winternachmittag über den Häusern steht, das eine andere Farbe hat, weiß und schwächer und vielleicht deshalb seltsam schön hinter den kahlen Zweigen. Sein Vater hustete. Waclaw fuhr auf ein Feld neben der Straße, Sand spritzte hinter ihnen hoch. Sie lachten.

Was sagst du dazu, fragte Waclaw.

Sein Vater machte eine längere Pause, bevor er antwortete.

Wir können die Straßen verlassen, aber nur kurz.

Dann nickte er, und sie fuhren im Zickzack über den braunen Acker. Als sie schließlich ausstiegen, war vom Wasser her ein schneidender Wind aufgekommen. Für einen Spaziergang durch den Schlossgarten war es zu kalt. Der riesige Parkplatz war leer bis auf wenige Wagen. Waclaw ging dicht hinter ihm, und sie beachteten das Gemäuer kaum, als sie näher kamen. Waclaw bemerkte, wie angespannt sein Vater war, als sie den Saal betraten, in dem sie sich aufwärmen wollten. Er studierte die Karte. Erst später verstand Waclaw, dass er über die Bestellung nachdachte, die er machen würde. Als die Bedienung kam, überschüttete er sie geradezu mit seinem besten Deutsch, *Blaubeere, Biskuitboden, Schlagsahne, heiße Schokolade, Kaffee* und alles, was er dafür verlangte, war ein Lächeln. Aber sie stellte ihnen alles so gleichgültig auf den Tisch, dass er fast nichts anrührte. Waclaw versuchte, mit ihm zu reden, aber es war, als wären die klassischen Einspielungen von den paar Beatles-Songs und die roten Polstersessel alles an diesem Nachmittag. Im Gehen biss Tomek die Kiefer zusammen, so kalt schaute er die Bedienung an, als wäre sie das ganze Land, das seine Liebe nicht wollte, die er sich aufgespart hatte in all den Stunden tief da unten.

Vor dem Schloss ging noch immer ein harter Wind. Über den großen See kam das Licht in letzten langen Streifen, verknorpelte alte Bäume am Ufer, ihre kahlen, aneinanderschlagenden Äste, der Wind war nicht stark, nur sehr kalt.

Die Scheiben des Pick-ups waren von innen beschlagen, Waclaw hatte die Nacht darin verbracht. Er hatte gespielt, die Straßen waren ein Casino, schwarz, weiß, die Nummern der Schnellstraßen, er war durch Wälder gekommen, Füchse lagen überfahren an den Seiten, flaches Land, Felder. Und der Kessel hielt nicht an und die Zahl kam nicht zum Liegen. Es gab kein Loch in der Wand, durch das ihn jemand beobachtete, keine Kameras in Schwarzweiß. Er hatte den alten Papst im Fernsehen gesehen mit seinen roten Pantoffeln, er wusste nichts von Rom oder von Mátyás' Hand, die seinen Rücken entlangstrich, er wollte an diese Hand glauben.

Er hatte an der Küste gehalten, wo er meinte, mit etwas Phantasie könne er Schweden auf der anderen Seite sehen. Aber er hatte nichts gesehen. Ein geschlossener Rummelplatz, Schwäne auf den rostigen Gleisen einer Märchenbahn.

In der kleinen Hafenstadt wurde der Markt abgebaut. Unter den Gemüseständen gingen Männer in dicken Anoraks und schlugen das Wasser aus den Planen. Es klatschte auf das Pflaster.

Er sah, wie ihnen der Regen in die schwarzen fingerlosen Handschuhe lief, und er sah die hochgeschlagenen Kragen und zerschundenen Kapuzen, unter denen sich die Männer zu schützen suchten. Sie stapelten die Obstkisten und füllten ein paar davon mit verfaulten Früchten. Sie schienen müde vom Schreien und beachteten die Passanten kaum noch. Hinter dem Kassentisch stand eine Gasflasche mit einem Blech, aus dem heraus kleine blaue Flammen ihre Hitze in die Umgebung spuckten. Waclaw ging an ihnen vorbei darauf zu. Der Gummischlauch, der Flasche und Flamme verband, war in brüchiges Silber gewickelt, Aluminiumfolie, das Gerät hatte bessere Zeiten gesehen. Waclaw kam noch näher heran und streckte die Hände in die Wärme. Wie viel kostet das? fragte er. Er drehte sich langsam zu dem Mann in der Fellkapuze, der neben ihm stand. Der Mann lachte. Er schüttelte den Kopf. Das brauchen wir, sagte er. Siehst du doch. Er schaute auf den Platz, wo der Wind einige leere Plastikbecher vor sich herrollte. Waclaw rührte sich nicht. Ich mein', wie viel kostet der? Er zeigte noch mal auf das Gerät. Der Mann sah ihn an.

Waclaw griff in seine Tasche, dann gab er ihm einen Schein. Der Mann faltete ihn auf. Er sah ihn eine Weile lang an. Dann schüttelte er wieder den Kopf. Nein, sagte er, so viel zahlt man nicht dafür. Nirgends.

Wie macht man das aus? fragte Waclaw, als hätte er ihn nicht gehört.

Der Mann half ihm, die Gasflasche zum Pick-up zu tragen. Dann standen sie einen Moment und sahen zu, wie das Blech abkühlte. Fünfhundert, sagte der Mann wieder. Er kramte in seiner Tasche und holte ein paar verknickte Scheine hervor, aber Waclaw schien es nicht zu bemerken. Das Geld raschelte, und es klang sinnlos wie eine Krone aus Papier. Der Händler steckte das Geld wieder ein.

Nachdem er alles auf der Ladefläche verstaut hatte, setzte Waclaw sich ins Auto. Der Mann hieb gegen das Blech, dann schmiss er zwei Kisten auf die Ladefläche des Fiorino und wedelte mit einer Banane durch die Luft. Nimm wenigstens die mit.

Er fuhr. Er kannte den Weg nicht, aber er hielt sich Richtung Nordost. Er hatte zwei Kisten Bananen und einen Heizstrahler, und es wurde Nacht. Die Sterne fern hinter Wolken.

35. Kapitel
Falken

Und er war fern, und saß mit dem Rücken gegen den Fels vor der rollenden Brandung und sah die rote Flagge gehisst und sah die Fußspuren überwehen im Sand und er spürte das Salz auf der Haut, die salzige Nässe der See, die mit dem Wind kam.

Er umarmte den Seesack, schlang die Beine darum und wiegte ihn hin und her. Wie ein Kind. Er hatte sich in den Sand fallen lassen, und der Sand peitschte ihm in das Gesicht, und er biss die Zähne zusammen wie schon so viele Male und sah über den Rand des Anoraks und über den Rand der Dünen und auf die See, wo er sie steigen sehen konnte. Mit ihrem grauen stählernen Fell wie Projektile oder wie ferne Blitze am Himmel. Er musste an Alois denken. Er hatte sich in eine Telefonzelle gequetscht, Regen an den Scheiben, ein Münzapparat. Er hatte versucht, ihn anzurufen, sich vorgestellt, was er sagen würde. Wann hast du sie aufgelassen? Gestern. An einem Tag wie gestern. Wie sieht es aus, war sie in Form? Und er würde schweigen und dastehen und in das Dunkel vor der Telefonzelle sehen und die vielen kleinen Schriftzüge lesen auf dem Glas, im Inneren dieser gelb erleuchteten Zelle. Er würde lesen, *Ich liebe dich*, und er würde die Namen lesen und er würde hören, wie die Münzen durchfielen, und an Alois denken in seinem kleinen steinernen Haus am Berghang, und er würde an die Taube denken und das Leuchten der Raffinerien in der Nacht, an den trockenen guten Schlag von Alois mit dem frischen Wasser aus dem Fluss in den Bergen. Und er würde sagen, all die Falken. Er würde sagen, dass er sie gesehen hatte. Die weiße Kuppel in Tanger. Die Lichter hinter dem Zaun. Vielleicht stand er nur in der Zelle und hielt den toten Hörer in der Hand und hörte den Regen, der an das Glas peitschte wie etwas, das näher kam.

Er lag auf dem Rücksitz von Flavios Pick-up, eine dünne Decke übergeworfen. Er konnte die Wärme unter seinen eigenen Achseln spüren, sein Kopf lag schwer auf der Regenjacke, die er zusammengeknüllt hatte, er konnte die Feuchtigkeit riechen und die mineralische Kälte der Erde. Es war Winter geworden. Der Regen hatte sich mit Schnee vermischt, aber die Flocken blieben nicht liegen. Am Nachthimmel leuchteten Taubenkörner. Er wusste es, er konnte es nicht sehen. Über ihm war das Dach des Pick-ups, es war warm unter der Decke, aus dem Ärmel seiner Daunenjacke quollen ein paar Federn, und er konnte seinen Atem sehen. Seine Nase war kalt. Die Bäume und Sträucher hatte man hier in einigem Abstand zu dem hohen Zaun abgeholzt, im Dunkeln sah er die Drahtrollen wie Gewölle auf den Y-Trägern, eine Weile schaute er auf die andere Seite, zwei Jeeps fuhren über die Landebahn, und etwas Schneeregen leuchtete in ihren Scheinwerfern. Er sah durch den Zaun, als würde von dort etwas kommen, was er die ganze Zeit erwartet hatte. Seit wann. Seit Milena fort war. Seit er mit Mátyás in der Werkhalle stand, das Offene der Weltmeere vor Augen. Seit er ihr dabei zugesehen hatte, wie sie die Kartoffelschalen für das Schwein in Zeitungspapier einschlug. Manchmal war es nicht mehr gewesen, als dass er in der Nacht aufwachte und an der Tür stand und in den Regen schaute. Und dass sie hinter ihm stand, für eine Weile. Nicht mehr. Der Mond wie eine Taschenlampe, die unter weißen Laken leuchtet. Dass sie nicht mehr als diese nassen Gärten brauchten.

Der Wind kam kalt von Nordost, er wusste es, vor ihm, ein paar Kilometer Luftlinie, lag die Küste, ragten abgestorbene Bäume wie vergessene Markierungen aus dem Sand. Auf der polnischen Seite gab es die Touristen nicht, die mit hochgekrempelten Hosen nach Bernstein suchten. Nicht jetzt. Nicht im Winter. Er dachte an das unwirkliche Licht der Infrarotkameras, das Schimmern der Körper, die sich im Dunkeln zwischen Büschen bewegten, helle Flecken, wie in einem Traum. Und der Boden war weich und schwer, er war noch nicht gefroren. Das wenige Gras erstickt in dem anhaltenden Regen.

Am Nachmittag war er noch einmal den Dünenweg gegangen. Das winzige Häuschen mit dem ovalen Fenster, das Keuchen seines Vaters, das er hören konnte, als der weiche Sand unter ihm nachgab. Er war nicht lange geblieben. Ein fremdes Kind hatte bunte Bastelbögen von innen gegen die Scheiben geklebt. Die Fensterrahmen hielten an nichts fest. Dann war er die Nacht durchgefahren. Kurz nach Mitternacht hatte Regen eingesetzt. Die Blätter der Scheibenwischer waren eingerissen, und die entgegenkommenden Lichter verbanden sich auf der Windschutzscheibe zu einem diffusen Film aus Schmutz. Zweimal musste er bis Redzikowo tanken. Die besten Pumas flogen mit einer Tankfüllung siebenhundert Meilen, sie schwirrten hoch über dem Golf von Mexiko, sie trugen die Müden und die Durstigen, dies war nicht Mexiko. Der Regen prasselte wie Sand.

36. Kapitel
Am Rand

Und er ging an die Küste und durch den hellen Sand, kleingemahlen und fein über die Jahre, Sand der Papageienkäfige, Sand der Meere, blau für die letzten verblichenen Poster der Reisebüros, er ging.

Er hatte die Plane zusammengerollt und mitgenommen, auf der Suche nach etwas Essbarem hatte er die letzte von Alois' roten Dosen gefunden, und er nahm sie mit. Das Licht war hell und der Wind schneidend kalt. Ballen von Seegras waren angespült worden. Er hatte die Hose in die Arbeitsstiefel gesteckt und den Pullover in den Hosenbund, warm war es trotzdem nicht. Der Sommer war lange vorbei. Seit ein paar Tagen hatte er einen Husten, der immer wiederkam. Der Wind drückte an Land, er spürte ihn im Rücken und im Nacken, und es war niemand sonst da, die Wellen überschlugen sich an sich selbst, glitten flach aus, zogen sich zurück, ein paar Möwen segelten über dem Wasser, und er lief lange, bis er eine Stelle fand zwischen den Dünen, dem scharfen Gras, der feine Sand kam über den Kamm auf ihn zu.

Und es war später, nachdem er sich ausgeruht und etwas aufgewärmt hatte, dass er sich aufsetzte und lange den Horizont ansah. Dass er aufstand, die Dose an seiner Seite, und die Kälte drang durch seine Kleider, fuhr ihm bis auf die Haut. Er dachte, dass es Mut brauchte. Und er dachte, er könnte jetzt gehen. Und er ging. Bis an den Rand der Düne. Ihn und das Meer trennte nur ein schmaler Streifen Strand. Und da waren keine Sandburgen und keine Fußspuren, nur das Wasser rollte heran. Er hatte die Dose an der Seite, die rote Dose, die einen rostigen Rand bekommen hatte. Er spürte ihr Gewicht, das gering war.

Eine Weile stand er da und fror. Der Wind in seinem Gesicht. Dann hob er sehr langsam den Arm. Schloss die Augen. Schüttete die gesamte letzte Portion in seine Hand. Die Nüsse, die Kerne. Führte den Arm langsam, sehr ruhig, vor sich und hob ihn mit geschlossenen Augen Richtung Horizont. In die Richtung, in der die Ungeheuer wohnten. Er stand, und er wartete lange.

Kein Geräusch. Aber als er seine Augen öffnete, war da etwas wie ein heller Blitz, den er durch den Kamm seiner Wimpern sah. Eine helle Erscheinung wie ein Maul, das sich öffnete und herunterkam zu ihm. Er stand ruhig und schloss die Augen, und dann war da ein sehr deutliches Gefühl auf seiner leeren Hand.

Epilog

Eines Abends war er auf dem Rückweg von Alois einen Schlenker gegangen und fand die Tür der Turnhalle nur angelehnt. Als hätte jemand sie vergessen.

Er ging nach Hause. Sie saßen auf der Tannenholzbank, vor sich ihr Abendbrot. Roter Tee und die Wärme und die Gespräche, alle Stimmen, die ihm vertraut waren.

In der Nacht schlich er sich noch einmal hinaus. Zog einen Anorak über den dunklen Schlafanzug mit den gelben Aufnähern. Erst blieb er eine Weile neben der Halle im Gebüsch stehen und lauschte. Ob da Stimmen wären oder jemand. Dann ging er unter den Zweigen und im Schatten der Büsche langsam und geduckt hinein. Es roch nach dem Gummi der Matten und nach Schweiß, und ein wenig konnte er das Leder der Böcke aus dem Geräteraum riechen. Das Holz des Barrens.

Er stand ganz still an der Wand.

Es war niemand da.

Dann, sehr leise, tastete er sich voran, bis seine Hände die lange Stange mit dem Haken berührten. Er streckte sie nach oben. Nach ein paar Versuchen fand er die Ketten und hakte ein und ließ die Ringe hinunter.

Beide. Sein Herz pochte. Die Ketten klirrten.

In dem großen Raum schien alles überdeutlich, und die Halle, ohne Licht, schien noch größer.

Wieder blieb er stehen und lauschte. Dann ging er nah an der Wand entlang in den Geräteraum zu der großen Schale mit dem Block Talkum. Das Pulver zerbröselte in seiner

Hand. Als er sich die Hände ausklatschte, konnte er die weiße Wolke um sich herum in einem Streifen Mondlicht sehen. Seine Hände, als er zurück durch die Halle ging, schimmerten weiß. Als würden sie nicht zu ihm gehören.

Die Ringe schwankten über ihm leicht an den Seilen.

Er sprang in die Höhe.

Die Hölzer schlugen leicht aneinander. Dann war es wieder still.

Sein Griff war fest.

Mit dem ganzen Körper schwang er sich nach vorn, und zurück. Vor und zurück. Immer höher.

Er fühlte seinen Atem, und wie schnell er flog.

Er flog im Dunkeln. Vor und zurück.

Die gestreckten Arme über dem Kopf. Er konnte seine Fußspitzen sehen, die sich ins Dunkel streckten. Vor und zurück. Und dann hatte er das Gefühl, er würde sich gar nicht halten, bloß der leichte Wind, an seinen Seiten. Er spürte ein Grinsen zwischen den Zähnen, und er holte Schwung, alles war ganz leicht.

Dank

Zwischen den ersten Entwürfen zu diesem Buch und dem fertigen Manuskript liegen unzählige Gespräche, Reisen und Begegnungen, die mir geholfen haben, das Material zu formen und zu verdichten. Mein besonderer Dank gilt Phil Jorgensen, Peter Müller und Miłosz Biedrzycki für technische Fragen und Recherchematerial, dem Else-Heiliger-Fonds für den finanziellen Freiraum zu Beginn, Frank für die Begleitung über das Mittelmeer, meiner Familie für Erinnerungen zum Ruhrgebiet, Michael Krüger, Elisa Tamaschke, sowie Dorota Stroińska und Piero Salabè für die Sprachen.